Japan

Japan

Hans Boesch

westermann

Photos:
Luftaufnahmen: Kodu-do Chiri-in
(Geographical Survey Institute)
Übrige Aufnahmen: Hans Boesch †

Karten und Strichzeichnungen:
Kodu-do Chiri-in (Geographical Survey Institute)

Gesamtherstellung: Kümmerly + Frey, Bern

Ausgabe für die Bundesrepublik Deutschland:
Georg Westermann Verlag, Braunschweig
ISBN 3-14-509091-7
Gedruckt in der Schweiz

Inhaltsverzeichnis

Einleitung 7

Begegnung mit Japan 17
Gedanken zu einer «Länderkunde von Japan» 25

Verstädterung: Feststellungen und Fragen 28
Zur Geographie der japanischen Stadt im Wandel der Zeit 28
Auskunft der Statistik, Meinung des Politikers 36
Grossstadt–Metropole–Megalopolis 44
Tokyo 56

Industrien und Dienstleistungen 73
Allgemeine Bedeutung für die Entwicklung 73
Standorte und Standortsveränderungen der Industrien 1963–1972 77
Wandel und Verharren 80
Einige wichtige Industrien 86
Verkehr 92
Energie 98
Erste Kontakte mit der Welt, zunehmende Öffnung nach aussen 102

Urproduktion: Fischerei, Landwirtschaft, Forstwirtschaft 111
Küste und Meer 111
Die Ebenen und ihre Umrandung 123
Bergland 143

Land, Landschaft, Regionen 155
Einige Vorbemerkungen zu den Begriffen 155
Mensch und Natur 169
Provinzen, Präfekturen und ihre Gruppierungen 176
Regionalisierung 181

Die Japaner: Individuum und Gesellschaft 189
Das Image 189
Die Hausgemeinschaft 194
Heranwachsen und Erziehung 209
Das Berufsleben 218

Japan in der Welt von heute 233
Geographische Lage 233
Innere Geschlossenheit 238
Verhältnis zur Aussenwelt 243

Kurze Schlussbemerkung 253
Literaturhinweise 255

Einleitung

Es war im Frühjahr 1955, als ich zum ersten Male japanischen Boden betrat. Ein japanischer Reisebekannter besorgte mir im Flughafen von Tokyo noch eine Taxe, instruierte den Fahrer – dann war ich auf mich selber angewiesen. Damit befand ich mich plötzlich gewissermassen in einem Zustand «geographischer Schwerelosigkeit», weil ich die Sprache der Menschen nicht mehr verstehen, das Geschriebene nicht mehr lesen konnte und keine Beziehung zum Geschehen in der Umgebung mehr besass. Man muss in dieser Situation die Augen offenhalten, beobachten und überlegen, um wieder festen Boden unter die Füsse zu bekommen.
Unvergesslich die lange Fahrt vom Flugplatz Haneda in das Stadtzentrum. Holperig die steingepflasterte Strasse, einige rumpelnde Strassenbahnen, spärliche Beleuchtung und immer wieder graue Bretterwände entlang der Strasse. Grau waren 1955 auch in mancher Beziehung das Leben und die Zukunftsaussichten. Die Erholung von der Kriegszeit hinkte jener in Europa hintennach. «Es tut uns so leid – wir sind so arm» war die Entschuldigung, die man damals überall und von allen hörte.
Auf die Frage, was mich veranlasste, in den Fernen Osten zu reisen, gab es eine einfache Antwort: Ein Wirtschaftsgeograph sollte wissen, wie es in jenem Teil der Welt aussieht, wo rund die Hälfte aller Menschen wohnt. Weil China 1955 noch nicht offen war, hatte ich zuerst Indien und Südasien besucht und machte dann auf dem Wege nach den USA für einige Wochen in Japan Station. Diesem ersten Besuch schlossen sich über die Jahre immer wieder neue an, kürzere und längere. Die in der Folge oft gestellte Frage, aus welchem Grunde ich weiterhin alle ein bis zwei Jahre nach Japan reise, konnte nicht mehr so einfach beantwortet werden. Zum einen hatte ich das grosse Glück, von allem Anfang an in japanischen Familien zu Gaste zu sein und häufig auch mit ihnen zu leben. Diese Kontakte waren ganz allgemein menschlich erfreulich und erholsam. Hätte ich schon kurz nach meinen ersten Japanbesuchen ein Buch aufgrund meiner Erfahrungen geschrieben, wäre ich durch diese positiven Eindrücke sicher stark beeinflusst wor-

den und hätte ein unkritisches Bild gezeichnet. Tatsächlich nahmen die Schwierigkeiten, über Japan zu schreiben, in dem Masse zu, wie ich das Land und seine Bewohner besser kennenlernte. Warum dies so ist, versuche ich später zu erklären.
Zum andern gestatteten in regelmässigen Abständen sich wiederholende Aufenthalte, die Entwicklung seit 1955 laufend zu beobachten. Diese erfolgte in Japan in den vergangenen zwanzig Jahren mit äusserster Geschwindigkeit und in einer bestimmten Richtung. Dieser Periode wird im folgenden nach einigen Vorbemerkungen auch in erster Linie unsere Aufmerksamkeit zu gelten haben. In den letzten Jahren erschienen ausgezeichnete Darstellungen der wirtschaftlichen und politischen Nachkriegsentwicklung und der sich daraus ergebenden Probleme. Auch liegt eine statistische Dokumentation in einer Vielseitigkeit vor wie kaum für ein europäisches Land. Japan wird so – kurz gesagt – zu einem aussergewöhnlichen wissenschaftlichen Untersuchungsobjekt; die persönlichen Besuche sollten jene Einblicke ermöglichen, welche man aus Literatur und Statistik nie gewinnen kann. – Dies sind in Kürze die wichtigsten Punkte, soweit sie meine persönliche Begegnung mit Japan betreffen. Wir wollen vorerst anschliessend einige zusammenfassende Vorbemerkungen zur späteren Besprechung machen und dann noch auf die Voraussetzungen zum vorliegenden Buch kurz eingehen.

Hans Boesch †

1 Himeji (Hyogo), zentrale Anlage des Schlosses, welches als eines der schönsten in Japan gilt und gern mit einem Kranich verglichen wird.

2 Matsuyama (Ehime), Aussenmauern des Schlosses. Vgl. Umschlag vorne.

3 Alter Plan von Edo (Tokyo) aus dem Jahre 1834.

4 Stadtzentrum von Tokyo. Südliche Ecke des kaiserlichen Palastes, Hibiya-Park, Regierungs- und Geschäftszentrum, Station Yurakucho der zum Zentralbahnhof führenden Hauptlinie.

5 Uwajima (Ehime), schönes Beispiel einer Schlossstadt an der buchtenreichen West-küste von Shikoku.

6 Nihonbashi (Japanbrücke) in Tokyo, Ausgangspunkt der Distanzmessungen im ganzen Reich. Holzschnitt von Hiroshige aus den «53 Stationen des Tokaido», 1834.

7 Nihonbashi im Jahre 1976.

8 Unweit der Station Shinjuku in Tokyo erheben sich elegante Wolkenkratzer über den niedrigen Wohn- und Geschäftsvierteln.

9 Shibuya, Tokyo, wo alte Häuser und Baracken der Nachkriegszeit Neuem weichen müssen.

10 Nördlich der Stadt Osaka liegt die moderne Aussenstadt Senri. Zentrum, Wohnblocks, Einzelhäuser und Industrieanlagen sind deutlich erkennbar.

N
0
500 m

11 Wohnblock in der Satellitenstadt Takashimadaira, Tokyo.

Begegnung mit Japan

Das erste Land, welches der neue Tag erreicht, nachdem er an der im Pazifik verlaufenden Datumslinie gewissermassen «geboren» wurde, ist Japan. Vom Festland aus gesehen erscheint die Sonne, den jungen Tag verkündend, über dem japanischen Inselbogen. Mit «Anfang des Tages», «Sonnenaufgang» oder ähnlich kann man Nihon oder Nippon – wie die Japaner ihr Land nennen – übersetzen. «Dieser Name Nihon oder Nippon wird von den Chinesen in ihrer Aussprache als Jih-pun oder im Dialekt von Fukien oder Kwantung als Japuen ausgesprochen, was von den Portugiesen Japão geschrieben wurde», berichtete der Jesuitenpater João Rodrigues im 17. Jahrhundert.

Marco Polo, der im 13. Jahrhundert in China weilte, erwähnte Zipangu – eine Verstümmelung von Jih-pun –, ohne Japan selber besucht zu haben. Dies ist an sich erstaunlich, denn die Kontakte zwischen Festland und den Inseln waren äusserst intensiv. Seit dem Jahre 400 n. Chr. waren nacheinander chinesische Schrift, Konfuzianismus und Buddhismus von China über Korea nach Japan gekommen. 645 erfolgte die grosse Reform (Taika) mit Übernahme von Beamtenhierarchie und Zentralismus nach chinesischem Vorbild. Aber auch blutige kriegerische Auseinandersetzungen spielten sich ab: So versuchte 1274 und 1281 der Mongolenherrscher Kublai Khan vergeblich mit einer gewaltigen Flotte Japan zu unterwerfen.

Erst 1543 erfolgten die ersten direkten Kontakte von Europa aus; Kaufleute und Soldaten kamen zuerst, wenige Jahre später Missionare. Während eines knappen Jahrhunderts wurde in Japan das Christentum verbreitet, Handel getrieben und in ausführlichen Berichten das Land beschrieben. Der heilige Franz Xaver gehörte zu den missionierenden Jesuiten-Patres; von ihm stammt das scharfe Urteil: «Die Japaner haben eine sehr hohe Meinung von sich selber und glauben, dass sich keine andere Nation mit ihnen hinsichtlich Mut und Rüstung vergleichen lasse. Darum schauen sie auf alle Fremden hinunter... Gegenüber ihresgleichen sind sie äusserst höflich, aber gegenüber den Fremden, die sie verachten, zeigen sie eine andere Haltung.»

Die zeitgenössischen Berichte lassen erkennen, dass damals genau wie heute die Europäer Mühe hatten, die fremde Situation zu verstehen und mit ihren Begriffen zu erfassen. Die Urteile gehen darum auch oft weit auseinander. Aber das Interesse an Japan war geweckt worden und in Europa erschienen die ersten kompilatorischen Werke zur Geographie des Inselreiches. Während dieser Periode einer Öffnung nach aussen vollzog sich im Innern eine Polarisierung anfänglich zersplitterter Kräftegruppen, die am 21. Oktober 1600 in der Schlacht von Sekigahara die

Familie der Tokugawa in die entscheidende Machtposition brachte. Damit wurde jene lange Periode eingeleitet, die auch als «Pax Tokugawa» bekannt ist. Die Ausweisung der Jesuiten war zwar schon 1585 erfolgt, doch erst 1636 wurde von der Tokugawa-Regierung die allgemeine Abschliessung des Landes und die Ausweisung aller Fremden verfügt. Lediglich eine holländische Faktorei auf der Insel Deshima vor Nagasaki vermittelte in der Folge die spärlichen Kontakte Japans mit der Umwelt. Freilich bemühte sich die Regierung, auch in dieser Periode der selbstauferlegten Isolierung Kenntnisse aus dem Westen zu erhalten, die für die Nation nützlich zu werden versprachen. Selbst die Übersetzung europäischer, meist holländischer Texte nahm man in Angriff und vermochte so einiges an wissenschaftlichen Kenntnissen zu erwerben.
Die Zeit der Tokugawa wird auch als die Edo-Periode bezeichnet. Edo ist der alte Name von Tokyo, und dort befand sich das Hauptquartier des Shoguns, des obersten Feldherrn und des «de facto»-Herrschers des Landes. Der Kaiser hatte seinen Hof in Kyoto; auf den Gang der Ereignisse hatte er kaum Einfluss. Die lokale Gewalt lag bei den Feudalherren (Daimyo) und der Klasse der Krieger (Samurai). Die Masse der rund 30 Millionen Menschen zählenden Bevölkerung und die wirtschaftliche Basis des Landes bildete der Bauernstand.
Es ist allgemein bekannt, wie in wenigen Jahren durch Druck von aussen die lange Abschliessung des Landes ihr Ende fand. 1853 erzwang der Amerikaner Perry die Öffnung, 1858 folgte ein Handelsvertrag mit den USA und 1867 gab der Shogun dem Kaiser die Macht zurück. 1868 verlegte der Kaiser seinen Sitz nach Edo, 1869 wurden die neuen Grundsätze der Regierung bekanntgegeben. Damit beginnt die Geschichte des modernen Japans, welche nach japanischem Brauch gemäss den Lebenszeiten der Kaiser gegliedert wird: 1868–1912 regierte jener Kaiser, der seiner Herrschaft den Namen «Meiji», zu deutsch: «Erleuchtete Regierung» gab. 1912–1926 folgte die Periode «Taisho» und seit 1926 bis heute «Showa». Das Jahr 1975 ist nach japanischer Zählung das 50. Jahr von Showa. Die sogenannte Meiji-Restauration – man spricht in Japan zu Recht nicht von einer Meiji-Revolution – erfolgte 1868.
In allen Beschreibungen der Entwicklung nach der Meiji-Restauration wird das Hauptgewicht im allgemeinen auf die Industrialisierung nach westlichem Modell gelegt, auf die starke und stetige Bevölkerungszunahme bei gleichzeitiger entsprechender Steigerung der Reisproduktion und ganz allgemein auf die Überlagerung und Durchdringung von allem Bisherigen durch importiertes Neues. Von mindestens gleicher Bedeutung dürften die Eingliederung der Samurai in den produktiven Sektor und damit die Ersetzung des bisherigen Klassensystems durch ein völlig anderes sowie die Tatsache sein, dass Japan seine Entwicklung zur wirtschaftlichen, politischen und militärischen Grossmacht selber finanzieren konnte.
In den Jahrzehnten vor dem Zweiten Weltkrieg verfolgte das übervölkerte und von Natur aus arme Japan immer energischer eine expansive Politik und wurde zur ersten Militärmacht im Fernen Osten. 1895 erwarb es nach einem Kriege mit China das heutige Taiwan, 1904/05 war es

im Krieg gegen Russland siegreich und erhielt Süd-Sachalin, 1910 annektierte es Korea und nach dem Ersten Weltkrieg fielen ihm die ehemals deutschen Kolonien in diesem Teile der Welt – Karolinen, Marianen, Marshall-Inseln – zu. In den dreissiger Jahren verschärfte sich der Kurs: 1931 wurde die Mandschurei besetzt und 1937 begann der Krieg gegen China. Gleichzeitig wurde eine wirtschaftliche Grossraumpolitik im südasiatisch-pazifischen Raum eingeleitet, die unter dem Namen «Nan-yo»- oder Südmeer-Politik bekannt wurde. Die anfänglichen Erfolge im Zweiten Weltkrieg führten zu einer räumlichen Ausweitung des von Japan beherrschten Gebietes, die nach der Lehre der Geopolitiker die logische Weiterführung der bisherigen Entwicklung zu sein schien.
Der Zweite Weltkrieg war – wenn man so sagen darf – für Japan noch verheerender als für Europa. Nicht nur Hiroshima und Nagasaki, sondern auch Kobe und Yokohama waren bei Kriegsende völlig zerstört, die beiden grössten Städte Tokyo und Osaka zu vier Fünfteln niedergebrannt. Über drei Millionen Menschen waren umgekommen, sieben Millionen kehrten aus den verlorenen Gebieten und von den Kriegsschauplätzen ins Heimatland zurück. Vier Millionen wurden im Zuge der Entmobilisierung aus dem Militärdienst entlassen und vermehrten das Heer jener, die in den niedergebrannten Städten eine Wohnstätte und in der völlig zerstörten Industrie Arbeit suchten. Für die Landesversorgung wichtige Aussengebiete waren verlorengegangen: Korea, Taiwan, die Mandschurei, die Inseln in der Südsee; Südsachalin und die Kurilen wurden abgetrennt und die Ryukyu-Inseln von den Amerikanern okkupiert.
Japan setzte sich am Ende des Zweiten Weltkrieges aus den folgenden Inseln zusammen (Angaben des Japanischen Statistischen Jahrbuches):

Hokkaido	83 513 km²	22%
Honshu	230 897 km²	61%
Shikoku	18 795 km²	5%
Kyushu	42 083 km²	11%
Okinawa (Ryukyu)	2 246 km²	1%
(bis 1972 durch die USA besetzt)		

Die Gebietsverluste lassen sich ermessen, wenn man das Total der Landesfläche (377 534 km²) mit den verlorengegangenen Gebieten (312 000 km²) vergleicht. Die Bevölkerung hatte im letzten Kriegsjahr noch etwa 72 Millionen betragen. In den folgenden Jahren nahm sie stark zu und erreichte 1967 die 100-Millionen-Grenze. 1975 zählte man 112 Millionen.
Im Kreise älterer Kollegen sagt man etwa, dieser oder jener sei schon in «Meiji» geboren. Dabei denkt man weniger an das Alter gezählt in Jahren als daran, dass ein solcher Kollege noch in einem Schulsystem und unter Verhältnissen aufgewachsen ist, die seinem Denken und Verhalten einen charakteristischen Stempel aufgedrückt haben. Der Zweite Weltkrieg bildet in dieser Hinsicht eine bedeutende Zäsur. Ob man der Vorkriegsgeneration oder aber der Nachkriegsgeneration angehört, ist das wirklich entscheidende Merkmal. Es fällt nicht leicht, die Unterschiede

aufzuzählen, weil man dabei ungewollt eine Wertung nach deren Bedeutung vornehmen würde. Ausserdem müsste man ein ganzes Paket in einzelne Teile auflösen, die man im Grunde nur als ein Ganzes richtig verstehen kann. Gleichwohl versuchen wir, einige der für unsere spätere Betrachtung der Entwicklung Japans in der Zeit seit 1945 wichtige Punkte zu nennen. An dieser Stelle sollen sie freilich nur kurz genannt und mit wenigen Sätzen im Zusammenhang beschrieben werden; später müssen sie eingehender und im einzelnen besprochen werden.

Den grössten Schock gegen und unmittelbar nach Kriegsende dürften die Rede des Kaisers, welche die Kapitulation ankündigte, die Zerstörung von Hiroshima und Nagasaki durch Atombomben und die amerikanische Besetzung ausgelöst haben. Alle drei Ereignisse standen in einem so ungeheuerlichen Masse im Widerspruch zu allem Bisherigen, dass wir sie an erster Stelle nennen müssen. Am 15. August 1945 – in einem Zeitpunkt, als in Europa das Kriegsgeschehen schon seit mehreren Monaten ruhte – kündigte der Kaiser das Ende des Krieges, die Niederlage an. «Dem Befehl der Zeit und des Schicksals gehorchend, haben Wir Uns entschlossen, einem grossen Frieden für alle kommenden Generationen den Weg zu bereiten, indem wir das Unerträgliche ertragen und erdulden, was man nicht erdulden kann.» Am 2. September 1945 wurde die Kapitulationsurkunde unterzeichnet. In seiner Erzählung «Sakurashima» schildert Umezaki Haruo, wie gross die Schockwirkung dieses Schrittes bei der Truppe war. Am 6. und 9. August waren Atombomben auf Hiroshima und Nagasaki abgeworfen worden. In Hiroshima wurden 120000 Bombenopfer gezählt, die Spätwirkungen machen sich selbst heute noch bemerkbar. Es ist beachtenswert, dass man in Japan weniger als im Ausland über Hiroshima spricht. Man darf sich aber dadurch nicht täuschen lassen; man versucht, das Bedrückende durch Schweigen zu verdrängen, vergessen aber will und kann man es nicht. Die Japaner sind das einzige Volk, das am eigenen Leibe erfuhr, was Nuklearwaffen bedeuten. Seither ist ihnen alles, was irgendwie «atomar» ist, suspekt geblieben. Der Schock der kaiserlichen Rede war relativ rasch überwunden, jener der Atombomben von Hiroshima und Nagasaki ist auch heute noch wirksam. Die amerikanische Besetzung: Noch nie zuvor hatte ein Gegner Japan besetzt; das Volk erwartete Rache, Plünderung, Vergewaltigung. Es kam alles ganz anders und es gehörte zum Erstaunlichsten – vor allem auch für die Besatzungstruppen –, wie rasch sich das japanische Volk mit der Tatsache der Besetzung abzufinden schien und rasch ein im ganzen erträgliches Verhältnis gefunden wurde. In diesem Falle ergaben sich erst im Laufe der Zeit zunehmend Spannungen. Die USA unterzeichneten am 8. September 1951 in San Francisco einen Friedensvertrag mit Japan, die Stationierung amerikanischer Truppen dauerte jedoch an und Okinawa (Ryukyu-Inseln) wurde, wie wir schon gesehen haben, erst 1972 an Japan zurückgegeben. Diese Präsenz wurde immer mehr als unerträglich empfunden.

Im Jahre 1944 erhielt eine amerikanische Anthropologin, Ruth Benedict, den Auftrag, in einer wissenschaftlichen Untersuchung zu ergründen, wie sich wohl die Japaner bei einer Niederlage verhalten würden. In

ihrem Bericht charakterisierte sie die Japaner mit folgenden Worten: «Sie sind in höchstem Grade angriffig und gleichzeitig zurückhaltend, militaristisch und kunstempfindend, sowohl unhöflich als auch entgegenkommend, stur und anpassungsfähig, unterwürfig, aber dann wieder nachträgerisch, wenn sie herumgestossen werden, treu und verräterisch, mutig wie scheu, konservativ und gleichzeitig offen gegenüber neuen Gedanken.» Aus diesem Grunde gab sie ihrem später in Buchform veröffentlichten und immer wieder zitierten Buch den Titel «Die Chrysantheme und das Schwert», womit das im Empfinden der westlichen Menschen oft Unverständliche, Unlogische, ja geradezu Paradoxe im japanischen Verhalten umschrieben werden sollte. Nach japanischem Empfinden ist ein solches Verhalten jedoch durchaus verständlich, vernünftig und entspricht einer sich ständig verändernden Situation. Auch im täglichen Gespräch hört man immer wieder: «Nun ist es eben so», und weil es so und nicht anders ist, muss man sich entsprechend verhalten. Damit man sich aber je nach den Umständen umstellen kann, legt man sich nicht gerne fest, zieht Umschreibungen oder unbestimmte Aussagen vor. Zugegeben, anfänglich kann ein von aussen Kommender dadurch verunsichert und fast gar zur Verzweiflung gebracht werden; hat man sich aber einmal daran gewöhnt, erkennt man die Vorteile, auf diese Weise mit allen Widerwärtigkeiten und Problemen zurechtzukommen.
Diese wenigen Überlegungen schienen notwendig, um einigermassen verstehen zu können, dass die Japaner nach erfolgter Kapitulation scheinbar reibungslos mit den Amerikanern zusammenarbeiteten. Die Amerikaner befahlen oder ordneten an, die Japaner fassten rein formal die Beschlüsse und führten aus, was zu tun war. Eine neue Verfassung, die den Kaiser als Symbol beliess und das Recht des Staates zur Kriegführung aufhob, wurde in Kraft gesetzt. Nach dem Paragraphen 9 der Verfassung wird Japan keine Armee mehr aufstellen; seit dem Koreakonflikt baute es aber seine sogenannten «Selbstverteidigungskräfte» auf, welche inzwischen zu einer alle Heeresteile umfassenden, auf das modernste ausgerüsteten Armee von 300000 Mann anwuchsen – eine klare Umgehung des genannten Verfassungsparagraphen, mit der sich jedoch (fast) alle Teile abfinden können. Die Amerikaner machten für die Aggressivität Japans vor dem Kriege weitgehend die Unzufriedenheit der Bauern verantwortlich, aus deren Reihen im Laufe der Jahre immer mehr Offiziere kamen. Aus diesen politisch motivierten Gründen besass die Agrarreform aus amerikanischer Sicht eine besonders hohe Priorität. Die Entflechtung der grossen Gesellschaften (sogenannten Zaibatsus) stand beim wirtschaftlichen wie industriellen Sektor im Vordergrund und wurde durch flankierende Massnahmen begleitet (Förderung von Gewerkschaften und – in der Landwirtschaft – Genossenschaften). Die Modelle für diese Massnahmen waren ebenso wie jene für die Reorganisation im Erziehungswesen ausgesprochen westlich-amerikanisch. Vor dem Kriege waren vor allem für die höheren Schulen und die Universitäten von den Japanern europäische, in erster Linie deutsche Vorbilder gewählt worden; nach 1945 erfolgte eine radikale Umstellung auf das amerikanische System. Dies gilt sowohl für den schulischen Auf-

bau wie für die Überführung einer ausgesprochenen Eliteausbildung in eine breite Massenausbildung. Dass die Lehrmittel «gesäubert» wurden und die früher besonders betonte Morallehre, die staatlichen Interessen diente, abgeschafft wurde, ist verständlich. Eltern-Lehrer-Vereinigungen wurden nach amerikanischem Muster aufgestellt, Staat und Religion getrennt – bis zum Kriege war Shinto als Staatsreligion oder Staatsphilosophie betrachtet und mit öffentlichen Mitteln unterstützt worden. Auf demographischem Gebiet machte sich amerikanischer Einfluss bei der Propagierung der Geburtenkontrolle, die man später Familienplanung nannte, bemerkbar. In den meisten Fällen lässt sich der amerikanische Einfluss direkt nachweisen, auch wenn es japanische Körperschaften und Behörden waren, welche die entsprechenden Beschlüsse fassten und für deren Ausführung verantwortlich waren.

In der Regel erfolgte die Institutionalisierung des Neuen rasch und reibungslos – auch dann, wenn es dem Bisherigen und der japanischen Auffassung widersprach. Im Laufe der Zeit wurde jedoch in vielen Fällen entsprechend den Umständen die eingeleitete Entwicklung abgebremst, abgebogen und oft praktisch auf den früheren Zustand zurückgeführt. Das genannte Beispiel der Selbstverteidigungskräfte ist nur eines; die Zaibatsus erstanden in anderer Form neu, das westliche Gewerkschaftsmodell vermochte sich nicht durchzusetzen, die Pille wird zwar in Japan fabriziert, darf aber im Lande selber nicht verkauft werden und geht in den Export.

Ausserhalb der genannten Institutionen, so scheint uns, dürfte der amerikanische Einfluss nachhaltiger und damit wahrscheinlich auf lange Sicht von grösserer Bedeutung gewesen sein. Im Rahmen dieser nichtinstitutionalisierten Beeinflussung ist der Stellenwert, welcher der materiellen Produktion gemessen am Geldwert in allen Bereichen des Lebens zugeschrieben wird, besonders zu beachten. Die Wertschöpfung einer nationalen Wirtschaft wird durch die nationale Buchhaltung (beispielsweise im Bruttosozialprodukt) ausgewiesen und durch die Berechnung je Einwohner vergleichbar gemacht. Dem Wert Bruttosozialprodukt pro Einwohner – fälschlich oft auch als Pro-Kopf-Einkommen bezeichnet – kommt in der Nachkriegszeit eine steigende Bedeutung bei der Beurteilung des Entwicklungsstandes eines Landes zu, und er dient unter anderem auch zur Abtrennung von Industrie- und Entwicklungsländern. Kein Land der Erde – nicht einmal die Erdölländer – vermochten, so gemessen, eine rasantere Entwicklung als Japan aufzuweisen. Es war weit mehr als nur ein Wirtschaftsboom; wie in einem wilden Strom wurde ein Hundert-Millionen-Volk in einen Wohlstandstaumel hineingerissen. Man muss sich vergegenwärtigen, dass die Entbehrungen und der Kampf um das nackte Leben in den späteren Kriegsjahren und der Nachkriegszeit einen ungeheuren Nachholbedarf in allen Dingen, welche das Leben lebenswert machen, geschaffen hatte. In Tokyo hatte zudem ein Teil der Bevölkerung schon 1923 durch das grosse Erdbeben und die diesem nachfolgenden Brände Hab und Gut verloren. Schon zum zweiten Male in ihrem Leben mussten viele Menschen 1945 versuchen, gewissermassen aus dem Nichts heraus einen neuen Lebensweg zu finden. Die rasch sich verbessernden Arbeitsmarktverhältnisse und die steigenden Löhne schufen einen Absatzmarkt im Inland, der gierig Waschmaschinen, Fernsehapparate usw. aufnahm. Bald gehörte ein Auto zu den Statussymbolen und seit 1960 konnte man in Japan den immer rascheren Vorgang der Automobilisierung eines ganzen Landes beobachten. Aber auch die Ernährung, die Wohnverhältnisse und nicht zuletzt die Freizeitgestaltung – wofür man in Japan das Fremdwort «leisure» braucht – veränderten sich. Eine immer raschere Inflation und ein hektischer Lebensstil waren ebenso unvermeidlich wie eine ständig zunehmende Abhängigkeit von einer Aussenwelt, die Lebensmittel und Rohstoffe liefern sowie Fabrikate und Dienstleistungen kaufen konnte. Sprache und Gewohnheiten erschwerten dabei reibungslose Kontakte, tief verwurzelte Prinzipien erschwerten dem ausländischen Geschäftsmann und Kapitalgeber während vieler Jahre den Zugang zur japanischen Wirtschaft.

Es war vor allem die Nachkriegsgeneration, die im Zuge der hier skizzierten Entwicklung auch in stärkerem Masse westliches Kulturgut – sofern man diesen Ausdruck für alles gebrauchen darf – aufnahm, vom Coffee Shop und der Diskothek bis zu moderner Musik, Literatur und Kunst, zu westlicher Mode und amerikanischem Lebensstil. Besonders stark war dabei auch die Aufnahme englischer Wörter in die japanische Sprache gewesen, wobei freilich oft ein Bedeutungswandel festgestellt werden kann. Deutsch und Französisch treten weniger hervor, obwohl die junge Generation in kultureller und wissenschaftlicher Hinsicht stark nach Europa orientiert ist.

Es ist unvermeidlich, dass als Folge einer derart stürmischen Entwicklung und Veränderung in allen Lebensbereichen Spannungen und Reibungen entstehen. Die Zeitungen berichten in der Regel nur über das Besondere, den normalen Tagesablauf Unterbrechende. So lesen wir viel und oft von Studentenunruhen, von der Roten Armee, von politischen Skandalen, von Demonstrationen usw. Erstaunlich ist aber, dass sich nicht noch grössere Spannungen ergaben und dass sich die Menschen verhältnismässig reibungslos in die tiefgreifenden Umstellungen einfügten. Man kann dies wohl kaum anders verstehen denn als Folge des Weiterbestehens bestimmter Grundstrukturen, die auch unter veränderten Verhältnissen weiter das tragende Gerüst bilden. Dazu kommen das schon erwähnte pragmatische Denken und Handeln und die den Japanern immer wieder attestierte Fähigkeit, Neues zu prüfen und nach entsprechenden Anpassungen zu übernehmen. Zwar hat das sogenannte Generationenproblem im Falle Japans durch die Zäsur des Zweiten Weltkrieges ein besonderes Gewicht erhalten. Wie gross aber der Gegensatz zwischen Vor- und Nachkriegsgeneration wirklich ist und in welchem Masse das Traditionelle trotz allem weiterlebt, wird auch auf japanischer Seite verschieden beurteilt. Vieles dürfte dem westlichen Betrachter unverständlich bleiben, wenn er nicht davon ausgeht, dass Entscheidendes weiterlebt und der Japaner – auch der demonstrierende der jungen Generation – sich immer noch mehr als Glied einer Gruppe denn als Individuum fühlt und sich darum vorhandenen und gegebenen Forderungen der Gesellschaft unterordnen wird.

Von dieser sich ständig verändernden Szenerie hebt sich in der Nachkriegszeit die Parteipolitik als eine wichtige Komponente ab, die im wesentlichen unverändert blieb. Die Liberal-Demokratische Partei (LDP) besass über all die Jahre die Mehrheit im Unterhaus und konnte damit praktisch immer über die Gesetzgebung entscheiden. Im Hinblick auf die Verfassung, wo für eine Änderung eine Zweidrittelmehrheit notwendig ist, reichte es freilich nicht; hier können die Sozialisten einen Riegel vorschieben. Ganz stimmt freilich das eben Gesagte nicht: 1946 fanden in Japan erstmals Wahlen auf der Grundlage eines allgemeinen Wahlrechtes statt und damals gingen die Sozialisten als stärkste Partei aus ihnen hervor. Zusammen mit den Demokraten bildeten sie eine Koalitionsregierung, die freilich nur von kurzer Dauer war. Die zur LDP vereinigten konservativen Kräfte lösten die Sozialisten nach weniger als einem Jahre ab und hatten seither mit wechselndem Erfolg die Mehrheit behaupten können. Verantwortlich dafür sind eine Reihe von Gründen. Die Opposition ist uneinheitlich und wird sowohl durch Absplitterungen zugunsten der kommunistischen extremen Linken wie auch der nichtmarxistischen Sozialisten geschwächt. Die wirtschaftliche Erholung und die Verbesserung der materiellen Lebenshaltung förderten ausserdem eine eher konservative Haltung der Wähler. Vor allem aber wirkte sich aus, dass die Abgeordneten in das Unterhaus nach Wahlkreisen bestimmt werden; entscheidend ist dabei ein auf der Einwohnerzahl (nicht Wählerzahl) beruhender und praktisch unverändert gebliebener Schlüssel, der als Folge zunehmender Verstädterung dazu führte, dass einer Stimme in einem ländlichen Wahlbezirk heute oft das mehrfache Gewicht einer Stimme in städtischen Verhältnissen zukommt. Die LDP stützt sich aus diesem Grunde auf eine solide Wahlbasis in den konservativen und gewichtigen ländlichen Bezirken. Die grossen Städte, die mehrheitlich links wählen, besitzen wohl sozialistische Verwaltungen, können aber im Unterhaus und damit im nationalen Parlament nicht entsprechend der Zahl ihrer Wählerschaft zum Zuge kommen. Freilich ist die Mehrheitspartei allein schon aufgrund ihrer Entstehungsgeschichte uneinheitlich und aus recht verschiedenen Fraktionen zusammengesetzt. Damit ergibt sich ein politisches Kräftespiel und Auseinandersetzungen vor allem innerhalb der LDP, die freilich immer wieder versucht, nach aussen geschlossen aufzutreten.
Bedeutungsvoll ist die geschilderte Situation, weil sie eine langfristige Politik im Innern und nach aussen erleichtert. Dies gilt im besonderen für die Wirtschaftspolitik. Eine wichtige Position nimmt dabei das Ministerium für den internationalen Handel und Industrie (MITI) ein. Es reicht in seinen Anfängen auf 1881 zurück, erhielt aber 1949 eine neue Bezeichnung und neue Aufgaben, darunter die Formulierung der Handelspolitik und die staatliche Förderung der technischen und wissenschaftlichen Forschung. Mit dem Hinweis auf das MITI haben wir jedoch den Boden der Parteipolitik schon verlassen und uns der Administration zugewandt. Sie spielt in Japan als Machtfaktor eine ganze entscheidende Rolle, was sich auch darin zeigt, dass mit ganz vereinzelten Ausnahmen alle Politiker auf dem Weg über die staatliche Verwaltung in die politi-

schen Spitzenpositionen aufrücken. Es gehört im übrigen zu den vielen Paradoxien im japanischen Leben, dass man im Volk kaum je ein gutes Wort über Politiker oder über die Administration hört. Auch wenn beide suspekt sind, hat man sich mit ihnen abzufinden.

Gedanken zu einer «Länderkunde von Japan»

Im Laufe der verschiedenen Besuche in Japan zeichnete sich die Möglichkeit und der Wunsch ab, eine geographische Beschreibung dieses Landes zu verfassen. 1965 hatte der Amerikaner Glenn T. Trewartha eine ausgezeichnete einbändige Länderkunde «Japan» veröffentlicht, die aber inzwischen in verschiedener Hinsicht als veraltet angesehen werden muss. Er folgte im Aufbau dem bekannten länderkundlichen Schema, von den Naturgegebenheiten über die kulturellen Einrichtungen zur regionalen Gliederung fortschreitend. Ein grosser Vorteil von Trewarthas Länderkunde liegt in diesem klaren systematischen Aufbau: sie informiert umfassend und gliedert die Information so, dass man das Gewünschte leicht findet; zudem handelt es sich um einen Einbänder in einer vernünftigen Preislage. 1967 veröffentlichte M. Schwind in deutscher Sprache den ersten Band von «Das Japanische Inselreich». Dieses anspruchsvolle Werk ist auf drei Bände geplant und blieb bis zur Zeit unvollendet. Mehr als «Japan» von Trewartha ist es für die Hand des Wissenschaftlers gedacht – Trewartha gehört eher zur Kategorie der «textbooks» für Studierende an Colleges und Universitäten – und damit fehlt heute eine einbändige, die neueste Entwicklung berücksichtigende geographische Darstellung; vor allem gilt dies für den deutschen Sprachkreis und mit Bezug auf ein Buch, das für einen allgemein interessierten Leserkreis geschrieben wurde. Wertvoll ist in der gegenwärtigen Situation, dass in der Serie Fischer Länderkunde Band 1, Ostasien, P. Schöller eine ausgezeichnete geraffte Darstellung von Japan gegeben hat.
Während meiner Arbeiten in Japan erfuhr ich in erster Linie immer wieder Unterstützung von seiten der Professoren F. Tada, T. Yazawa und R. Ishida. In der höflichen japanischen Art, welche den Angesprochenen unter keinen Umständen binden soll, sprachen sie es aus: sie erwarteten, dass ich eben eine solche Länderkunde schreiben würde. Sie fügten bei, dass dies eigentlich nur durch einen Aussenstehenden geschehen könne, denn jeder japanische Geograph sei wohl schon allzusehr spezialisiert. Ich verdanke den drei genannten Kollegen sehr viel und hätte, nur schon um meine Dankbarkeit zu beweisen, seit langem gerne ihrem Wunsche entsprochen. Ganz besondere Unterstützung erfuhr ich auch von seiten der japanischen Kartographen und im besonderen von M. Takasaki, Generaldirektor des Geographical Survey Institute (Landestopographie von Japan). Die diesem Buch beigegebenen Luftphotographien wurden mir von seinem Amt freundlicherweise zur Verfügung gestellt. Mit einer Ausnahme wurden sie auch schon von K. Nishimura von der japanischen Landestopographie in seinem in japanischer Sprache verfassten

Luftbildwerk über Japan veröffentlicht. Besonders wertvoll war ein längerer Aufenthalt auf Einladung der Japan Foundation an der Tokyo Metropolitan University im Jahre 1976.

Kaum je hat mich ein Thema so lange beschäftigt wie dieses. Aus dem bisher Gesagten geht zur Genüge hervor, dass offenbar für viele Bereiche, die im Rahmen einer solchen Länderkunde zu untersuchen sind, das Rüstzeug, welches man sich im Westen erworben hat, nicht voll ausreicht. Je besser man Japan zu kennen glaubt, um so mehr realisiert man auch, dass das gleiche auch für die Darstellung gilt. Zwar wird man beispielsweise die Geologie mit Vorteil mit sogenannt «westlichen» Begriffen anpacken und auch der Japaner bedient sich für solche Zwecke des gleichen Vorgehens. Weniger weit bringen uns aber diese Methoden, wenn wir die Beziehungen des Menschen zur Natur betrachten; die Schwierigkeiten steigern sich oft zur kaum übersteigbaren Hürde im sozialgeographischen Bereich. Nicht nur die Überlegung, dass sich das zu veröffentlichende Buch ja an westliche Leser wenden soll, sondern auch die mit jedem Besuch wachsende Erkenntnis, dass ein «Fremder» eben immer ein «Fremder» – ein «gai-jin», wie ihn die Japaner nennen – bleiben wird, veranlassten mich, den grundsätzlichen Entscheid zu fällen, nicht so wie der Japaner sich versteht zu schreiben, sondern wie man es mich gelehrt hatte. Zweifellos wird damit die Darstellung aus japanischer Sicht in mancher Hinsicht zur Kritik Anlass geben, wofür ich um Entschuldigung bitten muss.

Eine Länderkunde zu schreiben betrachte ich im übrigen als eine der anspruchsvollsten geographischen Aufgaben, sofern man sich nicht von dem schon erwähnten länderkundlichen Schema leiten lässt. Die nach diesem Schema konzipierten Länderkunden sind freilich nicht zum Lesen, sondern eher zum Nachschlagen bestimmt, sie dienen dem Informationsbedürfnis von Wissenschaftlern und Laien. Wenn man dies nicht beachtet, wird man eine solche Darstellung, die nicht problemorientiert ist, leicht ermüdend finden. An Stelle einer schematischen, ja enzyklopädischen Aufreihung kann die gesamte Information aber auch einem allgemeinen Gedanken untergeordnet werden. Eine so konzipierte Länderkunde besitzt eine entscheidende subjektive Komponente bei der Herausschälung der Probleme und der Wahl des Standortes des Betrachtens; dies ist nicht allein notwendig, sondern muss auch als eine positive Eigenschaft gewertet werden. Ein Nachteil ist freilich, dass Wiederholungen unvermeidlich sind, weil ein und derselbe Sachverhalt in mehr als einem Zusammenhang zu erwähnen ist. Man könnte natürlich hinweisende Bemerkungen anführen, doch würde damit das Lesen erschwert.

Im vorliegenden Fall sind Absicht und Gedanke schon in den bisherigen Ausführungen enthalten: dem Verständnis des westlichen Lesers die besondere Situation dieses Landes näherzubringen, welches sich wirtschafts- und sozialgeographisch in einem Umbruch befindet, das sich wirtschaftlich fast vom Nullpunkt in zwei Jahrzehnten in die heutige Spitzenposition emporgearbeitet hat – und über welches im Westen oft unrichtige Vorstellungen bestehen.

Am meisten Zeit und Arbeit verlangte die sinngemässe Anordnung des Stoffes. Die Naturgeographie, welche im länderkundlichen Schema an erster Stelle steht, wurde jeweils dort berücksichtigt, wo sie zum Verständnis der behandelten Fragen wesentlich beitragen konnte. Entsprechend der gewählten Zielsetzung kommt die erste Stelle den wirtschaftlichen und gesellschaftlichen Belangen zu. Entsprechend ihrer Bedeutung in der gegenwärtigen Situation folgen Verstädterung, Industrien und Dienstleistungen sowie Urproduktion, abgerundet durch Hinweise auf Möglichkeiten der Regionalisierung. Dabei wird sich immer deutlicher zeigen, dass für ein gutes Verständnis Einblicke in das Leben und das Verhalten der Japaner Voraussetzung sind. Für die Japaner selbst ist heute wohl das grösste Problem zu wissen, welche Position sie in der Welt von heute einnehmen sollen und wie sie mit den Schwierigkeiten, die sich stellen, fertig werden. Damit wird manches, was üblicherweise säuberlich zusammengefasst ist, im vorliegenden Text verstreut zu finden sein; anderes – wie die geographische Lage – rückt von den ersten auf die letzten Seiten. All dies geschah in dem einzigen Bestreben, einen Zusammenhang zu finden, der hilft, dieses Land besser zu verstehen.

Meiner drei Kollegen, die mir über alle Jahre hinweg am nächsten standen, habe ich schon dankend Erwähnung getan. Die Zahl all jener, die mir immer wieder Einblicke in die Geographie Japans gewährten, ist so gross, dass sie hier nicht einzeln genannt werden können – aber vergessen sind sie nicht. Seit zwanzig Jahren habe ich immer wieder mit der Familie von Professor S. Kishimoto Wochen und Monate verbringen dürfen. Diese Einblicke in das japanische Alltagsleben schenkten mir nicht nur vieles, das in diesem Buche seinen Niederschlag fand, sie waren darüber hinaus auch menschlich überaus wertvoll. Wenn ich an all die Gastfreundschaft und Liebenswürdigkeit denke, die ich von japanischen Freunden und Bekannten immer wieder erfahren durfte, dann schäme ich mich beinahe des vorliegenden Buches. Ich hätte meinen Dank gern auf eine vollkommenere Weise abgestattet. – Unerwartet verschied 1977 mein Freund F. Tada, dem ich unendlich viele Einblicke verdanke und der zu diesem Buch und seiner Entstehung vieles beitrug. Seinem Andenken widme ich diesen Versuch, seine Heimat Lesern im Westen näherzubringen.

Verstädterung: Feststellungen und Fragen

Zur Geographie der japanischen Stadt im Wandel der Zeit

Im Strassengrundriss und – je näher wir der Gegenwart kommen – auch im Aufriss der Bauwerke hat die Stadt mehr Zeugnisse der Vergangenheit bewahrt als irgendein anderes Landschaftselement. Diese allgemeine Regel gilt – freilich mit gewissen Einschränkungen – auch für Japan, wo die Stadt über die Gegenwartsgeographie hinaus ebenfalls wertvolle Beiträge zum Verständnis vergangener Zeiten liefern kann. Als zentraler Ort repräsentiert die Stadt auch das landschaftliche Spiegelbild der heutigen wie der früheren wirtschaftlichen und politischen Organisation eines Landes. Freilich werden hier die Probleme bei der Untersuchung um so grösser, je weiter wir uns von der Gegenwart entfernen. Die Aufgaben, denen ein Gebäude oder eine Siedlung dienen soll, ändern sich im allgemeinen rascher als deren formale Gestalt. In gegenwartsbezogenen Untersuchungen kann man die einzelnen Aufgaben und Funktionen direkt erfragen und so schrittweise zu einem Verständnis der komplexen funktionalen Strukturen innerhalb der Stadt, jenen zwischen den Städten und jenen von Stadt und Umland gelangen. Schwieriger sind vergleichbare Untersuchungen für vergangene Zeiten, denn Dokumente und Geschichtsschreibung berichten uns nur selten von derart alltäglichen Dingen.
Die stadtgeographischen Arbeiten japanischer Geographen sind beachtenswert und erstrecken sich auf alle Untersuchungsbereiche, die man sich denken kann. Dabei lehnen sie sich oft an ausländische Vorbilder an – in neuerer Zeit sind es hauptsächlich amerikanische, denn in den USA haben viele junge Wissenschaftler ihre Auslandstudien gemacht – und prüfen, in welchem Masse diese sich auf japanische Verhältnisse anwenden lassen. Es liegt an der sprachlichen Barriere, dass die japanischen Arbeiten in der übrigen Welt nur ungenügend zur Kenntnis genommen werden. Erfreulicherweise veröffentlichte die Japanische Geographische Gesellschaft im Jahre 1970 eine Sonderpublikation, welche in englischer Sprache über verschiedene Aspekte der Untersuchung japanischer Städte unter dem Titel «Japanese Cities – a geographical approach» orientiert. In erster Linie war S. Kiuchi, Professor an der Universität Tokyo, für diese Öffnung nach aussen verantwortlich.
Städte erscheinen im Siedlungsbild Japans später als in China oder in Europa. Die ersten waren heute verschwundene kaiserliche Hauptstädte (kyo), die im 7. Jahrhundert n. Chr. erbaut wurden und mit archäologischen Methoden untersucht werden müssen. Im folgenden Jahrhundert wurden – dem chinesischen Vorbilde folgend – mit streng rechtwinkligem, nach den Haupthimmelsrichtungen geortetem Muster Nara

(Heijo-kyo) und etwa achtzig Jahre später Kyoto (Heian-kyo) angelegt. Das heutige Nara nimmt freilich nur eine Ecke der ursprünglichen Anlage ein; im Falle von Kyoto wuchs die moderne Stadt jedoch weit über die seinerzeitige Anlage hinaus und bewahrt im Strassengrundriss des Zentrums die alten Stadtteile noch unversehrt.
Zuerst von Heijo-kyo, später von Heian-kyo aus wurde das Land regiert. Neben der zentralen Hauptstadt, Regierungssitz des Kaisers, finden wir in den 68 Provinzen lokale Hauptstädte (koku-fu), die durch Kurierstrassen – von denen in der frühen Zeit die wichtigste (san-yo-do) von Heian-kyo an die Japanische Inlandsee und westwärts führte – mit der Zentralgewalt verbunden waren. Alle 20 km fanden sich Stationen für den Pferdewechsel. Im Jahre 1192 errichtete der erste Shogun (Oberster Feldherr), Minamoto-no-Yoritomo, sein vorgeschobenes Hauptquartier wenig südwestlich vom heutigen Tokyo in Kamakura; später wurde das Hauptquartier noch etwas weiter nordostwärts dorthin verlegt, wo eine Reihe von Flüssen in die Bucht von Tokyo münden und wo sich eine geeignete Stelle für die Anlage einer wohlgesicherten, befestigten Residenz fand. Diese Siedlung erhielt den Namen Edo (e = Bucht, do = Tor) und wurde, seit die Tokugawa an die Macht gelangt waren, zur faktischen Hauptstadt des Landes, bis sie 1868 auch zur rechtlichen Kapitale aufrückte. Die Zentralisation der Verwaltung und die Grösse des Landes führten dazu, dass Edo zeitweise die bei weitem volksreichste Stadt der Erde war. An der räumlichen Verteilung der städtischen Siedlungen und ihren gegenseitigen Beziehungen änderte sich wenig. Neben Kyoto und Edo existierten rund 200 lokale Regierungssitze, verbunden durch die von Edo ausgehenden Kurierstrassen mit ihren Poststationen, ferner Hafenstädte und Wallfahrtsorte.
1615 nahm der Tokugawa Ieyasu eine weitgehende Standardisierung der Verwaltungsstruktur vor, die sich auch in der Siedlungslandschaft ausdrückte. In den lokalen Regierungszentren erbauten die Feudalherren (daimyo) ihre durch gewaltige Mauern und Wassergräben geschützten Schlösser, an deren Fuss sich eine nach aussen nicht durch Befestigungen gesicherte Stadt ausdehnte. Man nennt diesen Stadttyp jo-ka-machi (jo = Schloss, ka = unterhalb oder am Fuss, machi = Stadt oder Ort). Die Schlossstadt war streng nach sozioökonomischen Kriterien gegliedert: ausserhalb des inneren Ringes folgten nacheinander bis zum zweiten Ring die Wohnviertel der drei ranggestuften oberen Klassen (Samurai), während die niederen Klassen der Handwerker und Kaufleute – wiederum nach ihrer Bedeutung für das Leben der Stadt getrennt – nach aussen folgten. Wir besitzen heute von zahlreichen jo-ka-machi Beschreibungen und Kartenrekonstruktionen aufgrund von Dokumenten und teilweise auch von Felduntersuchungen.
Die Pax Tokugawa führte dazu, dass sich bis 1868 am Bild und an der Struktur dieser über das ganze Land verstreuten jo-ka-machi kaum etwas änderte. Ihr grösster Feind waren in dieser Periode nicht mehr einbrechende Heerscharen, sondern das verzehrende Feuer. Feuersbrünste finden in den ausschliesslich aus Holz gebauten, dichtgedrängten Wohnvierteln alle Voraussetzungen zur raschen Ausbreitung. Durch den Bau

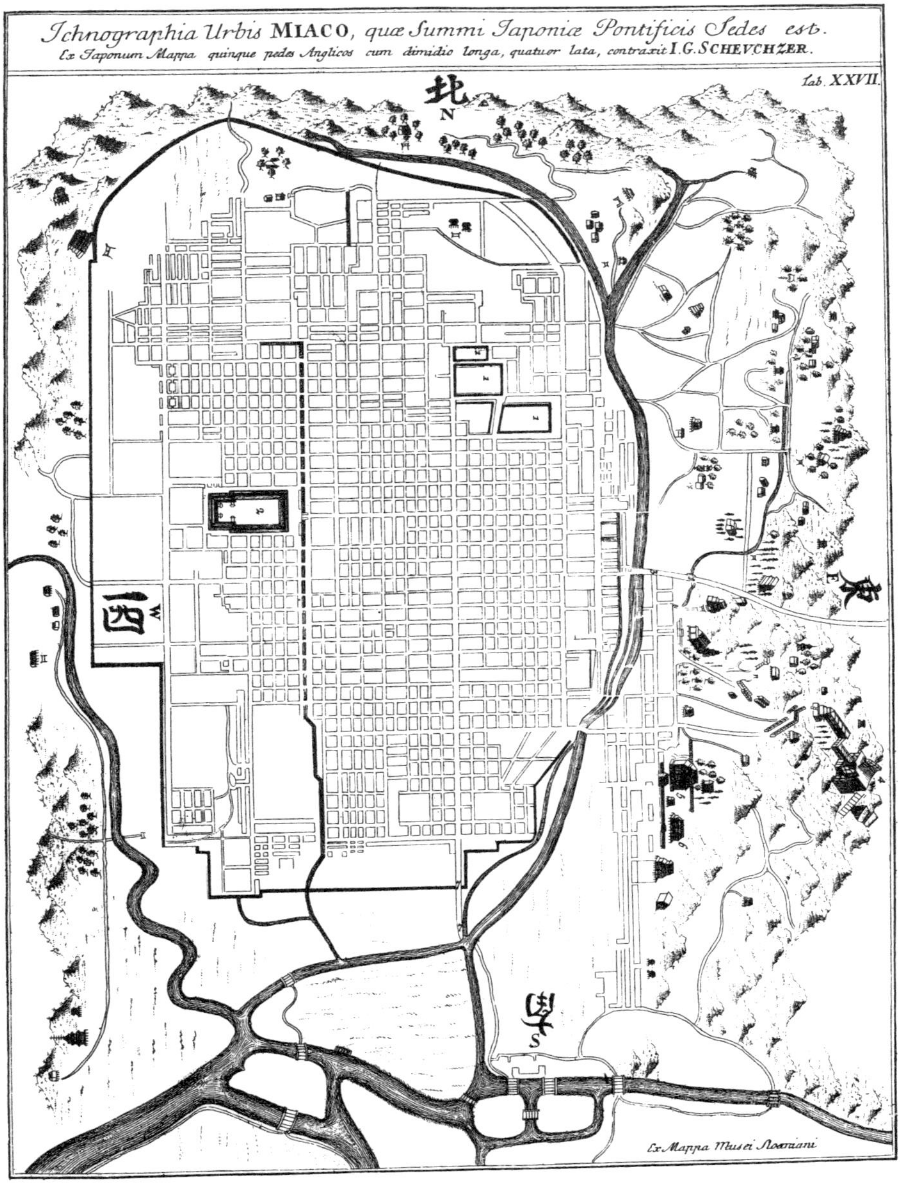

Fig. 1 Plan der Stadt Kyoto aus dem 1777–1779 erschienenen Werk «Geschichte und Beschreibung von Japan» von Engelbert Kaempfer.

von lehmbekleisterten und fast fensterlosen Speichern, in denen man Tücher, Geschäftsbücher, Geld und Schmuck, Nahrungsmittel usw. aufbewahrte, versuchte man sich vor dem völligen Verlust aller Habseligkeiten zu schützen. Selten wurde das Schloss ein Raub der Flammen, unberührt blieben die Mauern, die Tempel wurden getreulich in der früheren Gestalt wieder aufgebaut. Die Strassen wurden beim Wiederaufbau belassen. Aus diesem Grunde werden wir im Aufriss einer japanischen Stadt vergeblich nach mittelalterlichen Vierteln mit verträumten Winkeln suchen, wie man dies in Europa gewöhnt ist. Alte Bauten findet man eher noch auf dem Lande, wo Bauernhäuser mit etwas Glück die Ungunst der Zeiten überstehen können, oder in den Poststationen, auch shukuba-machi (shuku-ba = Unterkunftsort) genannt.
Vor 1868 entwickelten sich nur wenige Orte über die geschilderte Bedeutung hinaus. Osaka, die Stadt des Handels, war zusammen mit Sakai (heute ein Vorort von Osaka) eine ausgesprochene Ausnahme. Der grösste Teil des Güterverkehrs erfolgte zur Zeit der Tokugawa nicht auf den Kurierstrassen, sondern auf dem Wasser. Die Küstenschiffahrt verband alle wichtigen Orte und Osaka–Sakai besass hinsichtlich dieses Verkehrsnetzes eine zentrale Lage. Nach 1868 wirkte sich vorerst die Änderung der Gesellschaftsstruktur auf die japanische Stadt aus. Die Macht der Daimyo war dahin, die Vorrangstellung der Samurai existierte nicht mehr. Das vordem einheitliche und modellmässig gestaltete Bild der jo-ka-machi gehörte der Vergangenheit an. Es gibt zahlreiche Arbeiten japanischer Geographen, welche an Einzelbeispielen untersuchen, wie sich in den folgenden Jahrzehnten der Meiji-Periode die funktionale Struktur und das Bild der japanischen Stadt unter dem Einfluss von Industrie, Handel und Verkehr wandelten.
In den meisten europäischen Städten kennen wir die mittelalterlichen Altstadtviertel als eine geschlossene Einheit, die von der Industrialisierungsphase verschont blieb. Für japanische Städte gilt diese Regel nicht. Auch die alten Viertel wurden mit Industrie durchsetzt, sofern die Standortsbedingungen günstig waren. Gerade in den früheren Samuraivierteln, wo relativ grosse Grundstücke vorhanden waren und wo der einstige Verwendungszweck dahinfiel, konnten sich Gewerbe und Handel ansiedeln. Dies zeigt beispielsweise die Textilindustrie in Nagoya – die Provinz Aichi steht auch heute noch an erster Stelle in der Erzeugung von Textilien –, die vorerst in zentraler Lage frei werdendes Land im früheren Samuraiviertel suchte; in einer späteren Entwicklungsphase verblieb vorerst noch die Kleinindustrie, die für die japanische Produktionsstruktur so überaus charakteristisch ist, an diesem Standort, bevor auch sie – durch steigende Grundstückpreise gezwungen – den grossen Fabrikbetrieben an die Peripherie folgen musste.
Die japanische Stadt zeigte demnach bis 1868 ein ausgesprochenes Verharren in altüberlieferten Formen und Strukturen, während sich nach 1868 das Bild immer neu und rasch wandelte. Abgesehen von Tempeln und dem funktionslos gewordenen Schloss gab es kaum Siedlungselemente, die man als dauerhaft bezeichnen könnte. Grund und Boden waren der wichtigste Teil des Eigentums, die meisten Bauten waren in

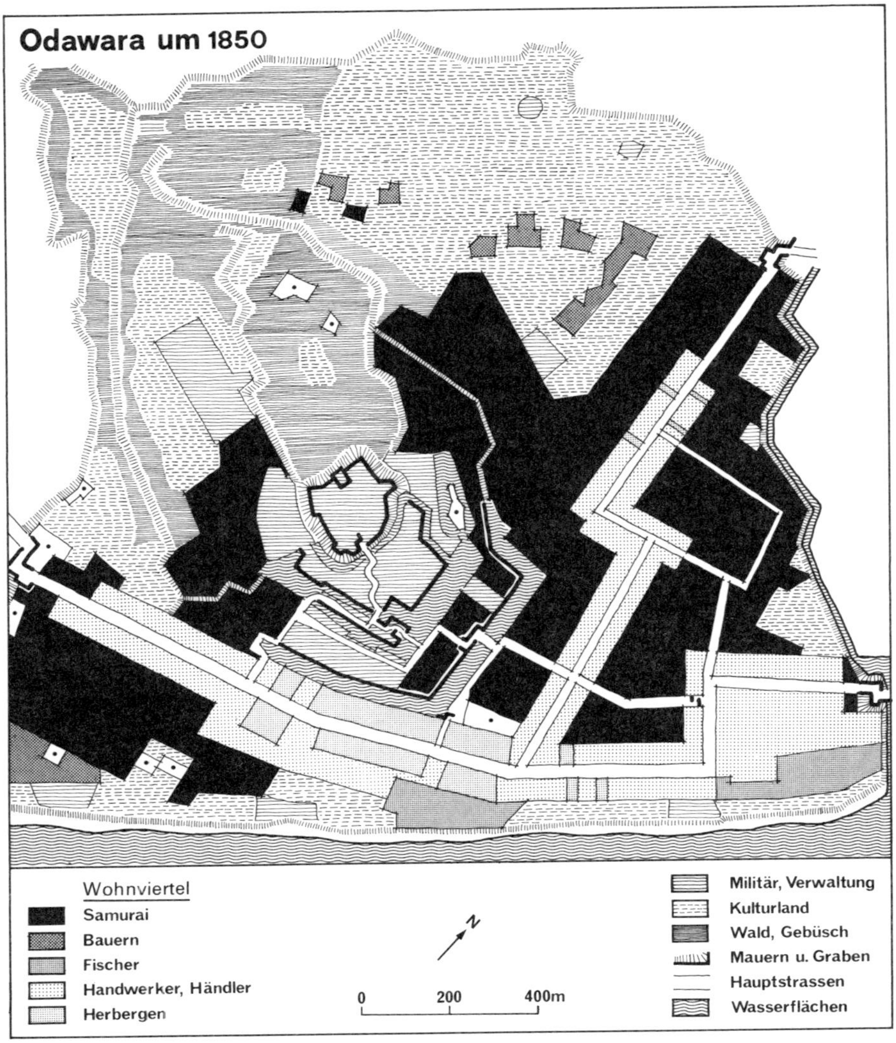

Fig. 2 Die Schlossstadt (jo-ka-machi) Odawara, südwestlich von Tokyo an der Bucht von Sagami gelegen. Odawara liegt am Tokaido unmittelbar vor dem Anstieg nach Hakone; darum verbinden sich hier Schlossstadt und Unterkunftsstadt (shuku-ba-machi). Stark vereinfachte Wiedergabe einer Rekonstruktion des Zustandes um 1850 durch S. Nakamura.

der Regel nur einfache einstöckige Holzkonstruktionen, die leicht dem Feuer oder Erdbeben zum Opfer fielen. Erst nach 1868 wurden Bauten erstellt, die solche Ereignisse überdauerten und damit zu festen Punkten im Stadtbild wurden. Es waren nicht immer die glücklichsten Architekturvorbilder, die in der Meiji-Zeit den Japanern dienten. Das Prunkgebäude des Hauptbahnhofs oder der klassizistische Bau der Nationalbank zeugen bis heute in Tokyo als isolierte Monumente von der Meiji-

Periode. Der Rest ist neu und oft ohne Planung rasch hingestellt. Die leitenden Motive waren zumeist Profit und Nützlichkeit. Erst in den Geschäftshäusern der Zwischenkriegszeit und dann vor allem in den Hochbauten der Nachkriegszeit nach 1945 wurden zunehmend städtebauliche Schwerpunkte geschaffen, die vereinzelt auch architektonisch grossartige Lösungen darstellen.
Damit haben wir im Rahmen unserer zentralen Fragestellung die Voraussetzungen geschaffen zum Verständnis dessen, was sich in der Nachkriegszeit im japanischen Städtebau abspielte. In den Städten des Landes findet die Nachkriegsentwicklung ihren greifbaren, konzentrierten Ausdruck. Die Meiji-Periode und die Zeit zwischen den beiden Weltkriegen waren im Vergleich zu den Jahren nach 1945 eine Periode ruhiger Entwicklung. Wenn wir für das Verständnis der besonderen Natur der Entwicklung seit 1945 drei Punkte als besonders wichtig hervorheben, müssen wir uns freilich bewusst sein, dass sie allein nicht genügen, um das stürmische Geschehen zu erklären. Der steile wirtschaftliche Aufstieg verlangte neue Flächen für Industrie und Geschäftshäuser und nutzte die Grundstücke durch Hochbauten wirtschaftlicher. Die Ersetzung der traditionellen Grossfamilie durch die Kleinfamilie führte zu einem Bedarf an Wohnraum, der weit grösser war, als man nach der Zunahme der Einwohner annehmen dürfte. Überdurchschnittliches Ansteigen der Grundstückpreise und das Fehlen einer Preiskontrolle führten zu einem sprunghaften Wachsen der Stadt nach aussen.
Die Nachkriegsentwicklung japanischer Städte führte infolge dieses Fehlens von gesetzlichen Bestimmungen, welche die Spekulation hätten zügeln können, zu einem unwahrscheinlichen Nebeneinander von Altem und Neuem, von primitiver Behausung und supermodernen Wolkenkratzern, von Stilarten jeder Richtung, kurz: zu einem Stadtbild, welches von ausländischen Touristen meist kategorisch als «hässlich» bezeichnet wird. Ohne uns auf eine Diskussion einzulassen, was man unter «schön» zu verstehen habe, möchten wir doch festhalten, dass dieses als hässlich empfundene Bild der Stadt ein getreues Abbild der japanischen Nachkriegsentwicklung ist und damit zum mindesten vom geographischen Gesichtspunkt aus als eindrücklich und in höchstem Masse interessant bezeichnet werden muss. In einem Artikel über Probleme der japanischen Grossstadtentwicklung erwähnte K. Shimizu, Universität Chiba, 1970 die folgenden drei Hauptursachen für das Unvermögen, mit der Verstädterung und ihren Problemen zurechtzukommen: erstens ungenügende politische und institutionalisierte Voraussetzungen, zweitens die unvollkommene Anwendung wissenschaftlicher Erkenntnisse und drittens ein noch nicht richtig entwickeltes bürgerliches Bewusstsein. Unter dem ersten Punkt erwähnt er neben anderem die bevorzugte Stellung der ländlichen im Vergleich mit städtischen Gebieten bei der Ernennung der gesetzgebenden Behörden. «Vor den Wahlen vernimmt man die Volksmeinung aus den Städten, aber die Wahl der Regierung erfolgt durch die ländlichen Gebiete», meint er. Letztere werden – beispielsweise durch die Reispreispolitik der Regierung – als Wähler verpflichtet. Ausserdem, so meint Shimizu, ist es merkwürdig, dass es wohl ein Land-

wirtschaftsministerium, aber kein Ministerium für Urbanistik gibt, obwohl in den Städten die Mehrheit der Bevölkerung wohnt, der grösste Beitrag zum Nationalprodukt geleistet wird und das grösste Steueraufkommen zu finden ist. Weiterhin beklagt er, dass viele der Neuzuwanderer vom Land zur Stadt noch nicht realisiert haben, dass Rechten des Bürgers auch Pflichten gegenüberstehen und dass letztere vor allem in einer Preisgabe der Indifferenz gegenüber den Problemen des Zusammenlebens unter städtischen Verhältnissen bestehen. «Es ist notwendig» – so schliesst er – «dass das Prinzip verankert wird, dass die Nutzniesser eine den Vorteilen entsprechende Last tragen und dass die Kosten für jede öffentliche Störung von jenen beglichen werden, die solche verursachen. Dringend erwünscht wäre ein Gesetz, welches den privaten Gewinn kontrolliert und dem öffentlichen Wohl die erste Stelle einräumt.»
Ein Wirtschaftsaufschwung, wie ihn Japan nach dem Zweiten Weltkrieg erlebte, fördert nicht nur die Inflation, sondern auch die Spekulation, bei der jeder gewinnen möchte. Im städtischen Raum findet dieser Kampf um die Mitbeteiligung am Gewinn über den Besitz an Bauland und über die Grundstückpreise statt. Wir werden bei der Besprechung des Beispieles Tokyo sehen, welche Bedeutung diesem Faktor zukommt. Während die Lohnerhöhungen noch einigermassen mit den Ausgaben für die täglichen Bedürfnisse Schritt halten, gehen die Grundstückpreise unverhältnismässig rasch in die Höhe. Verglichen mit europäischen Verhältnissen sind freilich die Aufwendungen für die Wohnungsmiete gering. Zwischen 1965 und 1975 gab ein Verdiener in städtischen Verhältnissen im Durchschnitt nur 10–11% für die Wohnung aus (vergleichsweise 30–36% für Essen u.a.). Ziel des Sparens ist für die meisten Familien das eigene kleine Haus – «my home» ist in Japan ein Begriff –, wobei sich dieses der Preissteigerung freilich durch immer kleinere Dimensionen anpassen muss. Versuchen wir, uns davon einen Begriff zu machen: Grundmass für die Wohnfläche ist die Bodenmatte «tatami», welche in der Regel 90 × 180 cm misst. Ein Raum wird als ein Zwei-, Vier-, Sechs- usw. -Mattenraum bezeichnet. 1973 betrug im Landesdurchschnitt die Bodenfläche für ein gemietetes Einzelzimmer 4,3 tatami pro Person. Der Leser möge selber einmal auf den Boden seines Wohnraumes mit Kreide diese Fläche zeichnen und daran denken, dass alle Nebenräume (Küche usw.) – wenn überhaupt vorhanden – mit so und soviel anderen Bewohnern geteilt werden müssen. Nur so kann man sich einen Begriff von den gedrängten städtischen Wohnverhältnissen machen. Der ursprünglich fast leere japanische Raum – man versorgt das meiste in tiefen Kasten –, der sowohl als Schlaf-, Wohn- und Essraum gebraucht werden und binnen Minuten entsprechend umgestellt werden kann, muss heute dank Wirtschaftswunder und Fortschritt alle möglichen Maschinen für den Haushalt, Fernseher und Radio, Schulpult für den Junior usw. aufnehmen und ist darum meist hoffnungslos verstellt.

Wohnfläche 1973 im Landesdurchschnitt in tatami/Person

	ländliche Gebiete	städtische Gebiete
Total	8,2	6,9
Eigenbesitz	8,8	8,2
Mietwohnung: öffentlich	4,7	4,7
privat	5,5	5,2

Y. Masai, Ochanomizu-Universität Tokyo, unternahm den interessanten Versuch, die einzelnen Elemente der japanischen Stadtlandschaft zu bestimmen (1970, The Contemporary Japanese Landscape). Dabei beschäftigte er sich beispielsweise auch mit den vorherrschenden Farben («die vorherrschende Farbe der japanischen Städte ist grau»), der Verwendung der verschiedenen Schriftarten für Laden- und Firmenbezeichnung (chinesische Bilderschrift, Silbenalphabet katakana oder hiragana, romaji oder westliche Schreibart – der Japaner verwendet alle vier nebeneinander und miteinander), Hausdachformen usw. usw. Nur hinsichtlich einiger weniger Charakteristika stellte er Übereinstimmungen mit der «europäischen Stadtlandschaft» fest.

Tatsächlich fühlt sich der Europäer bei einem Besuche Japans, der ihn unvermeidlich zuerst in eine der grossen Städte bringt, in jeder Beziehung recht hilflos. Teilweise hängt dies einfach mit Kommunikationsschwierigkeiten zusammen, man versteht Sprache und Schrift nicht, benimmt sich falsch usw. Ein Steward einer grossen Fluggesellschaft erzählte einmal, er fühle sich bei einem Zwischenaufenthalt in Tokyo immer so unsäglich verloren, dass er sich schon bei der Ankunft darauf freue, bald wieder wegfliegen zu dürfen! Sicher spielt aber auch das Ungewohnte dessen mit, was Y. Masai die «Stadtlandschaft» nannte. Japanische Städte sind anders strukturiert, die einzelnen Elemente unterscheiden sich von dem uns Bekannten und das Leben pulsiert in einem uns ungewohnten Rhythmus.

Dazu kommt wohl noch ein weiteres: jeder Besucher Japans trägt ein Bild des Landes mit sich, das er bestätigt zu finden wünscht. Es sind dem Verfasser keine Untersuchungen bekannt, die wissenschaftlich festzulegen versuchen, welcher Art diese Vorstellungen sind. In Ermangelung solcher Studien finden wir vielleicht eine Antwort im Bildmaterial von Reiseprospekten und in den Aushängebildern von Reisebüros – Leute, die verkaufen wollen, sind oft rascher als die Wissenschaftler im Erfühlen der richtigen Antwort! Wenn wir dort suchen, werden wir Bilder von schönen Landschaften, Natur, Ruhe und Frieden finden; ein Tempelbezirk oder die Behäbigkeit eines Bauernhauses, ein Schloss oder Palast, aber kaum das Hintereinander und Nebeneinander der verschiedensten Stilarten städtischer Architektur, die gedrängte Wohnweise der Mehrzahl aller Japaner ... kurz, die ganze Hässlichkeit – im Sinne des Touristen – der modernen japanischen Stadt wird ihm vorenthalten. Und doch ist die Stadt am ehesten das Spiegelbild des modernen Japan. Hier findet die Nachkriegszeit ihren deutlichsten landschaftlichen Ausdruck. Darum stellen wir die Stadt an den Anfang.

Auskunft der Statistik, Meinung des Politikers

«Gott schuf das Land, der Mensch die Stadt.» Wo wird man mehr an dieses oft zitierte Wort erinnert als in Japan? Wir befragen im folgenden vorerst die Statistik, um Auskunft über den für das Geschehen verantwortlichen Menschen zu erhalten. Für die Zeit vor 1868 ist der heutige Statistiker auf Schätzungen und Auslegung alter Steuerakten angewiesen. In der frühen Tokugawa-Zeit dürfte demnach die Gesamtbevölkerung an die 18 Millionen, um 1700 rund 30 Millionen und 1850 etwa 35 Millionen betragen haben. Die erste Volkszählung wurde 1872 durchgeführt. Auch wenn uns die historische Entwicklung nicht direkt beschäftigt, erstaunt gleichwohl das langsame Bevölkerungswachstum, welches nach 1700, als die Landreserven weitgehend ausgenutzt waren, sogar in Stagnation überging. Man kennt die Methoden, mit denen dies erreicht wurde. Abort und Infantizid – von den Japanern «mabiki» oder Ausjäten genannt – sind aktive Massnahmen, Hunger und Epidemien halfen weiter mit. Erstere hielten die Geburtenrate niedrig, jene drückten die Sterberate nach oben. Bei der Beurteilung muss man beachten, dass zu jener Zeit die japanische Bevölkerung grösstenteils aus Bauern bestand, die oft weder lesen noch schreiben konnten; nach 1868 machte die moderne Regierung darum die grössten Anstrengungen zur Förderung des Schulwesens in Stadt und Land.

Es gehört zum Interessantesten der japanischen Bevölkerungsentwicklung, dass mit dem Einsetzen der modernen Entwicklung die Zuwachsrate der Bevölkerung über Jahrzehnte immer mit der Zuwachsrate der Reisproduktion Schritt hielt. Reis war das Grundnahrungsmittel und man rechnete allgemein mit einem «koku» Reis (1,8 hl = 1,01 q paddy-Reis oder 1,46 q enthülster Reis) im Jahr je Einwohner. Entsprechend der verbesserten Versorgungslage mit Reis und der guten wirtschaftlichen Entwicklung nahm die Zuwachsrate der Bevölkerung bis Ende des Jahrhunderts von rund 5 auf 10‰ zu und erreichte bis zum Ersten Weltkriege beinahe 15‰. Das Einzigartige der japanischen Entwicklung zeigt sich im Vergleich mit der Bevölkerungsexplosion, welche wir heute in den Entwicklungsländern erleben; 1868 war auch Japan ein Entwicklungsland, aber offenbar eines, in welchem die Bevölkerung sich in der Frage der Geburtenkontrolle völlig anders verhielt, als wir das heute weltweit beobachten.

Erst nach Mitte der dreissiger Jahre spielte die Auswanderung aus Japan eine Rolle. Fast eine halbe Million Japaner verliessen 1937 und erneut 1938 ihr Land, 1941 waren es sogar über 800 000, 1942 479 000. Dadurch wurde die durch Geburten und Sterbefälle eingespielte Bevölkerungsentwicklung gestört, so dass die Zuwachsrate 1941 auf ihren tiefsten Stand von 4‰ absank. 1945 wurden keine Erhebungen durchgeführt, die ersten Nachkriegsangaben gibt es für 1946. Jetzt schien alles durcheinandergekommen zu sein: Millionen von Rückwanderer und die zu ihren Familien zurückkehrenden Soldaten waren verantwortlich für das Emporschnellen der Zuwachsrate auf 50‰, woran in hohem Masse auch die geburtenstarken Jahrgänge beteiligt waren. Die höchsten je verzeichneten

Geburtenzahlen wurden mit mehr als 2,5 Millionen jeweils in den Jahren 1947–1949 registriert; man sprach vom regelrechten «baby-boom» der Nachkriegsjahre.
In diesen Jahren wurden nacheinander Gesetze erlassen, welche die Propagierung von empfängnisverhütenden Mitteln und die Schwangerschaftsunterbrechung aufgrund sozialer Indikation gestatteten. Nach verschiedenen statistischen Quellen führte dies dazu, dass etwa die Hälfte aller empfangenen Kinder nie geboren wurden – dabei wurden nur die legalen Abtreibungen erfasst! Dies dürfte mit ein Grund sein, dass Mitte der fünfziger Jahre die Zuwachsrate erneut auf 10‰ und darunter sank. Nach 1960 stieg sie – vermutlich als Folge der verbesserten Lebensbedingungen – Jahr für Jahr an und lag 1973 bei 14‰. Die angegebenen Zahlen beziehen sich auf die absolute Bevölkerungszunahme und schliessen Ein- und Auswanderung ein; sie dürfen aber auch in Japan, obwohl der Einfluss der Migration nicht sehr gross ist, nicht etwa der natürlichen Bevölkerungsvermehrung gleichgesetzt werden.
Ungeachtet aller störenden Einflüsse nahm die Gesamtbevölkerung von Jahr zu Jahr zu. 1946 betrug sie 75 Millionen. Die Verfechter einer effizienten Geburtenkontrolle hofften damals, dass sich eine hinsichtlich der Arbeitsmarktlage und der düsteren Zukunftsaussichten erwünschte Einspielung bei etwa 100 Millionen vollziehen werde. Seither haben sich aber die Verhältnisse grundlegend geändert. Das Vertrauen des einzelnen in die Zukunft wuchs und die Industrie sah in der zunehmenden Verknappung von Arbeitskräften einen wichtigen Grenzfaktor ihrer Entwicklung. Das Ministerium für Gesundheit und Wohlfahrt nahm noch 1956/57 in seinen Schätzungen ein Einpendeln nach dem Jahre 2000 bei 100 Millionen an. 1976 ergab sich ein ganz anderes Bild (Tabelle «Bevölkerungsprognose 1976»).

Bevölkerungsprognose 1976

Jahr	Total in Millionen	Anteile in % Altersgruppen 0–14	15–59	über 59
1975	111,5	24,6	63,8	11,6
1985	123,3	24,1	62,0	13,9
2005	138,4	20,7	59,6	20,7
2025	143,0	19,5	58,2	22,4

Die jungen Jahrgänge werden nach dieser Prognose absolut ungefähr gleich stark bleiben, die Arbeitsjahrgänge um rund 12 Millionen zunehmen; der grosse Wandel – absolut und relativ – wird bei den über 65jährigen eintreten, deren Anteil stark ansteigt. Wir werden später darauf zurückkommen und möchten an dieser Stelle lediglich festhalten, dass die zukünftige Bevölkerungsvermehrung in erster Linie durch eine fortschreitende Überalterung charakterisiert sein wird.

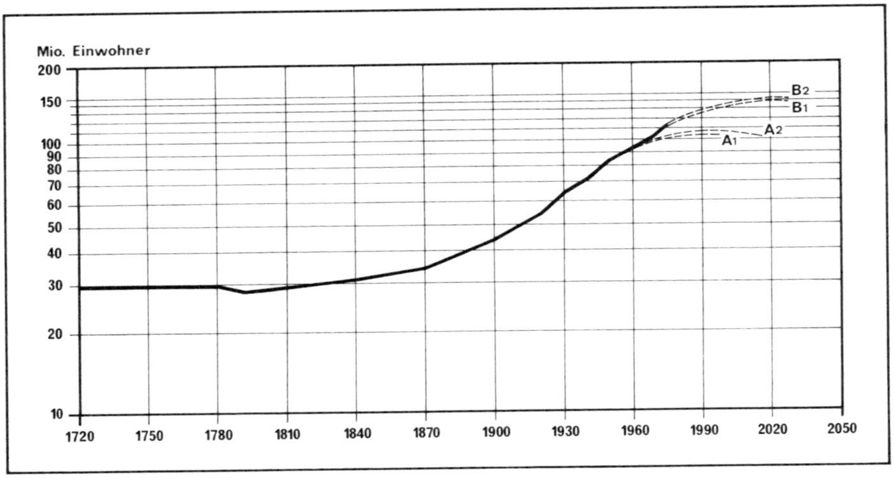

Fig. 3 Entwicklung der Bevölkerung: 1720–1870 nach Geographical Review 1928, 1880ff. nach Japan Statistical Yearbook. Die Voraussagen des Statistischen Amtes wurden gemacht: 1956 A_1, 1957 A_2, 1972 B_1 und 1976 B_2.

Auch die Alterspyramide zeigt die Entwicklung zur Überalterung deutlich. Ausserdem erkennt man die tiefen Einschnitte sowohl auf seiten der Männer wie der Frauen (Zivilverluste!) im letzten Kriegsjahr sowie den nach Kriegsschluss einsetzenden «baby-boom», der dann bis zur Mitte der fünfziger Jahre abflaute. Nach traditioneller Auffassung war das Jahr 1966 – welches in der Alterspyramide durch einen scharfen Einschnitt auffällt – ein Unglücksjahr; Mädchen, welche 1966 geboren werden, dürften nach dieser Auffassung später im Leben Unglück haben oder Unglück bringen. Auch im modernen Japan führte dies dazu, dass 1965 1,1, 1966 nur 0,8 und 1967 wieder 1,2 Millionen Babys geboren wurden. – Von 1960 bis 1975 nahm die Zahl der in der Urproduktion Beschäftigten ungefähr auf die Hälfte ab, während in Industrie und Dienstleistungen eine Zunahme auf rund 150% eintrat. Diese Zahlen weisen auf einen wichtigen Wandel in der Bevölkerungsstruktur, der uns im folgenden Kapitel noch mehrmals beschäftigen wird.

Die bisherigen Ausführungen über die Gesamtbevölkerung belegen, dass die Bevölkerungsstatistik die Nachkriegsentwicklung ebenso deutlich aufzeichnet wie der früher beschriebene Wandel der Stadtlandschaft. An Zahlenunterlagen besteht kein Mangel. Das Statistische Büro, welches dem Büro des Premierministers untersteht, erfasst praktisch alle Bereiche und veröffentlicht die ausgewerteten Daten in einer für westliche Verhältnisse erstaunlich kurzen Zeit in Tabellen und in Karten. In diesem Material finden wir den statistischen Niederschlag der seit 1960 immer rascher verlaufenden Verstädterung. Die wichtigsten Daten über die verschiedensten Bereiche sind in dem jeweils im folgenden Sommer erscheinenden Statistischen Jahrbuch enthalten.

Die Meiji-Regierung brachte Japan eine neue, auf dem hierarchischen Prinzip aufgebaute Gliederung des Staatsgebietes. Während sich an der Gliederung nach 1945 grundsätzlich nichts änderte, versuchte man damals durch Verfassungsbestimmungen und administrative Massnahmen den unteren Stufen der Verwaltung grössere autonome Rechte zu geben. Das Land wird in 47 Präfekturen eingeteilt, deren Gouverneure und Ein-Kammer-Parlamente vom Volk gewählt werden; hier wird der Begriff Präfektur für das japanische «ken» verwendet, um jede Verwechslung mit den historischen «Provinzen» zu vermeiden. Vier Präfekturen weisen eine Sonderbezeichnung auf: Tokyo erhält den Titel -to (= Hauptstadt), Osaka und Kyoto -fu (Stadt-Präfektur) und Hokkaido ist eine sogenannte regionale Präfektur; alle anderen tragen den Titel -ken, also beispielsweise Tottori-ken = die Präfektur Tottori. Die Provinzgebiete sind weiter unterteilt in «shi», «machi» und «mura». Mura sind nach deutschem Sprachgebrauch Dörfer, die sich aus zahlreichen Fraktionen («buraku») zusammensetzen können. Machi wird man am besten mit Ort (im Englischen = town) übersetzen, während shi eine Stadt (Englisch = city) ist. Shi haben eine von der Provinzregierung unabhängige Selbstverwaltung.
Unter der städtischen Bevölkerung versteht man in Japan das Total der Wohnbevölkerung aller shi. Dies ist auch das Mass für die Verstädterung. Die Voraussetzungen dafür, dass eine Verwaltungseinheit als shi bezeichnet werden kann, können durch demographische Veränderungen oder durch Zusammenlegung mehrerer solcher Einheiten geschaffen werden. Daher kann dieses Mass für die Verstädterung – das gilt sowohl für den Vorgang wie für einen bestimmten Zustand – nur bedingt gebraucht werden. Verstädterung, so definiert, kann zweierlei bedeuten: tatsächliche Zunahme städtischer Lebensweise oder/und administrativ bedingte Verstädterung. Wir werden im Zusammenhang mit Fragen der Regionalisierung auf diesen Punkt zurückkommen und dabei auch sehen, in welch ausserordentlich hohem Masse sich ununterbrochen das statistische Bezugsnetz von shi–machi–mura veränderte (vgl. S. 181 ff.).
Man verwendet in Japan seit 1960 aber auch noch ein anderes Mass für die Verstädterung. Die Erhebungseinheiten bei den alle fünf Jahre stattfindenden Volkszählungen umfassen in der Regel 50 Häuser oder Haushalte. Wenn in mehreren aneinander anschliessenden Zähleinheiten die Einwohnerdichte 4000 pro Quadratkilometer übersteigt und ausserdem eine Reihe von weiteren Voraussetzungen erfüllt sind, werden die betreffenden Gebiete zu DID (densly inhabited districts, dicht besiedelte Distrikte; siehe Tabelle «Statistik zum Problem ‚Verstädterung'»). Die Vergleichszahlen von 1965 und 1970 zeigen unter anderem, dass offenbar die shi-Gebiete auch grosse Areale einschliessen, die nicht als städtisch anzusehen sind; die Besprechung von Tokyo wird dafür Belege liefern. Es ist darum auch nicht erstaunlich, wenn die Bevölkerungszahlen für DID niedriger sind als das Total der shi. Zusammengefasst lässt sich sagen: Auch das Beispiel Japan beweist, wie schwierig es ist, für einen oft gebrauchten Begriff – Verstädterung – ein eindeutiges und über lange Zeit brauchbares Mass zu finden.

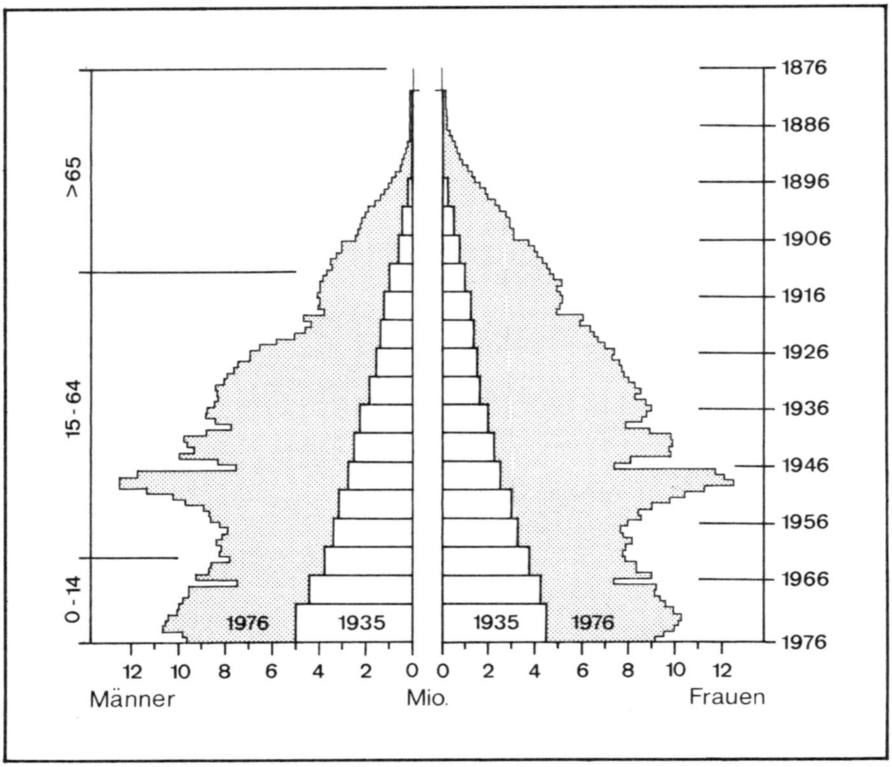

Fig. 4 Die Alterspyramide der Jahre 1935 und 1976 nach Japan Statistical Yearbook.

Im Jahre 1977 erschien der grosse Nationalatlas von Japan, der äusserst aufschlussreiche Karten zu dem uns beschäftigenden Thema enthält. Während in der Periode 1968–1972 die durchschnittliche jährliche natürliche Bevölkerungszunahme im grösseren Teil Japans weniger als 5‰ betrug und vor allem im Westen sogar Gebiete mit Abnahme überwiegen, stechen die Stadtgebiete ausnahmslos mit Werten von 15, 20 und mehr Promille hervor. Sie besitzen in dieser Periode die niedrigste Sterbeziffer (meist unter 5‰) und die höchste Geburtenziffer (in vielen Fällen über 30‰). Die Städte sind die demographisch fruchtbarsten Teile Japans, weil nach dem Zweiten Weltkrieg eine Rückwanderung, später eine Einwanderung vor allem junger Menschen in die wieder zum Leben erwachten Städte einsetzte. Die Rückwanderer kamen in der Regel aus benachbarten ländlichen Präfekturen, die Zuwanderer jedoch von weiter her. Dabei lassen sich folgende Hauptströme feststellen: Sowohl nach Tokyo wie nach Osaka kamen sie aus ländlichen Gebieten entlang der Japan-See, die in Japan ganz allgemein als die Rückseite des Landes (Ura-Nihon, ura = die andere, falsche oder Rückseite) bezeichnet wird. Im Gegensatz dazu spricht man von den dem Pazifik zugekehrten Teilen des Landes als «Omote-Nihon» (omote = die richtige, die Aussenseite). Die stärkste Zuwanderung erreichte Tokyo jedoch aus dem Norden, von Tohoku und Hokkaido, während Osaka Zuwanderer aus dem ganzen Südwesten und Westen anzog. Präfekturen mit dauernden Auswanderungsverlusten zwischen 1965 und 1974 waren: Hokkaido, Aomori, Iwate, Akita, Yamagata und Fukushima im Norden; Niigata in Ura-Nihon und die Gebirgs-Präfekturen Fukui, Yamanashi, Nagano sind wie die erstgenannten auch Tokyo tributär; Osaka zugeordnet sind Toyama, Wakayama, Tottori, Shimane, Yamaguchi, Tokushima, Ehime, Kochi, Saga, Nagasaki, Kumamoto, Oita und Kagoshima, zusammengenommen die Hälfte aller Präfekturen. Interessanterweise muss zur Gruppe der 1965–1974 dauernd Wanderverluste aufweisenden Präfekturen auch Tokyo gerechnet werden; hier rührt der Wanderverlust jedoch davon her, dass immer mehr in Tokyo Beschäftigte in den umgebenden Präfekturen wohnen müssen.

Statistik zum Problem «Verstädterung»

	1965	1970
Landesbevölkerung	98 275 000	103 720 000
Total aller shi	66 919 000	74 853 000
Total aller DID	47 261 000	55 535 000
Anteil der DID an den shi in %:		
Bevölkerung	66,7	69,9
Fläche	4,8	6,19

Die Alterspyramiden von grossstädtischen Bevölkerungen zeigen als Folge dieser Wanderbewegungen enorme Anschwellungen in den Jahrgängen der jüngeren Arbeitsfähigen. Dieser Zustand darf aber nicht als dauernd gegeben angesehen werden: in der Alterspyramide werden sich auch in den Städten die Altersklassen nach oben verschieben und auch hier wird die Belastung durch die Alten immer grösser werden, denn es ist nicht damit zu rechnen, dass das Menschenreservoir der ländlichen Gebiete unerschöpflich bleibt. Wohl genügte es während der Zeit des Wirtschaftsaufschwungs in der Nachkriegszeit noch der Nachfrage, aber in naher Zukunft dürfte es versiegen. Schon zeigen sich in den ländlichen Gebieten deutliche Anzeichen: extreme Überalterung oder dann nur Kinder und Alte, weil die Eltern in der Stadt arbeiten; weite Gebiete weisen eine absolute Bevölkerungsabnahme auf; wir stellen eine Zunahme der Sterbe- und eine Abnahme der Geburtenzahlen fest.
Ein weiterer Wandel der Bevölkerungsstruktur, durch die Grösse der Familie bedingt, ist im besonderen für die städtischen Gebiete charakteristisch. In der Zeit von 1960 bis 1975 hat die Zahl der Haushalte in ganz Japan um 56% zugenommen, während die Bevölkerung nur um 20% anstieg. Für diese überdurchschnittliche Zunahme waren die Haushalte bis zu vier Personen verantwortlich; schon Haushalte mit fünf Personen sta-

gnierten und solche mit mehr als fünf Personen waren rückläufig. Haushalte mit mehr als zehn Personen fielen von 365689 auf 33300 zurück! In diesen Zahlen zeigt sich eine tiefgreifende Änderung der Sozialstruktur (Ersatz der Grossfamilie durch die Kleinfamilie, bestehend aus Eltern und Kindern) und eine Abnahme der meist grossen ländlichen im Vergleich zu den kleinen städtischen Haushalten.
Man kann prinzipiell die Verstädterung immer auf zweierlei Art untersuchen: man wählt entweder die Stadt selbst oder dann die ländlichen Gebiete, die Kehrseite der Medaille. Bis 1868 war Japan, sofern wir von den nördlichen Teilen absehen, die damals erst besetzt, kolonisiert und entwickelt wurden, in demographischer und wirtschaftlicher Hinsicht ein regional relativ ausgeglichenes Land. Zu einem regionalen Ungleichgewicht kam es aber schon vor dem Zweiten Weltkrieg, denn die Industrien fassten hauptsächlich in Omote-Nihon Fuss; dort entwickelten sich die grossen Städte und Wirtschaftszentren. Ura-Nihon wurde davon vorerst wenig berührt. Nach dem Zweiten Weltkriege wirkte sich – wie die Liste der Präfekturen mit Wanderungsverlusten zeigte – der Einfluss des technisch-wirtschaftlichen Fortschrittes im einen Teile Japans in immer stärkerem Masse negativ auf die peripheren Gebiete aus. Es wird sich zeigen, dass es dabei nicht nur um den mangelnden wirtschaftlichen Auftrieb geht – die Landwirtschaft selbst leidet und verkümmert in einem solchen Masse, dass es fast unmöglich scheint, ihr zu helfen.

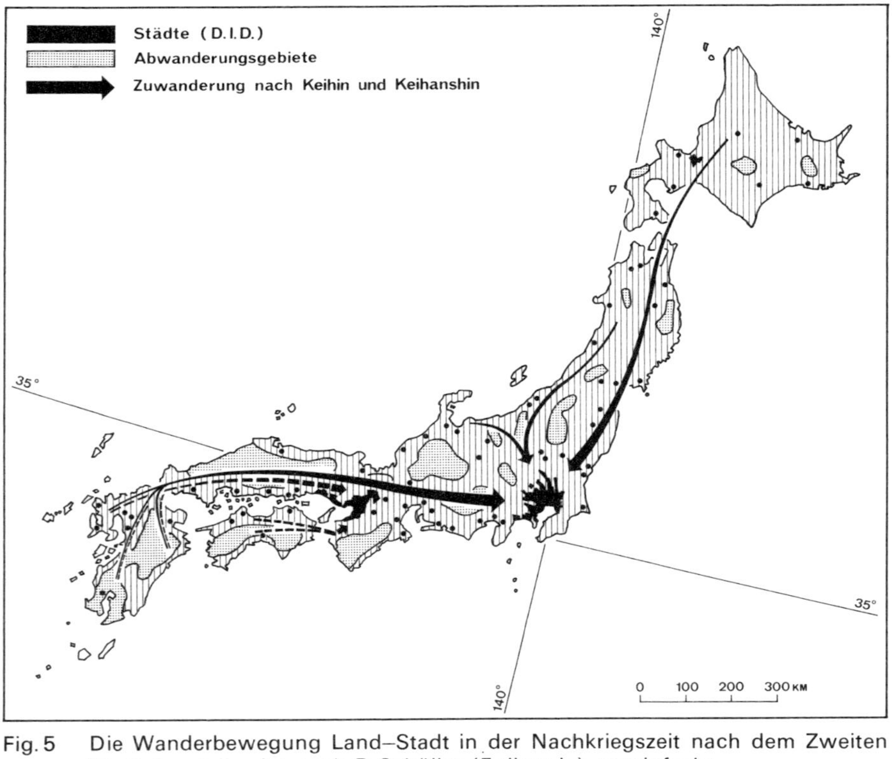

Fig. 5 Die Wanderbewegung Land–Stadt in der Nachkriegszeit nach dem Zweiten Weltkrieg, teilweise nach P. Schöller (Erdkunde), vereinfacht.

Fig. 6

Altersaufbau in städtischen Gebieten im Vergleich zum Landesdurchschnitt 1975: A = Japan, B = Tokyo und C = Neuzuzüger 1971–1975 nach Tama New Town bei Tokyo.

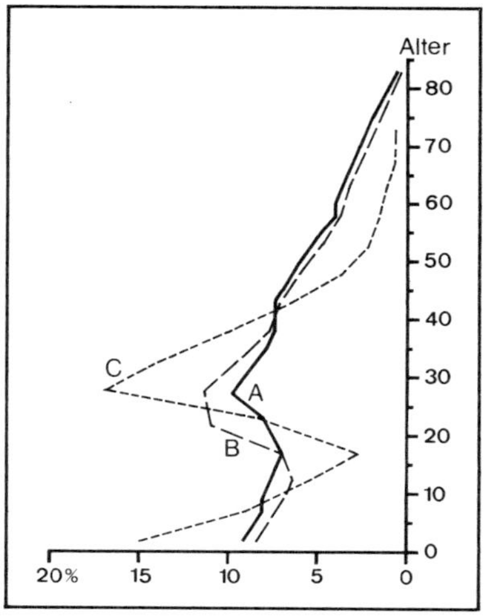

1973 veröffentlichte der damalige Premierminister K. Tanaka ein aufsehenerregendes Buch mit dem Titel «Die Rekonstruierung der japanischen Inseln» (Nippon Retto Kaizo-Ron). «Ebenso wie Wasser immer nach unten fliesst, wollen die Menschen immer nach oben streben. Die moderne Wirtschaftsgeschichte zahlreicher Länder zeigt einen Trend der Beschäftigten vom primären zum sekundären und tertiären Erwerbssektor, von den ländlichen zu den städtischen Gebieten, eine Verlagerung, die eine Vermehrung der Wertschöpfung und des Nationaleinkommens mit sich brachte. Dieser Zug der Menschen auf ihrer Suche nach höherem Einkommen und einem besseren Leben war die treibende Kraft bei der Erschaffung unserer modernen Zivilisation. Japan ist in dieser Beziehung kein Ausnahmefall. Sein Aufstieg in hundert Jahren nach der Meiji-Restauration steht in direkter Beziehung zu seiner Industrialisierung und Verstädterung.
In der zweiten Hälfte der fünfziger Jahre brachte jedoch der rasante wirtschaftliche Aufschwung eine übermässige Konzentration sowohl der Bevölkerung wie der Wirtschaft entlang der pazifischen Küste und machte aus Japan eine Gesellschaft, die charakterisiert ist durch höchste Bevölkerungsdichte. Während die grossen Städte alle Mühsale und Ärgernisse zu ertragen haben, die als Folge der Übervölkerung auftreten, leiden die ländlichen Gebiete unter der Abwanderung der Jungen und deren Folgeerscheinung, dem Schwinden der für den Fortschritt nötigen Lebensfreude und Energie. Die rasch fortschreitende Verstädterung ist für die wachsende Zahl von Menschen verantwortlich, die nie die Freude des ländlichen Lebens erfahren haben, die noch nie Hasen in den Bergen jagten, in den Strömen fischten, deren Heim aus einem winzig kleinen Raum in einer gewaltigen Stadt besteht. Wie können wir unter diesen Umständen die traditionellen Werte des japanischen Volkes an die nächsten Generationen weitergeben?»
So schrieb K. Tanaka im Vorwort zu seinem Buch. Der Verfasser wurde später in verschiedene Skandale verwickelt, wurde vor Gericht gezogen,

trat als Premierminister zurück. Sein Buch ist in vieler Beziehung rasch geschrieben, skizziert mehr die grossen Zusammenhänge, als dass es sorgfältig dokumentierte Unterlagen präsentiert. Es wurde darum auch heftig kritisiert, nicht zuletzt weil K. Tanaka selbst in seiner eigenen Partei, der LDP, eine politisch stark umstrittene Persönlichkeit war. In unserem Zusammenhang bleibt es aber ein lesenswertes Buch, denn es ist in Japan, wo die Administration allmächtig ist, selten, dass ein Politiker die grossen Gedanken seiner Politik in derart klaren und unmissverständlichen Worten in Buchform veröffentlicht. Besonders bedenkenswert sind die von ihm gemachten Vorschläge zur Behebung der unerwünschten regionalen Disparitäten. «Meine Überlegungen führten mich dazu, eine Politik der Dispersion zu entwickeln, mit deren Hilfe der Zustrom der Menschen in die bestehenden Stadtagglomerationen in andere Richtung gelenkt werden kann. Durch Neuansiedlung der Industrie und durch einen planmässigen Ausbau von Verkehrswegen und Verkehrsmitteln muss versucht werden, einen Teil der den städtischen Agglomerationen zufliessenden Kapitalien und Güter in die peripheren Gebiete zu lenken. Der Plan zum Aufbau eines neuen Japan setzt sich aus einer Reihe von Programmpunkten zusammen, die insgesamt helfen sollen, durch die Umsiedlung von Menschen und Industrien in die unterentwikkelten Gebiete gleichzeitig die Probleme der Bevölkerungsmassierung wie jene der Unterbevölkerung zu lösen.» Regionale Disparitäten sind nicht nur ein Problem Japans, wenn sie auch hier in besonderem Masse festzustellen sind. Sie beschäftigen die Regierungen in Industrie- und Entwicklungsländern fast überall auf der Erde. Immer sind es die gleichen Fragen, die sich stellen: Welche Instrumente der Politik ermöglichen in einem nichttotalitären Staat die Lenkung der Entwicklung? Lassen sich die für eine solche Politik benötigten Mittel volkswirtschaftlich rechtfertigen und stehen sie überhaupt zur Verfügung? Das Buch von K. Tanaka gibt auf diese Fragen nur teilweise Antwort und zweifellos nicht genügend fundiert.

Grossstadt–Metropole–Megalopolis

Unter den grossen Reichsstrassen, welche von Edo ausgehend zur Zeit der Tokugawa die Verbindungen in alle Teile des Reiches herstellten, führte die wichtigste zur Kaiserstadt Kyoto. Sie folgte im allgemeinen der Pazifikküste und wurde darum Tokaido genannt (to = Ost, kai = Meer, do = Weg). John Saris reiste 1613 als erster Engländer in jenem Jahrhundert der Öffnung des Landes nach aussen auf dem Tokaido nach Edo. Er beschreibt ihn wie folgt (in Cooper, 1965): «Dies ist die Hauptstrasse des Landes und sie ist grösstenteils mit Sand oder feinen Steinen ausgeebnet. Sie ist in Meilen unterteilt; am Ende jeder Meile sind auf jeder Seite der Strasse kleine Hügel aufgeschüttet, welche mit einer Kiefer, die sorgfältig geschnitten ist, bepflanzt sind. Man hat diese Wegzeichen aufgestellt, damit die Pferdehalter von ihrer Kundschaft nicht mehr verlangen sollen, als was die Regel ist – das heisst etwa drei Pense je Meile. Die Strasse weist einen grossen Verkehr auf und ist immer voller Reisender.»

Die gleiche Strasse benutzte der Deutsche Engelbert Kaempfer, der von 1690 bis 1692 in Japan weilte und zweimal die Reise von Nagasaki nach Edo ausführen konnte. Seine sehr ausführliche Beschreibung ist äusserst lesenswert und dürfte heute in der 1964 erschienen Faksimileausgabe überall leicht greifbar sein. Auf diesem Weg zogen auch Kita und Yaji, die beiden Schelme in I. Jippenshas zu Beginn des 19. Jahrhunderts erschienenem Buch «Hizakurige», von Edo nach Osaka und zum Wallfahrtsort Ise und erlebten Abenteuer über Abenteuer. Ungefähr zur gleichen Zeit schuf A. Hiroshige seine berühmten Blockdrucke der «53 Stationen des Tokaido», wohl das bekannteste Beispiel der damals populären Ukiyo-e-Kunst (ukiyo = weltlich, zum täglichen Leben gehörend). 1961 wurde von O. Statler die inzwischen auch ins Deutsche übersetzte Erzählung «Das Gasthaus am Tokaido» publiziert, eine sehr lesenswerte Schilderung des Geschehens über die Jahrhunderte bis auf den heutigen Tag. In allen diesen Darstellungen wird der ländliche Charakter der Landschaft hervorgehoben: der Blick auf den Fuji, die Wälder von Hakone, der Blick auf die Bucht von Suruga. Grosse Flüsse mussten gequert werden, Bambus- und Kiefernhaine umgaben ruhige Tempelbezirke – wenn der Reisende eine shukuba-machi erreichte, riefen ihm die Händler zu und die Mädchen der Teehäuser versuchten, die Reisenden in ihren Gasthof zu ziehen.

Der Tokaido lebt als Name weiter, die einstige Reichsstrasse ist nur noch in Spuren vorhanden. Eine moderne Autobahn verbindet heute Tokyo mit Nagoya, Kyoto, Osaka und Kobe. Neben der seit langem bestehenden Bahnverbindung existiert die in aller Welt bekannte modernste Schnellbahn der Welt. Von wenigen Ausnahmen abgesehen, scheinen wir auf der Fahrt nie aus den Städten und Industriebezirken herauszukommen. Freilich sind diese immer wieder durchsetzt von noch vorhandenem bäuerlichem Land. Es gibt kaum einen grösseren Unterschied in der Stadt-Land-Abgrenzung als jenen zwischen Japan und England. In der englischen Landschaft sind entsprechende Gesetze dafür verantwortlich, dass diese Grenze absolut scharf ist: mit geschlossenen Wohnvierteln endigt die sich ausdehnende Stadt ohne Übergang gegen zusammenhängende Felder und Weideflächen. In Japan erfolgt die Ausdehnung der Stadt im wahrsten Sinne sprunghaft. Die so übersprungenen Bauernbetriebe leben im Schatten der industriellen Entwicklung vorerst weiter, wobei diese Schatten wirtschaftlicher Art sein können (Bodenpreise u. a. m.) oder tatsächliche Schatten, verursacht durch Luftverschmutzung. Der Reisende erhält auf jeden Fall den Eindruck, dass ihn seine Fahrt grösstenteils durch Industriebezirke und Städte führt, und ist glücklich, wenn er einmal einen Ausblick auf das Meer oder die fernen Gebirge erhaschen kann.

Die Anlage von Industrien nach 1868 erfolgte – wir werden davon im nächsten Teil ausführlicher zu sprechen haben – vor allem in einer Zone, die vom nördlichen Kyushu entlang der Japanischen Inlandsee nach

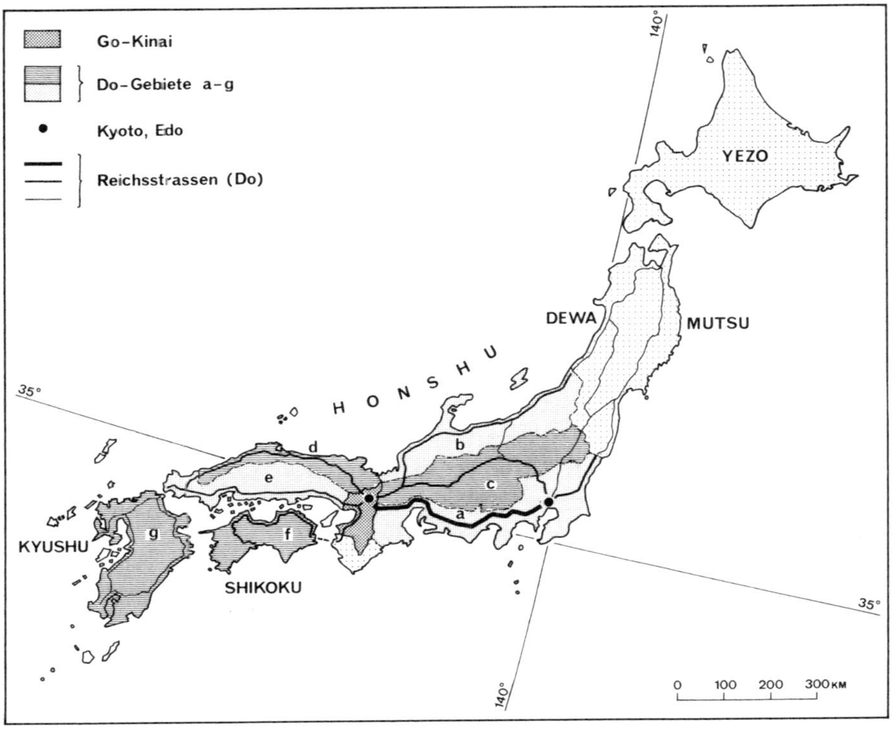

Fig. 7 Das Kerngebiet Go-Kinai und die von dort ausstrahlenden Reichsstrassen. Die einzelnen Strassen werden im Abschnitt «Provinzen, Präfekturen und ihre Gruppierungen» (S. 176ff.) erwähnt: (a) Tokaido, (b) Hokurikudo, (c) Tosando, (d) Sanindo, (e) Sanyodo, (f) Nankaido und (g) Kyushu.

Kobe und Osaka, nach Nagoya und schliesslich nach Tokyo reicht. Man nennt diesen rund 1000 km langen Streifen in der geographischen Literatur meistens den «Industriellen Gürtel» (industrial belt). Die in ihm gelegenen Städte wuchsen, indem sie aus den übrigen Landesteilen die benötigten Arbeitskräfte anzogen. In den Anfängen dieser Entwicklung besass jede dieser Städte einen ausgesprochenen Eigencharakter, der sich entweder aus ihrer Geschichte oder ihrer besonderen Funktion in der einsetzenden Modernisierung des Landes ableitete. Jede Stadt war noch lange räumlich von der nächsten Stadt so weit getrennt, dass sich ihre Eigenständigkeit auch auf einer Karte deutlich erkennen lässt. Ausnahmen gab es zwei: Tokyo und Yokohama einerseits sowie Osaka und Kobe andererseits, wo schon früh ein Zusammenschluss der freilich bis auf den heutigen Tag administrativ selbständigen und in verschiedenen Präfekturen liegenden Städte erfolgte. Für diese Gebiete verwendet der Japaner die Bezeichnung Keihin beziehungsweise Hanshin (wenn Kyoto miteingeschlossen wird = Keihanshin). Wer sich mit Japan beschäftigt, wird immer wieder darauf stossen, dass beispielsweise aus zwei Ortsbezeichnungen durch Zusammenfügen einzelner Wortteile neue Ortsbezeichnungen geschaffen werden: Tokyo bedeutet to = Ost, kyo = Hauptstadt; Yokohama ist gebildet aus yoko = auf der Seite und hama = Strand. Das Stadtgebiet Tokyo-Yokohama könnte darum «kyo-hama» heissen; weil aber Bildzeichen meist ganz verschieden gelesen werden können – eine der zahlreichen verwirrenden Eigenschaften des Japanischen –, heisst es in diesem Falle nicht kyo-hama, sondern kei-hin. Vergleichsweise kann man an eine Wortbildung Mannhafen, aus Mannheim und Ludwigshafen gebildet, denken. Während aber bei uns solche Wortbildungen nicht üblich sind und im Amerikanischen (z. B. Calexico oder Mexicali) selten auftreten, erfreuen sie sich in Japan ganz allgemein grösster Beliebtheit.

In beiden Fällen, Keihin und Hanshin, handelt es sich um den Zusammenschluss von Städten, die schon vorher bestimmte und unterschiedliche Funktionen ausübten und dies weiterhin taten. Tokyo war bedeutungsmässig immer mit Abstand Yokohama voraus, wo die wichtigste Funktion beim Überseeverkehr lag. Ähnlich war das Verhältnis Osaka–Kobe, nur dass die Hafenstadt Kobe in noch stärkerem Masse als Yokohama auch internationales Geschäftszentrum wurde, weil sich hier vor allem in den Anfängen der modernen Entwicklung die ausländischen Handelsfirmen niederliessen. Industrien füllten die Zwischenräume: Kawasaki in Keihin und Amagasaki wie Nishinomiya in Hanshin. Aus ihrem Zusammenschluss zu einer städtischen Agglomeration, bestehend aus einzelnen Städten verschiedener Grössen und mit verschiedenem Charakter, und durch das Herauswachsen einer von ihnen über alle anderen entstand ein neues städtisches Gebilde, für das man den Begriff Metropole braucht.

Neben den zwei genannten Metropolen Keihin und Hanshin entwickelte sich in der Nachkriegszeit eine dritte mit Nagoya als Zentrum. Entsprechend ihrer Lage nennt man sie Chu-kyo (chu = zentral, in der Mitte). Auf die Bedeutung von Nagoya im Zusammenhang mit der Textilindustrie wurde schon früher hingewiesen; innerhalb dieses Metropolengebietes liegen unter anderem wichtige Porzellanmanufakturen (Seto), die Erdölraffinerien von Yokkaichi, die Automobilfabriken von Toyota, oder auch Gifu, wo die bei uns so beliebten «japanischen» Lampenschirme hergestellt werden.

Die schon beschriebene administrative Gliederung des Landes genügte zur Bewältigung aller jener Fragen und Probleme nicht mehr, welche sich aus der Entwicklung der sich über mehrere Präfekturen ausdehnenden Metropolen ergaben. 1965 wurden zwei Gesetze erlassen, welche der Situation im Raume Tokyo und Osaka–Kobe Rechnung trugen; 1966 folgte ein weiteres Gesetz im Hinblick auf die Situation in Nagoya. Im Englischen heissen diese drei Gesetze: National Capital Region Development Law, Kinki Region Development Law und Chubu Region Development Law. Nachdem wir schon einige Male japanische Gebietsnamen auch sprachlich erklärt haben, wollen wir es dabei bewenden lassen und die beiden neuen Bezeichnungen Kinki und Chubu einfach zur Kenntnis nehmen. Die von den genannten Gesetzen betroffenen Gebiete setzen sich aus mehreren Präfekturen zusammen: 1. Tokyo Metropolitan Region: Tokyo-to, Saitama, Chiba und Kanagawa. 2. Kinki: Osaka-fu, Kyoto-fu und Hyogo sowie 3. Chubu: Aichi und Gifu. Die Tabelle «Bevölkerung und Fläche der Metropolengebiete 1975» orientiert über deren Anteile an der Landesfläche und -bevölkerung. Trotz der Bezeichnung «Gesetz für Regionale Entwicklung» handelte es sich dabei weniger um die Planung der zukünftigen Entwicklung als darum, mit den Übelständen zurechtzukommen, die aus einer bis dahin ungeplanten Entwicklung resultierten. Zumindest gilt dies für die beiden Gesetze von 1965; jenes von 1966 geht etwas weiter und versucht, dem standortsmässig sehr günstig gelegenen Nagoya die Infrastruktur zu geben, die es benötigt, um als Zentrum einer wirtschaftlich aufstrebenden Region seinen Aufgaben gerecht zu werden. Ein ausgesprochenes Planungsgesetz war dagegen jenes von 1962, welches die Schaffung neuer Industriestädte im Sinne der erwähnten Ideen von K. Tanaka erleichtern sollte; seine Auswirkungen sind jedoch bis heute gering geblieben, weil die Industrie aus durchaus verständlichen Gründen so lange wie möglich Standorte in dem in jeder Hinsicht günstig gelegenen und gut erschlossenen Industriegürtel in Omote-Nihon vorzog.

Bevölkerung und Fläche der Metropolengebiete 1975

Präfekturen	Bevölkerung in Millionen und %			Fläche in 1000 km^2 und %		
Tokyo-to	11,7			2,1		
Saitama	4,8			3,8		
Chiba	4,1			5,1		
Kanagawa	6,4	= 27,0	24,1	2,4	= 13,4	3,5
Osaka-fu	8,3			1,9		
Kyoto-fu	2,4			4,6		
Hyogo	5,0	= 15,7	14,0	8,4	= 14,9	3,9
Aichi	5,9			5,1		
Gifu	1,9	= 7,8	7,0	10,6	= 15,7	4,2
Total		50,5	45,1		44,0	11,6
	(Landestotal = 100%)					

Zwischen Tokyo, Nagoya und Osaka-Kobe begannen sich im Verlaufe der sechziger Jahre die noch bestehenden Lücken im städtisch und industriell genutzten Land allmählich immer mehr zu schliessen. Unter den drei Metropolen vollzog sich gleichzeitig eine Verlagerung der Aufgaben und damit der relativen Bedeutung, vergleichbar jener, die schon innerhalb der Metropolengebiete der zentralen Stadt zur Spitzenposition in allen regionalen Belangen verholfen hatte. Es entstand gewissermassen eine Über-Stadt entlang dem alten Tokaido. Bis heute hat diese Entwicklung nur wenige Teilstücke noch nicht augenfällig erfasst, so etwa zwischen Odawara und Numazu oder zwischen Nagoya und Kyoto im Abschnitt von Maibara. Die japanischen Geographen nennen diesen Vorgang Megalopolisierung und sprechen von der Tokaido-Megalopolis. Um was handelt es sich dabei?

Megalopolis setzt sich aus den beiden griechischen Wurzeln megalé = gross und polis = Stadt zusammen. J. Gottmann, ein französischer Geograph, der heute an der Universität Oxford wirkt, schrieb dazu 1961 in seinem Werk «Megalopolis – The Urbanized Northeastern Seaboard of the United States»: «Etwa 2000 Jahre vor der Landung der ersten europäischen Siedler an den Ufern des James River, der Massachusetts Bay und auf Manhattan Island verlieh eine Gruppe unserer Vorfahren, welche in Griechenland auf dem Peloponnes einen neuen Stadt-Staat plante, ihrer Stadt den Namen Megalopolis, denn sie erträumte sich für ihre Gründung eine grosse Zukunft und hoffte, dass sich die Stadt zur grössten aller griechischen Städte entwickeln würde. Ihre Hoffnungen verwirklichten sich jedoch nicht, Megalopolis, obwohl auf modernen topographischen Karten noch verzeichnet, ist heute ein kleines Örtchen.» J. Gottmann verwendete diesen Begriff, um damit die von ihm untersuchte Über-Stadt an der Ostküste der Vereinigten Staaten zu bezeichnen. Seither ist der Ausdruck nicht mehr aus der geographischen Literatur verschwunden. J. Gottmanns Werk wurde teilweise auch ins Japanische übersetzt und stiess in Japan auf grösstes Interesse. 1961 konnte J. Gottmann noch durchaus zu Recht schreiben: «Die Verwendung von Megalopolis wurde nie so allgemein, dass man den Begriff nicht in neuer Bedeutung als eine geographische Bezeichnung für jene Zusammenballung von Metropolengebieten in der Küstenregion der nordöstlichen Vereinigten Staaten hätte brauchen dürfen. Dort, wenn überhaupt irgendwo, erfüllt sich heute der Traum jener alten Griechen.» Seither hat in vielen Teilen der Erde die rasch fortschreitende Verstädterung die Metropolenbildung in diese neue Dimension hineingeführt und das amerikanische Beispiel ist nicht mehr das einzige für Megalopolisierung – welch hässliche Wortschöpfung der Fachleute! – oder das Entstehen einer Über-Stadt. Man denke nur an das Viereck London–Paris–Frankfurt–Hamburg, an die Po-Ebene und eben vor allem auch an jenes Gebilde, welches die Japaner als Tokaido-Megalopolis bezeichnen. Die Besprechung einiger Charakteristika der Entwicklung dieser Megalopolis wird auch erkennen lassen, dass die Tokaido-Megalopolis sich gegenwärtig rasch fortschreitend entlang der Japanischen Inlandsee bis zum nördlichen Kyushu auszudehnen beginnt, wenn hier auch noch grössere Lücken – erstmals zwischen Himeji und Okayama und weitere in der Richtung gegen Hiroshima und westwärts – bestehen. Auch in nordöstlicher Richtung drückt und schiebt sich die Megalopolis vor, wobei einer rascheren Ausdehnung anscheinend die noch fehlende Infrastruktur (leistungsfähige Verkehrseinrichtungen) hindernd im Wege steht.

Wenn man von einer Megalopolis sprechen will, muss man sich immer vor Augen halten, dass es dabei um mehr geht als um eine blosse Agglomeration von Metropolen und Grossstädten. Die bestehenden Strukturen müssen durch neue gewissermassen aufgestockt werden. Dazu kommen weitere Charakteristika, welche natürliche Folgen der neuentstandenen und differenzierten Beziehungen sind, wie beispielsweise eine bedeutende Zunahme des Austausches von Menschen, Gütern, Informationen usw. innerhalb der Megalopolis. Eine Schwierigkeit bei der Untersuchung dieser Zusammenhänge – auch für japanische Geographen – ergibt sich daraus, dass entscheidende Daten in den veröffentlichten Statistiken nur nach Präfekturen aufgeführt sind. Zweifellos könnte eine feinere Abgrenzung durch die verantwortlichen Ämter vorgenommen werden, aber auch sie müssten sich, wenn es um gesetzliche Massnahmen geht, wieder auf Gebiete beziehen, welche sich aus einzelnen Präfekturen zusammensetzen.

Eine erste Frage betrifft die Stellung der Megalopolis im Gesamtbild des Landes. Zu diesem Zweck wurde eine Tabelle nach Präfekturen für einige ausgewählte Daten zusammengestellt, die eine deutliche Antwort auf diese Frage gibt. Die Präfekturen sind in der offiziellen Reihenfolge aufgeführt. In ihrer Gesamtheit entsprechen sie der Megalopolis, wobei der Rahmen im Sinne der gemachten Ausführungen recht weit gezogen wurde und beispielsweise Ibaraki und Tochigi im Nordosten sowie Saga und Nagasaki im Westen miteingeschlossen sind. Diese 23 von total 47 Präfekturen haben einen Flächenanteil am Landestotal von 32,1%.

Dass dieser Anteil an der Fläche nicht viel über die Bedeutung der Megalopolis im Leben der Nation aussagt, belegen die Zahlen für die einzelnen ausgewählten Merkmale. Die Konzentration der Industrie ist dabei noch stärker als jene der Bevölkerung. Recht charakteristisch ist, dass der Anteil an der industriellen Wertvermehrung jenen der in der Industrie Beschäftigten übersteigt, denn dies bedeutet, dass wir in der Megalopolis vor allem die moderne Grossindustrie finden, während weniger effiziente Industrien – vor allem auch kleinere Betriebe – in den peripheren Gebieten zu suchen sind. Angaben über Zeitungen wurden gewählt, weil sich darin das Informationsbedürfnis der Massen wie auch die Konzentration der Informationsmedien verdeutlicht. Die Zahlen über die Vertretung im Unterhaus bestätigten frühere Ausführungen über die zu geringe Berücksichtigung jener Landesteile, in denen die grössten Beiträge zur Volkswirtschaft und zur Bildung erfolgen.

Die Tabelle sollte jedoch auch daraufhin angesehen werden, wie sich innerhalb der Megalopolis die Gewichte verteilen. Es zeigt sich mit aller wünschbaren Deutlichkeit, dass das Rückgrat immer noch die Tokaido-Megalopolis ist. Westlich von Hyogo und im Nordosten finden wir durchwegs geringere Werte. Nicht zuletzt – und dies ist wohl der wichtigste Punkt, wenn wir nach den Eigenschaften der Megalopolis fragen – zeigt sich die hervorragende Stellung der Metropole Tokyo im Vergleich mit Osaka-Kobe oder Nagoya.

Freilich müsste hinsichtlich dieser letzten Frage neben der synoptischen, auf 1975 bezogenen Aussage auch die Entwicklung über die Jahrzehnte hinweg berücksichtigt werden. Nur so könnte man feststellen, ob sich tatsächlich Tokyo mehr als die anderen Städte aufwärts entwickelt hat. Leider sind die statistischen Angaben über die Wohnbevölkerung zur Beantwortung dieser Frage ungeeignet. Im Falle von Osaka wie von

Tokyo besitzen wir zwei Angaben: die eine bezieht sich auf das sogenannte ku-Gebiet; ku ist die Bezeichnung für ein Stadtviertel, deren es 23 in Tokyo und 26 in Osaka gibt. Auf das ku-Gebiet bezogen stellen wir fest, dass die Bevölkerung von Osaka 1960–1975 von 3,0 auf 2,8 Millionen abnahm, jene von Tokyo von 8,3 auf 8,6 Millionen anstieg. Ausserdem spricht man aber auch von Osaka und Tokyo und meint damit das einer Präfektur gleichgestellte Gebiet von Osaka-fu oder Tokyo-to. Hier war die Entwicklung anders: im Falle von Osaka-fu stieg die Bevölkerung von 5,2 auf 8,0, im Falle von Tokyo-to von 9,1 auf 11,5 Einwohner. Hinsichtlich Nagoya wird nur die Zahl für das shi-Gebiet angegeben (1,6 auf 2,1 Millionen); Aichi-ken (3,2 bzw. 5,0 Millionen) lässt sich nicht vergleichen, denn diese Präfektur hat eine zweieinhalbmal grössere Fläche als Osaka-fu oder Tokyo-to, die beide ungefähr in die gleiche Grössenordnung fallen. Alle diese Zahlen führen offensichtlich zu keiner Beantwortung der uns beschäftigenden Frage.

Kennziffern zum Thema «Megalopolis»

Präfektur	Bevölkerung 1975 in Millionen	Industrie 1972 Beschäftigte in Millionen	Wertvermehrung in Milliarden Yen	Zeitungen[1]	Sitze im Unterhaus
Ibaraki	2,3	0,2	686	760	12
Tochigi	1,7	0,2	532	633	10
Gumma	1,8	0,2	456	574	10
Saitama	4,8	0,5	1 314	1 670	13
Chiba	4,1	0,3	891	1 540	13
Tokyo	11,7	1,3	3 478	6 153	39
Kanagawa	6,7	0,8	2 921	2 527	14
Gifu	1,9	0,3	519	577	9
Shizuoka	3,3	0,5	1 215	1 082	14
Aichi	5,9	1,0	2 469	2 181	20
Mie	1,6	0,2	568	564	9
Shiga	1,0	0,1	333	343	5
Kyoto	2,4	0,3	687	959	10
Osaka	8,3	1,1	3 347	3 971	23
Hyogo	5,0	0,6	1 735	1 960	19
Okayama	1,8	0,2	528	655	10
Hiroshima	2,6	0,3	852	914	12
Yamaguchi	1,6	0,1	426	541	9
Kagawa	1,0	0,1	199	351	6
Ehime	1,5	0,1	313	444	9
Fukuoka	4,3	0,3	721	1 377	19
Saga	0,8	0,1	104	238	5
Nagasaki	1,6	0,1	160	389	9
total	77,2	8,9	24 454	30 403	299
in % des Landes	68,9	76,1	83,8	75,0	60,9

[1] Zeitungen: Angabe in 1000, Gesamtzirkulation im Oktober 1975

Die absolute und vor allem die relative Bedeutung einer Stadt im Vergleich mit Nachbarstädten lässt sich überhaupt weit besser als durch die Bevölkerungszahlen an den Funktionen, welche eine Stadt als zentraler Ort ausübt, messen. Die politischen Funktionen lagen schon immer praktisch ausschliesslich in Tokyo und von einer Bedeutungsvermehrung kann man höchstens in dem Sinne sprechen, dass sich das Gewicht dieses Sektors ohnehin ununterbrochen vergrösserte. Bedeutungsvoller ist die Feststellung, dass Osaka-Firmen ihren Hauptsitz nach Tokyo verlegen und dass ausländische Firmen, welche früher hauptsächlich in Kobe zu finden waren, heute wohl in allen Fällen Tokyo als Sitz ihrer Hauptfiliale wählen werden.
Untersuchungen über die zentralörtliche Struktur eines Landes spielen in geographischen Arbeiten eine grosse Rolle. Auch hier sind namhafte Beiträge von seiten der japanischen Geographen geleistet worden, wobei sie sich in erster Linie auf in englischer Sprache erschienene Muster stützen. Direkt auf die uns beschäftigende Frage nimmt eine Arbeit von T. Yamaguchi, Komazawa Universität Tokyo (1970): «Japanese Cities – Their Functions and Characteristics» Bezug. Für 189 Städte bearbeitete er mit den Methoden der EDV einen Satz von 50 Variabeln auf der Grundlage der DID. Hier interessieren uns nur die Ergebnisse, die sich wie folgt zusammenfassen lassen: Tokyo steht bezüglich der funktionalen Bedeutung ohne Frage an erster Stelle. T. Yamaguchi gliedert diese Bedeutung nach zwei Gesichtspunkten, die er «management function» und «central function» nennt (aus dem Begleittext geht nicht genau hervor, wie diese Begriffe definiert sind, und deshalb sollen sie auch nicht ins Deutsche übersetzt werden). Der Vergleich erfolgt durch eine Indexierung, wobei Tokyo den Index 100 erhält. Die Tabelle «Relative Bedeutung japanischer Grossstädte» wurde auszugsweise aus der genannten Arbeit übernommen. Die Antwort erscheint noch eindeutiger, wenn man berücksichtigt, dass Tokyo zusammen mit Yokohama und Kawasaki eine Einheit bildet.

Relative Bedeutung japanischer Grossstädte

nach T. Yamaguchi (Index für Tokyo = 100)

management function		central function	
Tokyo	100,00	Tokyo	100,00
Osaka	45,49	Osaka	50,22
Nagoya	26,57	Nagoya	28,75
Yokohama	21,19	Kyoto	17,75
Kyoto	19,43	Yokohama	17,39
Kobe	18,78	Kobe	16,58
Sapporo	14,50	Fukuoka	11,97
Kawasaki	13,99	Kawasaki	10,31
Hiroshima	12,55	Hiroshima	10,18

Die innere Differenzierung einer Agglomeration von Metropolen zur Megalopolis muss sich auch in einem vermehrten Fluss von Menschen, Gütern, Informationen usw. zwischen den einzelnen Knotenpunkten des Systems «Megalopolis» bemerkbar machen.
Schiff, Bahn oder Flugzeug waren die Verkehrsmittel, mit denen man 1955 von Tokyo aus Osaka erreichen konnte. Eine gute Überlandstrasse oder gar ein Autobusverkehr bestand noch nicht. Heute fährt vom Hauptbahnhof Tokyo jede halbe Stunde ein Expressbus nach Nagoya mit Anschluss nach Kyoto und Osaka über die Autobahn Tomei und Meishin (Abkürzungen ähnlich den früher beschriebenen; Bedeutung: Tokyo-Nagoya und Nagoya-Kobe). Die Fahrt dauert relativ lang – sechs Stunden allein bis Nagoya –, ist aber interessant. Der Japaner zieht jedoch die Eisenbahn vor, das Verkehrsmittel, welches er liebt und das untrennbar mit der Modernisierung des Landes verknüpft ist. Die Linie nach Osaka und Kobe ist die wichtigste des japanischen Eisenbahnnetzes; sie wird als Tokaido-Hauptlinie bezeichnet. Wie alle Vorkriegslinien der Japanese National Railroads (JNR) ist auch sie schmalspurig, weist aber trotzdem eine enorme Leistung auf. 1955 verkehrten viele äusserst komfortable Expresszüge zur Tages- und Nachtzeit; heute ist die Zahl der Nachtzüge stark reduziert worden. In acht Stunden erreicht ein Expresszug Osaka, in fünf Stunden Nagoya.

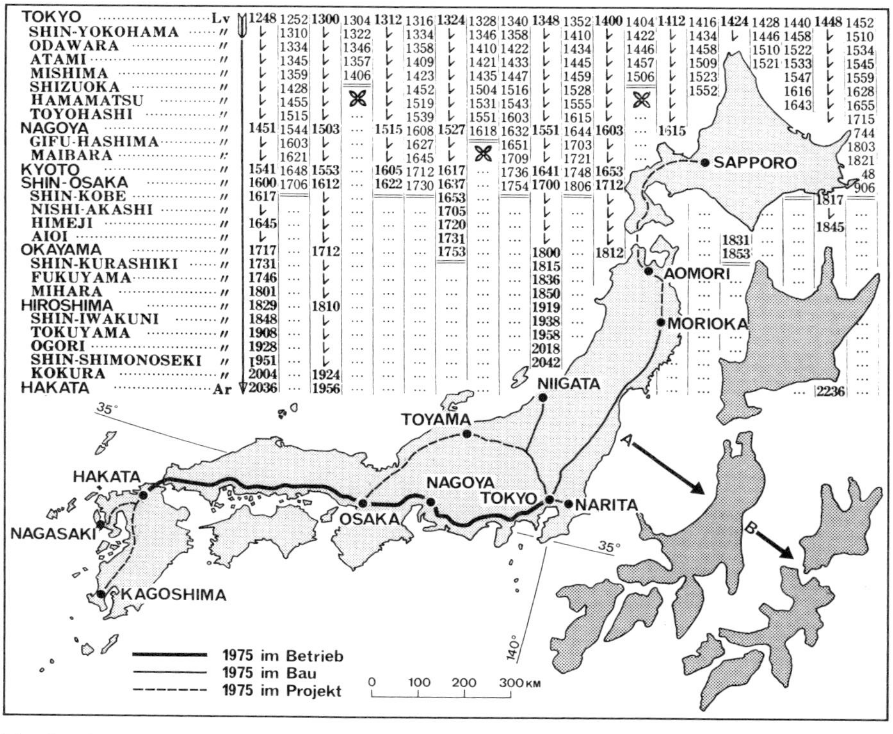

Fig. 8 Das Schnellbahnsystem Shin-kan-sen.

Schon in den frühen fünfziger Jahren war diese Stammlinie völlig ausgelastet. Die JNR begannen im Jahre 1959 mit dem Bau einer neuen Stammlinie Tokyo–Osaka, die den Namen Shin-kan-sen (shin = neu, kan = Stamm, sen = Linie) trägt. Im Jahre 1964 wurde der Betrieb aufgenommen; 1972 wurde die neue Linie bis Okayama, 1975 bis Hakata im nördlichen Kyushu verlängert und bildet heute für den Personenverkehr das Rückgrat der Megalopolis. Nicht die Spitzengeschwindigkeiten von bis zu 250 km/Stunde sind das Erstaunlichste am Shinkansen-System, auch wenn diese in der Propaganda immer besonders hervorgehoben werden. Das Erstaunlichste – zum mindesten in unserem Zusammenhang – scheint, dass es sich um eine ausschliesslich dem Personenverkehr dienende Verbindung handelt. Vergleichbar einer Strassenbahn befördern die Shinkansen-Züge nur Passagiere. Jeder Zug fasst 1500 Menschen. Um 6.00 Uhr verlässt der erste Zug Tokyo, die letzten Züge kurz nach zehn Uhr nachts verkehren nur noch bis Hamamatsu. Ungefähr alle 6–8 Minuten verlässt ein langer blau-weisser Zug Tokyo; die meisten fahren nach Osaka oder weiter. Fast immer sind die Züge besetzt, und schon spricht man davon, die Kapazität durch den Bau einer zweiten Linie zu verdoppeln. In 3 Stunden und 10 Minuten erreicht man Osaka; damit ist die Bahn dem Flugzeug überlegen, bei dem die Fahrt von und zum Flugplatz und die Check-in-Zeit nachteilig ins Gewicht fällt. Shinkansen entsprach einem Bedürfnis und ist für die JNR auch kein Verlustgeschäft, wie die meisten anderen Linien es sind. Der Vergleich mit einer Strassenbahn, den wir eben machten, ist übrigens sehr zutreffend: man könnte Shinkansen die Strassenbahn der Megalopolis nennen.
Die hohe Geschwindigkeit birgt aber gerade bei einer Megalopolis-Strassenbahn ihre Tücken. Die Linie führt durch dichtbesiedelte Gebiete – die Shinkansen-Stationen liegen alle zentral – und der Lärm der ununterbrochen vorbeirasenden Züge hat Bürgerinitiativen und Demonstrationen auf den Plan gerufen. Vielerorts können die technischen Möglichkeiten gar nicht mehr voll ausgenutzt werden. Es scheint, dass eine Grenze des «Fortschritts» erreicht worden ist und dass die Distanzen zu weit entfernten Reisezielen nicht mehr weiter schrumpfen werden. Im Gegensatz zu einer Strassenbahn – eher vergleichbar einer supermodernen Untergrundbahn – ist der Betrieb vollautomatisiert. In einem Gebäude auf dem Bahnhofgelände von Tokyo befindet sich die Zentrale, von der aus der gesamte Zugsverkehr bis nach Hakata überwacht und geleitet wird. Es kam tatsächlich schon vor, dass ein Zug ohne jegliches Begleitpersonal abgefertigt wurde; freilich ging alles noch gut ab, denn ein im Urlaub mitfahrender Bahnangestellter bemerkte, dass etwas offenbar nicht stimmte, und brachte alles wieder in Ordnung. Shinkansen besitzt auch die Normalspur; damit ist kein Übergang von diesem System zum übrigen Bahnnetz möglich.
Wenn die bestehende Shinkansen-Linie von Tokyo nach Hakata als ein charakteristisches Merkmal der Megalopolis in ihrer vollen Ausdehnung betrachtet werden darf – bezeichnenderweise ist auch die Zugsdichte zwischen Osaka und Hakata bedeutend geringer als entlang der Tokaido-Megalopolis –, dann kann man den geplanten Ausbau des

Systems als ein Indiz für eine mögliche Ausdehnung der Megalopolis ansehen. Dabei ist in erster Linie an die Verbindung über Sendai und Morioka nach Aomori und schliesslich nach Sapporo zu denken. Die Tohoku-Hauptlinie der JNR ist heute ähnlich überlastet, wie dies 1959 bei der Tokaido-Hauptlinie der Fall war. Die Verlängerung des Shinkansen-Systems ist bis Morioka im Bau und bis Sapporo geplant, wobei die Meeresstrasse Tsugaru auf 53,85 km untertunnelt wird. Ebenfalls im Bau ist eine Linie über die Berge nach Niigata, nebst einer kurzen Zubringerlinie zum neuen Flughafen für den internationalen Verkehr in Tokyo, Narita. Technische Schwierigkeiten gibt es kaum, die finanziellen lassen sich so oder so lösen. Aber der Widerstand der Bewohner aufgrund der bisherigen Erfahrungen ist gross und die drei genannten Linien müssen alle von Norden her in das Stadtgebiet von Tokyo hineingeführt werden, damit die Verbindung mit dem bestehenden Teil hergestellt werden kann.

Damit hätten wir eine Reihe von Merkmalen kennengelernt, die – so scheint uns – alle darauf hinweisen, dass entlang der Pazifikküste Japans eine Über-Stadt eigener Prägung entstanden ist, auf welche die von J. Gottmann aufgegriffene Bezeichnung Megalopolis ganz ausgezeichnet passt. Auf der Grundlage eines Gesetzes aus dem Jahre 1950 (Comprehensive National Land Development Act) erarbeitete das zentrale Planungsamt der Regierung ein Raumplanungsprogramm, welches 1969 in erster und 1972 in überarbeiteter Fassung veröffentlicht wurde. Das Konzept der Planung geht aus von der durch Industrialisierung und Verstädterung hervorgerufenen Dreiteilung des Landes in eine wirtschaftlich entwickelte Zentralzone, welche sich vom nördlichen Kyushu über die Japanische Inlandsee, Keihanshin, Nagoya, Tokai in den Raum Tokyo erstreckt, und eine nordwestliche und südliche Zone, in welchen die wirtschaftliche Entwicklung zurückgeblieben oder zurückgefallen ist. Die vom Planungsamt vorgenommene Grossgliederung berücksichtigt den Industrial Belt und die Megalopolis entsprechend unseren Feststellungen.

Einer traditionellen regionalen Gliederung der japanischen Inseln folgt die weitere Aufgliederung in Planungseinheiten, wodurch bedauerlicherweise die grossen Zusammenhänge auseinandergerissen werden. Diese Planungsblöcke sind (in Klammern die zentrale Stadt jeden Blockes):

Kyushu (Fukuoka)
Chugoku-Shikoku (Hiroshima)
Kinki (Osaka)
Chubu (Nagoya)
Hauptstadt (Tokyo)
Tohoku (Sendai)
Hokkaido (Sapporo)

Die weiter zu fördernden bestehenden Industriezonen reichen von Kita-(= Nord)Kyushu entlang beiden Ufern der Japanischen Inlandsee oder Setonaikai (seto = [Meer]Enge, nai = innerhalb, kai = Meer) nach Keihanshin, Tokai, Keihin und Keiyo (Tokyo-Chiba). Die peripheren Gebiete von Kyushu, Tohoku und Hokkaido sollen eine besondere Förderung als Agrarproduktionsgebiete erfahren.

Bedauerlicherweise wird im Rahmen dieser Raumplanung das Problem Megalopolis nicht in seiner ganzheitlichen Bedeutung, sondern nur in

Teilaspekten gesehen. Völlig ausser acht gelassen werden im Nationalen Entwicklungsplan die politischen Aspekte. Der Japaner fühlt sich in erster Linie nicht so sehr als Individuum denn als Teil einer Gemeinschaft. Dabei kann es sich um eine kleine Sozialgruppe oder aber auch um eine Zehntausende zählende Gruppierung handeln, wie beispielsweise Mitsubishi oder die JNR. In letzter Konsequenz fühlt er sich als Teil des ganzen Volkes. Es scheint uns darum eine entscheidende Frage, ob sich aus der Tatsache, dass Megalopolis existiert, im Laufe der Zeit auch ein Bewusstsein der Zusammengehörigkeit – eine Art von Gruppenbildung – der hier lebenden Menschen entwickeln wird, was zweifellos tiefgreifende politische Auswirkungen haben dürfte. Die bereits erwähnte Arbeit von K. Shimizu (S. 33) lässt vermuten, dass man davon noch weit entfernt ist; andererseits zeichnet sich in den Tagesereignissen ein wachsendes Zusammengehörigkeitsgefühl innerhalb neuer Gruppierungen ab, auch wenn sich dieses oft nur in Opposition und Demonstration äussert. Auch die Ergebnisse der letzten Unterhauswahlen vom Dezember 1976, in denen neue Parteien die grossen Gewinner waren, werden von verschiedenen Beobachtern in diesem Sinne interpretiert.

Tokyo

Im Jahre 1977 erlebte man auf der Fahrt vom Flughafen Haneda in das Zentrum von Tokyo die Begegnung mit Japan in ganz anderer Weise als 1955. Auf einer Expresshochstrasse, die streckenweise vom Monorail (Einschienenbahn) begleitet wird, näherte man sich einem Gebirge von Hochhäusern, schaute auf pausenlos rollenden Verkehr hinunter, versuchte die verwirrende Fülle von Lichtreklamen zu lesen, und schon tauchte man im innerstädtischen Verkehr unter, der hier wie überall auf der Welt nur stockend vorwärts kommt.
Was muss erst der aus Europa oder Amerika zurückkehrende Japaner fühlen, wenn ihm, für den «ichi-ban» – das heisst Nummer eins – eine ausschlaggebende Bedeutung hat, bei diesem Anblick zu Bewusstsein kommt, dass die Hauptstadt seines Landes sich die grösste Stadt der Welt nennen darf. Auch im Lande selbst führen alle Wege und Eisenbahnen nach Tokyo «hinauf» – verlässt man Tokyo, geht es «hinunter». Tokyo ist die Hauptstadt des Landes und Residenz des Kaisers, Kopf der Megalopolis und ein Zentrum weltweiter Beziehungen.
Omote-Nihon ist nach aussen, zum Meer und den Ländern in Übersee geöffnet. Grosse Buchten erleichtern diese Kontakte und ausgedehnte Ebenen bieten Raum für Siedlungen jeder Art; steile Küsten, an die das Meer brandet, trennen die einzelnen Flachgebiete. Japan war immer ein geologisch unruhiges Land. Seit der letzten Eiszeit sind einzelne Teile Hunderte von Metern gehoben und andere in die Tiefe verbogen worden; Erdbeben erschüttern die Inseln, Vulkane und heisse Quellen u.a. gibt es in allen Teilen des Landes. Im Abschnitt von Tokyo tritt durch die Uruga-Strasse das Meer in eine solche tektonische Wanne ein und weitet sich zur Bucht von Tokyo aus. Eine Reihe von Flüssen (Tama, Sumida,

Ara, Edo) münden in die Bucht und füllten sie im Laufe der Zeit teilweise auf. Bis zur Mitte des 17. Jahrhunderts mündete auch der grosse Tone-Fluss in die Bucht, bis ihm die Tokugawa, um die immer wieder im Stadtgebiet auftretenden Hochwasser zu mindern, einen direkten Ausgang zum Meer bei Choshi schufen. Das angeschwemmte Land liegt zum Teil im Niveau der Flüsse, ein anderer Teil reicht 20–30 m höher; die japanischen Geographen bezeichnen unter Bezugnahme auf das unterschiedliche Alter den tieferen als den alluvialen, den höheren als den diluvialen Teil des Schwemmlandes. Das diluviale Gebiet wurde im Laufe der Zeit von vulkanischen Aschen, die vom Westwind herangetragen wurden, bis zu 10 m tief bedeckt; durch Verwitterung verlehmte dieses Material. Entsprechend der Bezeichnung Kanto (= östlich vom Grenztor) für das gesamte Tiefland im Raume Tokyo spricht man von Kanto-Lehm. Wissenschaftler interessieren sich für ihn ebenso wie der Landwirt, der Bauingenieur und die Hausfrau – letztere, weil bei trockenem Wetter viel Staub entsteht.

Wir lernten schon die Anfänge der Stadtentwicklung in historischer Sicht kennen. Geographisch bestimmter Standort des Schlosses war in diesem Falle der Kontakt von diluvialer und alluvialer Ebene am inneren Ende der Bucht in erhöhter Lage; die Stadt breitete sich vorerst als jo-kamachi in unmittelbarer Nähe der Flüsse und des Meeres aus, welches damals noch viel weiter landeinwärts reichte als heute. So entstanden die bis heute gebräuchlichen Bezeichnungen «shita-machi» (shita = unten) und «yama-te» (yama = Berg, te = Hand, Seite). Für die damals kleinen Schiffe genügte die Wassertiefe der Bucht bei weitem, und der innerhalb des Stadtgebietes liegende Hafen von Edo wies einen blühenden Verkehr auf. In der Unterstadt lagen in der uns bekannten Art getrennt die Wohnviertel der verschiedenen Sozialgruppen, die Geschäfte und Gewerbebetriebe. Bis auf den heutigen Tag bekannt blieben unter anderem das Gebiet der Münze, Ginza, und jene Brücke, von welcher aus heute noch die Distanzen in alle Teile des Landes gemessen werden: Nihonbashi. Yamate dagegen blieb vorerst kaum besiedeltes Land und wurde lange Zeit auch landwirtschaftlich wenig genutzt. Vom alluvialen Niveau aus wurden die randlichen Teile von Yamate durch die Erosion vieler Bäche reich gegliedert, doch westwärts wird das Diluvialland immer flacher und trägt dort den Namen Musashino (Ebene von Musashi, dem Namen der früheren Provinz, in der Edo lag). Erst in 30–50 km Entfernung erreicht man die ersten Hügel und Bergketten.

Zu Beginn der Meiji-Periode war Osaka noch mit Abstand die bedeutendste Gewerbe- und Handelsstadt. In Tokyo fasste die Industrie zuerst innerhalb der Unterstadt weit gestreut Fuss, wobei die Nähe zum Hafen und zu den Flüssen wichtig war. Erst später, als Überseeschiffe mit grossem Tiefgang Tokyo nicht mehr anlaufen konnten und Yokohama zum ersten Hafen an der Bucht wurde, suchte sich die inzwischen grösser gewordene Industrie ihren Standort zwischen den beiden Städten, in erster Linie in Kawasaki. Damit entstand die uns unter dem Namen Keihin bekannte Agglomeration. Hauptsächlich nach dem Zweiten Weltkriege – Keihin war mit Industrie aufgefüllt – erfolgte auf grösstenteils neuge-

wonnenem Land die Errichtung grosser Schwerindustrieanlagen und petrochemischer Industrien in der Richtung gegen Chiba und darüber hinaus – die Agglomeration Keiyo war geschaffen.
Am 1. September 1923 um 11.58 Uhr erschütterte ein Erdbeben (7,9 der Richter-Skala) Yokohama und Tokyo. Die grössten Schäden verursachten die dem Erdbeben folgenden Brände, die während Tagen nicht unter Kontrolle gebracht werden konnten. 100000 Menschen erlitten den Tod und 50000 wurden vermisst – die meisten verbrannten. 250000 Häuser stürzten ein und 500000 fielen dem Feuer zum Opfer. Nach 1923 verlegten viele Bewohner ihren Wohnsitz aus der Unterstadt nach Yamate und damit begann in besonders starkem Masse die Ausbreitung der Stadt in westlicher und nordwestlicher Richtung in die Musashino. Der Japaner bevorzugt traditionell sein eigenes Haus mit einem – wenn auch noch so kleinen – Gärtchen, das gegen die Strasse meistens durch hohe Hecken oder Bretterwände abgeschirmt ist. Die Häuser werden als Ständerbauten in Holz errichtet, sind nicht unterkellert und in der Regel ein- oder zweistöckig. Oft so eng aneinandergebaut, dass zwischen den Häusern gerade noch Platz bleibt, um leere Kisten und Getränkeharasse zu lagern, bestimmen sie in weiten Teilen dieser damals neu entstandenen Vorortszone bis heute das Siedlungsbild. Im traditionellen Stadtbild überragen nur buddhistische Tempel und das zentral gelegene Schloss das weite flache Meer der Hausdächer, während heute die Stadtkulisse durch oft höchst modern gestaltete Wolkenkratzer akzentuiert wird. – Im letzten Kriegsjahr fielen Brandbomben auf Tokyo, die noch ausgedehntere Schäden als das Erdbeben von 1923 anrichteten. Zum zweiten Male in diesem Jahrhundert musste die Stadt, mehr als zur Hälfte wieder völlig vernichtet, neu aufgebaut werden. 710000 Häuser wurden in wenigen Angriffen zerstört; die Schadengebiete fanden sich sowohl im Zentrum wie in den Vororten.
Wenn man von Tokyo spricht, sollte man auch gleich beifügen, was man darunter versteht. Im engeren Sinne spricht man, wenn man die Gesamtheit der heute 23 Stadtviertel (= ku) meint, von Tokyo-ku. Weiter reicht Tokyo-to; das to-Gebiet ist tatsächlich eine Präfektur mit einer der Wichtigkeit der Landeshauptstadt entsprechenden Benennung. Für die Bewältigung aller jener Probleme der wachsenden Metropole, die auf der Ebene der Präfektur nicht mehr gelöst werden konnten, wurde die sogenannte Tokyo Metropolitan Region gebildet; sie erstreckt sich über Tokyo-to, Kanagawa-Präfektur (mit Yokohama), Chiba-Präfektur und Saitama-Präfektur im Norden. Nach dem uns schon bekannten Gesetz von 1965 ging man später mit der Ausdehnung der National Capital Region noch einen Schritt weiter und fügte die Präfekturen Gumma, Tochigi, Ibaraki und Yamanashi hinzu. Die Tabelle «Wie gross ist Tokyo?» ermöglicht den Vergleich der verschiedenen Abgrenzungsmöglichkeiten, die in manchen Darstellungen zu wenig scharf auseinandergehalten werden. Während die ku-Gebiete heute fast völlig überbaut sind, sind knapp zwei Fünftel des to-Gebietes von Tokyo DID. Freilich gibt es auch ausserhalb des ku-Gebietes noch grosse Städte (Hachioji zählte 1975 323000 Einwohner) und 61% sind dort shi-Gebiet. Daneben errei-

chen wir aber auch bald kleinere Orte wie Akigawa, welches erst 1972 zu den shi gezählt wurde (1975: 38272 Einwohner). Schliesslich gibt es in Tokyo-to auch abgelegene Berglandschaften, scherzweise etwa als «Tibet von Tokyo» bezeichnet.

Während des letzten Krieges verliess, wer konnte, die Stadt und von 1940 bis 1945 schrumpfte die Wohnbevölkerung von Tokyo-to von 7,3 auf 3,5 Millionen, erreichte aber schon 1960 wieder 9,7 Millionen. Seit 1960 fiel jedoch die Zuwachsrate trotz Fortdauer der Bevölkerungsvermehrung, weil immer mehr Menschen ihren Wohnsitz ausserhalb von Tokyo-to suchen mussten. Seit diesem Zeitpunkt setzte verstärkt eine erneute Abwanderung ein, welche jedoch völlig andere Ursachen als jene in den Kriegsjahren hatte. Entsprechend stiegen seit 1960 die Zuwachsraten in Saitama und Chiba an; jene von Kanagawa hielten ihren hohen Stand.

Die Gründe für die zuletzt aufgezeigte Entwicklung sind hauptsächlich bei den hohen Grundstückpreisen zu suchen, die im inneren Teil des ku-Gebietes auf Höhen kletterten, die auf der ganzen Welt unerreicht blieben. Auch dort, wo noch offene Flächen vorhanden wären, kommt ein privater Wohnungsbau nicht mehr in Frage. Man sucht nach erschwinglichem Land und findet es beispielsweise in den verkehrsmässig ungünstig gelegenen Abschnitten zwischen zwei Stationen der Vorortsbahn oder weit draussen im offenen Lande. In beiden Fällen ergeben sich zusätzliche Wegdistanzen zur Arbeitsstätte, denn der sprunghaften Verlegung der Wohngebiete steht ein weitgehendes Verharren der Industrie- und Geschäftsgebiete gegenüber, wobei ständige Aufstockungen und Verdichtung zu einem dauernden Anschwellen der Tagespendler-Zahlen führten. Der Weg zu und von der Arbeit wird für immer mehr Einwohner zu einer nur noch mühsam zu ertragenden physischen und psychischen Strapaze.

Wie gross ist Tokyo?

Gebiet	Fläche km²	davon DID in %	Bevölkerung in 1000 1975	davon DID in %	Dichte Ew./km²
Tokyo-to	2 145	37,72	11 536	95	5 378
Tokyo-ku			8 643		
Kanagawa	2 391	21,29	6 058	78	2 534
Chiba	5 115	4,54	3 453	51	675
Saitama	3 799	7,06	3 973	55	1 046
Tokyo Metrop. R.	13 450		25 020		1 860
Gumma	6 356	1,20	1 101	31	173
Tochigi	6 414	1,00	1 104	28	173
Ibaraki	6 090	1,15	1 160	22	190
Yamanashi	4 463	0,68	399	29	89
Nat. Capital R.	36 773		28 784		783

Die Prozentangaben der DID sind für 1970 berechnet.

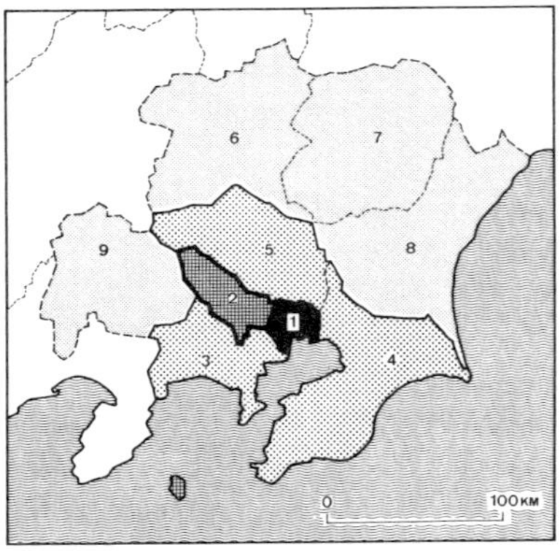

Fig. 9

Kärtchen zur Tabelle «Wie gross ist Tokyo?». (1) Tokyo-ku-Gebiet, (1+2) Tokyo-to, Tokyo Metropolitan Region + (3) Kanagawa + (4) Chiba + (5) Saitama, National Capital Region + (6) Gumma + (7) Tochigi + (8) Ibaraki + (9) Yamanashi.

Im Vergleich mit den Wohnsiedlungen der Zwischenkriegszeit, die wir eben kennenlernten, zeigen jene der Nachkriegszeit ein völlig anderes Bild. Entsprechend dem früher erwähnten Trend zur Kleinfamilie und dem enormen Wohnungsbedarf werden grosse Wohnblocks – welche auf den ersten Blick jenen gleichen, die wir auch in Europa finden – teils von der öffentlichen Hand, teils von Privaten gebaut. Tama New Town in etwa 30–40 km Entfernung weit draussen im Westen ist ein Beispiel einer der zahlreichen grosszügig konzipierten reinen Wohnsiedlungen, die nach der Fertigstellung über 400000 Menschen Unterkunft bieten wird. Die im ganzen gut gebauten Wohnungen besitzen in der Regel moderne Toilette und Küche, ein japanisches Bad und tatami-Räume. Sie sind klein dimensioniert und Probleme ergeben sich, wenn sich die Kinderzahl vermehrt. Andererseits ist für alle Bedürfnisse wie Schulen, Spielplätze, Einkaufszentren usw. sehr gut gesorgt. In etwa einer Stunde kann man von dort die Peripherie des Zentrums erreichen. Pendlerdistanzen von anderthalb bis zwei Stunden werden zunehmend als selbstverständlich angesehen. Diese Strecke muss in den Hauptverkehrszeiten in Zügen zurückgelegt werden, die derart überfüllt sind, dass immer wieder Passagiere durch in Bruch gehende Fenster – weil man dagegen gepresst wird – verletzt werden.

Das elektrische innerstädtische und die Vororte bedienende Bahnnetz ist in seinen grossen Zügen schon vor dem Ersten Weltkrieg festgelegt worden. Die JNR betreiben eine grosse Ringlinie von Tokyo Hauptbahnhof über Shinagawa–Shibuya–Shinjuku–Ikebukuro–Ueno und quer dazu eine von Chiba durch das Zentrum über Shinjuku ins Musashino hinausführende Bahnstrecke. Dieses Netz wird durch eine grosse Zahl weiterer Linien, davon viele Privatbahnen, ergänzt, die Tag für Tag erstaunliche Transportleistungen vollbringen. Vor allem die Knotenpunkte Shibuya, Shinjuku und Ikebukuro bewältigen täglich etwa je eine halbe Million Passagiere. Das Planungsamt rechnet, dass in den achtziger Jahren die Tagespendler nach Tokyo die Drei-Millionen-Grenze übersteigen werden. Es gibt Strecken, auf denen in Stosszeiten alle 1–2 Minuten lange Express- und Lokalzüge verkehren und wo auf den Stationen ein ganzes Heer von Beamten nur damit beschäftigt ist, die Passagiere höflich, aber energisch in die Züge hineinzustopfen.

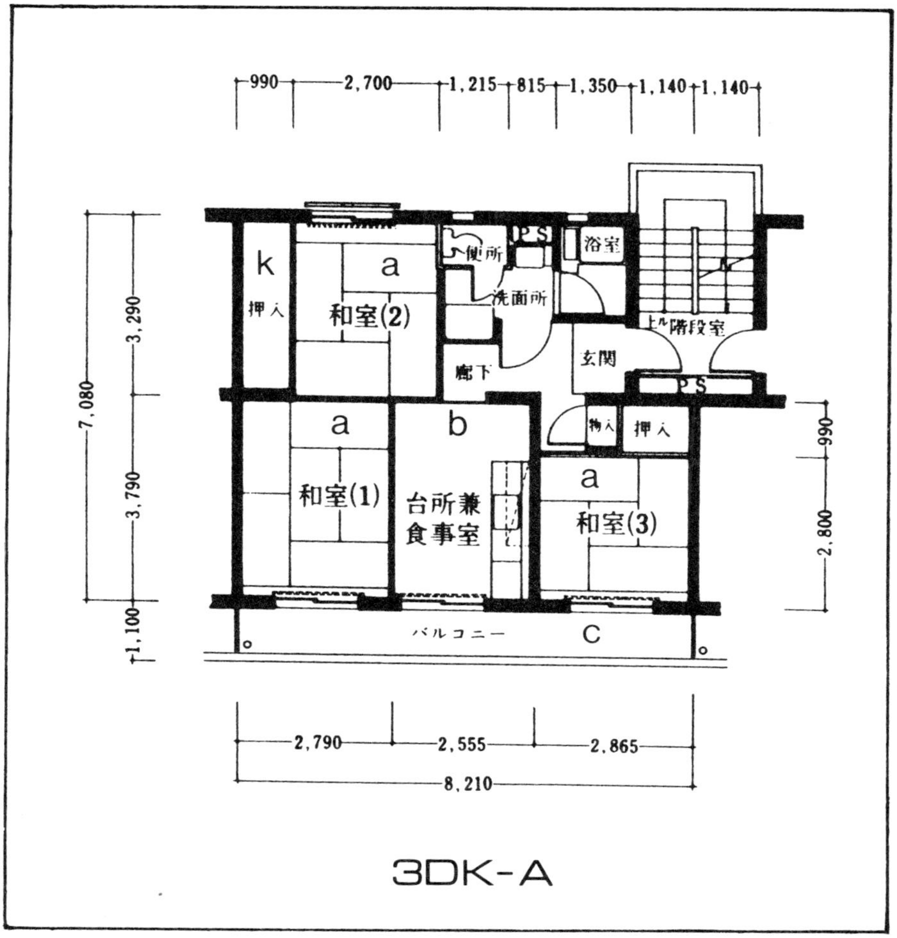

Fig. 10 Plan einer 3DK-A-Wohnung aus der Satellitenstadt Tama New Town, Tokyo. Die Wohnung weist drei Schlaf-Wohnräume (a) auf in der Grösse zwischen 4½ und 6 Tatami. Tagsüber wird das Bettzeug im Kasten (k) versorgt. (b) ist die Wohnküche ohne Tatami, engl. Dining-Kitchen. Die Wohnung besitzt einen Balkon (c), Badezimmer, Toilette und Vorraum.
Dieser Wohnungstyp kostet als Eigentumswohnung je nach Stockwerk (1–5) 10,06–10,24 Millionen Yen oder rund 100000 sFr./DM, sofern Barzahlung erfolgt. Bei Ratenzahlung über zwanzig Jahre erhöht sich der Preis auf rund 180000–240000 sFr./DM.

Die erste Untergrundbahn wurde 1927 eröffnet. Nach dem Kriege wurde in fieberhafter Arbeit eine Linie nach der andern gebaut und heute ist innerhalb eines Radius von 15–20 km vom Stadtzentrum die ausgezeichnet funktionierende Untergrundbahn bei weitem das bequemste und rascheste Verkehrsmittel. Strassenbahnen, von denen es 1955 noch Linien in grosser Zahl gab, sind völlig verschwunden und durch Autobusse ersetzt worden.

Die Strassen wurden in Tokyo vor dem Kriege und noch Jahre nachher nicht für den Autoverkehr gebaut. Sie waren eng, Maste der Telefonleitungen und der Elektrizitätsversorgung standen am Rande, Gehsteige gab es kaum und meistens begleitete noch ein Graben für Abwasser die Strasse. Mühsam drängten Fussgänger, Radfahrer und schwere Motorfahrzeuge aneinander vorbei. Heute dient ein ausgedehntes Netz von meist auf Brücken angelegten Expressstrassen und Ringlinien dem motorisierten Verkehr. Während die Bahn nach wie vor den weitaus grössten Teil des Personenverkehrs bewältigt, besorgen Lastwagen die Gütertransporte und beherrschen mit Ausnahme der abgabepflichtigen Expressstrasse zusammen mit den Autobussen die Strassen.
Damit sind aber erst einige wenige Probleme des Monstrums Tokyo anvisiert worden. Der ganze Katalog ist ungeheuerlich gross; davon erhält man eine Vorstellung, wenn man die Berichte und die Projekte der Planungsämter durchgeht. Wir greifen nur ein paar heraus, die für Tokyo besonders typisch sind.
Allüberall gibt es in dieser grossen Stadt für die Versorgung mit dem täglichen Bedarf Stadtviertel-Zentren, Strassen mit kleinen Ladengeschäften, voll von Farben und Gerüchen, wo man sich kennt, begrüsst und auf das freundlichste bedient wird. Hier glaubt man noch, das alte Japan – freilich städtisch geprägt – zu finden und fühlt sich zu Hause, wenn man abends an der Vorortsstation aussteigt und durch diese lokale Geschäftsstrasse heimkehrt. Daneben stehen die prächtigsten Warenhäuser, die man sich vorstellen kann, sowohl im eigentlichen Zentrum wie an den Knotenpunkten für den Vorortsverkehr. Zum Teil sind es Warenhausketten, die man in ganz Japan findet, zum Teil gehören sie jenen Privateisenbahnen, welche hier ihren Anfang nehmen. Während das Hauptzentrum immer noch in der Unterstadt zu finden ist, entwickeln sich Zentren zweiter Ordnung mit zum Himmel ragenden Gebäuden in modernster Architektur um wichtige Umsteigstationen, wie beispielsweise Shinjuku, Shibuya, Ikebukuro und andere.
Die kleinen Einfamilienhäuser der Zwischenkriegszeit versorgten sich oft noch lange mittels einer Handpumpe mit Grundwasser; Gas wurde in Stahlflaschen geliefert und zum Heizen, Kochen wie auch zur Zubereitung des abendlichen Bades verwendet. In den neuen Wohnblocks ist dies alles anders geworden. Dort, wie heute in den meisten anderen Stadtteilen, erfolgt die Versorgung durch Röhrenleitungen. Fäkalien sammelten sich traditionell in Sammelgruben an und wurden auf äusserst effiziente Art und Weise regelmässig abgepumpt und in Tankwagen weggeführt. Inzwischen wurden immer weitere Teile der Stadt an die Schwemmkanalisation angeschlossen, die traditionellen Toiletten durch solche mit Wasserspülung ersetzt. In den Geschäftshäusern und den neuen Wohnsiedlungen kam ohnehin nichts anderes in Frage. In einer Stadt, die jeden Moment wieder mit einem Erdbeben von der Stärke desjenigen von 1923 rechnen muss, bringt dieser «Fortschritt» neue Probleme: Was geschieht, wenn Röhrenleitungen und Schwemmkanalisation zerstört sind? Möglicherweise wäre dann bei einem neuen Beben nicht mehr das Feuer, dafür aber mangelnde Versorgung mit Wasser und

eine katastrophale Verschlechterung der hygienischen Verhältnisse die schlimmste Folge.
Ein anderes Problem, welches Tokyo mit allen jenen japanischen Städten teilt, die in alluvialen Schwemmländern liegen, ist die bedrohlich fortschreitende Senkung des Landes. Es steht heute fest, dass diese durch das Abpumpen des Grundwassers verursacht wird, wobei vor allem die Industrie als Grossverbraucher ins Gewicht fällt. Gefährlich sind diese Senkungen in der Unterstadt, die im Meeresniveau liegt. In Tokyo ist so bis 1974 schon eine Fläche von 76,6 km^2 unter das Meeresniveau zu liegen gekommen, 1970 wurden Senkungen von 200 mm/Jahr festgestellt – im «Unter-Null-Gebiet», wie man es nennt, leben 700000 Menschen. Von der besonderen Situation merkt man freilich nichts, das Leben pulsiert hier wie überall. Wenn aber als Folge eines Erdbebens, Hochwassers der Flüsse oder durch die zerstörende Wirkung von Taifunen die Dämme bersten sollten, werden einige besonders dichtbesiedelte und industrialisierte Stadtteile in der Unterstadt in Kürze teilweise metertief unter Wasser gesetzt werden; alle Menschen in den verbreiteten unterirdischen Einkaufszentren und in der Untergrundbahn werden ertrinken.
In einer grossangelegten Untersuchung versuchte man mit modernsten Simulationsrechnungen festzustellen, was geschehen würde, wenn heute wieder ein Erdbeben vergleichbar jenem von 1923 einträte. Am schlimmsten wären die Folgen, falls sich dies an einem Winterabend – wenn überall die Petrolöfen brennen – und bei Westwind grosser Stärke ereignete. Obwohl heute Neubauten nach den Vorschriften der Feuerpolizei erstellt werden müssen, gibt es noch so viele Holzhäuser, dass ausgedehnte Brände unvermeidlich sind. Heute gibt es zudem Brandquellen wie Autos, Benzinlager, Chemikalien usw., die 1923 kaum existierten. Die Rechnung ergab unter anderem, dass innerhalb weniger Stunden über eine halbe Million Menschen den Tod finden würden und dass allein in der Unterstadt 30% aller Holzhäuser rettungslos dem Feuer zum Opfer fielen – rettungslos, weil sämtliche Feuerwehren nur einen Bruchteil der Brandherde bekämpfen könnten. Tokyo lebt mit allen diesen Gefahren und es lebt mit einem Rhythmus und einer Vehemenz, mit der verglichen das Leben in einer europäischen Stadt idyllisch anmutet.
Noch zwei weitere Hinweise: In einer geradezu unwahrscheinlichen Fülle stellt die japanische Hausfrau am dafür vorgesehenen Tag ihren Abfall vor das Haus, Küchenabfälle in Plastiksäcken, alte Möbel, zerbrochene Flaschen usw., die alle vom Abfuhrwesen sauber eingesammelt und abtransportiert werden. Tag für Tag fahren ununterbrochen vom Morgen bis zum Abend Kolonnen von kleinen, blauen Lastwagen mit Abfall zum Hafen und deponieren das, was die Stadt nicht mehr braucht, nach einem ausgeklügelten Plan im Meer, wo Inseln entstehen, die man die Abfallinseln nennt. Nach Auskunft der Hafenbehörde dürfte die Bucht noch für etwa hundert Jahre ausreichen, den Abfall aufzunehmen. Viele dieser Inseln sind heute konsolidierte Industriegebiete und Hafenanlagen, andere sind noch in statu nascendi. Tokyo, zur Edo-Zeit ein blühender Hafen, wurde in dieser Funktion später durch Yokohama abgelöst. In der Nachkriegszeit erlebte der Hafen von Tokyo jedoch ein

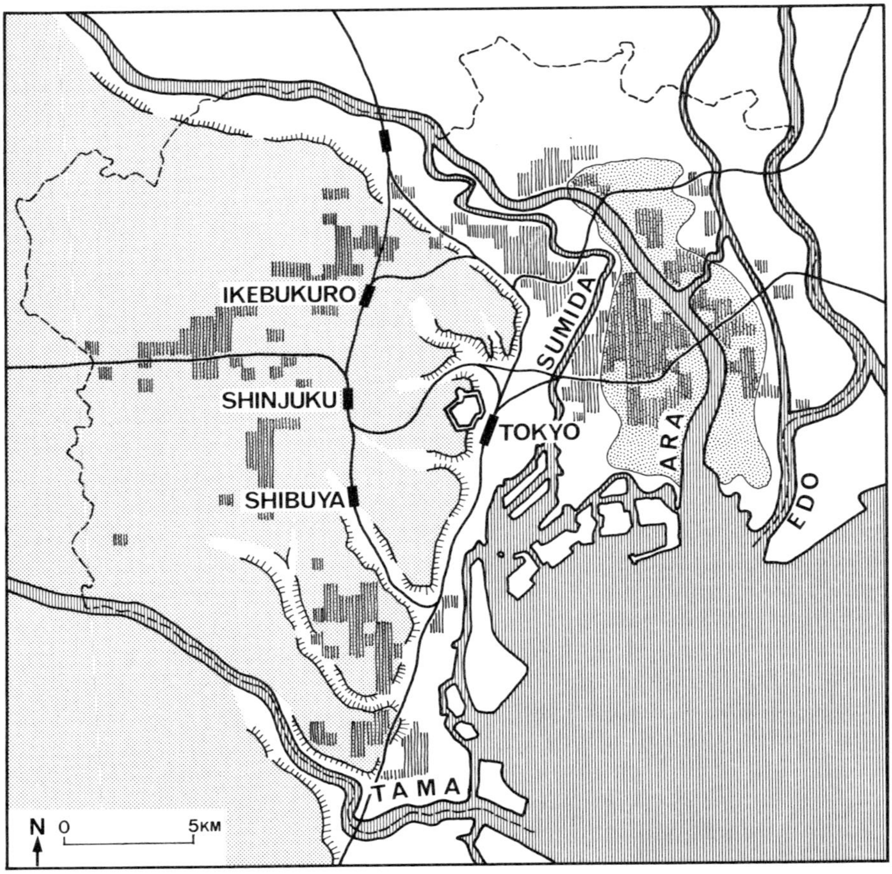

Fig. 11 Tokyo, Lageskizze und Gefahren. Eingezeichnet sind das Kaiserliche Schloss und die wichtigsten im Text erwähnten Bahnen und Verkehrszentren. Weiss = alluviales Tiefland, *shita-machi;* fein punktiert = diluviale Terrassenfläche, *yamate*. Mit dunklem Raster ist in der Unterstadt das unter 0 m (Meeresniveau) liegende Gebiet (Stand 1.7.1973) herausgehoben. Die dunkel eingezeichneten Stadtteile entsprechen den beiden am stärksten gefährdeten Zonen bei Erdbeben und Feuersbrünsten aufgrund der im Text erwähnten Simulationsberechnungen.

Comeback, und heute spielt er auch im Überseeverkehr (beispielsweise im Containerverkehr) eine grosse Rolle.
Viel Abfall geht aber auch in die Luft, und die Luftverschmutzung wurde zu einem ernst zu nehmenden Problem. Verhältnismässig spät schritt man zur Bekämpfung, zu einer Zeit, als zum Schutz des Menschen schon ein spezielles Alarmsystem notwendig geworden war und man von Tokyo aus den Berg Fuji nur noch selten sah. 1971 wurde ein grosses zehnjähriges Programm gegen die Luftverschmutzung aufgestellt und noch vor Ablauf der zehn Jahre kann man an mehr und mehr Tagen den Fuji – wenn auch meist noch durch einen leichten Schleier – wieder im Westen erblicken.

12 Kobe (Hyogo). Zentrum der ausgedehnten Hafenanlagen, rechts der Containerhafen auf einer künstlichen Insel.

13 Im nördlichen Kyushu (Fukuoka) liegen wichtige Kohlevorkommen. Die grossen Abraumhalden deuten auf ungünstige Abbauverhältnisse hin.

14 An der Nordspitze von Kuyushu liegt die Industrieagglomeration Kitakyushu mit Schwerindustrie und Chemiewerken.

15 Schiffswerft in Aioi (Hyogo).

16 In den Werkanlagen der Werft von Kurushima, Nordwestecke von Shikoku (Ehime).

17 Kawasaki (Kanagawa). Ausschnitt aus der geschlossenen Industriezone zwischen Tokyo und Yokohama.

18 Südspitze der Shima-Halbinsel (Mie). Flösse mit Perlenkulturen in einer Meeresbucht. Vgl. Umschlag vorne.

19 Orangengärten, Kulturterrassen an der Westküste von Shikoku südlich von Yawatahama.

20 Fischerdorf Kushima (Ehime), auf einer kleinen Insel in der Bucht von Uwajima gelegen.

21 Kushima (Ehime). Tang, seit jeher ein wichtiges Nahrungsmittel der Japaner, wird von den Drahtgeflechten entfernt.

22 Das Fischerdorf Kouchiumi an der südlichen Ostküste von Kyushu (Miyazaki). Marine Abrasionsplatte.

Industrien und Dienstleistungen

Allgemeine Bedeutung für die Entwicklung

Industrien und Dienstleistungen waren für den Aufstieg Japans in die Spitzenklasse der Wirtschaftsmächte in den Jahren nach dem letzten Krieg verantwortlich und nicht Landwirtschaft oder Fischerei, selbst wenn diese in japanischen und fremden Darstellungen üblicherweise an erster Stelle und ausführlich behandelt werden. Der Anteil der Landwirtschaft an der gesamten Wertschöpfung nahm vielmehr ständig ab. Von 1960 bis 1970 sank er von 13% auf 6%; in den siebziger Jahren erreichte er 5%. Noch deutlicher wird die schwindende Bedeutung der Landwirtschaft, wenn man die Beschäftigungsstatistik zu Rate zieht: 1950 entfielen noch 48% der Beschäftigten auf die Landwirtschaft, ein Wert, der ungefähr jenem der Republik Korea in der Mitte der siebziger Jahre entsprach. 1970 war ihr Anteil jedoch schon auf 19% gesunken und erreichte 1974 13%; damit zeigte Japan ungefähr die gleiche Verteilung auf die verschiedenen Erwerbssektoren wie Frankreich. Wir werden freilich später bei der Besprechung der Landwirtschaft feststellen, dass die Beschäftigungsstatistik ihre Tücken hat und aus diesem Grunde mit Vorsicht zu gebrauchen ist.

Eine direkte Folge der industriellen Entwicklung war eine rapide Vermehrung der Wertschöpfung. Man berechnet diese, um der sich verändernden Bevölkerungszahl Rechnung zu tragen, meistens je Einwohner; in Japan betrug sie 1960 erst 458 $ je Einwohner, im Jahre 1974 4152 $ je Einwohner. Diese Berechnungsart hat den Nachteil, dass zwangsläufig der Eindruck entsteht, der einzelne habe in gleichem Masse am wirtschaftlichen Fortschritt teilgenommen. Dies ist natürlich nur bedingt der Fall, besonders dann, wenn der grössere Teil des wirtschaftlichen Erfolges für Neuinvestierungen verwendet wird. In Japan nahm freilich der Lohnverdiener am «Fortschritt» in hohem Masse teil. Um dies zu zeigen, verwendet man am besten Indexzahlen. In unserem Falle setzen wir 1970 = 100; der Lohnindex für die gesamte Industrie betrug in diesem Falle nominell 1955 = 24,4 und 1974 = 204,7. Die fortschreitende Teuerung frass jedoch einen Teil des höheren Einkommens dauernd auf; dies zeigt sich deutlich im realen Lohnindex, welcher den Konsumentenpreisindex mitberücksichtigt: 1955 = 46,5 und 1974 = 132,7. So konnte sich ein Volk von 100 Millionen Menschen in immer steigendem Masse mit elektrischen Waschmaschinen, Fernsehapparaten, Autos usw. versorgen, Häuser bauen und Auslandreisen unternehmen. Man vergisst über der Stellung Japans als Exportland leicht die wachsende Bedeutung des eigenen Marktes.

Nun darf man freilich nicht glauben, dass dieser enorme wirtschaftliche Wandel, der sich zwangsläufig auch auf die gesellschaftlichen Verhältnisse auswirken muss, etwas Einmaliges gewesen sei. Zwei in ihren

Dimensionen vergleichbare Veränderungen in der Vergangenheit zeigen, dass es dem japanischen Volke schon früher gelang, die sich aus tiefgreifenden Strukturänderungen ergebenden Probleme zu bewältigen.
Wir greifen zurück auf die Schilderung der Sozialstruktur einer jo-kamachi; im Schloss residierte der Daimyo mit seinem Hofstaat, in den einzelnen Stadtvierteln wohnten scharf voneinander getrennt die Klassen der Samurai und der Gewerbetreibenden, ausserhalb der Stadt in den Dörfern die Bauern, deren Anteil an der Gesamtbevölkerung 80 bis 90% betrug. Wirtschaftlich lag das Schwergewicht bei der Landwirtschaft, kulturell im Schloss und seiner unmittelbaren Umgebung. Man hat oft – und sicher zu Unrecht – die Samurai als parasitäre Klasse bezeichnet; sie verkörperten jedoch als Ergebnis einer strengen Erziehung Werte besonderer Art, die ihnen damals wie später eine wichtige Stellung verschafften. Diese Verteilung der Gewichte erlebte einen entscheidenden Wandel, als einerseits die auf niedriger Stufe lebenden Händler und Gewerbetreibenden wohlhabend und andererseits die Samurai immer ärmer wurden. Osaka und Edo waren im Laufe der Jahrzehnte als Handelsplätze für Reis wie andere Güter immer wichtiger und die Kaufleute immer mächtiger geworden; Geld wurde als Wertmesser im Handel und in den gesellschaftlichen Beziehungen immer mehr beachtet. Geldwerte schufen nur die Kaufleute, nicht aber die Bauern – die in natura Zins entrichteten – oder die Herrschenden, welche für andere, immaterielle Werte standen. Wenn auch die äussere Fassade der bestehenden Ordnung erst 1868 fiel, so hatte sich im Innern der Wandel schon vollzogen. Dies dürfte auch der Schlüssel zum Verständnis der rasch und ohne Blutvergiessen ablaufenden Meiji-Restauration sein. Es waren vor allem Samurai, die Bildung und ethische Werte repräsentierten, welche die Regierung übernahmen. Man findet für sie in der Literatur häufig die Bezeichnung «Junge Samurai». Im Laufe der Jahre wuchsen aus dieser Generation die grossen Staatsmänner der Meiji-Periode heran, welche die stürmische Entwicklung im Zuge der Modernisierung lenkten. Schon vor 1868 waren aber auch grosse Handelshäuser entstanden, die in der Folge mit der Unterstützung dieser Regierung die Möglichkeit hatten, sich zu entfalten. Samurai und Kaufleute hatten schon vor 1868 viel engere Kontakte miteinander aufgenommen, als dies die strengen Klassenschranken vermuten lassen, denn die Kaufleute konnten den Samurai die benötigten Geldmittel vorstrecken. Nach 1868 übernahmen vorerst die Samurai die politischen, die Kaufleute die wirtschaftlichen Aufgaben; später erfolgte rasch die Eingliederung der Samurai in Industrie und Handel.
In bezug auf die Beschäftigungsstatistik hatte sich freilich bis zu diesem Zeitpunkt kaum etwas geändert. Erste Erhebungen erfolgten 1880, und damals betrug der Anteil der in der Landwirtschaft Tätigen noch 82%. Es waren die Einkünfte aus der Landwirtschaft, welche den japanischen Staat befähigten, die entscheidenden ersten Investierungen beim Ausbau der Verkehrseinrichtungen und Industrien vorzunehmen. Japan war hinsichtlich der durch diese Statistik ausgewiesenen Stellung ein ausgesprochenes Entwicklungsland. Seit jener Zeit vollzog sich, erkennbar in

jeder Statistik, im landschaftlichen Bild wie in den gesellschaftlichen Verhältnissen ein stetiger Wandel. Die Anteile der Landwirtschaft an den Beschäftigten sank – um bei diesem Kennwert zu bleiben – bis 1900 auf 70%, bis 1920 auf 54% und bis 1940 auf 44%. Der Unterschied zur Nachkriegsentwicklung liegt weniger im absoluten Mass des Wandels, sondern vielmehr darin, dass er sich damals über 60 bis 70 Jahre, jetzt aber nur über wenige Dezennien erstreckte. Es brauchte 60 Jahre – von 1880 bis 1940 –, um den Anteil der Landwirtschaft auf die Hälfte zu senken, während in den 20 Jahren von 1950 bis 1970 der Anteil um 60% sank. Nicht nur der schmerzlose Übergang im Jahre 1868, sondern auch die unaufhaltsame Aufwärtsentwicklung nach 1868 können dem Verständnis nähergebracht werden, wenn man sie weitgehend als ein Resultat des Zusammenspiels der in ethischen Prinzipien und politischen Grundsätzen einheitlichen Tradition der früheren Samurai und der grundsätzlich vom Staat freien Wirtschaft zu verstehen sucht. Unter der alten Ordnung nahm die Wirtschaft im Verhältnis von Staat und Wirtschaft eine wenig geachtete Randstellung ein, im modernen Japan zieht sie aus ihrer Eigenständigkeit, verbunden mit einer entscheidenden Förderung durch den Staat, Vorteil. Der japanische Staat hat zwar oft die Initiative zur Einführung neuer Industrien – als Staatsbetriebe – ergriffen, diese aber später immer wieder der privaten Wirtschaft übergeben. Der Staat verfügt über politische Mittel, mit welchen er die Wirtschaft fördern kann; die Wirtschaft kann auf der anderen Seite ihre Erfahrung und ihre Beziehungen einsetzen, wobei der Gewinn, wenn beide Partner sich einem gemeinsamen höchsten Ziel unterstellen, auch der politischen Leitung zugute kommt. Ein wichtiges Verbindungsglied im System der offenen, das heisst sichtbaren Mechanismen ist dabei das Ministry for International Trade and Industry (MITI).

In den einleitenden Bemerkungen wurde schon erwähnt, dass in der Nachkriegszeit seit 1945 die indirekten Beeinflussungen von seiten der USA möglicherweise die nachhaltigsten gewesen sein dürften. Zu ihnen gehört auch die Übernahme des materiellen Wertmassstabes und des Stellenwertes, der dem materiellen Fortschritt zugewiesen wird. Unter allen Ländern der Erde hat wohl kaum ein anderes in dem Masse nach diesen Werten gegriffen und gleichzeitig derartige materielle Fortschritte erzielt wie Japan. Zweifellos ist das Streben nach materiellem Gewinn dem Menschen angeboren; die Frage ist, ob nach den allgemein akzeptierten Grundsätzen dieses Streben als oberste Richtlinie gilt oder ob man andere Werte an erste Stelle setzt. Hier scheint ein grosser Widerspruch zwischen gestern und heute zu bestehen: materieller Fortschritt in der industriellen Produktion beruht in Erhöhung der Qualität im Sinne gesteigerter Präzision, Reduktion der Kosten durch Massenerzeugung, Standardisierung aller Teile im Interesse des Unterhaltes und Vergleichbares mehr. Das traditionelle japanische Gewerbe sah den Qualitätsbegriff anders: die Hand des Meisters durfte nicht nur, nein, sie *musste* in den feinen individuellen Unterschieden zwischen seinen eigenen Produkten und in den beachtlicheren Unterschieden im Vergleich mit den Produkten anderer Meister zum Ausdruck kommen. Massenerzeugung und Standardisierung hatten hier keinen Platz. Der Käufer auf der anderen Seite war bereit, dafür einen Preis zu zahlen, der sich anders berechnet, als dies nach der modernen Wirtschaftslehre zu geschehen hat. Es gehört zu den in diesem Zusammenhang beachtenswerten Feststellungen, dass auch heute noch weite Kreise in Japan bereit sind, für Keramiken oder Zierfische geradezu phantastische Summen zu bezahlen. Wer selber Vorbehalte gegenüber dem materialistischen Fortschrittsglauben macht, freut sich darüber wie über manche andere Eigenheiten des japanischen Marktes, die in diese Richtung weisen. Fast überall auf der Welt hat beispielsweise Seide ihre Stellung eingebüsst und ist durch künstliche Faserstoffe verdrängt worden. In Japan kennt aber auch eine junge Dame noch den Qualitätswert der Naturseide, und ihr Vater muss bereit sein, für einen neuen Seidenkimono Beträge auf den Tisch zu legen, die den Wert eines Kleinwagens übersteigen können. Resultat: Japan wurde als eine Nebenfolge des wirtschaftlichen Aufschwungs zum weitaus grössten Importeur von Naturseide, wobei sich die Abhängigkeit von der allgemeinen Konjunktur deutlich in den Schwankungen der Einfuhren abzeichnet:

Jahr	Einfuhr/Naturseide in t		Weltimporte in %
1970	8 215	=	49
1971	8 380	=	58
1972	15 252	=	70
1973	15 327	=	66
1974	10 052	=	63
1975	8 329	=	56

Zum grössten Teile kommen diese Seideneinfuhren aus China und aus der Republik Korea. Japan als Seidenausfuhrland gehört der Vergangenheit an.

In seiner wunderschönen Erzählung «Kyoto» schreibt Y. Kawabata: «Es heisst von der Handweberei in Nishijin, sie lasse sich schwer über drei Generationen halten. Denn die Handweberei gehört zum Kunsthandwerk. Der Vater mag ein hervorragender Weber sein und eine erprobte Fertigkeit besitzen, er kann sie nicht immer auf den Sohn übertragen, auch wenn der Sohn sich im Schutze der väterlichen Kunst noch so sehr anstrengt ... (und dann sagte Sosuke) ... So ist es. Gerade heute habe ich darüber nachgedacht. Da gibt es etwa die Obi-Weberei von Izukura, dort haben sie moderne Industrie in vierstöckigen europäischen Gebäuden. Auch bei uns in Nishijin wird es so kommen. An einem Tag werden fünfhundert Obi (Gürtel für den Kimono) fertig, und bald haben die Arbeiter, deren Durchschnittsalter zwischen zwanzig und dreissig liegt, Anteil am Betrieb. Solide Hausarbeit am Handwebstuhl wie bei uns wird in zwanzig bis dreissig Jahren ausgespielt haben.»

Standorte und Standortsveränderungen der Industrien 1963–1972

Es gibt mehr als einen einleuchtenden Grund dafür, dass sich die Industrie in dem uns schon bekannten «Industrial Belt» zwischen dem nördlichen Kyushu und Tokyo entlang der Pazifikküste entwickelte. Nach einer ersten kurzen Anlaufphase von 1868 bis etwa 1880, in der in erster Linie Rohseide (1876 etwa die Hälfte des Exportwertes) und Münzmetalle aus- und Kapitalgüter wie Fertigwaren eingeführt wurden, begann der industrielle Aufstieg zuerst im Sektor der Textilindustrie. Diese besass schon feste Standorte, freilich noch in kleinem Rahmen, in Kyoto, Osaka, Nagoya. Der Übergang zu grösseren Dimensionen und zum Fabrikbetrieb führte zur Abhängigkeit von Baumwoll- und Wollimporten, während bei der Seide damals die Eigenproduktion den Bedarf deckte. In anderen Sektoren, wo nicht auf einer schon vorhandenen Grundlage aufgebaut werden konnte, ergriff die Regierung die Initiative. Bekanntestes Beispiel ist die Eisen- und Stahlherstellung im nördlichen Kyushu, nahe der Kohlenbasis und in ausgezeichneter Import-Export-Lage. Ähnlich gute Standortsbedingungen weist das jüngere Zentrum der Schwerindustrie an der Südküste von Hokkaido in Muroran auf, das jedoch bis heute ein isolierter industrieller Aussenposten blieb. Man könnte die genannten Industrien als Beispiele für die klassische Standortslehre bezeichnen: Entwicklung auf schon vorhandener Grundlage, Nähe der Rohstoff- und Energievorkommen, Öffnung zum Meer, welches in diesem Falle sowohl zum Inland- wie zum Exportmarkt führt. Freilich dürfte es in Japan schwerfallen, überhaupt einen guten Standort zu finden, der nicht am Meer oder wenigstens in der Nähe des Meeres liegt.

Für die Nachkriegsentwicklung wirkte sich positiv wie negativ aus, dass sich dort die Ebenen finden, auf welche grosse Industrien angewiesen sind; solche Flächen werden auch von der Landwirtschaft, den sich ausbreitenden Städten, Verkehrsanlagen usw. beansprucht und der Entscheid über die Prioritäten der Landnutzung ist ein wichtiges Anliegen der Planungsämter. Schon zur Tokugawa-Zeit wurden – zum Teil unter Verwendung von Know-how der Holländer – Eindeichungen und Neulandgewinnungen vorgenommen, doch dachte man damals lediglich an die Bedürfnisse der Landwirtschaft. Heute sind Neulandgewinnungen für die Grossindustrie in grossem Ausmasse in der Bucht von Tokyo sowie entlang der Küsten von Setonaikai im Gange. Nur ein Viertel der Landesfläche wird zu ungefähr gleichen Teilen zu den alluvialen und diluvialen Ebenen gerechnet. Der überwiegende Teil des Landes ist gebirgig und allein schon aus topographischen Gründen für Industrie wenig geeignet.

Moderne Industrien, allen voran die Schwerindustrie, benötigen enorme Mengen Wasser. Auch hier ist prinzipiell die Versorgungslage im unteren Teil der hydrographischen Systeme besser, doch steigt auch in dieser Beziehung der Anspruch anderer Verbraucher, vornehmlich der Städter und der Reisbauern. Ausserdem gestattete ein Standort an der Küste, die industriellen Abwässer direkt ins Meer zu leiten. Die zunehmende Verschmutzung und Verseuchung wurde weltweit bekannt, als schwere Erkrankungen bei der Lokalbevölkerung auftraten, wie beispielsweise die durch Quecksilber verursachte Minamata-Krankheit. Die neuen Umweltschutzgesetze versuchen mit dem uralten Menschenrecht, allen Dreck einfach ins Meer zu geben, Schluss zu machen und bei Schädigungen nach dem Verursacherprinzip die Industrie zur Kasse zu bitten.

Das gute Verkehrsnetz im «Industrial Belt» darf dagegen eher als eine Folge denn als Voraussetzung der Industrie angesehen werden. In dem früher besprochenen Tanaka-Plan wird die Beziehung umgekehrt und zweifellos zu Recht die verkehrsmässig bessere Erschliessung der peripheren Gebiete als eine Voraussetzung für die Dezentralisierung der Industrie angesehen.

Die zunehmende Konzentration der Bevölkerung – und damit der verfügbaren Arbeitskräfte – in der Megalopolis ist ein weiterer Punkt, der im Zusammenhang mit Industrialisierung und Dezentralisation beachtet sein will. Um die Wirksamkeit dieses Standortsfaktors zu ermessen, sollte man wissen, wie gross die räumliche Mobilität der Bevölkerung ist. Der andauernde Zustrom der Menschen in die Megalopolis und die enormen Abwanderungen während des letzten Krieges – wenigstens in die benachbarten Präfekturen – würden eine grosse Mobilitätsbereitschaft vermuten lassen. Bei der erstmaligen Zuwanderung vom Land zur Stadt entschied der einzelne, meist ein junger Bauer oder Landarbeiter, relativ frei. Die Abwanderung während des letzten Krieges war einmalig in einer besonderen Situation. Bei den Veränderungen in der Nachkriegszeit behielt man in der Regel den Arbeitsplatz bei und verlegte nur den Wohnsitz, der Not gehorchend, in den erweiterten Vorortsbereich. Die Freizügigkeit der meisten Industriebeschäftigten wird dadurch eingeschränkt, dass in völligem Gegensatz zur Situation in Europa und den USA eine Anstellung von beiden Seiten, Arbeitnehmer und Arbeitgeber, im Normalfall auf Dauer gedacht ist. Eine Versetzung in einen Filialbetrieb wird selbst dann, wenn damit eine Beförderung verbunden ist, nicht geschätzt. Die Dispersion der Industrie dürfte deshalb im ganzen weniger die bestehenden Bevölkerungszentren entlasten als vielmehr zum Aufsaugen der letzten Reserven des vielerorts schon austrocknenden ländlichen Arbeiterreservoirs führen.

Zusammenfassend lässt sich sagen, dass in der Nachkriegszeit die Standortsfaktoren vorerst auch weiterhin dort am günstigsten waren, wo dies bislang schon der Fall gewesen war. Zunehmend werden sich aber in den bestehenden Zentren die Voraussetzungen verschlechtern und die Industrie wird entscheiden müssen, wo im «Industrial Belt» noch Lücken ausgefüllt werden können, in welchem Masse ungeachtet der Kosten und der Wünsche neue Standorte in den peripheren Gebieten aufzusuchen sind oder auch, ob in bestimmten Fällen das weitere Wachstum der japanischen Wirtschaft in Übersee vor sich gehen soll.

Als Grundlage für die Beurteilung dieser Frage und der Trendentwicklung wurde die Tabelle «Standorte der Industrie und Veränderungen

1963–1972» zusammengestellt. Um wenigstens einmal auch alle Präfekturen in der offiziellen Reihenfolge vorzustellen, wird eine landesweite Übersicht gegeben. Zweifellos wird jeder Betrachter eine grosse Zahl von Einzelheiten erkennen; uns geht es hier nur um die grossen Zusammenhänge. Sowohl 1963 wie 1972 finden wir eine aussergewöhnliche Konzentration in den beiden Metropolengebieten von Tokyo und Osaka-Kobe. Wenn man die in Frage kommenden Präfekturwerte addiert, tritt dies noch deutlicher in Erscheinung: Metropolitan Tokyo weist Werte von 265 (1963) und 241 (1972) auf, die National Capital Region 318 und 307. Die entsprechenden Werte für Keihanshin sind 191 und 172. Wenn auch bei allen Berechnungsarten eine relative Abnahme der Metropolen festgestellt wird, ist diese für Tokyo doch geringer als für Osaka. Eine beachtliche Zunahme zeigt das Total für die Präfekturen an der Nord- und Südküste des Setonaikai, in das heute die Megalopolis hinaus-

Standorte der Industrie und Veränderungen 1963–1972

gemessen an der Zahl der Beschäftigten, nach Präfekturen, in Promille des Totals 1963 = 9727874, 1972 = 11783439

1	Hokkaido	23	23	26	Kyoto	27	25
2	Aomori	4	5	27	Osaka	109	94
3	Iwate	6	7	28	Hyogo	55	53
4	Miyagi	8	11	29	Nara	6	7
5	Akita	5	6	30	Wakayama	9	9
6	Yamagata	8	10	31	Tottori	3	5
7	Fukushima	11	16	32	Shimane	4	5
8	Ibaraki	15	21	33	Okayama	18	19
9	Tochigi	14	19	34	Hiroshima	27	29
10	Gumma	18	20	35	Yamaguchi	12	12
11	Saitama	34	43	36	Tokushima	6	6
12	Chiba	16	24	37	Kagawa	3	9
13	Tokyo	155	108	38	Ehime	11	11
14	Kanagawa	60	66	39	Kochi	4	4
15	Niigata	21	23	40	Fukuoka	32	29
16	Toyama	12	13	41	Saga	4	6
17	Ishikawa	13	12	42	Nagasaki	8	8
18	Fukui	10	10	43	Kumamoto	7	8
19	Yamanashi	6	6	44	Oita	5	6
20	Nagano	20	23	45	Miyazaki	5	5
21	Gifu	22	23	46	Kagoshima	7	6
22	Shizuoka	38	40	47	Okinawa	–	2
23	Aichi	88	81				
24	Mie	17	18				
25	Shiga	9	12				

wächst. Die stärksten Zunahmen weisen die um Tokyo gelegenen Präfekturen auf. Wenn neuere Zahlen zur Verfügung stehen würden, wäre dies noch augenfälliger, denn hier entstehen neue Industriegiganten sowohl im Gebiet von Chiba wie vor allem auch weiter nördlich in unmittelbarer Küstenlage bei Kashima, die in der zweiten Hälfte der siebziger Jahre in vollem Ausbau begriffen waren. Allgemein lässt sich ferner feststellen, dass sich allein in den gewählten zehn Jahren eine stärkere Durchdringung mit Industrie in fast allen peripheren Gebieten abzeichnete. Am wenigsten ist dies der Fall in den nicht an das Setonaikai angrenzenden Teilen von Shikoku, im grössten Teil von Kyushu und auf der der Japan-See zugekehrten Seite der Insel Honshu. Tohoku, der rückständige Nordosten, zeigt dagegen alle Anzeichen einer einsetzenden fortschrittlichen Entwicklung.
Würde man den beobachteten Trend als ein Resultat der Wirtschaftspolitik (im Sinne von K. Tanaka) betrachten, beginge man aber wohl einen Fehler. Drei andere Gründe scheinen einleuchtender zu sein: Zum ersten verschlechtern sich dauernd alle oben genannten günstigen Standortsbedingungen im Bereiche der Bevölkerungsagglomeration. Zum zweiten geht die Zunahme der Industrie in den peripheren Gebieten auf die allgemeine Verschiebung vom primären zum sekundären/tertiären Sektor zurück und eine detailliertere Analyse würde auch zeigen, dass es sich in vielen Fällen um jene Industrien handelt, die von der kranken Landwirtschaft und dem allgemeinen wirtschaftlichen Rückgang in diesen Landesteilen besonders profitieren können. Es sind dies Industriezweige mit hohen Lohnanteilen an den Produktionskosten oder solche, die sich besonders für Teilarbeit in Ergänzung zur Landwirtschaft eignen. Zum dritten werden die finanziellen Belastungen durch den Umweltschutz in den dichtbesiedelten Gebieten zusammen mit den steigenden Grundstückpreisen zu einer derart ins Gewicht fallenden Belastung für die scharf kalkulierenden Produzenten, dass man willig den bisherigen Standort mit einem in jeder Hinsicht günstigeren vertauscht.

Wandel und Verharren

Untersucht man die Entwicklung der Nachkriegszeit, dann ist man über das Ausmass der Veränderungen, die sich in wenigen Jahren vollzogen, ebenso wie über gewisse Eigentümlichkeiten, die unverändert blieben, gleicherweise erstaunt. Im folgenden sollen zuerst einige Beispiele für wichtige Änderungen und anschliessend solche für das Fortdauern vorhandener Strukturen und Eigenschaften erörtert werden.
Im Vergleich zur Vorkriegszeit zeichnet sich vor allem im Exportsektor ein Trend zu hochwertigen Erzeugnissen und im besonderen zu jenen Produktionszweigen ab, die versprechen, in Zukunft immer wichtiger zu werden; dabei wäre an Nukleartechnik, Computerausrüstungen, Elektronik und ähnliches zu denken. Wir sollten diese Industriesektoren besonders beachten, weil sie eine hochentwickelte wissenschaftlich-techni-

sche Forschung voraussetzen und ausserdem zum Austausch von technischem Wissen mit dem Auslande führen. Dass die Japaner lediglich kopieren und nicht selber entwickeln und erfinden können, wird heute noch vielerorts angenommen. Richtig ist zweifellos, das die Japaner nach 1868 viel kopierten – wobei sie freilich das im Ausland Beobachtete den japanischen Bedürfnissen anpassten – und damit in der Lage waren, den Rückstand gegenüber den etablierten Industrieländern rasch aufzuholen. Heute hat sich auch hier ein Wechsel vollzogen. Hochschulen und Forschungsinstitute, eine besondere Abteilung des MITI und die Privatindustrie entwickeln ununterbrochen Neues, die Zahl der Patente steigt und Japan exportiert auf verschiedenen Gebieten Know-how.
Um die Bedeutung der einzelnen Industriezweige messend zu vergleichen, kann man je nach der zu beantwortenden Frage verschiedene Kennziffern wählen, welche immer auch etwas verschiedene Ergebnisse liefern. Da es hier um den wirtschaftlichen Aufschwung der Nachkriegszeit geht, wurde die Wertvermehrung durch industrielle Verarbeitung als Massstab gewählt und diese in der Tabelle «Wertschöpfung verschiedener Industriesektoren 1960–1972» für wichtige Industrien verglichen. Dass die Abnahme bei Textilien nicht noch grösser ist, hat man der wachsenden Bedeutung der synthetischen Fasern zu verdanken, wobei Japan nach den USA an zweiter Stelle steht.

Wertschöpfung verschiedener Industriesektoren 1960–1972

Anteile in % am jeweiligen Total aller Industrien	1960	1972
Lebensmittel	24	8
Textilien	14	5
Bekleidung	3	1
Eisen und Stahl	1	8
Eisenverarbeitung, Maschinen	14	14
Elektronische Ausrüstungen	2	13
Transportmittel	2	12
Präzisionsinstrumente	1	2
Sonstige	39	37

Von 1965 bis 1974 hat sich die Stahlproduktion etwa verdreifacht und heute nimmt Japan nach der Sowjetunion und den USA den dritten Platz ein. In der gleichen Periode stand Japan im Schiffbau immer an erster Stelle unter allen Ländern der Erde und das Schiffbauvolumen in Bruttoregistertonnen stieg auf den vierfachen Wert an. 1974 wurde Japan als Produzent von PKW nur noch von den USA übertroffen und bei den LKW waren die Produktionszahlen annähernd die gleichen. Die starke Betonung der Schwerindustrie und ihrer Folgeindustrien steht nicht im Widerspruch zum oben gemachten Hinweis auf die Förderung von in die Zukunft weisenden hochqualifizierten Industriesektoren, weil eine

schwerindustrielle Basis für jede bedeutende Industrienation notwendig ist. Dies gilt besonders für Japan, wo der bisherige Werkstoff Holz rasch durch Eisen und Stahl ersetzt wird.
Schon zur Zeit der Tokugawa bildeten sich die ersten Ansätze zur Konzentration von Handel und Gewerbe. 1673 gründete die aus Nagoya stammende Familie Mitsui in Edo eine Handelsfirma, welche sich auch als Steueragent der Shogune betätigte. 1872 erfolgte durch dieses Familienunternehmen die Gründung des ersten Warenhauses, Mitsukoshi. Die Familie Sumitomo hatte schon im 16. Jahrhundert durch den Betrieb von Bergwerken und die Metallverarbeitung eine starke Stellung im Gewerbe erhalten. Nach 1868 folgten zwei weitere grosse Unternehmen, auf Schiffahrt und Handel spezialisiert Mitsubishi und im Bank- und Versicherungswesen Yasuda. Dies sind die vier wichtigsten der nach dem Zweiten Weltkrieg entflochtenen zehn sogenannten Zaibatsus (zai = Schatz, batsu = Club oder Clan). Eine solche Zusammenballung der wirtschaftlichen Macht ist die logische Konsequenz eines hierarchischen, vertikalen Denkens und führte dazu, dass – berechnet auf dem einbezahlten Kapital bei Kriegsende – wichtige Wirtschaftssektoren von den Zaibatsus beherrscht wurden (siehe Tabelle «Bedeutung der Zaibatsus 1946»). Nach dem Kriege verschwanden die Zaibatsus bisheriger Prägung – heute bezeichnet man sie als «Gruppen», denn in aller Stille haben sie sich wieder zusammengefunden und neue kamen dazu. Die sechs grössten Gruppen sind heute Mitsui, Mitsubishi, Sumitomo – diese ersten drei, wie schon der Name zeigt, direkte Nachfolger der früheren Zaibatsus –, Sanwa, Fuyo (Fuji) und Dai-Ichi Kangyo. Kernstück der drei letztgenannten ist immer eine Bank des gleichen Namens. Eine Eigenschaft der Zaibatsus und der neuen Gruppen ist, dass sie alle über ihre eigenen Bankinstitute verfügen und damit alle Voraussetzungen zur internen Finanzierung besitzen. Neben den genannten Gruppen bestehen andere bedeutende Weltfirmen wie Nippon Steel, Matsushita Electric usw. Der Grad der Kontrolle bestimmter Produktionszweige durch diese Gruppen und Grossfirmen ist sehr unterschiedlich, im allgemeinen aber hoch. Mitte der siebziger Jahre kontrollierten die fünf jeweils Grössten: 79% Rohstahlerzeugung, 96% Roheisen, 100% Aluminium, 93% Automobilindustrie, 100% Bier, zwischen 87 und 93% synthetische Fasern – Baumwollgarne liegen jedoch mit 30% deutlich tiefer.

Bedeutung der Zaibatsus 1946

Anteile am einbezahlten Kapital

	4 grösste Zaibatsus	10 Zaibatsus
Banken und Versicherungen	50%	53%
Bergbau, Maschinenindustrie, chemische Industrie	32%	49%
Verkehr, Grundbesitz	13%	16%
Textilindustrie	11%	17%

Wenn soeben von vertikalem und hierarchischem Denken gesprochen wurde, trifft dies vielleicht den wichtigsten Punkt, den es bei einem Vergleich der europäisch-amerikanischen Verhältnisse mit den japanischen zu beachten gilt. Rufen wir uns in Erinnerung, was Kawabata in «Kyoto» den Händler über Nishijin sagen lässt. Solche Kleinbetriebe sind neben den grossen Gruppen und Kombinaten bis heute für die japanische Industriestruktur charakteristisch geblieben. Als Spezialproduzenten wie als Zulieferer bilden sie einen integrierenden Bestandteil des Ganzen. Die japanische Statistik unterscheidet Produktionsstätten bis zur Grösse von nur einem einzigen Beschäftigten und ermöglicht damit einen sehr detaillierten Einblick. Kleinbetriebe haben je nach Sektor eine unterschiedliche Bedeutung. Sie arbeiten nach den früher besprochenen modernen Wertmassstäben mit geringem Erfolg und sind wenig kapitalintensiv (siehe Tabelle «Kleinbetriebe und Grossbetriebe 1972» S. 85). Der Meister steht hier meist in einem ganz besonderen Verhältnis zu den Gehilfen, die nicht nur bei ihm lernen und arbeiten, sondern auch die Hausgemeinschaft teilen. In vielen Fällen führt dies – besonders dann, wenn der Meister keine männlichen Nachkommen besitzt – bis zur Adoption, womit das Geschäft in der Familie bleibt. Die Beziehungen zwischen Arbeitgeber und Angestellten sind darum von besonderer Art, was auch in der oft gebrauchten Bezeichnung «oya-bun» für den Meister und «ko-bun» für den Angestellten zum Ausdruck kommt. Das Wörterbuch übersetzt oya-bun mit Boss, Chef oder Führer und ko-bun mit Anhänger, Gefolgsmann. Das Schriftzeichen oya allein bedeutet «Eltern» und ko «Kind». Damit ist die besondere Beziehung der in einem solchen Kleinbetrieb Beschäftigten charakterisiert. Es waren hauptsächlich Soziologen, welche die Beziehung zwischen «oya-bun» und «ko-bun» als Begriff für diese in vielen Bereichen verbreitete Erscheinung verwendeten. Auch im Grossbetrieb besteht nämlich ein ähnliches Verhältnis: Die Leitung schaut in einem viel stärkerem Masse nach unten, als dies in Europa oder in Amerika der Fall ist. Man lässt dem Angestellten und Arbeiter viele anderswo kaum denkbaren Sonderleistungen zukommen: neben dem sogenannten Bonus – oft das Mehrfache eines Monatslohnes – sorgt die Firma für Wohnung, unterhält Ferienhäuser, vermittelt und organisiert Heiraten, fördert die Weiterbildung usw. Als eine der ersten Pflichten fordert der Buddhismus Gehorsam und Dankbarkeit gegenüber den Eltern, und auch der Angestellte wird – dieser Forderung nachkommend – sich ganz für «seine» Firma einsetzen: er opfert ihr Überstunden, bildet sich weiter, um der Firma zu dienen, und wird ihr üblicherweise die Treue halten, bis er aus Altersgründen ausscheidet.

Man muss nun nicht etwa glauben, dass diese gegenseitige Verpflichtung auch zu einem jederzeit einträchtigen Zusammenarbeiten führe. Die Lohnkämpfe sind hart und finden jeweils im April im Rahmen der alljährlichen «Frühjahrsoffensive» statt, wenn die Arbeitnehmer – vertreten durch ihre Gewerkschaften – mit dem Management die für ein weiteres Jahr geltenden Lohnerhöhungen aushandeln. Diese Gewerkschaften sind ebenfalls nicht horizontal organisiert wie im Westen, sondern vertikal innerhalb einer Gruppe oder eines Sektors. Die Schwerindustrie als

Schlüsselindustrie steht bei diesen Auseinandersetzungen im Mittelpunkt des allgemeinen Interesses, denn was dort ausgehandelt wird, ist weitgehend wegleitend für die andern. 1977 erfolgte mit einer Lohnerhöhung von 8,4% hier rasch eine Einigung; in den beiden Vorjahren waren die Auseinandersetzungen zäher und im öffentlichen Sektor – wo beispielsweise die Gewerkschaft der JNR (Kokuro) wortführend ist – kam es zu langen Streiks, die immer wieder jeglichen Verkehr lahmlegten. In dieser Zeit veröffentlichen die Zeitungen täglich graphische Übersichten, die Auskunft geben, wo und von wann bis wann welche Aktivitäten ausfallen. Man hat auf diese Weise Zeit, sich vorzubereiten und vorzusorgen. Das Erstaunlichste bleibt immer die Gelassenheit, mit der sich jedermann fügt. Das Management wird in den Büroräumlichkeiten für die Angestellten Schlafgelegenheiten einrichten oder mit privaten Verkehrsmitteln die Transporte übernehmen; die Angestellten werden – wenn nötig – auch grosse Distanzen mit dem Fahrrad zurücklegen, denn schliesslich gilt es «ihrer» Firma zu dienen. Erstaunlich ist, dass auch dann, wenn die Post streikt, die Zustellung immer wieder irgendwie funktioniert. Freilich, wenn alle Übereinkommen getroffen sind, atmet doch jedermann auf, denn nun weiss man, dass für die Dauer eines Jahres ohne Störung gearbeitet werden kann.
Ein amerikanischer Geschäftsmann in Japan wies in einem Bericht auf einen kleinen, aber äusserst charakteristischen Unterschied zu seinem Land hin: Wenn, so schrieb er, in den USA oder in Europa ein Organigramm einer Firma aufgezeichnet wird, fehlen darauf die Angestellten und Arbeiter, nur die Leitung figuriert – in Japan zeigt das Organigramm aber den ganzen Betrieb von unten bis zur obersten Spitze.
Wer in eine solche Firma aufgenommen wird, weiss, dass dies einer Lebensversicherung gleichkommt. Er wird auch bei schlechtem Geschäftsgang nicht auf die Strasse gestellt werden. Sein Anfangslohn wird vielleicht bescheiden sein, aber er wird alljährlich seinen Bonus erhalten und im Laufe der Jahre streng nach dem Senioritätsprinzip die Stufenleiter aufwärtsrücken. Etwas anderes ist bei einem streng vertikal gerichteten Denken unvorstellbar; sollte es doch einmal vorkommen, dass ein Angestellter vorzeitig in höhere Stellungen befördert wird, dürfte dies allerseits Befremden und auch Animosität auslösen. Der Neuangestellte weiss aber auch, dass die Firma sich vor der Anstellung bis in alle Einzelheiten über seine Familienherkunft, den Gesundheitszustand usw. erkundigt hat und dabei professionelle Auskunfteien beizog. Bei den Informationen spielt die schulische Ausbildung eine grosse Rolle, wobei weniger auf die erzielten Ergebnisse als auf die besuchte Schule geachtet wird. Spätere Führungskräfte rekrutieren sich fast ausschliesslich aus den beiden grossen nationalen Universitäten in Tokyo und Kyoto (Todai, Kyodai) und einigen wenigen anderen der 410 japanischen Universitäten. Damit besitzt das Kader ein Gefühl der Gruppenzusammengehörigkeit, welches der Leitung vor allem bei Entscheidungsprozessen die Aufgabe erleichtern wird. Der energische Führungsstil forscher amerikanischer Prägung ist in Japan nicht üblich. Vergleichbar einer dörflichen Gemeinschaft, wo eine offene Divergenz der Auffassungen, wie

sie in einem Mehrheitsbeschluss zum Ausdruck kommen kann, den für alle Beteiligten notwendigen Frieden stört und darum vermieden wird, versucht die Leitung in oft sehr langwierigen Besprechungen zu einer Übereinstimmung der Meinungen zu gelangen. Dies ist um so eher möglich, je weniger persönliche, den einzelnen direkt betreffende Dinge zur offenen Diskussion gestellt werden, wenn man sich mehr auf das Grundsätzliche und Allgemeine beschränkt und im übrigen gar manches in unbestimmte Formulierungen kleidet. – Diese Gedanken könnten weitergesponnen werden, doch wollen wir hier vorerst abbrechen, weil sich später ausreichend Gelegenheit bieten wird, den Faden in anderem Zusammenhang wiederaufzunehmen.

Kleinbetriebe und Grossbetriebe 1972 (letzte Erhebung)

Von 5113723 Betrieben mit 38793883 Beschäftigten entfielen in Prozent auf die verschiedenen Grössenklassen:

Anzahl der Beschäftigten	Betriebe in %	Beschäftigte in %
1– 4	71,9	19,5
5– 9	14,9	12,6
10– 29	9,4	19,8
30– 49	1,8	9,0
50– 99	1,2	10,6
100–299	0,6	12,7
300–499	0,1	4,2
500–999	0,05	4,6
über 1000	0,02	7,0

Die durchschnittlichen monatlichen Nettoeinkommen betrugen ohne jede Extraleistungen, in Yen (Stand August 1978: 100 Yen = 0,545 $):

beispielsweise im	1-Mann-	2-Mann-	über 30-Mann-Betriebe
Hoteldienst	35 800	39 700	59 500
Autounterhalt	62 200	68 700	76 100

Die wirtschaftliche Bedeutung zeigen folgende Zahlen (in Prozent der Gesamtzahl industrieller Betriebe 1974 = 707245):

	Betriebsgrösse			
	< 3	4–9	10–19	> 20
Betriebe	38,8	35,6	13,2	12,4
Beschäftigte	4,8	12,5	11,1	71,6
Wert der verarbeiteten Rohstoffe	0,8	4,9	6,9	87,3
Wertvermehrung	1,9	6,7	8,0	83,3

Einige wichtige Industrien

Vor dem Zweiten Weltkrieg stand die Textilindustrie an erster Stelle; dies galt – gemessen an der Zahl der Beschäftigten, am Produktionswert und im Aussenhandel – anteilsmässig für die Einfuhr- (Rohstoffe: Baumwolle und Wolle) wie für die Ausfuhrseite (Garne, Gewebe und Fabrikate). Heute sieht das statistische Bild völlig anders aus: Nur knappe 10% der Industriebeschäftigten entfallen noch auf den Sektor Textilien, der Anteil am Produktionswert sank auf 6%, Textilfasern machen noch 3% an den Einfuhren aus und der Anteil bei den Ausfuhren – ohne synthetische Stoffe – liegt bei 2%. Synthetische Garne, Stapelfasern und Gewebe dagegen nehmen mit 5% eine Position ein, die deutlich höher als jene von Fotokameras oder Fernsehgeräten liegt.
Es handelt sich dabei um eine weltweite Erscheinung, die wir in allen Industrieländern feststellen können. Freilich scheint der Übergang nirgends so abrupt zu sein wie in Japan; möglicherweise liegt der Abstieg unserer westlichen Textilindustrie aber auch schon so weit zurück, dass dieses Geschehen aus unserem Bewusstsein durch Näherliegendes verdrängt worden ist. In Japan spielte es sich in der kurzen Zeit vor und nach dem letzten Kriege ab und wurde darum in den Zentren der Textilindustrie zu einem auch heute noch einschneidenden sozio-ökonomischen Prozess.
Die heutigen Standorte der Textilindustrie lassen sich wie folgt zusammenfassend beschreiben: Kyoto und Osaka stehen als Städte und Präfekturen deutlich an vorderster Stelle. Tokyo-ku folgt an dritter Stelle noch vor Nagoya, während die Präfektur Aichi, in welcher Nagoya liegt, absolut an erster Stelle steht. Tokyo-to fällt dagegen zurück. Für diese Bewertung wurde nicht die relative Bedeutung der Textilindustrie, sondern der absolute Wert der Produktion eingesetzt. Kyoto und Osaka können als die eigentlichen Zentren der japanischen Textilindustrie bezeichnet werden. Hier finden wir sowohl im kleingewerblichen Kunsthandwerk wie im Textilhandel die am weitesten zurückreichenden Wurzeln der heutigen Verhältnisse. In Chukyo wurde die weitere Umgebung von Nagoya im Verlaufe der Industrialisierung mit kleinen und mittleren Textilfabriken durchsetzt. In Tokyo erfolgte nach einer ersten Phase, in welcher die Textilindustrie in vielen Teilen der Unterstadt Fuss fasste, die weitere Entwicklung jedoch durch andere Industrien. Sobald wir das ku-Gebiet verlassen, sinkt die absolute und relative Bedeutung der Textilindustrie zugunsten anderer Sektoren ab, während im Falle von Nagoya auch in den benachbarten Präfekturen die Textilindustrie eine sehr wichtige Stellung einnimmt. Ausserhalb der genannten Gebiete spielt die Textilindustrie als Ganzes eine geringe Rolle, wenn auch lokal bestimmte Webarten oder Färbetechniken zu bekannten und sehr geschätzten Erzeugnissen führen.
Die Gründe für die rückläufige Entwicklung liegen auf verschiedenen Ebenen. Sicher brachte die Nachkriegsentwicklung mit ihrer raschen Steigerung der Löhne und dem grossen Arbeiterbedarf in der chemischen wie der Schwerindustrie die lohnkostenempfindliche Textilindu-

strie in eine schwierige Lage. In traditionellen Exportmärkten – wobei vor allem an Entwicklungsländer zu denken ist – konnte Japan bei den üblichen Textilien nicht mehr mit neu auftauchenden Ausfuhrländern konkurrieren, weil es zu teuer produzierte. Andererseits wurde der Inlandmarkt, welcher mit rund 100 Millionen Menschen eine grosse Rolle spielt, kaufkräftiger. Neben gängigen Artikeln verlangte er zunehmend qualitativ höherwertige. Schon der früher gemachte Hinweis auf die Situation bei Seide illustrierte die völlig veränderte Situation. Sie drückt sich ebenfalls darin aus, dass die Haute Couture eine immer augenfälligere Stellung einnimmt; japanische Zeitschriften bringen regelmässig ausführliche Darstellungen der Modeschöpfungen, fast alle im westlichen Stil mit einem Hauch Fernost. Die junge Generation achtet auf Eleganz und guten Geschmack. Tokyo darf heute als eines der wenigen grossen Modezentren der Erde bezeichnet werden.
Japan baute nach dem letzten Krieg vorerst seine Schwerindustrie als Basis für den Wiederaufbau aus, obwohl die Voraussetzungen dafür auf der Rohstoffseite praktisch gleich Null waren. Ein solcher Entscheid lag ganz im Rahmen der Entwicklung seit 1868. Die Regierung hatte im Hinblick auf die militärische Rüstung das erste Stahlwerk im nördlichen Kyushu in Küstenlage und in der Nähe von Kohlelagerstätten schon 1901 gegründet (Yawata Iron Works), weil in diesem Sektor kaum privatwirtschaftliche Voraussetzungen bestanden. Eine ähnliche Initiative des Staates findet man auch in anderen Wirtschaftszweigen, beispielsweise bei den Bahnen oder bei der Seeschiffahrt. Nur im Falle der Eisenbahnen – auf welche wir später zu sprechen kommen – hat der Staat über die Initialzündung hinaus seinen Einfluss bewahrt und verstärkt; als Regel gilt, dass die Privatwirtschaft nach Überwindung der anfänglichen Probleme die Industrien übernahm und weiterentwickelte. Ursprünglich hatte der Staat ein vitales Interesse am Ausbau der Schwerindustrie, weil ihr im Rahmen der militärischen Aufrüstung und Vorsorge erstrangige Bedeutung zukam. Nach dem Zweiten Weltkrieg fiel diese Überlegung dahin. Dafür wurden der wachsende Inlandmarkt und die Ausfuhr von Eisen und Stahl in jeder Form, sei es als Halbfabrikate oder Fertigprodukte, immer wichtiger.
Der Markt verlangte in erster Linie Stahl, während Eisenguss von geringer Bedeutung blieb. Die Zunahme der Rohstahlerzeugung nach dem Kriege stellt eines der eindrücklichsten Kapitel der Wirtschaftsentwicklung seit 1945 dar. 1955 lag der Schwerpunkt noch im nördlichen Kyushu, wo eben die fast völlig zerstörten Werke mit kräftiger amerikanischer Hilfe modern aufgebaut wurden. Von 1,7 Millionen Tonnen Rohstahlproduktion im Jahre 1948 hatte sich die Schwerindustrie schon etwas erholt (rund 10 Millionen Tonnen). 1960 wurden 22 Millionen Tonnen, 1974 93 Millionen Tonnen erreicht. Unter Berücksichtigung der im Bau befindlichen Werke dürfte bald eine Kapazität von rund 150 Millionen Tonnen zur Verfügung stehen. 1974 lag Japan an zweiter Stelle hinter der Sowjetunion (100 Millionen Tonnen) und vor den USA (89 Millionen Tonnen), eine Tatsache, welche bei dem hohen Stellenwert der Stahlproduktion für die Beurteilung von wirtschaftlicher Stärke die

Japaner mit Stolz und Zuversicht erfüllt. Sie sind mit diesem Erfolg in die absolute Spitzenposition der Weltmächte vorgerückt.
Freilich, Japan ist für fast alle Rohstoffe auf Zufuhren aus Übersee angewiesen und die Zufahrtswege sind lang. Das war zwar schon vor dem Kriege nicht anders, aber es gab doch wesentliche Unterschiede. Damals kontrollierte Japan die Mandschurei (Manchukuo), wo auf einer ausreichenden Kohle- und Eisenerzbasis Roheisen gewonnen und anschliessend nach Japan für die Weiterverarbeitung zu Stahl exportiert wurde. Auf die Produktionskosten wirkte sich dies günstig aus, weil Roheisen einen höheren spezifischen Wert als Eisenerz besitzt. Beim Wiederaufbau der japanischen Schwerindustrie wurden – nachdem die Basis auf dem Festlande weggefallen war – vollintegrierte Werke gebaut, in denen aus importiertem Eisenerz Roheisen und direkt anschliessend Rohstahl und Halbfabrikate hergestellt werden. Offensichtlichen Nachteilen stehen aber auch Vorteile gegenüber, vor allem eine grössere Flexibilität bei der Beschaffung der benötigten Rohstoffe. Dass Japan davon vollen Gebrauch machte, zeigt die Tabelle «Herkunftsländer japanischer Eisenerzimporte».

Herkunftsländer japanischer Eisenerzimporte

Anteile in Prozent; * = keine Angabe in der Statistik, weil bedeutungslos oder gleich Null

	1957	1964	1974
Malaysia (Malakka)	28	19	*
Philippinen	11	4	1
Indien	20	13	14
Portugal	14	9	*
USA	12	7	*
Peru	6	11	4
Kanada	*	*	3
Südafrika	*	*	2
Australien	*	*	47
Brasilien	*	*	13
Total der ausgewiesenen Länder	91	63	84

Die Prozentangaben in der Tabelle beziehen sich auf die Einfuhrwerte. 1974 wurden in Gewichtseinheiten 142 Millionen Tonnen Eisenerz eingeführt – das heisst, dass Australien im Verlaufe weniger Jahre seine Exporte allein nach Japan auf rund 70 Millionen Tonnen steigerte. Hinter einer solchen nüchternen Feststellung muss man die Erzbergwerke und den ungeheuren Transportapparat sehen. Die Seeroute Australien–Japan wurde im Verlaufe eines Jahrzehnts zu einer Verbindung erster Ordnung im Welthandelsverkehr.

Japan besitzt zwar eigene Kohlelagerstätten; deren Abbau ist jedoch kostspielig und sie liefern eine Kohle, die sich nicht zum Verkoken eignet. Kohlengruben werden darum zunehmend stillgelegt; 1957 wurden mehr als 50 Millionen Tonnen gefördert, 1974 waren es noch 20 Millionen. Japanische Kohlegebiete sind in wirtschaftlicher und sozialer Hinsicht ausgesprochene Problemgebiete. Sie liegen im nördlichen Kyushu und in Hokkaido und damit bezüglich der Zentren wirtschaftlicher Entwicklung peripher. Die Schwerindustrie muss ihren Bedarf grösstenteils in Übersee decken (siehe Tabelle «Herkunftsländer japanischer Kohleimporte»). 1974 führte Japan 64 Millionen Tonnen Kohle ein; 1960 waren es erst 8 Millionen gewesen.

Herkunftsländer japanischer Kohleimporte

Anteile in Prozent; * = keine Angabe in der Statistik, weil bedeutungslos oder gleich Null

	1957	1964	1974
Nord-Vietnam	7	4	*
USA	77	49	57
Australien	5	28	24
Kanada	*	*	11
Sowjetunion	*	*	4
Total der ausgewiesenen Länder	91	63	84

Wenn man berücksichtigt, dass ausserdem mehr als 3 Millionen Tonnen Alteisen und Roheisen zugeführt werden mussten, kommt man für das Jahr 1974 auf einen Importbedarf der Schwerindustrie an Rohstoffen von weit über 200 Millionen Tonnen, die zur Erzeugung von 93 Millionen Tonnen Roheisen und 117 Millionen Tonnen Rohstahl dienten.
Eine günstige Lage an der Küste ist in Anbetracht dieser Zufuhren auf dem Seewege entscheidend. Der Standort im Norden von Kyushu war gut, aber das zur Verfügung stehende Bauland für die grosse Areale beanspruchende Schwerindustrie war rasch aufgebraucht. Ausserdem spielen grosse Bevölkerungszentren als Markt für Stahl wie als Lieferanten von Alteisen eine wichtige Rolle. Die Schwerindustrie entwickelte sich darum in immer steigendem Masse im Raume von Osaka und Kobe, Tokyo und auch in Nagoya. Sie ist entscheidend an der erwähnten Neulandgewinnung beteiligt, so etwa an der Nordküste der Japanischen Inlandsee und in der Bucht von Tokyo, wo sich heute von Tokyo bis Chiba und Ichihara auf dem Meer abgerungenem Land mit direktem Zugang vom Meer her ein Kombinat nach dem anderen findet (neben der Schwerindustrie auch Raffinerien und Petrochemie). Die Tabelle «Standorte der japanischen Schwerindustrie» zeigt deutlich, wo die Schwerpunkte lie-

gen und wo sich von 1963 bis 1972 (letzte Erhebung) Veränderungen abzeichneten. Im ganzen blieb die Lage der Schwerpunkte unverändert. Es ist aber notwendig, dass man sich bei solchen relativen Bewertungen immer auch die absoluten Zahlen vergegenwärtigt: 1963 waren es 31 Millionen, 1972 aber 97 Millionen Tonnen Rohstahl.

Standorte der japanischen Schwerindustrie

bezogen auf den Produktionswert in Prozent

Präfektur	1963	1972
Tokyo	9	5
Chiba	6	9
Kanagawa	11	6
total	26	20
Saitama	3	3
Ibaraki	–	3
total	29	26
Aichi	6	10
Osaka	15	14
Hyogo	16	13
Wakayama	3	4
total	34	31
Hiroshima	2	6
Okayama	–	4
Fukuoka	4	2

Versucht man sich ein Gesamtbild von der Verteilung der verschiedensten Industrien zu machen, dann kann man das Ergebnis in einem Satz zusammenfassen: Augenfällig ist mit ganz wenigen Ausnahmen die Konzentration in der Tokaido-Megalopolis mit deutlicher Ausdehnung im Bereiche der Japanischen Inlandsee, wobei diese Konzentration beim Produktionswert noch deutlicher ist als bei der Verbreitung der Betriebe oder der Beschäftigten. Dies gilt interessanterweise auch für Industriezweige wie Lebensmittelverarbeitung und Sägereien. Dass alles, was mit Druckereien zusammenhängt, am stärksten auf Tokyo und Osaka konzentriert ist, dürfte andererseits kaum erstaunen. Bei der Maschinenindustrie und elektrischen Apparaten finden wir eine verhältnismässig grosse Streuung, wobei auch Tohoku und Ura-Nihon gut abschneiden. Diese Industriezweige zeigen in besonderem Masse, was man im Englischen die «dual economy» (Klein- und Grossbetriebe) von Japan nennt; ausserhalb der Zentren finden sich viele oft sehr gut arbeitende Zulieferbetriebe. Eine besonders starke Ausdehnung entlang der Küste

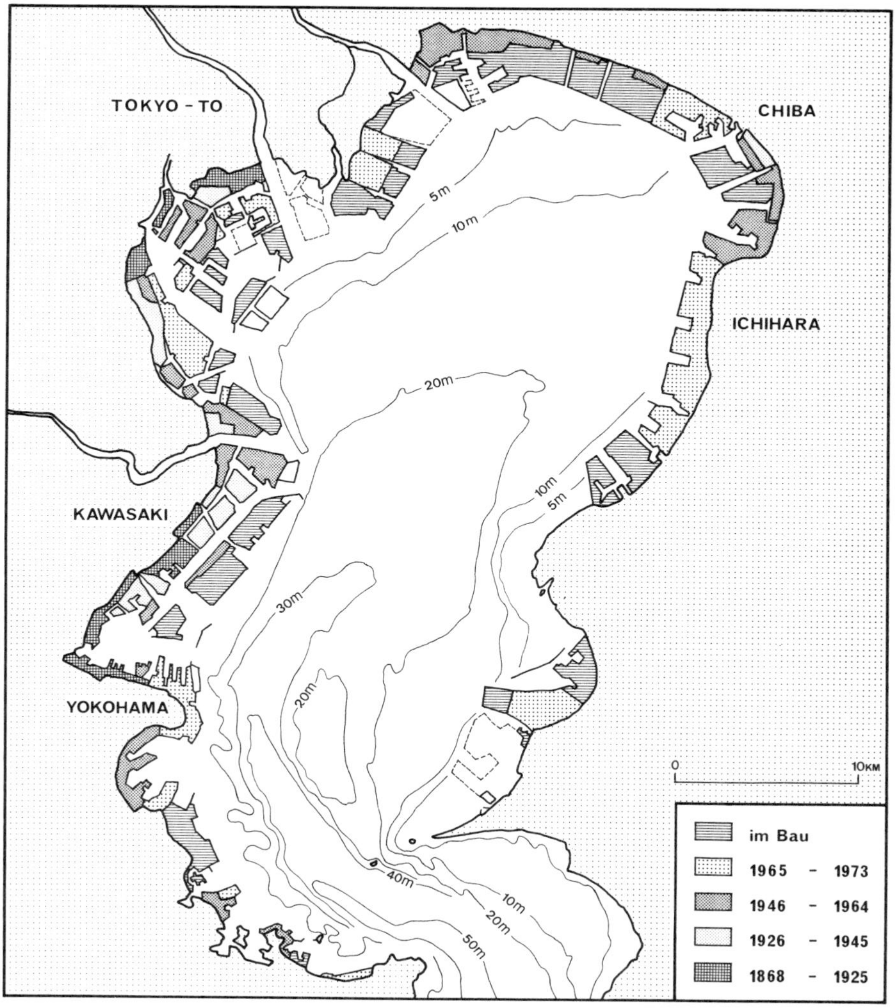

Fig. 12 Die Auffüllungen in der Bucht von Tokyo nach unveröffentlichten Unterlagen der Hafenbehörde von Tokyo.

in die westlichen Teile des Landes zeigen die chemische Industrie, Raffinerien und ähnliches mehr. Ausgesprochen auf Tokyo konzentriert – nebst einigen Zentren ausserhalb der Megalopolis – sind Hersteller von Präzisionsinstrumenten. Transportmittelindustrien findet man einerseits an der Küste (Schiffsbau), wobei aber die Nordküste nur einen geringen Beitrag liefert, andererseits in der Tokaido-Megalopolis (Autos, Bahnmaterial usw.). Nachdem für die Textil- und Schwerindustrie vermehrt statistische Angaben gemacht wurden, möge zur Abrundung diese mehr qualifizierende Beschreibung genügen.

Verkehr

In Westeuropa und mehr noch in den USA zeichnet sich in neuerer Zeit immer deutlicher eine Teilung der Verkehrsaufgaben ab, bei welcher den Bahnen in erster Linie der Gütertransport, der Strasse und dem Flugverkehr der Personentransport zufällt. Bahnlinien, welche seinerzeit im Hinblick auf den allgemeinen Verkehr gebaut wurden und bei denen für einen wirtschaftlichen Betrieb das Transportvolumen nicht mehr genügt, werden laufend stillgelegt. Zunehmende Bedeutung erlangt für Güter die Schiffahrt entlang der Küste und auf Binnenwasserstrassen, wobei freilich die aus dem Voreisenbahnzeitalter stammenden Kanäle nur noch eine geringe Rolle spielen.

Von diesem allgemeinen Modell weicht das Beispiel Japan in der Nachkriegszeit in mehr als einer Beziehung deutlich ab. Japan baut auch heute noch Eisenbahnen – freilich ein besonderes System, Shinkansen – und betreibt unrentable Linien weiter. Der Passagierverkehr wurde nur zu einem kleinen Teil von Autobussen – zum grössten Teil hingegen von privaten Autos – und vom Flugzeug übernommen und ist allein für die gesteigerte Verkehrsleistung der Bahnen verantwortlich. Der Güterverkehr der Bahnen stagnierte dagegen völlig und die starke Zunahme der zu transportierenden Güter musste von Strasse und Küstenschiffahrt bewältigt werden.

Die Meiji-Regierung erkannte die Bedeutung eines guten Verkehrsnetzes und baute als staatliches Unternehmen schon 1872 die erste Eisenbahn Japans von Shinbashi (Tokyo) nach Yokohama. Bei völligem Fehlen anderer Verkehrsmöglichkeiten waren die Eisenbahnen gut rentierende Unternehmen und rasch schaltete sich auch die private Wirtschaft ein, baute Bahnen wie der Staat, und im Laufe weniger Jahrzehnte war Japan verkehrsmässig durch die Eisenbahn gut erschlossen. Die besondere Bedeutung der Bahnen für die nationale Wirtschaft führte 1906 zur Zusammenfassung aller wichtigen Verbindungen im Staatsbetrieb JNR (Japanese National Railways). Zum Teil grosse Privatbahngesellschaften finden sich heute vor allem in den Metropolen und ihrer Umgebung, wo sie dem Vororts- und Regionalverkehr dienen. Die JNR sind für den Betrieb ihres Netzes verantwortlich, das Transportministerium entscheidet über neue Linien, Stillegungen und Elektrifizierung, dem Parlament fällt die Festlegung der Basistarife zu. Die japanischen Eisenbahnen sind im Ausland für ihre Pünktlichkeit, den ausgezeichneten Komfort und die zahlreichen und raschen Verbindungen bestens bekannt. Touristen reisen eben weniger in den hoffnungslos überfüllten Zügen der Hauptlinien zweiter Klasse; auch die gemütlichen Lokalzüge der Nebenlinien werden von ihnen nicht benutzt. Sie werden auch kaum die Berichte der JNR mit den erdrückenden roten Zahlen lesen und müssen nicht lange zum voraus stundenlang anstehen, um ihre Fahrkarte und Platzkarte für einen Schnellzug zu erstehen, was der Japaner als Selbstverständlichkeit hinnimmt. Die japanische Eisenbahn hat wie alles ihre zwei Seiten und oft kennen wir nur eine davon.

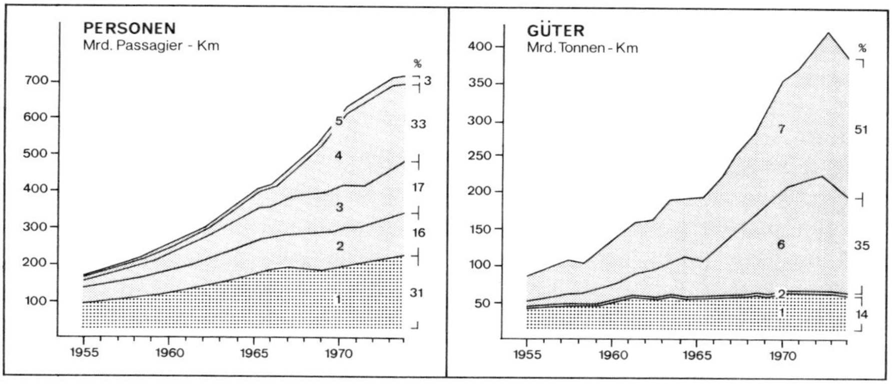

Fig. 13 Anteile der verschiedenen Verkehrsträger am Personen- und Güterverkehr. (1) JNR, (2) Privatbahnen, (3) Bus, (4) PKW, (5) Schiff und Flugzeug, (6) LKW und (7) Küstenschiffahrt. Nach Unterlagen der JNR, 1975.

Die JNR hatten 1955 am Güterverkehr (gemessen in Tonnenkilometer) noch einen Anteil von 50%; 11% übernahmen LKW und weitere 38% die Küstenschiffahrt. Das restliche 1% war der Anteil der Privateisenbahnen, die ja hauptsächlich dem Vorortsverkehr dienen. 1974 waren die Anteile: JNR 14%, Privatbahnen 0%, LKW 35% und Küstenschiffahrt 51%. Die 14% der JNR im Jahre 1974 entsprachen der gleichen absoluten Verkehrsleistung wie 1955 die 50%! Dies bedeutet, dass im Güterverkehr die ganze Verkehrszunahme auf den rund vierfachen Wert von LKW und Küstenschiffahrt übernommen wurde.
In Zahlen sieht dies alles ganz einfach und klar aus. Man muss jedoch versuchen sich vorzustellen, was sich hinter diesen wenigen Zahlenangaben verbirgt. Der Bau von neuen und der Ausbau bestehender Strassen sowie die Beschaffung der LKW sind das erste, an das wir denken werden. Von 1960 bis in die siebziger Jahre nahm das allgemeine Strassennetz an Länge kaum zu. Mit Ausnahme der Autobahnen, welche schon bei früherer Gelegenheit Erwähnung fanden, war es vorhanden. 1960 waren jedoch rund 40% der Strassen vor allem wegen ungenügender Breite oder Schwäche von Unterbau und Brücken für Motorfahrzeuge unpassierbar; bis 1973 sank dieser Anteil auf rund 28%. Die Hauptstrassen waren dagegen grösstenteils besser ausgebaut und das gleiche gilt für die Präfektur-Strassen. Schlechte Strassen vom Standpunkt des Autofahrers waren Lokalstrassen und Ortschaftsstrassen. 1960 lag die Zahl der im Verkehr stehenden LKW bei 1,3 Millionen, 1970 bei 8,7 und 1974 bei 10,5 Millionen. Die japanische Automobilindustrie besass hier einen sich rasch ausweitenden Absatzmarkt, vor allem, wenn man auch die ständige Ergänzung mitberücksichtigt. Der Hauptgrund für die keineswegs glückliche Entwicklung bei der Teilung der Verkehrsaufgaben dürfte darin zu sehen sein, dass die JNR ausgelastet waren und vermehrte Leistungen im Güterverkehr gar nicht hätten erbringen können. Dass sie mit der Vernachlässigung dieser Verkehrsaufgabe einen Fehler machten, zeigte sich auch in einer ständigen Verschlechterung der eigenen Rech-

nung. Heute versucht man durch eine neue Verkehrspolitik wieder Güter für die Bahn zu gewinnen, wobei besondere Aufmerksamkeit dem Containerverkehr geschenkt wird. Wenn die japanische Wirtschaft auch weiterhin stark expandiert – und die Wirtschaftspolitik der Regierung zielt in diese Richtung –, wird aber auch in Zukunft die Bahn nicht in der Lage sein, mit der Vermehrung der anfallenden Güter Schritt zu halten, und man wird mit einer fortschreitenden Belastung der Strasse rechnen müssen. Dabei stellen sich zwei neue Probleme: In den letzten Jahren sind auch die modern ausgebauten Strassen durch den enorm anwachsenden LKW-Verkehr oft so stark belastet worden, dass die Fahrgeschwindigkeiten auf ein unwirtschaftliches Mass reduziert werden mussten. Ausserdem benötigt jeder neue LKW zwei oder mehr Mann Bedienung, wenn man an Ausfälle usw. denkt. In einer Zeit, wo in Japan überall Arbeitskräfte rar und damit auch teuer werden, dürfte sich diese besondere Verkehrsstruktur zunehmend ungünstig auf die gesamte Wirtschaft auswirken.
Erwähnt sei als Lichtblick aber auch ein Vorteil. Wenn während der Frühjahrsoffensive der Gewerkschaften für bessere Löhne die Eisenbahnergewerkschaft alle Züge stillegt, berührt dies den Güterverkehr kaum, was hauptsächlich für die Belieferung des Marktes mit Gütern des täglichen Bedarfes – in erster Linie also Lebensmittel aller Art – wichtig ist. Auch während mehrwöchiger Streiks dachte selbst in Tokyo niemand an eine Verknappung der Lebensmittel. Mehr als aufgewogen dürfte dieser Vorteil aber dadurch werden, dass LKW und Küstenschiffahrt Dieseltreibstoff verbrauchen und dass infolgedessen die Energieversorgung des Landes entscheidend belastet wird. Wir werden im nächsten Abschnitt darauf zu sprechen kommen.
Beim Personenverkehr sieht die allgemeine Situation wesentlich anders aus. 1955 beförderten (in Passagierkilometer) die JNR etwa die Hälfte und die privaten Bahngesellschaften fast 30%. Vom Rest entfiel der grösste Teil auf Busse, wobei der Stadt- und Vorortsverkehr am wichtigsten war. Privatauto und Schiffahrt waren damals noch unwichtig, ebenso das Flugzeug. Auch das Passagieraufkommen stieg von 1955 bis 1974, und zwar beinahe auf den fünffachen Betrag. An der Bewältigung der entstehenden Probleme beteiligten sich im Gegensatz zum Güterverkehr JNR und Privatbahnen, was in stetigen Zunahmen der Verkehrsleistungen zum Ausdruck kommt. Freilich vermochten sie auch hier mit der Entwicklung nicht Schritt zu halten und 1974 betrug der Anteil der JNR nur noch 31% und der Privatbahnen 16%. Es waren die Autobusse (1974 = 17%) und vor allem das Privatauto (1974 = 33%), welche sich einschalteten und den Verkehr zu beherrschen begannen. Schiff und Flugzeug sind demgegenüber mit lediglich 3% ohne grosse Bedeutung. Wieder ergeben sich beachtenswerte Nachteile: Die gesteigerten Verkehrsleistungen der Bahnen waren nur möglich durch eine unerträgliche Überbelastung der Züge; dies gilt nicht nur im Vorortsverkehr, wie er im Abschnitt über Tokyo kurz geschildert wurde, sondern ebenso für die Hauptstrecken. Die Japaner warten zwar äusserst diszipliniert auf dem Bahnsteig die Ankunft des Zuges ab, wie Schulklassen oder Soldaten

paketweise aufgestellt an den genau bezeichneten Plätzen, wo die Wagen halten werden. Kaum aber hält der Zug, beginnt ein wildes Drängen und Schieben; jetzt verbeugt man sich nicht mehr höflich, sondern kämpft um einen Sitzplatz – denn hat man den nicht, kann man die nächsten drei, vier Stunden in überfüllten Wagen stehend verbringen. Das Privatauto ist zu einem Statussymbol und die Automobilisierung des ganzen Lebens zu einem Zeichen des allgemeinen Fortschritts geworden; die Kehrseite sind die Kosten der Strassenbauten, der Verbrauch an Benzin und die Tatsache, dass man auf den immer schlimmer verstopften Strassen kaum mehr vorwärts kommt.

Dem Verfasser zeigt das nachstehend geschilderte Erlebnis eindrücklich, in welch ausserordentlichem Masse das Privatauto zum «Fortschritt» beitrug. 1955 gab es noch nicht viele PKW, im ganzen Land etwa 30000. Freunde organisierten jedoch einen PKW und wir verliessen nach dem Frühstück Tokyo, besichtigten Kamakura unweit von Yokohama, setzten die Fahrt nach Atami, wo wir lunchten, fort und kehrten im Laufe des Nachmittages über die Berge von Hakone nach Tokyo zurück. Autostrassen gab es noch keine, auch keine städtischen Expressways. Es war eine sehr genussreiche und erholsame Fahrt. Zehn Jahre später starteten wir mit ähnlicher Absicht in Tokyo und schafften es trotz inzwischen ausgebauter Strassen erst gegen elf Uhr bis Kamakura, besichtigten, was zu besichtigen war, lunchten und mussten dann mit Rücksicht auf den Nachmittagsverkehr die Fahrt abbrechen und nach Tokyo zurückkehren. Zitieren wir nochmals K. Tanaka, der über diese Probleme in einem «Die Zehn-Stundenkilometer-Gesellschaft» betitelten Abschnitt seines Buches berichtet: «Eine Untersuchung des Kanto Area Construction Bureau im Herbst des Jahres 1971 stellte fest, dass die durchschnittliche Geschwindigkeit von Autos auf den rund 200 km Nationalstrasse innerhalb von Tokyo 20 km/h betrug, morgens und abends zur Zeit des stärksten Verkehrs sogar nur 9 km/h.» Eine andere Untersuchung zeigte, dass Transportkosten für LKW vor allem wegen reduzierter Geschwindigkeiten von 1959 bis 1963 um 16% und um weitere 67% bis 1969 stiegen. Sollen wir noch von den zunehmenden Kosten für Strassenunterhalt, von Luftverschmutzung, von der rasch zunehmenden Zahl von Unfällen sprechen?

Man steht bei einer Betrachtung der Verkehrsstruktur vor einer ähnlichen Situation, wie wir sie im vorangegangenen Kapitel über die japanische Stadt kennenlernten. Die ganze Entwicklung ist grundsätzlich nicht anders verlaufen als in anderen Industrieländern auch – nur kam alles viel rascher. Aus diesem Grunde häuften sich auch die Folgeerscheinungen in bedrohlichem Ausmass. Die JNR sind in einem Masse verschuldet, das fast unvorstellbar ist. Es wäre ungerecht, ihnen die Schuld zuzuschieben, liegt doch die Korrektur der Grundtarife, die einfach zu tief liegen, beim Parlament und dieses hatte sich mit politisch wichtigeren Dingen – wie z. B. dem Lockheed-Skandal – zu befassen und vollzog erst 1977 die längst fällige Erhöhung der Personentarife. Mit der Einführung des Shinkansen-Systems wurde für den Personenverkehr ein Durchbruch erzielt, der sich auch auszahlte. Es ist dies der einzige Sektor der JNR mit einer positiven Betriebsrechnung. Darum sieht der Zehnjahresplan der JNR (1973–1982) auch an erster Stelle eine Erweiterung des heute rund 1000 km langen Shinkansen-Netzes auf 3500 km vor.

Japan ist überall der See zugekehrt und es ist an sich erstaunlich, dass die Küstenschiffahrt – die gleichzeitig auch die Schiffahrt zwischen den einzelnen Inseln ist – nur im Güterverkehr wichtig wurde. Im Personenverkehr spielen lediglich die Fährverbindungen nach Hokkaido und Shikoku eine Rolle, Kyushu erreicht man durch einen Tunnel an der Kammon-Strasse (Strasse von Shimonoseki). Die Fahrt zur See dauert zu lange. Dem Japaner dauert es immer zu lange, wenn er geschäftlich unterwegs ist, und von der Firma bezogener Urlaub ist etwas eher Ungewöhnliches – höchstens nimmt man sich einige Tage zum raschen Besuch einer denkwürdigen Stätte oder für einen Besuch. Zeit hat man – aber auch nicht zuviel – für die Hochzeitsreise und Hochzeitspärchen beleben darum in grosser Zahl beispielsweise jene Linien, die von Osaka aus durch die prächtige Inselwelt von Setonaikai nach dem westlichen Kyushu führen.

Die wichtigsten Fährverbindungen für Güter- und Personenverkehr sind jene nach Hokkaido und Shikoku. Das Fährschiff von Aomori im Norden von Tohoku benötigt vier Stunden bis Hakodate. Nach Shikoku führen von Honshu aus mehrere Linien, unter denen jene von Uno (Okayama) nach Takamatsu die wichtigste ist. Hier dauert die Fahrt nur eine Stunde, doch muss immer noch je eine halbe Stunde Umschlagszeit eingerechnet werden. In beiden Fällen versucht man, die Verbindungen rascher zu gestalten.

Hokkaido wird durch die Tsugaru-Strasse von Honshu getrennt. Zur Zeit baut man an einem Tunnel, welcher frühestens 1979/80 fertig sein dürfte und welcher ausschliesslich dem Bahnverkehr dienen wird (Seikan-Tunnel). Die Tsugaru-Strasse weist über der Tunnelachse eine grösste Tiefe von 140 m auf, der Tunnel selbst wird noch 100 m tiefer zu liegen kommen. Von Norden und Süden wird dieser tiefste Punkt über lange Tunnelrampen mit einem Gefälle von 12‰ erreicht. Dadurch erhält der ganze Tunnel eine Länge von 53,850 km, davon 23,300 km unter der Tsugaru-Strasse. Da diese Bahnlinie später ein Teil des Shinkansen-Systems sein wird, rückt in absehbarer Zukunft Hokkaido um viele Stunden näher an die Megalopolis heran. Heute ist es immer noch nötig, die Nacht im Zug zu verbringen, wenn man von Tokyo nach Sapporo fährt, denn auch die besten Züge benötigen etwa 18 Stunden.

Auf die Verbindungen nach Shikoku wirkt sich heute schon die Ausdehnung des Shinkansen-Systems bis Hakata günstig aus, denn rasch erreicht man von Tokyo aus Okayama oder Hiroshima. Von dort bestehen verschiedene Projekte, Honshu und Shikoku durch Brücken zu verbinden, welche sich von Insel zu Insel spannen werden. Seit 1970 liegen die Projektierung und Bauführung in den Händen der Honshu-Shikoku Bridge Authority. Drei Projekte – A, D und E – gingen in die engere Wahl und sollen ausgeführt werden. An erster Stelle steht das Projekt D, welches die Fährverbindung Uno–Takamatsu ersetzen wird. Diese Verbindung von Okayama nach Sakaide wird neben der Strasse eine Dop-

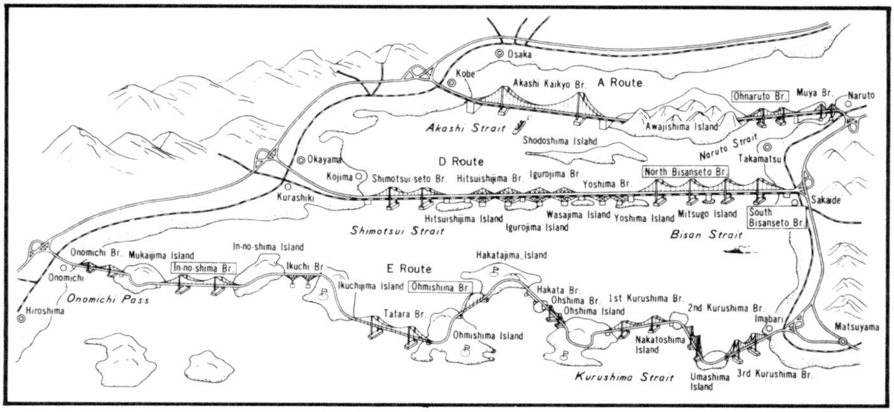

Fig. 14 Die Brückenprojekte zur Überquerung von Setonaikai, nach einer Veröffentlichung der Honshu-Shikoku Bridge Authority, 1974. Erläuterungen im Text.

pelspur der normalen JNR und eine Shinkansen-Doppelspur aufweisen. Die grössten Brückenschläge macht das Projekt A nötig, welches die direkte Verbindung aus dem Raume Kobe–Osaka über die Insel Awaji zur Nordoststrecke von Shikoku mit Strasse und Doppelspur der JNR verwirklichen wird. Wenig westlich von Kobe kommt die grosse Akashi-Kaikyo-Brücke zu stehen mit einer zentralen Spannweite von 3560 m. Am anderen Ende der Insel Awaji wird eine Brücke die berühmten Strudel von Naruto überspannen, die sich im regelmässigen Wechsel von Ebbe und Flut bilden, wenn sich Setonaikai zum Pazifik entleert. Die Variante E ist eine reine Strassenverbindung und führt von Onomichi – mehrere Inseln miteinander verbindend und zuletzt die Strasse von Kurushima, das westliche Gegenstück von Naruto, querend – in den westlichen Teil von Shikoku.

In der Nachkriegszeit ist innerhalb Japans der Flugverkehr zu einem dichten Netz ausgebaut worden. Seine Bedeutung nimmt in dem Masse zu, wie sich Wirtschaft und interregionale Beziehungen entwickeln. Als im Jahre 1977 die Erhöhung der Bahntarife beschlossen wurde, verbesserte sich auch die Konkurrenzfähigkeit des Flugverkehrs gegenüber dem Bahnverkehr.

Energie

Das wirtschaftliche Wachstum kann nicht nur mit dem früher besprochenen Bruttosozialprodukt (oder der Wertschöpfung) gemessen werden, sondern auch durch Angaben über den Energieverbrauch, wobei durch die Berechnung je Einwohner verschieden grosse Länder vergleichbar gemacht werden. Wenn man sich auf die Gruppe der handelsüblichen Energieträger beschränkt, hat dieses Mass den Vorteil grösserer Klarheit in der Berechnung und wird darum in vielen Arbeiten bevorzugt. Handelsübliche Energieträger wären Kohle aller Arten, Erdöl, Erdgas, Wasserkraft und Nuklearbrennstoff. Unberücksichtigt bleibt die Energie der für Menschen und Arbeitstiere bestimmten Nahrungs- und Futtermittel, Holz, Dung usw. Die Energiestatistiken, welche von den Vereinten Nationen zusammengestellt und veröffentlicht werden, berücksichtigen nur die handelsüblichen Energieträger. Die Tabelle «Energieverbrauch je Einwohner 1950–1975» bedarf keiner weiteren Erläuterungen. Die einzelnen Energierohstoffe sind in sogenannte Steinkohleneinheiten umgerechnet und so auf einen gemeinsamen Nenner gebracht. Japan rangierte im Energieverbrauch 1975 etwas hinter Frankreich (4342) und vor Italien (3223).

Energieverbrauch je Einwohner 1950–1975

in kg Steinkohleeinheiten/Einwohner

1950	554	1965	1817
1955	736	1970	3342
1960	1171	1975	3839

Japan besitzt nur sehr beschränkte Möglichkeiten der landeseigenen Versorgung. Kohle war zwar zur Zeit der einsetzenden Industrialisierung in ausreichender Menge vorhanden und bildete noch bis zum Zweiten Weltkrieg die wichtigste Energiebasis des Landes. Bedeutende Vorkommen finden sich in Hokkaido und im nördlichen Kyushu; alle andern sind relativ klein und fallen nicht ins Gewicht. Die japanischen Gruben weisen kostspielige Abbauverhältnisse auf und leiden darum besonders stark unter der allgemeinen Lohnsteigerung als Folge des wirtschaftlichen Aufstieges; ausserdem ist die Kohle, wie schon erwähnt, nur beschränkt für die Herstellung von Hochofenkoks geeignet. Wie in anderen Ländern versucht man der Kohleindustrie von Staats wegen zu helfen, indem man ihr finanzielle Unterstützungen bei der Schliessung von Gruben oder bei deren Modernisierung gewährt. Die Arbeitsleistung der Grubenarbeiter konnte so allein in den zehn Jahren 1963–1973 mehr als verdoppelt werden. Gleichwohl geht die eigene Kohlenproduktion ständig zurück (in Millionen Tonnen: 1960 = 54,5, 1970 = 38,0 und 1974 = 21,3). Die Einfuhren stiegen in den entsprechenden Jahren von 8,5 auf 50,9 bzw. 64,5 Millionen Tonnen, von denen der grösste Teil zur Koksherstellung für die Verwendung in den Hochöfen der Eisenindustrie bestimmt war. In den allgemeinen Energiestatistiken wird dieses Kohleprodukt als industrieller Hilfsstoff in der Regel nicht berücksichtigt. Während Kohle 1960 noch mit 42% Anteil am Energieverbrauch figurierte, lag dieser Wert 1973 bei 15%; unter Berücksichtigung des Koksanteils ist die wirkliche Bedeutung von Kohle in der Energiewirtschaft noch niedriger anzusetzen.

Die wenigen Erdöl- und Erdgasfelder sind wenig ergiebig und auch optimistische Prognosen ändern wenig daran, dass Japan auf diesem Sektor praktisch ganz vom Ausland abhängig ist. Es bestehen Hoffnungen, dass Bohrungen im Meer bessere Erfolge bringen könnten – sogenannte Offshore-Produktion –, und in diesem Zusammenhang spielen die Beschlüsse der Seerechtskonferenzen über die Ausdehnung der Hoheitsgewässer und der Wirtschaftszonen eine wichtige Rolle.

Drei Viertel des Landes sind Waldgebirge. Damit bestehen gute Voraussetzungen für die Nutzung von Wasserkräften, die nur durch die unregelmässige Wasserführung der Flüsse und die tiefen Wintertemperaturen im nördlichen Japan eingeschränkt werden. Staudämme und künstliche Seen sind zum Ausgleich notwendig – in einem erdbebengefährdeten Land eine nicht unbedenkliche Situation. Bis zum Zweiten Weltkrieg und darüber hinaus spielte für die Elektrizitätsversorgung die Wasserkraft die Hauptrolle. Seither hat der Bedarf an Elektrizität aber noch stärker als der allgemeine Energiebedarf zugenommen und die Hydroelektrizität verlor von Jahr zu Jahr an Bedeutung, obwohl zwischen 1950 und 1974 eine Verdoppelung der Produktion erzielt wurde. Die Tabelle «Grundlage der Elektrizitätsversorgung» zeigt deutlich, dass schon bald nach dem Kriege die thermischen Werke die Hauptlast zu tragen hatten. Da diese auf Importe von Erdöl und Kohle angewiesen sind, finden wir sie im Gegensatz zu den Hydrowerken an der Küste. Anfänglich spielte die Kohle die grössere Rolle, doch vollzog sich dann im Laufe weniger Jahre eine Umstellung auf Erdöl. Thermische Kraftwerke müssen ihren Standort dort wählen, wo sich Bevölkerung, Industrie und Verkehr ohnehin massieren, und tragen wesentlich zur Beeinträchtigung der Lebensbedingungen bei. Die Behörden und die Elektrizitätsgesellschaften haben deshalb neuerdings Mühe, Standorte für neue Werke zu finden. Unter den neuen Vorschriften des Umweltschutzes ergeben sich zudem Steigerungen der Produktionskosten, die zunehmend ins Gewicht fallen.

Grundlage der Elektrizitätsversorgung

	in Milliarden Kilowattstunden	Anteile in Prozent Hydroenergie	thermisch	nuklear
1950	45	85	15	–
1960	111	53	47	–
1970	351	23	76	1
1974	461	18	80	2

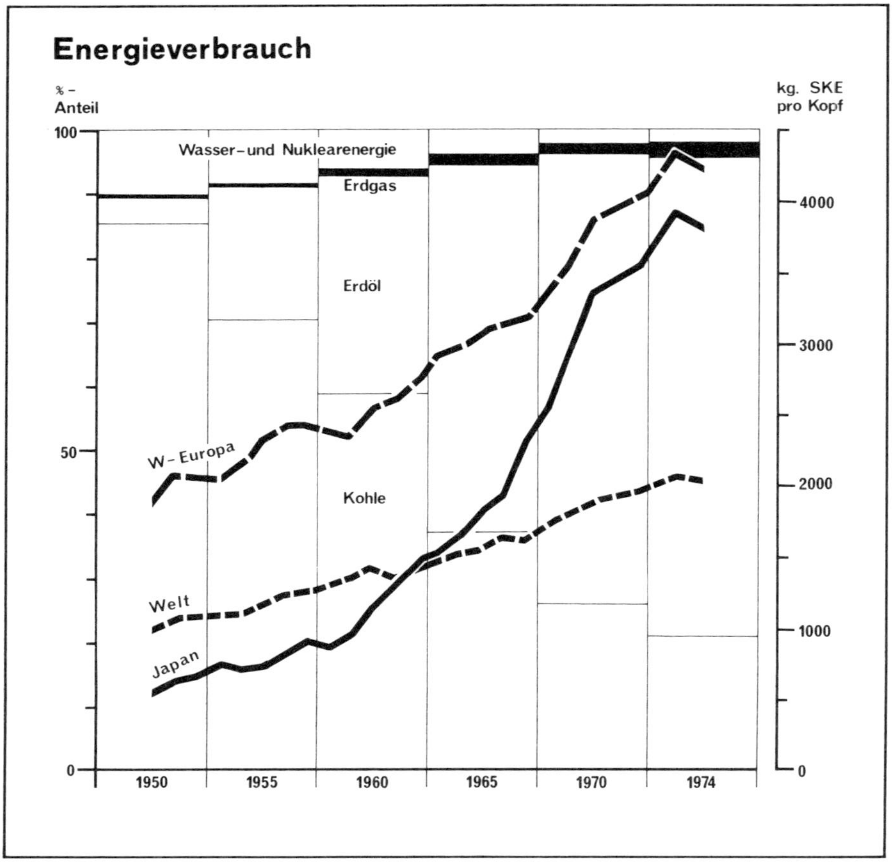

Fig. 15 Entwicklung des gesamten Energieverbrauches im Vergleich mit Westeuropa und der Welt. Verschiebung der Anteile der einzelnen Energieträger bei der Versorgung Japans.

Es ist verständlich, dass unter diesen Umständen die Nuklearenergie als Ausweg angesehen wurde. Die Schwierigkeiten sind aber auch hier gross. Auf der einen Seite müssen ein grosser Teil des Know-how und ausserdem die Rohstoffe eingeführt werden, und trotz einer anfänglich entgegenkommenden Haltung der USA ergaben sich gerade hier im Laufe der Jahre scharfe Differenzen. Zum andern ist die Bevölkerung gegenüber allem allergisch, was nuklear ist. Hiroshima und Nagasaki sind noch keineswegs aus dem Bewusstsein verschwunden; alle Erläuterungen über die Unterschiede zwischen Nuklearbomben und Nuklearkraftwerken dringen nicht durch. Dazu kommt, dass die japanischen Werke in den siebziger Jahren äusserst störungsanfällig waren und das Versuchsschiff MUTSU mit Nuklearantrieb sogar kurz nach dem Start aus Sicherheitsgründen stillgelegt werden musste. 1976 waren 13 Nuklearwerke mit einer Gesamtkapazität von 8000 MW im Betrieb. Grössere

Ballungen von Nuklearwerken finden sich interessanterweise ausserhalb der dichtüberbauten Gebiete; sie liegen einerseits nördlich von Osaka an der Küste der Japan-See und andererseits nordöstlich von Tokyo an der Pazifikküste in den Präfekturen Ibaraki und Fukushima.
Die wirklich entscheidenden Punkte der Energiewirtschaft Japans sind die Bedeutungslosigkeit der Kohle – sie bildet nur im Rahmen der Eisen- und Stahlindustrie ein zentrales Versorgungsproblem – und der relative Rückgang der Hydroelektrizität. Von Jahr zu Jahr werden die Importabhängigkeit bei Erdöl und Erdölprodukten und der Einfluss der Preisentwicklung dieser Güter belastender. Im Jahr der Ölkrise 1973 war Erdöl mit 78% Anteil an der Energieversorgung (1960 erst 38%) wohl der empfindlichste Punkt in der ganzen Wirtschaft. Man erinnert sich noch gut, wie unmittelbar nach der Ölkrise von 1973 die Japaner möglichst gute Beziehungen mit den mittelöstlichen Lieferanten herzustellen sich bemühten, denn damals sah man allgemein die Ölkrise als eine Versorgungskrise an; die Probleme finanzieller Art standen noch im Hintergrund. Heute realisiert man diese auch in Japan: 1972 entfielen 17% der japanischen Einfuhren (wertgemessen) auf Erdöl, 1973 waren es 15% und 1974 30%. Japan führt fast ausschliesslich Rohöl ein und verarbeitet es in eigenen Raffinerien. Deren Kapazität betrug 1974 280 Millionen Tonnen, die Einfuhren beliefen sich auf 238 Millionen Tonnen.
Der Markt für Energie in Japan ist deutlich verschieden vom westeuropäischen oder nordamerikanischen. Der Anteil der Industrie ist hier bedeutend höher und verschluckt mehr als die Hälfte; in den meisten anderen Industrieländern ist es rund ein Drittel. Der Transportanteil ist überall ungefähr gleich. Infolge des Fehlens von Zentralheizungen in den meisten Wohnhäusern wird im täglichen Leben weniger verbraucht. Jener Industriezweig, welcher sich damit befasst, die Energierohstoffe in die Form zu bringen, welche der Markt benötigt, weist überall etwa denselben Anteil von 15–20% am Energieverbrauch auf.
Die OECD veröffentlichte 1976 Energiebilanzen für die ihr angeschlossenen Länder, welche zeigen, wie sich in Wärmeeinheiten gemessen die Anfangsenergie zur Endenergie verhält. Man bezeichnet damit jene Energiemengen, welche die Energieindustrie zur Verarbeitung übernimmt und nach erfolgter Verarbeitung dem Konsumenten zur Verfügung stellt. Nicht eingeschlossen in diese Energiebilanzen der OECD sind die erheblichen Verluste, welche später beim Konsumenten auftreten. Im Vergleich mit westeuropäischen Ländern und Nordamerika fällt bei der Anfangsenergie der viel grössere Anteil des Rohöls auf (66,6% gegenüber 49,0 in Westeuropa und 39,2% in den USA). Dafür importieren Westeuropa wie Nordamerika grössere Mengen von Erdölprodukten. Erdgas, welches in der Energiebilanz Japans nur eine verschwindende Rolle spielt, fällt in Westeuropa (12,9%) und den USA (28,5%) stark ins Gewicht. Keine signifikanten Unterschiede zeigen sich bei der Kohle – mit der einzigen Ausnahme, dass im Falle von Japan der grösste Teil eingeführt und für nichtenergetische Zwecke verwendet wird. Die Energieindustrie setzt sich aus Raffinerien, Gasfabriken, Kraftwerken usw. zu-

sammen, die alle beträchtliche Mengen an Energie selber verbrauchen; zu diesen «Verlusten» kommen wiederausgeführte oder anderen Zwekken als dem Energiebedarf zugeführte Mengen an roher oder verarbeiteter Energie. Die Endenergie ist darum beträchtlich niedriger als die Anfangsenergie: 71,9% im Falle von Japan, 69% in Nordamerika und 62,4% in Westeuropa. Die Unterschiede zeugen nicht etwa von einer entwickelteren Technik im Sektor Energieindustrie, sondern rühren lediglich davon her, dass in Japan flüssige Energieträger eine derart überragende Bedeutung besitzen. Sowohl ihre Verarbeitung zu Endenergie wie auch ihre Verwendung durch den Konsumenten ergibt kleinere Verluste, als dies bei Kohle der Fall ist. Immerhin dürften – bezogen auf die Anfangsenergie – den rund 30% Verlusten im Bereich Energieindustrie nochmals 30–40% beim Endverbraucher zuzurechnen sein. Die Nutzenergie liegt je nach der Struktur der Energiewirtschaft bei 25–40% der Anfangsenergie. Damit ist die Energiewirtschaft wohl das gigantischste Verlustgeschäft menschlichen Wirtschaftens. Die meisten Verluste gehen in Form von Wärme in die Atmosphäre und teilweise auch ins Wasser.

Erste Kontakte mit der Welt, zunehmende Öffnung nach aussen

F. Gibney schrieb 1975 in seinem Werk «Japan – The Fragile Superpower» im Abschnitt über die Öffnung des Landes unter dem Druck der Amerikaner und die erste japanische Gesandtschaft nach Washington im Jahre 1860: «Das Ziel der japanischen Gesandtschaft war die formelle Ratifizierung des Vertrages, den der amerikanische Generalkonsul Townsend Harris 1858 in Edo unterzeichnet hatte. Dies war fünf Jahre nach der Mission von Captain Perry, welcher versucht hatte, die Tore Japans dem Aussenhandel zu öffnen, und nach mehr als zwei Jahrhunderten entschlossener und fast vollständiger Abschliessung Japans vom Westen... Perrys Kanonen waren zwar genauso gefährlich wie jene der Briten und Russen, doch die Japaner waren der Meinung – wie sich später herausstellte, zu Recht –, dass die USA nicht an Landgewinn, sondern lediglich am Handel interessiert seien. Perry zeigte zwar auch seine Kanonen, aber er hatte darüber hinaus die Freundlichkeit, einige Dinge mitzubringen, welche den Japanern nützlich waren und die sie bewunderten, wie beispielsweise einen richtigen funktionierenden Telegraphen oder eine kleine, aber ausgezeichnet arbeitende Modellokomotive.» Bald schlossen auch die anderen Grossmächte ähnliche Verträge wie die Amerikaner mit Japan ab, welche ihnen das Recht gaben, in bestimmte Häfen einzulaufen und von dort aus Handel zu treiben. Die japanische Regierung holte ihrerseits in grosser Zahl Experten aus Europa und Amerika, denen beim Aufbau des neuen Staates eine wichtige Aufgabe zufiel. In seinem klassischen Buch «Things Japanese», erschienen 1898, wies B. H. Chamberlain mit besonderem Nachdruck auf die Bedeutung dieser fremden «employés» hin. «Das Erstaunlichste ist, dass die Berichte über Japan zwar den Fortschritt im Lande oft und über alle Massen rühmen, aber fast ohne Ausnahme die ‚employés', die weitgehend für denselben verantwortlich sind, mit Stillschweigen übergehen.» Zwei Klauseln der Verträge erregten bei den Japanern zunehmenden Unwillen. Beim Handelsverkehr war ein Höchstzoll von 5% für eingeführte Waren festgelegt worden, welcher es Japan unmöglich machte, seine Industrien durch Schutzzölle vor der fremden Konkurrenz zu bewahren. Die jungen USA hatten sich seinerzeit gegenüber England in genau der gleichen schwierigen Lage befunden, besassen jedoch die Freiheit, solche Schutzzölle zu erheben; das Problem als solches war den fremden Mächten durchaus vertraut. Die andere Klausel betraf das allen Fremden zugestandene Privileg, nach den Gesetzen ihres eigenen Landes durch die zuständigen Konsulate Rechtsschutz zu erhalten oder verurteilt zu werden. Immer stärker wurde gegen Ende des vergangenen Jahrhunderts der Ruf nach einer Vertragsrevision laut. Grossbritanien tat als erstes Land den entscheidenden Schritt, die anderen folgten nach. Mit der Einführung des neuen Zivilgesetzes 1899 wurden die Fremden der japanischen Gerichtsbarkeit unterstellt, die Zollklausel wurde aufgehoben und als Entgelt wurden weitere Häfen dem fremden Handelsverkehr geöffnet. Zum mindesten bis zur Jahrhundertwende beanspruchten die Fremden eine Stellung vergleichbar jener in den Kolonien und führten hoch über dem japanischen Alltag weitgehend ihr Eigenleben. Die Japaner anerkannten zwar die technische Überlegenheit und gaben sich alle Mühe, ihren Staat, die Wirtschaft und in vielen Kreisen auch den Lebensstil nach westlichem Vorbild zu gestalten, andererseits verachteten sie die Fremden und gaben ihnen nicht gerade schmeichelhafte Bezeichnungen. Der Aussenhandel, der zu einem guten Teil in den Händen fremder Handelshäuser lag, zeigte eine Zusammensetzung, wie sie uns von früheren Kolonialgebieten bekannt ist: Einfuhr von Fabrikaten und Kapitalgütern, Ausfuhr von Rohstoffen. Japan war, an seiner materiellen technischen Entwicklung gemessen, in dieser Zeit durchaus einem modernen Entwicklungsland vergleichbar. Die überhebliche Distanzierung der Fremden entsprach der damaligen Zeit und wurde als selbstverständlich akzeptiert. Nicht zuletzt gibt es aber wohl kaum ein anderes Land, in welchem Sprache, Schrift und Gewohnheiten den beiderseitigen Kontakt so erschweren, wie dies in Japan der Fall ist.

Ein wichtiger Schritt bei der Modernisierung des Landes war in den Augen der fremden Mächte die Gewährung der religiösen Freiheit, was praktisch gleichbedeutend mit der Wiederaufnahme der Verbreitung des christlichen Glaubens war. Für die Japaner selber mag dies eine Frage von sekundärer Bedeutung gewesen sein, solange es nur um die Religion ging. Ihre Haltung kann hinsichtlich der Zugehörigkeit zu einem bestimmten Glaubensbekenntnis wohl besser als indifferent denn als tolerant bezeichnet werden. Die im christlichen Glauben betonte Trennung in belebte und unbelebte Natur, der Anspruch, dass der Mensch das Ebenbild Gottes sei und damit weit über jeder anderen Kreatur stehe, ist neben vielem anderen sowohl dem Shintoismus wie dem von Indien über

China übernommenen Buddhismus fremd. Buddhismus und Shintoismus sind zwar verschiedene Philosophien oder Religionen, aber solche, welche im Gegensatz zum Christentum keinen Anspruch auf Ausschliesslichkeit erheben und neben- und miteinander existieren können. Heute erklären etwa vier Fünftel aller Japaner, dass Shinto ihre Religion sei; die Zahl der Buddhisten ist nicht viel kleiner. Zum christlichen Glauben bekennt sich etwa eine Million. Zählt man alle genannten und weiteren Glaubensbekenntnisse zusammen, dann kommt man für 1974 auf die erstaunliche Zahl von 166% der Totalbevölkerung! Es wird manchmal scherzweise gesagt, dass sich ein Japaner in den meisten Lebenslagen als Shintoist versteht und erst, wenn er sich mit dem, was nach dem Tode komme, zu beschäftigen beginnt, sich ernsthaft dem Buddhismus zuwende. Viele Japaner, die sich taufen lassen oder nach christlichem Brauch heiraten, werden wohl mehr durch gesellschaftliche Überlegungen als durch religiöse Überzeugung dazu motiviert. Offenbar würde es den meisten Japanern Schwierigkeiten bereiten, wenn sie auf die Frage des Statistikers nach ihrer Religionszugehörigkeit nur eine einzige nennen dürften. Man könnte sich fragen, ob dieser Hinweis auf die religiösen Verhältnisse viel mit den hier zu besprechenden Problemen zu tun habe. Wenn man sich aber vergegenwärtigt, welche Rolle die Religion bei den Kontakten mit der Aussenwelt spielte, sieht man die Zusammenhänge klarer.

Eindeutig in den Rahmen der Beziehungen Japans zur übrigen Welt gehört der Aussenhandel. Schon vor dem Ersten Weltkrieg hatte sich die Textilindustrie stark entwickelt. Rohbaumwolle machte 1909 über ein Viertel der Importe aus und nahm die erste Stelle ein. Baumwollgarn wurde schon in beachtlichen Mengen ausgeführt, bei Geweben überwog aber immer noch die Einfuhr. Rohseide beherrschte die Ausfuhr mit einem Anteil von 30%. Der Handel wickelte sich in beiden Richtungen mehrheitlich mit Europa ab. Für 1926 stellen wir folgende veränderte Situation fest: Rohbaumwolle lag bei den Einfuhren zwar immer noch mit 28% deutlich an vorderster Stelle und Seide führte mit 32% bei den Ausfuhren. An Stelle von Garnen wurden nun aber zunehmend Baumwollgewebe (18%, zweite Stelle) exportiert; dies ist ein deutliches Zeichen dafür, dass die Textilfabriken, welche vordem vor allem den Inlandmarkt mit Geweben versorgt hatten, nun auch für den Export arbeiten konnten. Auch in den dreissiger Jahren, als der Staat stärker als je vorher und nachher in die Wirtschaft eingriff, änderte sich bezüglich der Hauptpositionen wenig. Im Mittel der Jahre 1934–1936 hatte Rohbaumwolle 30% Anteil an den Einfuhren, Baumwollgewebe 20% bei den Ausfuhren; Rohseide war weiter bis auf 14% gesunken. In den Handelsbeziehungen hatte sich ein bezeichnender Wandel vollzogen: die USA waren mit Abstand zum wichtigsten Lieferanten und das asiatische Festland zum wichtigsten Markt geworden. Europas Stellung war mit je rund einem Zehntel von geringerer Bedeutung. In Europa betrachtete man damals japanische Exportwaren als «billig», was sie in preislicher und qualitativer Hinsicht auch waren. Die japanische Exportindustrie verlegte das Schwergewicht auf Produkte, bei denen die Kapitalkosten gering sind, und profitierte von den niedrigen Löhnen und langen Arbeitszeiten, der staatlichen Exportförderung und den geringen Kosten für technische Entwicklung und Forschung. Im Westen hob man vor allem die Lohnunterschiede und den Umstand hervor, dass die Japaner das kopierten, was der Westen mit einem hohen Aufwand an Zeit und Geld an Produktionsgütern geschaffen hatte. Heute braucht man den Begriff «image», um alle jene Vorstellungen und Gefühle zusammenzufassen, die sich im Westen mit Bezug auf Japan bildeten. Bis heute trübt dieses längst überholte «image» vielerorts noch das Urteil. Man hat nicht zur Kenntnis genommen, dass inzwischen die japanischen Löhne das westeuropäische Niveau erreicht haben, dass die Arbeitskräfte knapp wurden, dass die Entwicklungskosten ständig steigen, dass «billige» Ware nicht mehr produziert werden kann, dass – kurz gesagt – Japan zu einem «high-cost producer» geworden ist und sich heute in der gleichen schwierigen Situation gegenüber den Märkten in den weniger entwickelten Ländern befindet wie Europa oder die USA. Wenn wir im folgenden auf den japanischen Aussenhandel eingehen, stehen die statistisch fassbare Entwicklung und die gegenwärtige Situation im Vordergrund. Andere Fragen werden in einem späteren Abschnitt im Zusammenhang mit den grundsätzlichen Problemen, die sich infolge einer zunehmenden Öffnung nach aussen ergeben, zu beantworten sein. Für Japan werden andere Industrieländer als Handelspartner zunehmend wichtiger, weil sich dort die Käufer für hochwertige Produkte finden. Mitte der siebziger Jahre zeigte sich dies im Handelsverkehr mit europäischen Ländern, die als Märkte für japanische Produkte in der Regel wichtiger waren denn als Lieferanten. Freilich stellt der europäische Markt in seiner heutigen Struktur ein kompliziertes Mosaik dar. Die Markterschliessung ist in den USA weitaus einfacher und vorteilhafter. Europa nahm 1974 16,5% und die USA – mit Abstand der wichtigste Markt – 23% der japanischen Ausfuhren auf. Europa lieferte bedeutend weniger (8,9%) als die USA (20,4%).

Bei den Entwicklungsländern war das Bild uneinheitlich. Im asiatischen Raum hatte Japan seine Exporte – darunter mit hohem Anteil Kapitalgüter – am stärksten ausgebaut (fast ein Drittel) und lieferte überall mehr, als es bezog – ausser in jenen Ländern, wo Erdöl oder Eisenerz geliefert werden können. Damit hoben sich alle Mittelostländer zusammen mit Indonesien als eine Gruppe ab, die für die Bedarfsdeckung wichtiger wurde denn als Markt. Ähnlich war auch die Stellung Australiens. Der Entwicklungskontinent Afrika und auch teilweise Lateinamerika waren demgegenüber weniger in die japanischen Aussenhandelsbeziehungen einbezogen worden; sie spielten im allgemeinen eine grössere Rolle als Käufer denn als Lieferanten.

Die völlig veränderte Situation kommt auch in der Zusammensetzung des Aussenhandels zum Ausdruck: Bei den Ausfuhren beherrschten (1974) Maschinen (35,4%), Stahl (19,4%) und Schiffe (10,1%) die Situation; Textilien figurierten nur mit 7,3% und davon waren die Hälfte synthetische Gewebe. Auf der Einfuhrseite war Rohbaumwolle nur noch mit 1,6% und Wolle mit 0,9% beteiligt; sie wurden beide beispielsweise

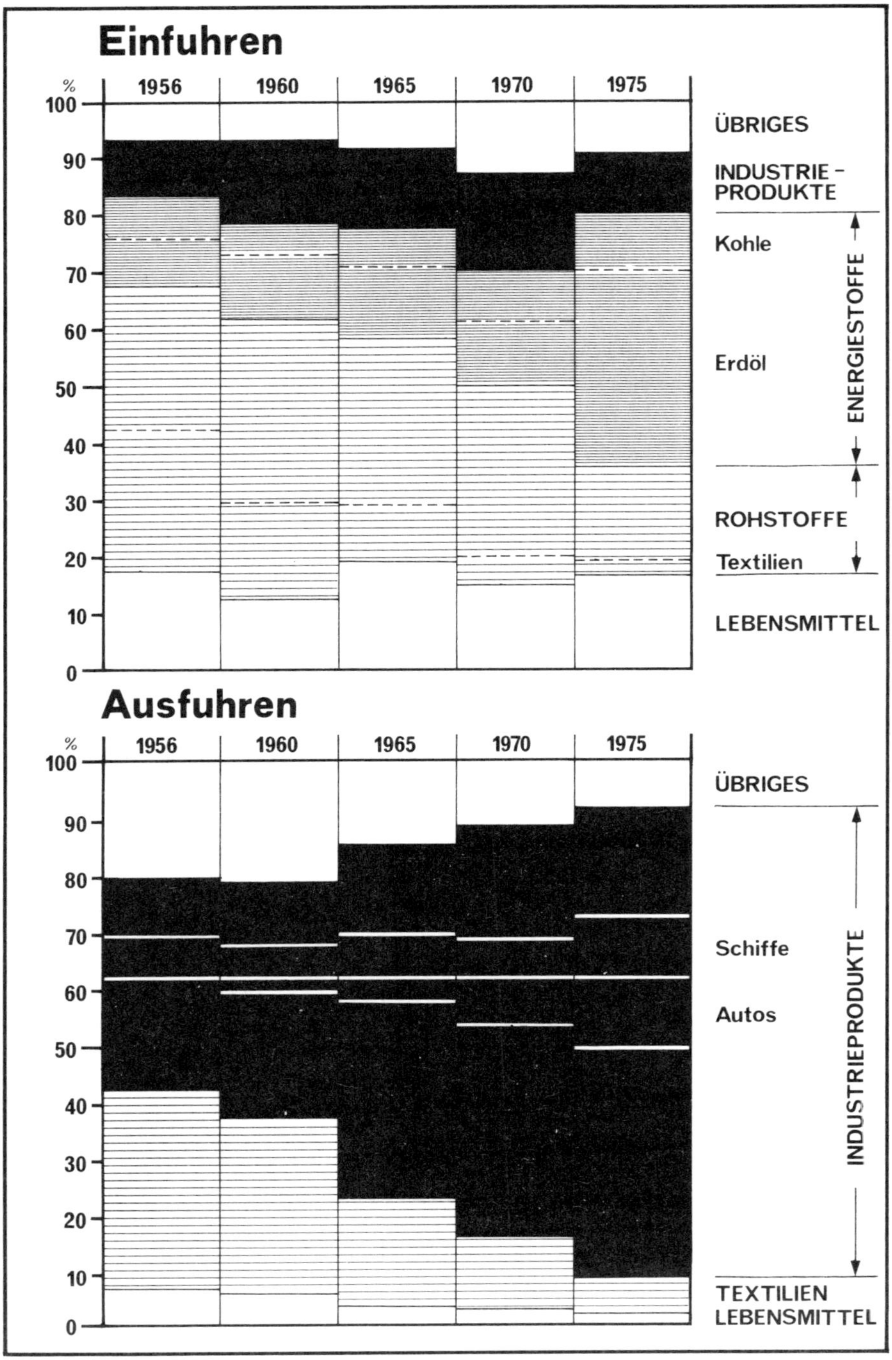

Fig. 16 Anteil der einzelnen Güterkategorien am Gesamtwert der japanischen Ein- und Ausfuhren.

von Weizen und Mais (je 1,9%) oder Holz (5,9%) übertroffen. 34,1% machte das Erdöl aus, fast alles Rohöl.
Bei derartigen Zahlenvergleichen sollte immer beachtet werden, dass sich die statistischen Angaben im allgemeinen auf den Wert beziehen. Preisschwankungen – wie beispielsweise bei Erdöl 1973 – wirken sich sofort aus, ohne dass sich an den Gütermengen etwas zu ändern braucht. Wenn für internationale Vergleiche ausserdem Umrechnungen aus den Landeswährungen in eine gemeinsame Währung – beispielsweise US-Dollar – vorgenommen werden, beeinflussen zusätzlich noch Kursschwankungen das statistische Bild.
Wie immer die Berechnung erfolgt, eines steht fest: die Zuwachsrate des Aussenhandels liegt weit über dem Weltmittel und die Beziehungen Japans zur übrigen Welt haben sich rascher ausgeweitet und tiefere Spuren als anderswo hinterlassen. Die Tabelle «Exportindizes für Japan und die Welt 1958–1974» zeigt dies mit aller Deutlichkeit. Gewählt wurden die Exportwerte f. o. b. (free on board), welche zur Vergleichbarkeit indexiert wurden (1958 = 100). Beachtenswert ist, dass sich der Weltexport jeweils 1963–1970 und 1972–1974 verdoppelte, was jährlichen Zuwachsraten von 10% bzw. 16% entspricht. In Japan erfolgte dagegen 1963–1970 eine Zunahme der Exporte auf das Dreieinhalbfache, während 1972–1974 die Zunahme jener der Welt entsprach.

Exportindizes für Japan und die Welt 1958–1974

Exporte f. o. b., 1958 = 100

	Japan	Welt
1958	100	100
1963	190	142
1967	363	198
1970	671	289
1971	835	323
1972	994	385
1973	1284	533
1974	1930	781

Wenn man den Wert der gesamten Industrieproduktion mit jenem der entsprechenden Ausfuhren vergleicht, erhält man für 1974 einen Verhältniswert von 15%. Dieser Wert zeigt, dass der Inlandmarkt eine unerwartet grosse Bedeutung besitzt und der Handelsverkehr mit dem Ausland lediglich einen Ausschnitt aus dem wirtschaftsgeographischen Gesamtbild darstellt. Freilich ist bei einer ganzen Reihe von Industriezweigen die Abhängigkeit vom Auslandsmarkt bedeutend grösser: Fotokameras 80%, Schiffe 84%, Textilmaschinen 50%, Fernsehgeräte 43% usw. Fahrräder, Baumwollstoffe, Keramikwaren usw. liegen dagegen bei oder unter 15%. Empfindlicher, weil auf wenige neuralgische Positionen konzentriert, ist die Abhängigkeit auf der Einfuhrseite: Die Schwerindustrie würde ohne die Kokseinfuhren zum Stillstand kommen, die Gesamtwirtschaft beruht bei der Energieversorgung fast ganz auf der Zufuhr von Erdöl und auch die Versorgung mit Nahrungs- und Futtermitteln wird zunehmend auslandabhängiger, worüber noch zu sprechen sein wird. Dazu kommt, dass von Japan aus alle heute wichtigen Beziehungen an lange Seewege gebunden sind: Nach den USA sind es bis San Francisco 4500 smi (1 Seemeile = 1,85 km), bis Hampton Roads – dem Kohleausfuhrhafen an der mittelatlantischen Küste der USA – über Panama 9500 smi; Singapur, im Zentrum des südostasiatischen Raumes, ist 2890 smi von Yokohama, Sidney 4330 smi entfernt. Von Kuwait muss das Erdöl via Singapur über 6700 smi herangebracht werden und die europäischen Häfen liegen gar 10000 smi und weiter entfernt.

Alljährlich veröffentlicht die Regierung einen Bericht über den Stand der Weltwirtschaft, von welcher das Land in immer zunehmendem Masse abhängt; ausserdem werden darin die Entwicklungstendenzen der eigenen Wirtschaft analysiert. Eine Belastung Japans stellt nach diesen Berichten in volkswirtschaftlicher Sicht auch der hohe Anteil des Stahls an den Exporten (18%) dar, obwohl gerade hier gute Wettbewerbschancen gegenüber anderen Industrieländern und in diesen bestehen, weil die Wertvermehrung relativ gering ist. Zweifellos wird zusammen mit stärkeren Investierungen in der technologischen Forschung eine zunehmende Verlagerung auf Erzeugnisse erfolgen, die eine grosse Wertvermehrung und technologische Spezialisierung aufweisen. Auch die Tendenz zu kapitalintensiven Industrien wird sich fortsetzen, weil so das Verhältnis vom Kapital zur Arbeit verbessert werden kann; dies bringt eine weitere Bedeutungsvermehrung der sehr grossen Betriebe mit sich. Wenn man die industrielle Entwicklung und hauptsächlich die Verschlechterung der Standortsbedingungen, die sich in steigendem Masse in den Produktionskosten niederschlagen, in einen grösseren Zusammenhang stellt, ergeben sich verschiedene Fragen. Ist eine Streuung der Industrie aus den früher besprochenen Gründen richtig, auch wenn sie sich im Einzelfalle volkswirtschaftlich belastend auswirkt? Dies würde besonders für alle jene Industrien gelten, welche ein grosses Gelände, direkten Zugang zum Meer, viel Wasser usw. benötigen. Wo und wann werden unerfüllbare Standortsanforderungen sich einer weiteren Steigerung der Produktion entgegenstellen? Die Schwerindustrie hatte schon vor einigen Jahren bekanntgegeben, dass solche Grenzfaktoren jenseits von etwa 150 Millionen Tonnen Rohstahlkapazität ein weiteres Wachstum problematisch erscheinen lassen. Diese Grenze würde bei vollem Ausbau der in der zweiten Hälfte der siebziger Jahre in Ausführung begriffenen Anlagen sogar überschritten sein.

Eine derartige Entwicklung bedeutet freilich nicht das Ende des japanischen Wirtschaftswachstums, nur wird dieses Wachstum in Übersee erfolgen. Diese Richtung haben schon seit einigen Jahren zahlreiche Grossfirmen eingeschlagen. Damit beginnt die Öffnung des Landes nach aussen einen neuartigen Charakter anzunehmen. Bisherige Investierungen von japanischer Seite im Ausland betreffen die Entwicklung von Rohstoffvorkommen, auf welche man angewiesen ist; andere entfallen auf den Sektor der Dienstleistungen, weitere auf die Industrie. Bei den japanischen Investierungen in Übersee sind alle drei Sektoren mit annähernd gleichen Anteilen vertreten, während in den USA fast die Hälfte und im Falle der BRD fast drei Viertel auf die Industrie entfallen.

Am Anfang der modernen Entwicklung waren die japanischen Firmen entweder Kleinbetriebe oder meist im Familienbesitz – Familie im japanischen Sinne – befindliche Grossbetriebe. Die Staatsbetriebe wurden ausschliesslich durch die Regierung und ohne ausländische Kapitalhilfe finanziert. Die Fremden nahmen die Stellung von Experten ein oder befanden sich als Angestellte westlicher Firmen mit ihrem Sonderstatus abseits von der japanischen Gesellschaft und Wirtschaft. Gegenüber fremdem Kapital und der Infiltration ausländischer Wirtschaftsinteressen schirmte sich Japan bis in die jüngste Vergangenheit fast hermetisch ab.

Der Prozess der Liberalisierung fremder Beteiligungen wurde erst durch die Verpflichtungen, welche Japan als Mitglied des GATT (General Agreement on Tariffs and Trade) und der OECD (Organization for Economic Cooperation and Development) eingegangen war, ermöglicht und erfolgte nur schrittweise und mühsam. In seiner ausführlichen und äusserst instruktiven Darstellung «Japan – Wirtschaftsmacht des Fernen Ostens», 1961, schrieb K. Hax: «Im allgemeinen ist die Bedeutung ausländischen Kapitals für den Ausbau der japanischen Industrie gering. Das liegt einmal an der japanischen Mentalität: Man befürchtet sowohl bei den Unternehmern als auch bei den Gewerkschaften eine zu starke Einflussnahme des Auslands ... Ausländische Kapitalinvestitionen bedürfen ganz allgemein einer Lizenz der japanischen Regierung.»

Im Jahre 1961, als K. Hax solches schrieb, begann Japan die bisherigen restriktiven Massnahmen zu lockern. 1964 wurde nach erfolgtem Beitritt zur OECD die Öffnung nach aussen erweitert, doch blieb Japan noch auf Jahre hinaus das einzige Land der OECD mit restriktiven Massnahmen. Erst 1974 wurde die Einfuhr von fremden Technologien vollkommen liberalisiert. Japan wurde dadurch immer stärker an jenem wichtigen Zweig des internationalen Handels beteiligt, welchen man im Vergleich mit dem Güterverkehr als den Technologieverkehr bezeichnen könnte. In diesem Sektor weist Japan im Unterschied zu anderen Industrienationen insofern noch ein beträchtliches Handelsdefizit auf, als die Ausfuhren gegen Mitte der siebziger Jahre wertmässig wenig mehr als 10% der Einfuhren ausmachten. Haupthandelspartner sind mit weitem Vorsprung die USA. Im Zusammenhang damit nimmt auch der Kapitalverkehr zu, wobei in rasch wachsender Zahl japanische Firmen Anleihen im Ausland, hauptsächlich über die grossen amerikanischen Banken, aufnehmen.

Für den Japaner sind dies Entwicklungen, die ihn vorerst verwirren müssen, weil sie zu vielen verwurzelten Vorstellungen im Widerspruch stehen. Der Japaner hat zwar viel vom Westen übernommen und gab sich alle Mühe, das für ihn Brauchbare zu wählen und auszubauen, aber was

Japan heute ist, betrachtet er stolz als Resultat eigener Anstrengungen. Wenn der Fremde bis heute in den meisten Fällen ein Fremder geblieben ist, dann hat dies Gründe, die sicher nicht nur auf einer Seite gesucht werden dürfen. Für den Fremden ist in den meisten Fällen die Überwindung der trennenden Schranken ein unausführbares Unterfangen und der Japaner fühlt sich im Verkehr mit den Fremden bei aller Freundlichkeit und Gastfreundschaft oft unsicher und gehemmt. Man geht in Japan Schwierigkeiten im allgemeinen aus dem Wege, indem man sie ignoriert. Auch heute ist es wieder eine ausgewählte Gruppe junger Japaner – diesmal nicht Samurai, sondern Geschäftsleute –, welche für eine Entwicklung verantwortlich sind, die in vielem ähnlich umwälzend sein dürfte wie jene vor etwas mehr als hundert Jahren. Heute kann man die Schwierigkeiten im Verkehr mit der Aussenwelt nicht mehr ignorieren. Wir werden auf sie als das wohl wichtigste aktuelle Problem am Schluss zurückkommen, nachdem wir auch die gesellschaftlichen Verhältnisse besser kennengelernt haben.

Urproduktion: Fischerei, Landwirtschaft, Forstwirtschaft

Küste und Meer

Oft braucht der Japaner für sein Land den Ausdruck «Nihon Retto»; Retto bedeutet eine Kette von Inseln. Von Tokyo sind es in westlicher Richtung rund 1000 km bis zum nördlichen Teil von Kyushu und in nordöstlicher Richtung 1000 km bis Sapporo. Nochmals rund 200 km weiter liegen die äussersten Vorgebirge, im Süden von Kyushu Kap Sata und im Norden von Hokkaido Kap Soya. Die gesamte Distanz entspricht auch hinsichtlich der geographischen Lage etwa jener vom nördlichen Florida bis in die Maritime Provinces im östlichen Kanada. Honshu, die Hauptinsel, ist für den Japaner gleichbedeutend mit seinem eigenen Festland; der Anteil an der gesamten Landesfläche beträgt 60%. Hokkaido, der Norden Japans und kulturlandschaftlich das jüngste, eben erst kolonisierte Glied der Kette, steht mit 21% Anteil flächenmässig an zweiter Stelle. Kyushu (10%) und Shikoku (5%) gehören zusammen mit dem Kerngebiet auf Honshu zu den kulturlandschaftsgeschichtlich alten Landesteilen. An der Gesamtfläche Japans haben die vier genannten Inseln einen Anteil von rund 95%.
Vergleichen wir Nihon Retto mit einer kostbaren Kette, dann entsprechen die vier genannten Inseln dem besonders gewichtigen Mittelstück, welches an feinen Fäden – Inselketten und untermeerischen Rücken – aufgehängt ist: im Norden Sachalin – die Insel gehört heute ganz zur Sowjetunion – und die Inselkette der Kurilen, wo Japan die südlichsten Inseln beansprucht; im Südwesten der lange Zug von Inseln vom südlichen Kyushu gegen Taiwan, die Nansei- oder Ryukyu-Inseln mit Okinawa, das bis 1972 unter amerikanischer Kontrolle stand und seither wieder ein Teil von Japan ist. Von dieser Kette grosser und kleiner Inseln mit einheitlicher Richtung löst sich etwa in der Breite von Tokyo in südlicher Richtung ein untermeerischer Rücken ab, dem eine Reihe kleiner Inseln aufsitzen. Unzählige Inseln begleiten ausserdem die Küsten der grösseren Teilstücke und einige wenige sind ausserdem ohne jede ersichtliche Ordnung da und dort in den umgebenden Meeren hingestreut. Im Zusammenhang mit den Problemen der Wirtschaftszonen und Hoheitsrechte kommt ihnen als äussersten Punkten des japanischen Territoriums eine grosse Bedeutung zu. Im südlichen Teil der Japan-See, ungefähr gleich weit von Korea wie von Honshu entfernt, liegt nur 0,23 km^2 gross Take-shima (shima = Insel). Weit südlich von Shikoku markiert bei 20°25′ nördlicher Breite Okinotori-shima den südlichsten Punkt. Wenn wir erneut die Lage mit der Ostküste Nordamerikas vergleichen – es wird später zu zeigen sein, aus welchen Gründen bei Vergleichen diese Europa vorzuziehen ist –, ergibt sich ungefähr das folgende Bild: Die Haupterstreckung von Nihon Retto reicht vom nördlichen Teil der

mexikanischen Küstenniederung bis nach Montreal, die nach Süden weisenden «Anhänger» bis gegen die Bermuda-Inseln und den südlichen Teil von Kuba; Take-shima käme in das grosse Tiefland jenseits der Appalachen zu liegen.

Auf der dem Pazifik zugewandten Seite werden alle genannten Inselketten von Tiefseegräben begleitet: Kurilen-Graben –9783 m; Japan-Graben –8412 m; Bonin-Graben –9810 m; Ryukyu-Graben –7881 m. Schelfgebiete von weniger als 200 m Tiefe verbinden auf der entgegengesetzten Seite die japanischen Inseln mit Korea und China, ausgenommen einen Trog von mehr als 2000 m Tiefe direkt nördlich der Ryukyu-Inseln. Die untermeerische Topographie der Japan-See ist durch Rücken und Tröge gegliedert, von denen der tiefste –3535 m erreicht.

Von Europa führt eine der wichtigsten Flugrouten nach Tokyo über das an der Südküste Alaskas gelegene Anchorage und den nördlichen Teil des Pazifischen Ozeans. Schon Stunden vor Erreichen der japanischen Inseln erblicken wir Fischdampfer mit gleichem Kurs wie unser Flugzeug; die für Japan weitaus wichtigsten Fischgründe liegen unter uns im nordwestlichen Pazifik. So wie zur Zeit des Kolumbus einige Äste und treibende Pflanzen das erste Zeichen des nahen Landes waren, so sind für uns diese Fischerboote der erste Gruss Japans. Wenig später erreichen wir die inselreiche Küste bei Matsu-shima; dann verhüllen Wolken die Sicht, und nach kurzer Zeit fliegen wir über die Bucht von Tokyo den internationalen Flughafen Haneda an.

Reich gegliedert sind die Küsten Japans; flacher Sandstrand säumt die von den Flüssen aufgeschütteten Ebenen, steile Brandungsküsten sind die Regel. Setzt man die auf Karten ausgemessene Küstenlänge in Beziehung zum kleinsten Umfang der gegebenen Landfläche – das heisst zum entsprechenden Kreisumfang –, dann erhält man ein vergleichbares Mass der Küstenentwicklung. Für Afrika, den am wenigsten gegliederten Kontinent, beträgt dieser Wert 1,6 und für Europa 3,5; für die vier Hauptinseln Japans erhalten wir jedoch 7,6 und bei Berücksichtigung aller Inseln bis hinunter zu einer Grösse von 10 km^2 sogar 13,7!

In keinem Lande der Erde spielen die Gaben des Meeres eine ähnlich grosse Rolle für die Ernährung wie in Japan. Um 1970 lag zwar Peru mit 12,5 Millionen Tonnen Fangertrag vor Japan mit 9,4 Millionen Tonnen. In Peru entfiel aber der weitaus grösste Teil auf Anchovetas, die zu Fischmehl und Öl industriell verarbeitet wurden. In Japan schlossen die 9,4 Millionen Tonnen dagegen praktisch alle Arten von Meer- und Süsswasserfischen, Muscheln, Tang usw. ein, die der direkten Ernährung der Bevölkerung dienen. Bekanntlich gingen Anfang der siebziger Jahre die Fangerträge in Peru rasch zurück (1974: 4,1 Millionen Tonnen), während sie in Japan stetig bis auf 1974 = 10,8 Millionen Tonnen anstiegen. An nächster Stelle standen 1974 die Sowjetunion mit 9,2 Millionen Tonnen und China mit 6,9 Millionen Tonnen. Bei der Fischereistatistik muss ein Punkt besonders berücksichtigt werden: einerseits zeigt sie, welche Mengen Fisch von Booten eines Landes gefangen werden, wobei offenbleibt, ob die Fische in dem betreffenden Lande selbst oder in einem fremden Hafen ausgeladen werden; andererseits können die Angaben

über Anlandungen (fish landings) Mengen einschliessen, die von fremden Booten herangebracht wurden. Nach dem Statistischen Jahrbuch der Vereinten Nationen entspricht die Menge der von japanischen Booten gefangenen Fische ungefähr dem Total der Anlandungen.
Im zweiten Band seines Werkes «Die grossen Fischereiräume der Welt» gab der verstorbene deutsche Geograph F. Bartz eine eingehende Darstellung der japanischen Fischerei. Das Buch erschien 1965 und darum blieb die neuere Entwicklung darin unberücksichtigt. Im folgenden soll aus diesem Grunde in erster Linie die Entwicklung seit etwa 1960 besprochen werden. Bis vor kurzem galt allgemein, dass innerhalb der Territorialgewässer Angehörige des Anliegerstaates frei fischen konnten. Traditionsgemäss endigten die Territorialgewässer in 3 smi (1 Seemeile = 1,85 km) Entfernung von der Küste; weiter hinaus folgte die hohe See, wo der Fischfang für jedermann offen war. Es ist bekannt, dass in den letzten Jahren viele Länder ihre Territorialgewässer unilateral auf 6, 9, 12 und mehr Seemeilen ausdehnten und ausserdem eine sogenannte Wirtschaftszone von in der Regel 200 smi für sich beanspruchen, in der fremden Schiffen nur aufgrund besonderer Abmachungen Fischereirechte zugestanden werden. Neben dieser internationalen Rechtslage, die uns gegen Ende des Abschnittes nochmals beschäftigen wird, gibt es noch andere, für Japan charakteristische Rechtsverhältnisse; sie sind im einzelnen äusserst komplex und können hier nur in ihren wesentlichen Zügen beschrieben werden.
In den unzähligen kleinen und grösseren Fischerdörfern entlang der Küsten bilden die Fischer eine durch Tradition wie durch verbrieftes Recht eng verbundene Sozialgruppe, welche im Prinzip unter anderem die Zuteilung der Fanggebiete, die zugestandenen Einrichtungen usw. regelt. Jedes Dorf an der Küste besitzt zusätzlich zu seinem Territorium auf dem Lande auch einen mehr oder weniger weit – 2 bis 5 km – hinausreichenden ausschliesslichen Anspruch auf die Nutzung des Meeres. «Soweit der Landwind weht, soweit gehört das Meer zum Dorf», zitiert F. Bartz nach einer ungenannten japanischen Quelle. Während noch bis Ende des Zweiten Weltkrieges solche Fischereirechte gehandelt werden konnten und damit schliesslich in die Hände lokaler kapitalkräftiger Bewohner oder auch auswärtiger Unternehmer gelangten, wurde dies unter dem Einfluss der amerikanischen Okkupationsbehörden nach 1945 insofern anders, als nur noch aktive Fischer, meistens in Genossenschaften zusammengeschlossen, in den Genuss von Fischereirechten kamen.
Die beiden Tabellen «Die relative Bedeutung der verschiedenen Fischereisektoren: Menge und Wert 1965 und 1974» und «Verteilung der Bootgrössen 1965 und 1974» wurden nach japanischen Unterlagen zusammengestellt und zeigen, welche Veränderungen sich in den letzten fünfzehn Jahren abzeichneten. Zum besseren Verständnis müssen die verwendeten Kategorien kurz umschrieben werden: Die englischen Ausdrücke coastal, offshore und pelagic sind der japanischen Statistik entnommen; unter Berücksichtigung der japanischen Originalfassung dürfte man im Deutschen für coastal zweckmässig küstennahe, für offshore küstenferne Fischerei setzen. Pelagic könnte man auf der gleichen

Grundlage mit «Fischerei in fernen Meeren» übersetzen, was zwar nicht unbedingt dem englischen pelagic, wohl aber dem japanischen Ausdruck entsprechen würde. Offshore und pelagic zusammen kämen etwa der Hochseefischerei gleich, wobei letztere aber grössere Schiffe, längere Reisen und darum andere technische Einrichtungen zur Verarbeitung der Fische an Bord bedingt. Im betrachteten Zeitraum war dieser Zweig der Fischerei für die gesteigerten Fangerträge verantwortlich. So gemessen ist die küstenferne und küstennahe Fischerei rückläufig, während sie wertgemessen ihre Position zu halten vermochte. Auch bei der küstennahen Fischerei sind Boote ohne Motorantrieb selten geworden.
Die japanischen Fischerdörfer sind nicht gross und liegen meist am Ende einer Bucht, die den Booten geschützte Ankerung gewährt. Die kleinen Häuser sind enggedrängt und eine enge gewundene Strasse führt zum Hafenplatz. Die Fischerei ist normalerweise saisongebunden und allein schon aus diesem Grunde gehören zum dörflichen Territorium sowohl Fischgründe als auch Kulturland. Die Verbindung von Fischerei (gyo) mit Feldbau (no) kommt in der Bezeichnung «han-no-han-gyo» für diese Wirtschaftsform – han bedeutet halb, zur Hälfte – zum Ausdruck. Geschützt ist die Siedlung gegen Sturmfluten durch hohe Mauern. Gefährlicher sind jedoch die sogenannten «tsunami», ein japanisches Wort, das als Terminus technicus in den geographischen Sprachschatz eingegangen ist. Wörtlich übersetzt bedeutet Tsunami «die Welle, die dahineilt». Es handelt sich um eine durch ein Erdbeben ausgelöste Grundwelle, welche sich über sehr grosse Distanzen rasch fortbewegt und beim Auftreffen auf eine Küste enorme Schäden anrichtet. Wo Buchten die heranbrausende Welle zusammendrängen, steigern sich die Zerstörungen: 1896 brachte zwischen Hokkaido und der Oga-Halbinsel eine 24 m hohe Tsunami 27122 Menschen den Tod, zerstörte 10617 Häuser sowie 7032 Schiffe.
Neben diesen kleinen Fischerdörfern mit ihrer coastal- und offshore-Fischerei gibt es grosse Fischereihäfen, von denen aus die Hochseefischerei in fernen Meeren betrieben wird. Auf diesen Schiffen werden die Fische sogleich nach dem Fang ausgenommen und in Kühlräumen des Schiffes in Kisten verpackt gelagert; auch Mutterschiffe mit Fangbooten werden eingesetzt. Japanische Fischer sind heute in allen Meeren der Erde anzutreffen, wo sie Fangrechte besitzen. Die Entwicklung der Fernfischerei verlangt grössere Investierungen und wirkt sich so zum Nachteil des meist in bescheidenen Verhältnissen lebenden Fischers aus; er kann sich nur in der Küstenfischerei betätigen und – wie die Zahlen in den beiden Tabellen zeigen – wirtschaftlich erfolgreich sein. Die Fernfischerei bringt aber auch eine immer stärkere Verschiebung vom traditionellen Fischerhaushalt zum lohnverdienenden Fischer auf einem grossen Schiff. Die Gesamtzahl der aktiven Fischer liegt etwa bei 500000 oder rund 0,5% der Gesamtbevölkerung. Davon sind heute noch rund zwei Drittel auf eigene Rechnung arbeitende Fischer.
Vorerst ergaben sich aus der Entwicklung zur Fernfischerei vor allem wirtschaftliche Vorteile, weil weit entfernte Fischgründe erreicht und rationelle Methoden der Verarbeitung eingesetzt werden konnten. Spä-

Die relative Bedeutung der verschiedenen Fischereisektoren: Menge und Wert 1965 und 1974

	1965	1974
Totale Menge in Millionen Tonnen	6,9	10,8
in %: marine Fischerei	92,4	90,2
coastal	26,9	17,3
offshore	40,4	38,7
pelagic	25,1	34,2
marine Kulturen	5,5	8,1
Inlandgewässer	2,1	1,7
Totaler Wert in 100 Millionen Yen	5 558	17 098
in %: marine Fischerei	81,2	80,6
coastal	25,2	25,3
offshore	26,0	28,2
pelagic	30,0	27,1
marine Kulturen	14,7	13,6
Inlandgewässer	4,1	5,8

Verteilung der Bootgrössen 1965 und 1974

	1965	1974
Total aller Boote in Bruttoregistertonnen	2 054 128	2 641 340
Anteil Grösse unter 5	16,4	18,6
5– 9	3,0	3,2
10– 19	5,4	4,7
20– 29	2,1	0,5
30– 49	6,4	3,6
50– 99	13,9	12,2
100–199	5,4	6,9
über 200	47,4	50,2
Boote ohne Motorantrieb		
Anteil nach Zahl	40,7	14,6
Anteil nach BRT	6,7	1,7

ter – wir werden darauf zurückkommen – engten Schutzbestimmungen und die Ausdehnung territorialer Sonderrechte die Operationsfreiheit ausserhalb der eigenen Gewässer zunehmend ein. Ausserdem führte die Erhöhung des Ölpreises 1973, besonders bei der modernen Hochseefischerei, zu einer Verschlechterung der Ertragslage. Vergleicht man die Ergebnisse der Jahre 1973 und 1974, dann zeigt die Statistik das folgende Bild: Die Gruppe der Fischer ohne motorisierte Boote konnte allgemein höhere Gewinne erwirtschaften. Bei den motorbetriebenen Booten ver-

mochten sich die kleineren Grössenklassen mehr oder weniger zu halten, während mit zunehmender Schiffsgrösse die reinen Betriebsverluste im Jahre 1974 zunahmen. Freilich fielen hier noch stärker als der für den Motor erforderliche Kraftstoff die gesteigerten Löhne ins Gewicht. Im Vergleich mit dem Vorjahr belasteten Löhne die Betriebsrechnung 1974 mit 35% gegenüber 38%, Kraftstoff mit 13% gegenüber 9%.
Die Voraussetzungen der Fischerei im Bereich der japanischen Inseln sind vergleichbar der Situation an der Ostküste von Nordamerika; hier finden sich im Bereich von Neufundland und vor den Küsten von Neuengland die besten Fischgründe dort, wo die kalte Labradorströmung auf den ostwärts gerichteten Golfstrom auftrifft. Aus den tropischen Gewässern strömt im Falle von Japan die kräftige Kuroshio (shio = Meeresströmung) östlich der Philippinen und von Taiwan, langsam im Uhrzeigersinn in nordöstliche Richtung umdrehend, entlang den Ryukyu-Inseln auf Kyushu zu. Im Sommer lässt sich ihr Einfluss auf der Seite der Japan-See mit Wassertemperaturen über 25° C bis nach Tohoku und von 15° C bis Hokkaido erkennen. Auf der pazifischen Seite löst sich die Strömung schon im Raum von Tokyo vom Lande in östlicher Richtung ab und an der Pazifikküste von Tohoku werden nur noch Wassertemperaturen zwischen 15° C und 25° C gemessen, an der Ostecke von Hokkaido nur noch 5–10° C. Hier macht sich auch im Hochsommer schon die von Norden vorstossende Oyashio – welche dem Labradorstrom entspricht – bemerkbar. Im Winter fällt die Wassertemperatur an der Nord- und Ostküste von Hokkaido unter 0° C, in der ganzen Japan-See unter 15° C und meist unter 10° C; nur an der Pazifikküste liegen die Wassertemperaturen noch über 15° C. Dieser Wechsel ist nicht eine Folge der Strömungsverhältnisse; Kuroshio und Oyashio nehmen im Winter ungefähr die gleichen Bereiche wie im Sommer ein. Zusätzlich zum allgemeinen winterlichen Temperaturfall übt aber auch die allgemeine winterliche Luftströmung aus nördlicher Richtung einen entscheidenden Einfluss aus; einerseits bringt sie kontinentale Kaltluft über ganz Japan, und ausserdem kann es auf der Leeseite der Gebirge im küstennahen Bereich zu aufquellenden kalten Wassern kommen. Karten der Wassertemperaturen und Strömungen zeigen dies deutlich im Abschnitt des Tokaido zwischen Tokyo und Nagoya; wir stellen ablandige Strömungen und besonders niedrige Wassertemperaturen von unter 15° C fest. Die beschriebenen Verhältnisse sind nicht nur für den grossen Reichtum an Fischen, Muscheln und Tang, sondern vor allem auch für einen extremen Artenreichtum verantwortlich, der in deutlichem Gegensatz zu den mehr einförmigen Fischgründen steht, die in kalten nördlichen Gewässern anzutreffen sind.
Unterschiede zwischen Winter- und Sommertemperaturen spielen auch bei einer der wichtigen marinen Kulturen, den Zuchtperlen, eine Rolle. Die Perlenfischerei an sich ist alt, Zuchtperlenkulturen datieren dagegen erst vom Ende des 19. Jahrhunderts. Damals gelang es K. Mikimoto, durch das Einführen von Fremdkörpern Muscheln zur Perlenbildung zu veranlassen. Perlmuscheln wurden ursprünglich von Taucherinnen, «ama» genannt, aus bis zu 7 m tiefen Gewässern heraufgefischt; heute

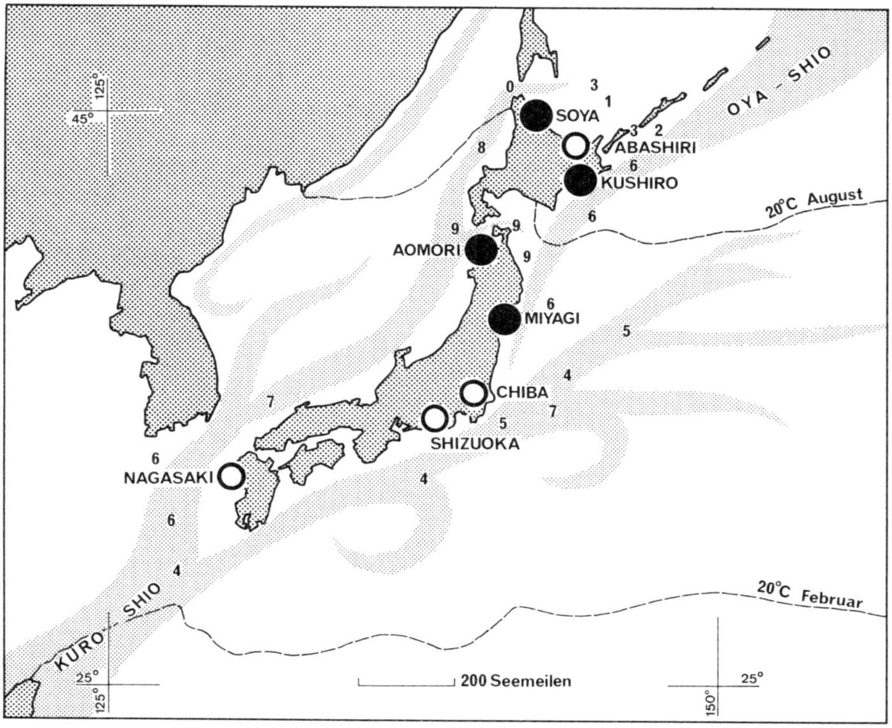

Fig. 17 Die Fischerei in den japanischen Gewässern.
Eingezeichnet sind die warme Kuro-shio und die kalte Oya-shio sowie die 20° C-Isotherme des Oberflächenwassers, die wichtigsten Fischereihäfen (ausgefüllte Kreise 500 000–1 000 000 t Anlandungen; leere Kreise 250 000–500 000 t) sowie in Zahlen wichtige Fanggebiete. Es bedeuten 1 = Salm, 2 = Seelachs, 3 = Plattfische, 4 = Bonito, 5 = Thon, 6 = Makrelen, 7 = Sardinen, 8 = Kabeljau, 9 = Tintenfische und 0 = Krebse.

hat man bessere Verfahren entwickelt, doch die «ama» sind als Touristenattraktion und für Reklamezwecke geblieben. Schwerpunkt der Perlenzucht sind die Provinz Mie und die ganze Südküste des westlichen Japan. Die winterliche Abkühlung verlangsamt das Perlmuschelwachstum und Wassertemperaturen unter 8° C sind tödlich. Über die Technik und die wirtschaftlichen Probleme der japanischen Perlenzucht berichtete G. Aymans 1965 in der Zeitschrift «Erdkunde». Die aufgefischten Jungmuscheln werden, in Drahtkörben an grossen Bambusflössen aufgehängt, ins Meerwasser versenkt und regelmässig gewartet. Nach erfolgter «Impfung» werden sie in gleicher Weise bis zu jenem Zeitpunkt, zu dem die Perle «erntereif» ist, aufbewahrt. Die Flösse sind verankert, doch können sie bei Kälteeinbruch in eine geschütztere Bucht gebracht und so die Muscheln gerettet werden. Bis 1945 war auch dieses Gewerbe in wenigen Händen konzentriert. Nach 1945 durfte sich, rechtlich gesehen, jedermann beteiligen. Wie bei den Fischereirechten standen sich aber die De-jure-Situation und die von der Gesellschaft akzeptierten traditionellen Rechte gegenüber. In der Folge versuchten zwar viele kleine und kleinste Produzenten sich bei der Perlenzucht zu beteiligen, doch behielten die früheren grossen Unternehmer den Handel völlig in ihren Händen. Der Kleinproduzent besitzt auch meist nicht das notwendige Kapital für die Anlagen und vor allem kann er Schäden, die durch Tsunami oder Taifune verursacht werden, nur schwer verkraften. Andere wichtige Kulturen sind Speiseaustern (vornehmlich in Setonaikai und an der Ostküste von Tohoku) und Tang; letzterer wird in verschiedenen Arten an fast allen Küsten von Kyushu bis in das nördlichste Hokkaido eingesammelt und verarbeitet.

Will man sich eine Vorstellung von der Bedeutung der Fische, Muscheln, Tang usw. auf dem japanischen Speisezettel machen, dann kauft man sich am besten ein schön illustriertes japanisches Kochbuch. Dort wird man nicht nur die verschiedensten Rohmaterialien und Zubereitungsarten kennenlernen, sondern auch erfahren, dass bestimmte Fische nur bei bestimmten Gelegenheiten oder zu bestimmten Jahreszeiten konsumiert werden. Die japanische Küche hat wie keine andere die Zubereitung mariner Gerichte zu einer hochentwickelten Kunst gemacht. Kulminationspunkt in dieser Hinsicht dürften die Spezialrestaurants für «fugu» sein – einen Fisch, der, wenn er nicht sachkundig zubereitet wird, unbedingt tödlich wirkt; doch nicht nur die Zubereitung, sondern auch die dekorative Anordnung ist integrierender Bestandteil der Beurteilung der Küche durch den Gast. Man isst zuerst mit den Augen, dann mit der Zunge und erst zuletzt zur Befriedigung des Appetits oder des Hungers. Dies gilt im besonderen Masse auch für in kleine Häppchen geschnittenen Fisch, den man roh – nur in Shoyu mit Wasabi getunkt – geniesst: Über die Geschmäcker lässt sich bekanntlich streiten, aber nach Ansicht des Autors ist roter Thunfisch oder «maguro» am schönsten anzusehen, fühlt sich am angenehmsten mit der Zunge an und ist geschmacklich unübertroffen.

In einer geradezu barbarischen Weise bringt der Statistiker all diese Genüsse auf einen gemeinsamen Nenner und zeigt uns in einer statistischen Zusammenstellung, welche Mengen von den Gaben des Meeres der Japaner durchschnittlich verzehrt (Tabelle «Verbrauch von Fisch und Fleisch je Kopf und Jahr, 1974»).

Verbrauch von Fisch und Fleisch je Kopf und Jahr, 1974 (in kg)

	Fisch	Fleisch
Japan	35,0	22,6
Frankreich	16,8	95,0
BRD	7,2	85,8
Italien	9,9	66,3
Grossbritannien	8,2	72,6
USA	7,2	107,9
Kanada	5,9	95,3

Neben den bisher besprochenen Veränderungen, welche die Struktur des Fischereigewerbes selber betreffen, spielen jene des Marktes eine zunehmende Rolle. Bei Kriegsende 1945 herrschte der Hunger und alle Lebensmittel waren knapp; damals gab es nur das eine Ziel: dem Käufer grössere Mengen zur Verfügung zu stellen. Zu Vergleichszwecken eignen sich die Angaben dieser Jahre nicht; erst im Laufe der fünfziger Jahre erhalten wir «Normaldaten», welche miteinander verglichen bestimmte Trends in den Konsumgewohnheiten erkennen lassen. Die erste und üblichste Angabe über den Gesamtverbrauch an Kalorien (immer je Kopf und Tag) zeigt mit einem Anstieg von rund 2200 im Jahre 1960 bis 2850 im Jahre 1973 eine ständige Verbesserung, welche erst unter dem Einfluss der wirtschaftlichen Rezession abzuflachen begann. Im übrigen jedoch verschleiert dieser Gesamtwert weitgehend, was sich tatsächlich abspielte. Kurz, die Japaner haben sich zu einem der ernährungsbewusstesten Völker entwickelt, das man sich denken kann. In Zeitschriften, im Fernsehen, in Fortbildungskursen für Mütter usw. werden Ernährungsfragen diskutiert. Was früher von den Augen, der Zunge und vom Gaumen genossen wurde, wird jetzt rational nach Vitamingehalt und Spurenelementen untersucht, wobei man notfalls mit verschiedenfarbigen Pillen nachhelfen kann, wenn etwas fehlt. Wir werden auf diese Entwicklung im nächsten Abschnitt zurückkommen müssen; hier sei nur soviel gesagt, dass Fische, Krebse, Tang usw. bei den resultierenden Verschiebungen auf dem Absatzmarkt relativ gut weggekommen sind, weil sie nach allgemeiner Auffassung den Anforderungen entsprechen und im Vergleich mit anderen tierischen Produkten preiswert geblieben sind. Nach offiziellen Statistiken kosteten 1974 (in 100 g) manche Fischsorten weniger als 100 Yen oder rund sFr./DM 1.–. Am teuersten war Maguro (Thunfisch) mit 233 Yen (zum Vergleich Preis 1972: 162 Yen). Fleisch guter Qualität (Rindfleisch) wird in der zitierten Quelle mit 413 Yen oder rund sFr./DM 40.– pro Kilogramm angeführt, Milch mit 220 Yen pro Liter. Der Autor studiert solche Fragen gern im «Felde», in diesem Falle in den Ladenstrassen und vor allem in den prächtigen Lebensmittelabteilungen im Untergeschoss der Warenhäuser. 1974 wurden – um die Auswirkungen der Inflation und der Ölkrise festzustellen – Beobachtungen durchgeführt, die dann freilich wesentlich höhere Preise als jene der offiziellen Statistik ergaben. 1 kg Rindfleisch konnte je nach Qualität mit 10000 bis 15000 Yen angeschrieben sein. Nun gibt der Japaner an sich schon einen grösseren Anteil für das Essen aus als der Europäer, rund ein Drittel aller Ausgaben (wir stellten früher fest, dass für Wohnen nur etwa 10% figurieren), und wo Hausfrauen im Westen wegen der hohen Preise auf die Barrikaden gehen oder sich zu einem Konsumentenstreik zusammenschliessen würden, kauft die Japanerin weiter und wenn irgend möglich beste Qualität, weil der Herr des Hauses, der wenig von solchen Problemen versteht und damit nicht belästigt werden will, es so erwartet.

Immerhin zeigten sich auch im Sektor Fisch als Reaktion auf Inflation und wirtschaftliche Rezession schon Anzeichen der Zurückhaltung, die aber noch keineswegs zu Absatzschwierigkeiten führten. Japan muss im Gegenteil zunehmende Mengen von Fischen einführen, damit der Nachfrage Genüge geleistet werden kann. 1974 importierte Japan – zweitwichtigster Importeur der Welt mit einem Anteil von 22% – frische Fische im Werte von fast einer Milliarde Dollar; etwa ein Fünftel kam aus der Republik Korea. Selbstverständlich exportierte Japan auch, aber wertmässig nur zu einem Viertel der Einfuhren. Im Westen kennen wir vor allem die japanischen Fischkonserven, die aber bedeutungsmässig in jeder Hinsicht hinter den Frischfisch zurücktreten und im Gesamtbild unberücksichtigt bleiben können.

Solche Zahlen stehen zur allgemeinen Vorstellung, die wir uns von Japan machen, im Widerspruch und wir müssen uns fragen, wie es kommen konnte, dass die Fischerei den Bedarf des Landes nicht mehr zu decken vermochte. Es gibt darauf nicht nur eine Antwort. Mehrere gewichtige Gründe können genannt werden. Zweifellos spielt die besondere Struktur der japanischen Fischerei mit ihrem sich an Traditionelles anlehnenden Kleinbetrieb eine Rolle. Mit Ausnahme der von grösseren Gesellschaften betriebenen Fischerei in fernen Meeren zeichnet sie sich durch den Mangel an Kapital aus; es reicht noch dazu, das Boot mit einem Motor auszurüsten, aber das ist alles. Diese Fischerei besitzt ihre Basis in einem Fischerdorf und spielt sich in küstennahen und küstenfernen Fischgründen ab; die Fahrten dauern selten mehr als einen, allenfalls zwei Tage. Es ist heute nicht mehr festzustellen, ob es auf veränderte Naturbedingungen oder auf die Überfischung zurückzuführen war, dass schon um die Jahrhundertwende die Sardinen aus den Küstengewässern verschwanden und mit ihnen der so wichtige Thunfisch, welcher von ihnen lebt. 1906 wurden erstmals Boote motorisiert und in Entfernungen von 30 km und mehr vor der Küste gefischt. Noch vor dem Zweiten Weltkrieg war die japanische Fischerei zu vier Fünfteln Küstenfischerei. Sicher ist dagegen, dass heute die grossen Städte und Industrien an Japans Küsten gerade diese Meeresteile zunehmend verseuchen. Wegen ihrer Lage zwischen den Inseln und wegen der wenigen schmalen Verbindungen zum offenen Meer wird vor allem Setonaikai durch die sich immer mehr gegen Westen ausdehnende Megalopolis gefährdet. Aber auch offene Buchten, wie jene von Ise (Nagoya, Yokaichi), werden durch Abwässer der Raffinerien zunehmend verunreinigt. Hier konnten schon in den sechziger Jahren bei Fischen, die in 15 km Entfernung vom Standort der Erdölraffinerien gefangen wurden, geschmackliche und farbliche Veränderungen festgestellt werden. In der Bucht von Matsuyama, welche ein wichtiges Zuchtgebiet für Speiseaustern ist, treten infolge Überlastung mit Abwässern – in diesem Falle von einer fischverarbeitenden Industrie – seit Beginn der sechziger Jahre grosse Verluste durch Austernsterben auf. Besonders eindrücklich sind die Vergiftungen, welche durch den Genuss von Fischen verursacht wurden, die in quecksilberverseuchten Buchten lebten. Die berüchtigte «Minamata-Krankheit», die «itai-itai-Krankheit» (itai ist ein japanischer Schmerzensausruf) usw. sind in aller Welt bekannt geworden. 1973 wurde vom Gesundheitsministerium eine Sicherheitsgrenze festgesetzt; dieses Gesetz bestimmt, ob in bestimmten Gewässern überhaupt noch gefischt werden darf. In diesem Zusammenhang erinnern wir uns auch daran, dass die

Japaner besonders empfindlich auf alles Nukleare reagieren; die amerikanischen und französischen Nuklearversuche im Pazifik lösten jeweils heftige Proteste in Fischereikreisen aus, und es waren einfache Fischer in ihren kleinen Booten, welche – vergeblich – versucht hatten, das Auslaufen des nuklearbetriebenen Schiffes «Mutsu» zu verhindern. Erst als in Tokyo Katzen an Haarausfall zu leiden begannen, der auf den Genuss von aus Abfallkübeln herausgefischten Fischresten mit Quecksilbergehalt zurückgeführt wurde, entschloss sich der Premierminister selber, im Fernsehen ein Fischessen zu demonstrieren, um die Bevölkerung zu beruhigen!

Die Japaner konnten noch nach dem Zweiten Weltkrieg aufgrund der bestehenden Rechtssituation ihre Fischereigebiete in alle Weltmeere ausdehnen, denn seit Beginn des 17. Jahrhunderts, als der niederländische Rechtsgelehrte H. Grotius den Grundsatz von der internationalisierten und allen in gleichem Masse zugänglichen hohen See aufstellte, konnte ausserhalb der Territorialgewässer jede Flagge fischen, wo sie wollte. Diese Fischerei in fernen Meeren war es vor allem, welche dem wachsenden Bedarf des Landes vorerst zu genügen vermochte. Dass sie es heute nicht mehr kann, liegt nicht an fehlendem Unternehmergeist, mangelnder Technik oder unzureichendem Kapitaleinsatz. Internationale Abmachungen restriktiven Charakters und eine völlige Veränderung des Seerechts treffen die Japaner besonders empfindlich.

Die für Japan wichtigste internationale Übereinkunft dürfte bisher jene gewesen sein, die den Walfang regelte. Als Säugetier, welches vom Land zum Meer zurückkehrte, aber weiterhin seine Jungen austrägt und gebiert, steht es im westlichen Denken dem Menschen näher als der «kalte Fisch». Die Japaner haben seit Jahrhunderten Wale gefangen und, soweit es ihnen ein buddhistisches Gewissen gestattete, auch verzehrt, wobei das Fleisch mindestens so wichtig war wie das Öl. «Den Menschen im Westen, die kein Walfleisch essen, mag es tatsächlich grausam scheinen, Wale zu fangen und zu töten; für den Hindu in Indien ist aber der westliche Genuss von Rindfleisch nicht allein grausam, sondern er kommt einem Sakrileg gleich», schreibt ein Japaner zur Verteidigung japanischer Walfanginteressen. Er übersieht dabei freilich völlig, dass für die restriktiven Massnahmen nur die Erhaltung der Spezies – und dies sowohl im Interesse der Wale wie auch der Walfänger – massgebend war. Wenn man die Statistiken betrachtet, muss man freilich feststellen, dass die Japaner wirklich benachteiligt erscheinen. In der Fangsaison 1966/67 wurden 52223 Einheiten (der verschiedenen Walarten) freigegeben, 1973/74 noch 30993, was einer Reduktion auf 59% im Welttotal gleichkommt. Im Falle Japans erfolgte, bezogen auf die gleichen Jahre, eine Reduktion auf 50%, bei der Sowjetunion – der bedeutendsten Walfängernation der Welt – jedoch nur auf 72%. Man versteht, dass sich die Japaner bei Diskussionen über die Restriktionen im Walfang zu ereifern beginnen.

Neben diesem Abkommen bestehen auch solche, welche sich auf bestimmte Fischarten und auf bestimmte Regionen beziehen. Solche bilaterale Abkommen bestehen beispielsweise zwischen Japan und Korea und mit der Volksrepublik China für bestimmte Abschnitte der entsprechenden Meere. Von besonderer Wichtigkeit sind die Abkommen mit der Sowjetunion und den USA im nördlichen Pazifik, auf welche wir gleich zu sprechen kommen werden. Verschiedene internationale Abkommen regeln die Fischerei im Bereich der Meere der westlichen Hemisphäre, andere betreffen die Gewässer an den Westküsten Afrikas.

In ganz besonderem Masse dürften jedoch die Wandlungen im internationalen Seerecht die Japaner treffen. Seit Jahren versuchte man vergeblich, an den internationalen Seerechtskonferenzen ein Übereinkommen zu erreichen, welches für die ganze Welt Gültigkeit hätte. In Ermangelung einer generellen Regelung begannen die einzelnen Länder, unilateral ihre Territorialgewässer auszudehnen, wobei man sich in der Regel mit 12 oder 20 smi begnügte – viele Entwicklungsländer gingen jedoch grosszügig gleich auf 200 smi; ausserdem wurde eine sogenannte Wirtschaftszone proklamiert, in der das betreffende Anliegerland ausschliesslich Nutzungsrechte beanspruchte. Diese Wirtschaftszonen dehnen sich üblicherweise 200 smi von der Küste gerechnet in die hohe See aus. Selbstverständlich können auch Schiffe fremder Flaggen in diesen Wirtschaftszonen fischen, sofern sie dafür vom fraglichen Staat eine Bewilligung erhalten haben, die gleichzeitig auch die Fangmengen und eventuelle Entschädigungen festsetzt.

Diese Regelungen berühren die japanische Fischerei in fernen Meeren, welche einen Fangertrag von rund 3,7 Millionen Tonnen aufweist. Besonders wichtig ist dabei der nördliche Pazifik, wo je etwa 1,4 Millionen Tonnen innerhalb der nautischen Wirtschaftszone der USA und der Sowjetunion gefangen werden. Die USA haben schon eine Wirtschaftszone von 200 smi geschaffen, die ab 1. März 1977 wirksam wurde. Die Sowjetunion verzichtete bisher – die Angaben beziehen sich auf den Frühsommer 1977 – auf eine umfassende Wirtschaftszone, schufen aber als vorübergehende Massnahme eine entsprechende Schutzzone für Fische. Japan selber befand sich infolgedessen in einer delikaten Situation, weil eine Ausweitung seiner Hoheitsrechte seine Verhandlungsposition mit den USA und der Sowjetunion erschweren würde. Gleichwohl entschloss sich Japan zu beiden Schritten: 12-smi-Territorialgewässer und 200-smi-Wirtschaftszone. Die Verhandlungen mit den USA wurden dadurch kaum belastet; die Japan von den USA zugestandenen Fangmengen dürften jedoch, je nach Art verschieden, auf etwa die Hälfte reduziert werden. Mit der Sowjetunion waren die Besprechungen zäh, und die Aussichten auf eine zufriedenstellende Einigung waren lange Zeit gering. Die Fischereiindustrie, vor allem die fischverarbeitenden Fabriken in Hokkaido, nahm 1977 schon bedeutende Reduktionen der Arbeitsstellen vor. Weil Fische in Japan eine zentrale Stellung einnehmen, bewegen diese Fragen alle Teile der Bevölkerung und beeinflussen ihre Haltung gegenüber dem Ausland in hohem Masse.

Bei der Abgrenzung seiner eigenen 200-smi-Wirtschaftszone bekommt die winzige Felseninsel Takeshima in der Japan-See – wir haben sie früher schon erwähnt – eine besondere Bedeutung. Japan erwarb die Insel 1905 und beansprucht sie auch heute. Süd-Korea besitzt sie jedoch de facto, was in diesem Zusammenhang weiter nicht gravierend wäre, denn Japan hat sich mit Süd-Korea über die Fischereigewässer geeinigt. Nord-Korea erhebt jedoch Anspruch, im Namen von ganz Korea zu handeln, und wird nun versuchen, nachdem es ebenfalls eine Wirtschaftszone von 200 smi geschaffen hat, mit Japan zu einer Einigung zu kommen – was Süd-Korea unter keinen Umständen dulden kann, weil dies einer indirekten Anerkennung Nord-Koreas durch Japan gleichkäme. So führt das Gespräch über Fische und Fischereirechte von den idyllischen Fischerdörfern an stillen Buchten in die brisanten Schussfelder der internationalen Politik, wo Japan eine wichtige Basis seiner Ernährung verlieren könnte.

Die Ebenen und ihre Umrandung

Für die landwirtschaftliche Nutzung sind die Ebenen am wichtigsten. Wenn wir im Titel dieses Abschnitts deren Umrandung mit einschliessen, berücksichtigen wir, dass die Dörfer häufig am Rande der Ebenen liegen, wo sich die Reisfelder ausdehnen, und in den Hügeln der Umgebung unbewässerte, meist terrassierte Kulturen folgen. Ein bekanntes und typisches Beispiel sind die für ihren Tee berühmten Orte – zum Beispiel Uji – südlich von Kyoto; hier finden wir die Teekulturen in der terrassierten Umrandung der Ebenen, die Dörfer am Übergang vom Hügelland zur Ebene und die Reisfelder im flachen Alluvialland.
Ebenen finden wir in erster Linie im Unterlauf aller grossen Flüsse; R. Ishida zählt in seiner «Geography of Japan» (nach T. Okayama und A. Watanabe) 1961 die wichtigsten auf: a. Hokkaido: Konsen, Tokachi und Ishikari; b. nordöstliches Honshu: Aomori, Kitakami, Tsugaru, Akita, Shonai, Echigo und Kanto; c. südwestliches Honshu: Tokai, Etchu, Kaga, Nobi, Osaka und Okayama; d. Kyushu: Tsukushi und Hyuga (Shikoku weist keine grossen Flüsse auf). Auf alle genannten Flüsse trifft das Gesagte zu. Ausserdem gibt es aber auch innerhalb der Berggebiete Beckenlandschaften – beispielsweise Kofu –, die in der angeführten Liste nicht eingeschlossen sind und die man ebenfalls zu der Gruppe der Ebenen rechnen kann. Im Japanischen wird unterschieden zwischen eigentlichen Ebenen (Heichi) und Becken (Bonchi).
Wir sprachen schon bei der Beschreibung von Tokyo und der Kanto-Ebene von den Unterschieden zwischen dem diluvialen und alluvialen Teil der Schwemmländer. In beiden Fällen ist der Anteil des ebenen Landes und damit des Kulturlandes hoch. In den von Tertiärschichten eingenommenen Teilen Japans, ungefähr einem Fünftel der Landesfläche, finden wir bedeutend weniger ebene Gebiete und darum auch weniger Kulturland. R. Ishida fasste diese Beziehungen zwischen Geologie, Topographie und Landnutzung in einer instruktiven Tabelle zusammen, welche wir hier leicht verändert wiedergeben (Tabelle «Geologie – Topographie – Landnutzung»). Die ausserordentliche Bedeutung der Alluvialebenen ist offensichtlich: steilere Partien machen nur 4% aus, praktisch alles Land ist sehr flach; fast die Hälfte des Kulturlandes von Japan ist

	Anteil an der gesamten Fläche von Japan in Prozent	davon sind weniger als 15° geneigt in Prozent	Vom gesamten Kulturland (= 100%) entfallen auf die verschiedenen Kategorien
Granitische Gebiete	12	16	10
Vulkane	26	25	8
Älter als Tertiär	24	4	2
Tertiär	20	46	11
Diluvium	6	91	24
Alluvium	12	96	45

36% der Landesfläche sind weniger als 15° geneigt.

hier zu finden. Die Diluvialebenen, etwas höher gelegen, sind schon etwas stärker modelliert, aber immer noch zu 90% flach; ihr Anteil am Kulturland ist jedoch um die Hälfte geringer. Diese Angaben könnten so interpretiert werden, dass man die Hauptursache für die beschränkte Ausdehnung des Kulturlandes bei den geologischen und topographischen Verhältnissen zu suchen habe. Zweifellos spielen diese eine wichtige Rolle, doch dürften andere Umstände ebenfalls in starkem Masse mitspielen. Dazu wäre die zentrale Bedeutung zu zählen, welche der Reis in der landwirtschaftlichen Produktion einnimmt. Seine Kultur muss in erster Linie in den Ebenen erfolgen. Andere Produktionsrichtungen, welche eine stärkere Nutzung der Hügel- und Bergländereien zur Folge hätten, werden aber nur dann möglich sein, wenn eine ganze Reihe von Voraussetzungen erfüllt sind. Solange man die landwirtschaftlichen Möglichkeiten vor allem vom Standpunkt der Reisproduktion aus beurteilt, unterscheiden sie sich zweifellos von jenen, welche sich ergeben würden, wenn das Spektrum auch Knollenfrüchte, Futtergewächse usw. erfasst. Reis nahm während Jahrhunderten in allen Bereichen eine derart zentrale Stellung ein, dass ihm der Japaner bis heute – möglicherweise nicht immer bewusst – in seinen Überlegungen einen zu ausschliesslichen Stellenwert einräumt. Auf einer Exkursion anlässlich der Regionalkonferenz der Internationalen Geographie-Union im Jahre 1957 bemerkte der verstorbene Professor D. Stamp, eine Autorität auf dem Gebiet der Landnutzungsprobleme, dass vermutlich bei einer anderen Produktionsrichtung weite Gebiete als mögliches Kulturland anzusehen wären.
Verschiedene japanische Begriffe, welche die Landnutzung betreffen, werden in Statistik und Literatur in der englischen Übersetzung verwirrend oder unrichtig wiedergegeben. Ihre Erläuterung macht uns gleichzeitig mit dem Sachverhalt vertraut. Wie das früher besprochene Beispiel der Kanto-Ebene (Tokyo) zeigt, liegen die diluvialen Ebenen in der Regel 20–40 m über den auf das Meeresniveau auslaufenden alluvialen Ebenen. Davon ausgehend haben sich vorerst auf die Topographie bezo-

gen die Begriffe «lowland» (tief gelegenes Land) und «upland» (höher gelegenes Land) eingebürgert. Fast überall können die im alluvialen Niveau gelegenen Felder leicht bewässert werden, während die Zuleitung von Wasser bei der Nutzung der diluvialen Ebenen grössere Probleme stellt. Freilich gilt dieser Unterschied nur im allgemeinen; auch im alluvialen Teil gibt es ständig oder zeitweise unbewässerte Kulturen, ebenso wie wir im höheren diluvialen Teil bewässerte Felder finden können. Reis wird praktisch ausnahmslos mit Bewässerung angebaut. Damit die Reispflanzen überall gleich hoch im Wasser stehen, müssen Reisfelder absolut eben sein. Ausserdem müssen sie mit kleinen Erddämmen, welche das Wasser halten, eingefasst sein, und sie müssen die notwendigen Einrichtungen besitzen zur Zuleitung wie auch zur Ableitung des Wassers, bevor der Reis erntereif wird. Solche Einrichtungen sind wegen der Höhenlage und Dränagemöglichkeiten nicht überall in gleichem Masse möglich und darum unterscheidet man zwischen «trockenen» und «feuchten» Reis- oder Paddyfeldern. Paddy leitet sich vom malaiischen Worte «padi» für Reis ab, wobei in der Bezeichnung miteingeschlossen ist, dass es sich um bewässerte Reisfelder handelt. Reisfelder dieser Kategorie finden wir, wie gesagt, hauptsächlich im Bereiche der alluvialen Ebenen, wo wegen der wirtschaftlichen und anderweitigen Vorzugsstellung von Reis das Land soweit als möglich auf diese Art genutzt wird. Reis beansprucht, wenn man die Methode der Saatbeete und des Auspflanzens anwendet, das Kulturland ungefähr während der Hälfte des Jahres. In wenigen Teilen des Landes genügen die Temperaturen auch im Winterhalbjahr den Ansprüchen von Reis; bekannt für zwei Reisernten ist Kochi an der Südküste von Shikoku. In anderen Gebieten muss das Feld in der kalten Jahreszeit entweder brachliegen oder man verwendet es für Winterkulturen, die nicht bewässert werden. In den «nassen» Reisfeldern muss in diesem Falle eine besondere Anbautechnik angewendet werden, bei welcher die Winterkulturen auf etwa 50 cm hohen, durch Umstechen gewonnenen schmalen Erdrücken – etwa 40 bis 50 cm breit – angepflanzt werden. Dies bedeutet einen grossen Arbeitsaufwand, weil das Umformen des Feldes nur zum Teil maschinell erfolgen kann; ausserdem muss ja nach einem halben Jahr das Feld auch wieder ausgeebnet und für die Reiskultur vorbereitet werden. In den nördlichen Landesteilen machen die harten Winter jegliche Winterkultur unmöglich und dort liegt das schneebedeckte Paddy-Feld brach.

Auf den höheren diluvialen Terrassenflächen blieb in früheren Zeiten das Land grösstenteils ungenutzt. Für die Ernährung der Bevölkerung genügten die bewässerten Reisfelder. Erst die Tokugawa begannen weite Teile der höheren Flächen zu erschliessen, wobei die geringen zugeleiteten Wassermengen in den meisten Fällen nur als Verbrauchswasser, nicht aber zur Bewässerung ausreichten. Ein gutes Beispiel für diese Neulanderschliessung ist die uns schon bekannte Musashino westlich von Tokyo. Ursprünglich grösstenteils Buschland und für Brennholz genutzt, wurde die Musashino durch die Landerschliessungsarbeiten zu einem Feldbauareal ohne Bewässerung, das heisst mit Regenfeldbaukulturen. Dabei handelt es sich bis heute üblicherweise nicht um Reis – der

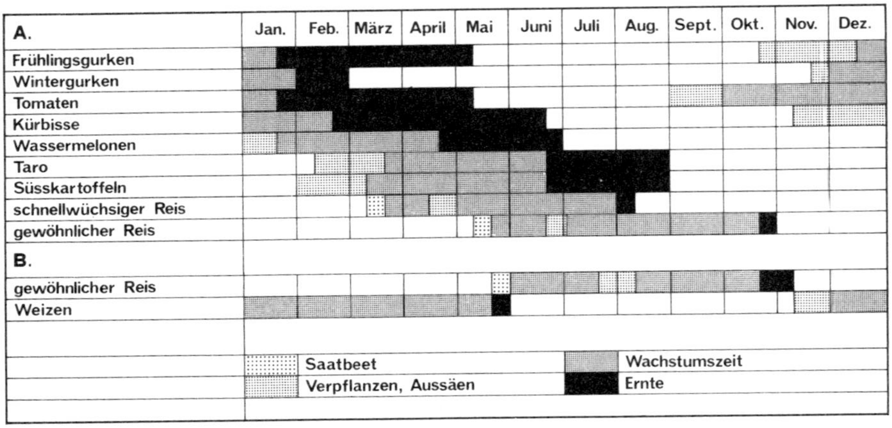

Fig. 18 Beispiele von Anbaukalendern in Reisgebieten:
A an der Südküste von Kyushu in der Präfektur Miyazaki
B im nördlichen Teil von Kyushu in der Präfektur Fukuoka

an sich auch unbewässert angebaut werden könnte –, sondern um eine Vielzahl von Getreidearten (Weizen, Gerste), Knollenfrüchten, Gemüse. Wir können die einen Kulturen als Bewässerungs-, die anderen als Regenfeldbaukulturen bezeichnen. Beide unterscheiden sich aber nicht nur hinsichtlich der Technik und Produktionsrichtung, sondern auch hinsichtlich der Feldflur und der Siedlungen. In den jüngeren, in erster Linie seit der Tokugawa-Periode erschlossenen Gebieten ordnen sich die Bauernhäuser entlang der Strasse und dem Wasserkanal an und bilden ein Zeilen- oder Strassendorf. Von dieser Achse aus erstrecken sich in parallelen, langgezogenen Streifen die Besitzeinheiten und endigen nicht selten in Busch- oder Gestrüppland. Die Felder werden hier, wie schon erwähnt, nicht bewässert. Bewässerte Reisfelder wurden dagegen schon seit dem 7./8. Jahrhundert n. Chr. nach chinesischem Vorbild in schachbrettförmigem Muster überall, wo die topographischen Verhältnisse dies gestatteten, ausgelegt. Die Grösse eines Quadrates betrug recht genau 1 ha und repräsentiert eine Betriebseinheit (1 cho = heute 0,99 ha). Die Bauernhäuser waren zu Haufendörfern vereinigt, welche 30 bis 50 Familien zählten. Diese älteren Siedlungsgebiete zeichnen sich durch ihre regelmässige Planung und ihre über weite Räume und längere Zeit unveränderte formale Struktur aus. Die Orientierung des schachbrettförmigen Musters erfolgte nicht starr nach den Himmelsrichtungen, sondern passte sich den örtlichen topographischen Verhältnissen an. Wenn sich dieses bis auf das 7. und 8. Jahrhundert zurückgehende Muster bis heute im Landschaftsbild halten konnte, liegt das daran, dass sich Produktionsziel, Technik und Betriebsgrösse über die Jahrhunderte kaum geändert haben. Nach der Bezeichnung der beiden Achsen des Bezugssystems als «jo» und «ri» spricht man vom Jori-System. Es wurde oft beschrieben und wir verdanken J. Yonekura eine Arbeit, welche die historischen Verbindungen mit chinesischen Vorbildern herausarbeitet (1960,

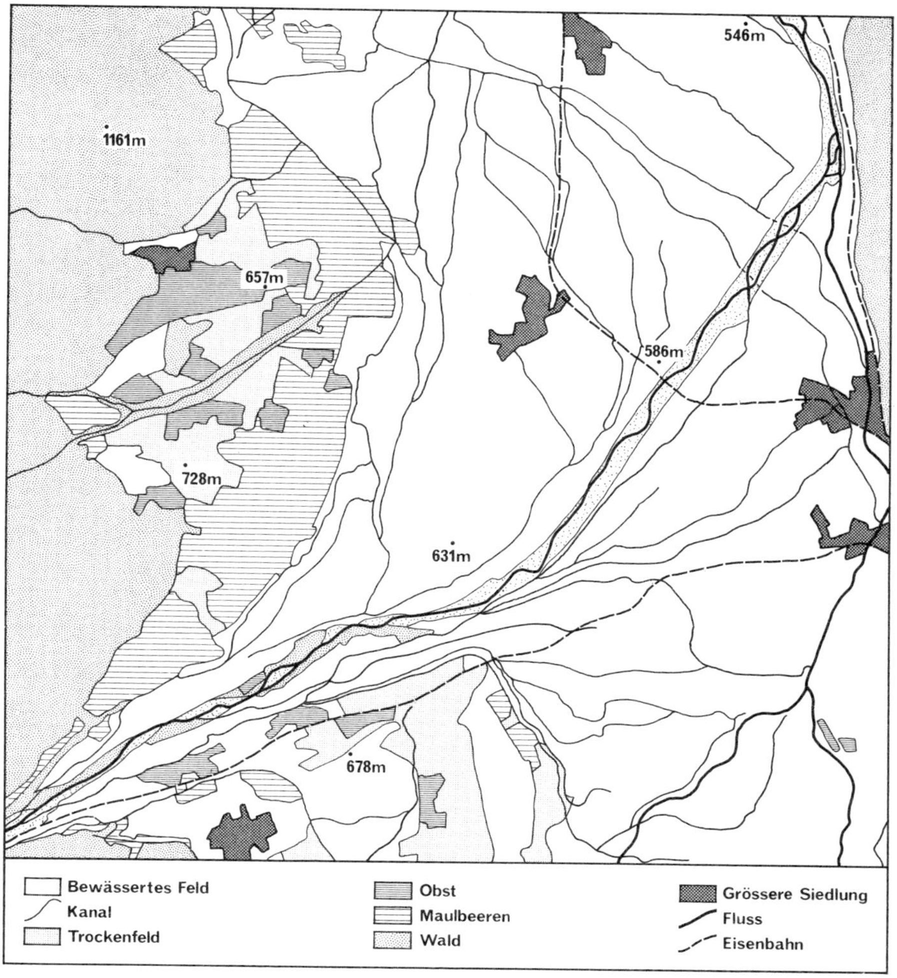

Fig. 19 Landnutzung in Zentraljapan, Matsumoto (Nagano).
Gezeichnet aufgrund der Landnutzungskarte 1 : 50 000 Blatt Matsumoto.

The Historical Geography of Settlements in East Asia). Eine andere Bezeichnung ist Handen; sie bedeutet soviel wie Landverteilung und wird vor allem in Wortverbindungen wie «Handen-Dörfer» gebraucht. Die weiter oben erwähnten jüngeren Dörfer mit Langstreifenfluren werden im Gegensatz dazu als «Shinden-Dörfer» (Shinden = neue Felder) bezeichnet. Dies sind wohl die zwei wichtigsten Siedlungstypen in den schon seit längerer Zeit besiedelten Teilen Japans. Sie sind am reinsten im ebenen Gelände entwickelt, denn sobald wir das Hügel- und Bergland erreichen, zwingen die topographischen Verhältnisse zu entsprechenden Anpassungen; anstelle der quadratischen Reisfelder und geregelten Streifenfluren finden wir kleine, dem Gelände angepasste Terrassen und auch die Dörfer machen sich die von Fall zu Fall wechselnde beste Siedlungslage zunutze.

Im Japanischen werden die bewässerten Reisfelder als «ta», die Regenfeldbaufelder als «hatake» bezeichnet. Instruktiv sind – nachdem wir die tatsächlichen Verhältnisse kennen – die diesen Begriffen entsprechenden Schriftzeichen. Jenes für Ta 田 bildet die regelmässige Feldanordnung ab, während dasjenige für Hatake 畑 eine Kombination von Ta und dem Zeichen für Feuer ist; folglich könnten wir es etwa mit Brandrodungsfeld übersetzen, was freilich heute, wo die Hatake-Felder im Dauerfeldbau genutzt werden, sachlich nicht mehr zutreffen würde. Die Schwierigkeiten beginnen, wenn Ta und Hatake ins Englische übersetzt werden sollen. Weil sich im grossen Zusammenhang gesehen eine enge Bindung an die diluvialen beziehungsweise alluvialen Ebenen ergibt, übersetzt man Ta oft mit «lowland fields» und Hatake mit «upland fields». Nun findet man aber nach dieser Terminologie Upland Fields auch im Alluvialgebiet und in Bergländern; ausserdem kann ein Paddy-Feld oder Lowland Field im Winterhalbjahr zum Upland Field werden! Die Begriffe sind an sich klar, scheinen aber gedanklich irreführend zu sein. Eine andere Übersetzung wäre für Ta = Paddy Field oder einfach Paddy und für Hatake = Ordinary Field. Im Statistischen Jahrbuch finden wir beide Übersetzungen nebeneinander und erst der japanische Text zeigt, dass es sich um das gleiche handelt. Für uns bedeutete die Diskussion dieser Begriffe, dass wir so zu einem besseren Verständnis für die beiden wichtigsten Formen der Landnutzung gelangen konnten.
Im Landestotal hatte sich in der uns besonders interessierenden Zeit von 1960 bis 1975 die gesamte Kulturfläche, wenn auch mit abnehmender Tendenz, wenig verändert (6 auf 5,6 Millionen Hektar); 57% waren Ta und 43% Hatake. Von diesen 43% entfällt rund ein Viertel auf Dauergewächse wie Baumkulturen, Wein, Buschland u.a.m. Während in den sechziger Jahren noch viel Hatake in bewässertes Reisland umgewandelt wurde, verschob sich in den siebziger Jahren das Gewicht in die andere Richtung. Als Beispiel diene 1974: 5910 ha Paddy-Land wurden in Hatake umgewandelt, 4830 ha Hatake wurden zu Paddy-Land. Die entsprechenden Zahlen für 1960 und 1965 waren im ersten Fall 1460 und 3300, im zweiten jedoch 18200 und 17000.
Der weiter oben gemachte Hinweis auf die Bedeutung der klimatischen Bedingungen soll vor allem im Hinblick auf den Reisanbau noch etwas erweitert werden. Es gibt im Süden von Shikoku und Kyushu Gebiete, wo zwei Reisernten erzielt werden können. Dies sind aber auch für japanische Geographen beachtenswerte Sonderfälle, denn allgemein gilt, dass Reis ein Sommergewächs ist. Während noch bis in den März hinein Frost und Schneefall sogar im südlichen Honshu vorkommen, erfolgt dann der Übergang zum Sommer rasch. Der Frühling, durch die Pflaumenblüte schon früh angekündigt, erfährt zur Zeit der Kirschblüte, die sich im Süden, in der letzten Märzwoche einsetzend, schrittweise bis etwa Mitte Mai zum äussersten Norden ausweitet, seine volle Entfaltung. Aber auch der japanische Frühling ist kurz wie alles Schöne – die Zeit der Kirschblüte ist darum für den Japaner gleichzeitig auch etwas Trauriges, ein Symbol der raschen Vergänglichkeit –, denn schon gerät Japan zunehmend unter den Einfluss eines sich von Südwesten bis in den

äussersten Nordosten ausbreitenden tropisch-subtropischen Hochdruckgebietes (Ogasawara-Hoch) mit hoher Temperatur, grosser Feuchtigkeit und ausgiebigen Niederschlägen, vor allem auf der Pazifikseite und im Gebirge. Die Windrichtung bleibt im allgemeinen südwestlich, in Ura-Nihon auf der Luvseite und im Gebiet von Setonaikai sind die Niederschläge relativ gering. Selbst in Hokkaido liegen die mittleren Augusttemperaturen in den Ebenen um 20° C und genügen durchaus den Ansprüchen von Reis. Der Herbst kommt später als in Westeuropa. Im Oktober zeigen sich in Hokkaido die ersten Herbstfarben, aber im zentralen Honshu und im Westen und Süden wird es November, bis die Ahornbäume golden und rot zu leuchten beginnen. Wieder ist der Übergang zum Winter kurz. Jetzt macht sich der grosse asiatische Kontinent fühlbar. Kalte, trockene Luft fliesst in allgemein südlicher Richtung, breitet sich über die Japan-See aus und erreicht dann als feuchte und kalte Luftströmung die japanische Nordküste. In Ura-Nihon ist der Himmel im Winter bedeckt, es ist regnerisch und schon ab Anfang November fallen die Niederschläge im Norden als Schnee. Aber auch im südwestlichen Honshu zählt man an der Nordküste im Durchschnitt 20–30 Tage mit Schneebedeckung. Während dort die mittlere maximale Schneemächtigkeit um 0,5 m schwankt, messen wir in den höheren Lagen von Zentral-Honshu mittlere Werte von 3 und 4 m. Die Leeseite, Omote-Nihon, weist dagegen nicht nur weniger Niederschlag, sondern auch wegen föhnartiger Aufhellungen weniger Bewölkung, mehr Sonnenschein und allgemein höhere Temperaturen auf; freilich dauert die Periode möglicher Frosttage selbst an der Südküste von Shikoku und im südlichsten Kyushu immerhin noch von Mitte Dezember bis gegen Ende März. Touristikprospekte und Reiseberichte schildern uns Japan im allgemeinen als sonniges, warmes Land mit ewig blauem Himmel; erst die Winterolympiade in Sapporo fügte diesem Image eine neue Komponente bei. Der Japaner nennt die schneereiche Nordküste auch das «Schneeland» und Y. Kawabata schrieb seine berühmte Erzählung unter diesem Titel, auf japanisch «Yukiguni»: «Als der Zug aus dem langen Grenztunnel herauskroch, lag das Schneeland vor ihm weit ausgebreitet. Die Nacht war weiss bis auf ihren Grund. Wie eiskalt ist es doch schon geworden, dachte Shimamura. Er blickte hinaus. Am Fusse des Berges lagen einsam und fröstelnd einige Baracken, die offenbar zur Bahnverwaltung gehörten. Aber das Weiss des Schnees drang nicht bis dorthin vor, es wurde von dem Dunkel der Nacht verschluckt.»
Diese klimatischen Verhältnisse werden vereinfacht so dargestellt, dass die mit den Jahreszeiten wechselnden Strömungsrichtungen in das allgemeine monsunale Schema, welches am Beispiel von Indien entwickelt wurde, eingeordnet werden. Japan liegt jedoch bedeutend weiter nördlich als Indien, zur Hauptsache im Gürtel vorherrschender Westwindzirkulation. Hier bilden sich an der Polarfront, der Grenzfläche von tropischer und arktischer Luft, immer neu die von West nach Ost wandernden zyklonalen Störungen, welche die monsunalen Strömungen überlagern und besonders zu jenen Zeiten, in denen letztere ihre Richtung ändern, voll wirksam werden. Man vermutet heute, dass die meisten zyklonalen

Störungen mit der Westwindzirkulation über die ganze Breite des eurasiatischen Kontinents wandern. Monatelange tägliche Verfolgung der Wettersituation im ersten Jahresviertel zeigte dem Autor mehr Westwindlagen als die nach den Lehrbüchern zu erwartenden Wintermonsunlagen. Aus diesem Grunde verändert sich auch die Wettersituation rasch. Für die Höhe der Reiserträge spielen die Kaltluftvorstösse, die im Sommerhalbjahr auftreten können, die wichtigste Rolle; Reis ist ein besonders wärme- und lichtempfindliches Anbaugewächs und reagiert auf kleinste Veränderungen der Luft- oder Wassertemperatur ebenso wie auf Bewölkung.

Taifune entstehen in tropischen Breiten weit südlich von Japan und wandern als tropische Wirbelstürme von dort aus in die gemässigten Breiten. Ihre grösste Häufigkeit fällt in die Monate Juli bis Oktober; im langjährigen Mittel gesehen sind sie in den Monaten Dezember bis April äusserst selten. Ihre Bahn verläuft vorerst fast immer in nordwestlicher Richtung gegen die Philippinen; dann biegen sie langsam in nördliche und schliesslich in nordöstliche Richtung um. Einige Taifune behalten jedoch die anfängliche Richtung bei und treffen dann frontal auf die chinesische Südküste auf. Die meisten jedoch nähern sich Japan von Südwesten her in Richtung auf Kyushu. Von dort nehmen sie dann entweder Kurs südlich an Honshu vorbei, oder sie queren Honshu, die Japan-See und fügen sich schliesslich, Hokkaido querend, ebenfalls in die Westzirkulation ein. Über dem Pazifik wandeln sich alle Taifune zu gewöhnlichen zyklonalen Störungen, die später einmal die amerikanische Westküste erreichen werden. Taifune werden vom Zeitpunkt ihrer Geburt an vom japanischen Wetterdienst verfolgt. Sie erhalten eine Nummer – die Amerikaner geben ihren Wirbelstürmen (Hurrikans) im Gegensatz zu den Japanern auch Namen –, und wenn sie sich Japan nähern, beginnen die Zeitungen in Ergänzung zu den üblichen synoptischen Wetterkarten spezielle Prognosen über mögliche Routen, Eintreffen, Stärke der Winde und der Niederschläge usw. zu veröffentlichen. Vorsorglich fangen jetzt die Bewohner damit an, Fensterläden und lose Teile in Haus und Hof zu sichern, der Himmel wird stahlgrau und dann setzen die sich steigernden Winde und grossen Regen ein, die pausenlos und mit gleichbleibendem Dröhnen herniederprasseln. Hänge rutschen, Kulturen werden verwüstet, Bahnen und Strassen sind verschüttet und Wind und Überschwemmungen zerstören Häuser. Darüber berichten die Zeitungen ausführlich am nächsten Tag. Wie rasch ein Taifun vorrückt und welche Bahn er nimmt, hängt nicht nur von seiner eigenen Kraft, sondern auch von den Druckverhältnissen im Vorstossgebiet ab. Im Sommer 1976 wurde ein Taifun, Nummer 17, tagelang vor Kyushu aufgehalten, weil über der Japan-See hoher Druck herrschte. So kam es über dem westlichen Japan zu tagelangen Regengüssen und die Zerstörungen waren enorm: 133 Personen verloren ihr Leben, eine halbe Million Häuser wurden beschädigt oder zerstört, der Eisenbahnverkehr war tagelang unterbrochen. Als Taifun Nummer 17 schliesslich und dann sehr rasch über die Japan-See ostwärts abzog, schwächte er sich bald ab; über Minamitori-shima
 wurde aber schon der nächste, noch junge und recht zahme Taifun fest-

gestellt. Nummer 17 rückt darum auch in den Zeitungen auf die zweite Seite, während der neue bald Schlagzeilen machen wird! Der beschriebene Taifun war relativ klein. 1945 (17.9.) fielen dem Makurazaki-Taifun 3756 Menschen, 1959 (26.9.) dem Ise-Bay-Taifun sogar 5098 zum Opfer. Unter allen Naturgefahren sind in Japan die Taifune bei weitem die bedeutendsten: 1946–1970 fanden so 13745 Menschen den Tod. 576378 Häuser wurden zerstört und 4479665 überschwemmt. Im gleichen Zeitraum waren die Zahlen für Erdbeben: 5490 Tote, 113339 Häuser zerstört, 81654 Häuser überschwemmt.

Aus den weiter oben gemachten statistischen Angaben geht mit aller Deutlichkeit hervor, dass der Schwerpunkt der Landwirtschaft bei Reis und räumlich im Bereich der alluvialen Ebenen liegt. Hier lebten früher, als Japan noch eine breite bäuerliche Basis besass, die meisten Menschen, hier bauten sie ihre Häuser und Dörfer. Auch heute sind die Ebenen jene Gebiete, wo wir die grösste rurale Siedlungsdichte finden. Zwei wichtige Siedlungstypen lernten wir schon kennen: Handen- und Shinden-Dörfer. Streusiedlung kommt auch vor, doch zeigt allein schon die Tatsache, dass Einzelhofgebiete in japanischen Darstellungen gerne besonders hervorgehoben werden – es wäre etwa an die Ebene von Toyama zu denken –, die Besonderheit dieses Siedlungstyps. Die japanische Bezeichnung für ein Dorf ist mura. Dabei handelt es sich aber nicht in erster Linie um eine Siedlungseinheit; der Begriff mura beinhaltet heute mehr die administrativ-politischen Eigenschaften. Man dürfte darum mura vielleicht besser mit Gemeinde übersetzen. Eine solche Gemeinde setzt sich aus verschiedenen Fraktionen, buraku genannt, zusammen.

So wie man in Japan verschiedene Siedlungstypen unterscheidet, kann man auch regional verschiedene Haustypen unterscheiden. Diese sind mit wenigen Ausnahmen in der westlichen Literatur kaum zur Kenntnis genommen worden, obwohl eine reiche japanische Literatur hierüber besteht und besonders schöne Beispiele reiner traditioneller Konstruktionen in Freilichtmuseen gesammelt und erhalten werden. Im allgemeinen vermittelt das japanische Bauernhaus den Eindruck von Behäbigkeit, Substanz und Tradition, ganz im Gegensatz zum kleinen Haus des Fischers oder zu den früher beschriebenen städtischen Verhältnissen. Auf der rauheren Nordseite sind sie oft durch Baumreihen und Steinmauern geschützt und allgemein wird das früher übliche Strohdach immer mehr durch ein schweres Ziegeldach und leider auch durch Blechdächer ersetzt. Das japanische Bauernhaus ist kein Einhaus; der Wohnteil ist von den Ökonomiegebäuden und dem Speicher getrennt. Für sich stehen meist auch die Toilette und das Badehaus. Als ein allgemeines Charakteristikum der verschiedenen Haustypen könnte gelten, dass es sich um Konstruktionen handelt, die ganz offensichtlich in den wärmeren Teilen des Landes entwickelt wurden. Beim Vorrücken der Besiedlung nach Norden wurde die überlieferte Konstruktion solange als möglich übernommen, bis schliesslich die immer härteren Winter zu entsprechenden Anpassungen zwangen.

Das Haus darf aber nicht nur als Konstruktion oder nur in seinen ökonomischen Funktionen gesehen werden; es verkörpert auch einen «way

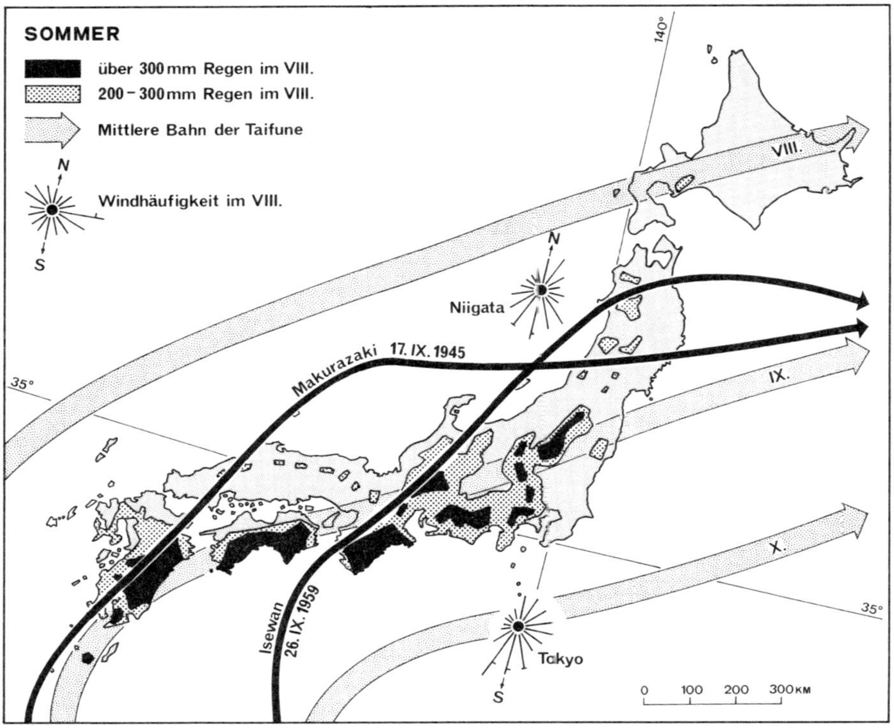

Fig. 20 Das Klima im Sommerhalbjahr.

of life». Der zentrale Raum ist die Küche, in alten Häusern mit einer offenen Feuerstelle; die Kessel hängen an Ketten oder sind auf Dreibeine gestellt. In modernen Bauernhäusern gibt es Kühlschrank, elektrischen Herd u. a. m. Die Küche kann man vom Hof her mit den Schuhen betreten, ihr Boden besteht entweder aus Erde oder Beton. Vom Hof oder aus der Küche geht man zum Wohntrakt «hinauf» – eine Stufe –, zieht dabei die Schuhe aus und schlüpft in Pantoffeln. Man befindet sich jetzt auf einem sauber gescheuerten Holzboden, der nie mit Schuhen betreten wird. Durch Schiebetüren erreicht man die Wohnräume, mit Tatami-Matten ausgelegt. Diese Matten dürfen nur barfuss oder mit Socken betreten werden, die Pantoffeln werden auf dem Holzboden zurückgelassen. Wie schon früher erläutert, dienen die Mattenräume den verschiedensten Zwecken: hier sitzt man zum Essen zusammen – in Bauernhäusern nimmt man jedoch die üblichen Mahlzeiten in der Küche ein –, hier richtet man sich zum Schlafen ein usw. Geheizt waren diese Räume trotz ihrer dünnen Wände und recht oft undichten Fenster üblicherweise nicht; heute jedoch verwendet man zunehmend Gasstrahler oder Petrolöfen. Gemütlich ist es, wenn im Wohnraum jedermann eng aneinandergedrängt um den niedrigen Tisch Platz nimmt, unter welchem sich eine Wärmegrube, in die man die Beine streckt, mit Heizelementen, Holzkohle, heissen Steinen oder ähnlichem befindet. Im Winter

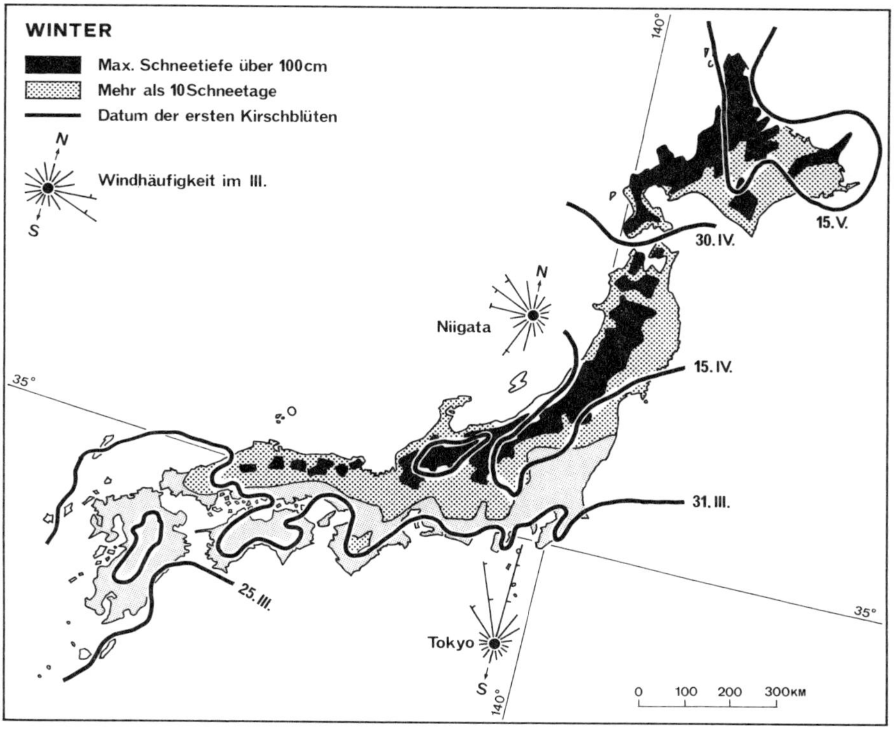

Fig. 21 Das Klima im Winterhalbjahr.

kann es in einem japanischen Bauernhaus recht kalt sein. Im Sommer dagegen ermöglicht die leichte Konstruktion ein rasches Abkühlen des Innern am Abend. Kellergeschosse gibt es nicht, ältere Häuser sind üblicherweise einstöckig, neuere auch zweistöckig.

Der Reisbauer war vor 1868 Träger der Wirtschaft; ihm oblag es, die Ernährung aller Teile des Volkes sicherzustellen. Bei rund 30 Millionen Einwohnern verlangte dies eine Produktion von 30 Millionen Koku ungeschältem Reis, denn man rechnete mit einem Koku je Einwohner und Jahr. Das Koku ist ein Hohlmass von 1,8 hl. Dem Bauern selbst verblieben freilich nur geringe Mengen, denn zwei Drittel der Ernte waren an den Daimyo abzugeben und vom verbleibenden Drittel ging zudem noch die Hälfte als Steuer direkt an die Zentralverwaltung in Edo. Die Versorgungslage beim Bauern war – wie man sich leicht errechnen kann – schlecht, doch bewahrte ihn seine fundamentale Bedeutung als Träger der Wirtschaft davor, gänzlich zugrunde gerichtet zu werden. Bauernaufstände waren jedoch häufig.

Der wirtschaftliche Aufschwung nach 1868 kam dem Bauern direkt nicht zugute. Der Übergang zur modernen Geldwirtschaft und die Auswirkungen eines liberalen Kapitalismus unter staatlicher Förderung führten dazu, dass immer mehr Land von Kapitalgebern aufgekauft und der Bauer so zum Pächter wurde. Die Betriebsgrösse nach Fläche und

Arbeitskräften blieb jedoch ebenso wie das Produktionsziel unverändert. In Familienbetrieben von etwa 1 ha Grösse aufwärts musste überall, wo dies möglich war, Reis angebaut werden. Der Grundeigentümer war am Ertrag durch die in natura zu zahlenden Zinsen – die über 40% der Ernte ausmachten – interessiert und hatte hinsichtlich der Landnutzung mitzureden. Der Zwang zu gesteigerter Produktion führte über die Notwendigkeit zunehmender Investierungen zu einer immer stärkeren Verschuldung und damit zu erneutem Wechsel im Grundbesitz. Schon während der Tokugawa-Periode war Privateigentum an Grund und Boden aufgekommen, die Meiji-Restauration brachte die gesetzliche Verankerung. Die Zeit nach 1868 führte zu einer Entwicklung, die besonders in den Reisgebieten immer mehr zum Gegensatz von Pächter und Grundbesitzer führte. Im Japanischen wird der Grundbesitzer als «jinushi» bezeichnet und man spricht vom «jinushi-System». In einer Arbeit mit dem Titel «Problemi agricoli del Giappone nel periodo postbellico» 1961 zitiert K. Takeuchi den Philosophen J. Fukuzawa, der 1874 die Situation folgendermassen beschrieb: «Würdig unseres Mitleides ist der Bauer, der in einer Hölle auf Erden lebt. Mit seinen Händen bearbeitet er fünf Tan Land, muss acht Söhne ernähren und darf doch den Reis, den er erzeugt, nicht für sich brauchen – genauso wenig wie die Seide. Den Reis, welchen er mit seinem Schweiss produzierte, sacken die Funktionäre ein, die grausamer als die Adler sind, und lassen ihm nur die Spreu und das Stroh. So wird der Reis davongetragen und kommt durch die Hände vieler Spekulanten schliesslich nach Tokyo, wo er verkauft wird. Mit dem Geld, das aus diesem höllischen Elend kommt, bauen sie sich in der Stadt Häuser im westlichen Stil, bauen eiserne Brücken, Schiffe. Dort fahren die Bürger in Wagen daher, tragen fremdartige Kleider und ergehen sich in Lust und Freude.» Unruhe bei den Bauern war die Konsequenz. Weil immer mehr junge Bauernsöhne die Offizierslaufbahn einschlugen, machte sich die drückende Situation bald auch auf der politischen Ebene Luft.

Die Amerikaner sahen in der geschilderten Situation eine der wichtigen Ursachen des japanischen Expansionsdranges vor dem Zweiten Weltkrieg, und aus diesem Grunde wurde die Agrarreform zu einem vordringlichen Anliegen der Okkupationsbehörden. Vom japanischen Standpunkt aus gesehen lag das Hauptproblem unmittelbar nach dem Kriege freilich auf einer anderen Ebene: Der Hunger herrschte; Aufgabe der Landwirtschaft war es, so rasch als möglich die Rückschläge der Kriegsjahre zu überwinden und so viel als möglich zu produzieren.

Einem allgemeinen Modell folgend führten die Okkupationsbehörden die Agrarreform nicht selber durch. Alle Beschlüsse wurden von den Japanern gefasst und dann auch äusserst rasch durchgeführt. An der Produktionsrichtung änderte die Reform nichts; auch die kleinen Betriebsgrössen wurden beibehalten und durch die Festsetzung von Maximalgrössen bei Eigen- und Pachtland sogar gesetzlich fixiert. Bis Ende 1949 hatte die Regierung von den bisherigen Grundeigentümern 2 Millionen Hektar Kulturland gekauft und zu günstigen Bedingungen an 2,7 Millionen Kleinbauern abgegeben. Grundsätzlich sollte das Land im

Besitze jener sein, die es auch bewirtschaften. Mit Ausnahme von Hokkaido stellte eine Betriebsgrösse von 1 cho die Norm dar. Zu eigen besassen jedoch fast die Hälfte aller Bauern nach der Reform lediglich 0,1–0,2 ha Land! Die rapide Inflation der japanischen Währung nach 1945 bedeutete für die Jinushi, dass sie trotz der erhaltenen Geldentschädigung praktisch alles verloren, während die Bauern andererseits davon profitierten. Der wichtigste Teil der Agrarreform dürfte darin bestanden haben, dass die Grundzinsen, die vor dem Krieg über 40% in natura betragen hatten, von Geldzinsen abgelöst wurden, die bald auf wenige Prozent des Produktionswertes fielen. In dieser Hinsicht brachte die Agrarreform dem Bauern handgreifliche Vorteile: er verfügte jetzt über finanzielle Mittel, um Verbesserungen am Betrieb vorzunehmen.
Im Laufe der Jahre wurde aber immer deutlicher, dass diesen anfänglichen Vorteilen auch schwerwiegende Nachteile gegenüberstanden. Einer Steigerung der Wertschöpfung in der Landwirtschaft setzte vor allem die Kleinheit der Betriebe und die infolgedessen beschränkten finanziellen Mittel eine Grenze. Damit wurde die Disparität der Einkommensverhältnisse zwischen Stadt und Land zunehmend grösser. War noch in den Kriegsjahren die Bevölkerung der Städte auf das offene Land und in die Berge zu Bekannten und Verwandten geflüchtet, so setzte bald eine rasch zunehmende Rück- und Abwanderung in die Städte und zur Industrie ein, die immer mehr Arbeitskräfte benötigte.
Eine gewisse Möglichkeit, die Produktionsverhältnisse zu verbessern, bot die Mechanisierung der Arbeiten. Weil die Bauern Spargelder besassen, erfolgte diese Entwicklung rasch. Nachteilig vom Standpunkt der Landwirtschaft war dagegen, dass eine dringend benötigte Einkommensverbesserung immer mehr durch Teilarbeit in kleinen Industriebetrieben erzielt wurde. Eine zunehmende Zahl von Bauernhaushalten wäre ohne diese Nebeneinkommen nicht mehr lebensfähig gewesen.

Besitzer und Pächter 1960–1975

Vom bewirtschafteten Land sind im Eigentum des Bauern:	Anteile der Kategorien in % 1960	1975
mehr als 90%	75,2	84,0
50–89%	18,0	12,3
10–49%	3,6	2,4
weniger als 10%	2,9	1,1
Sonderfälle	0,3	0,2

Im Jahre 1961 wurde ein neues Gesetz beschlossen, welches die Lage in der Landwirtschaft verbessern sollte (Basic Agricultural Law). Seine Auswirkungen sind indessen – wenn wir die offizielle Statistik zu Rate ziehen – auf entscheidenden Gebieten gering geblieben. Die Tabelle «Besitzer und Pächter 1960–1975» zeigt zwar, dass ein immer grösserer Anteil der Betriebe auf die Gruppe der Eigentümerbetriebe entfällt, was als positiv gewertet werden kann; absolut hat freilich auch diese Kategorie von 4,5 auf 4,2 Millionen abgenommen. Die andere Tabelle «Landwirtschaft und Nebenerwerb 1960–1975» zeigt, dass der landwirtschaftliche Anteil des Einkommens immer weniger Grundlage der Existenz ist.

Landwirtschaft und Nebenerwerb 1960–1975

	1960	1975
Total aller Bauernhaushalte	6 056 630	4 953 071
davon in %		
Betriebe ohne nennenswerte Nebeneinnahmen	21,5	12,5
solche mit Nebeneinnahmen	36,7	25,4
solche, bei denen die Nebeneinnahmen überwiegen	41,8	62,1

Nach 1945 spielte im Zusammenhang mit der Agrarreform auch das Wort «Demokratisierung» eine grosse Rolle. Damit war nicht nur die Auflösung des Jinushi-Systems gemeint, sondern mehr noch das Aufbrechen der erstarrten traditionellen Strukturen der dörflichen Gesellschaft. Ein Mittel zur Erreichung dieses Zieles sollten die landwirtschaftlichen Genossenschaften sein. Es scheint jedoch, dass sie diese primäre Aufgabe nicht zu lösen vermochten, weil sie sich weniger als Produzentengenossenschaften denn als eigentliche Handelsunternehmungen verstanden. Wirksamer beim Aufbrechen der Dorfstrukturen waren die demographischen Veränderungen, also vor allem die absolute Bevölkerungsabnahme und die Überalterung. Dies ist äusserst bedenklich, weil es bedeutet, dass als Folge dieser Entwicklung viele ländliche Gebiete sozialgeographisch gesehen funktionsunfähig wurden.
In den vorbereitenden Studien zum Agrargesetz von 1961 wurden die Schwächen der bestehenden Situation deutlich gemacht. Einer Steigerung der Produktion stand vorerst – wenn wir es so nennen können – der beschriebene fortgeschrittene Krankheitszustand der ländlichen Gebiete entgegen. Eine weitere Bremse war offiziell seit langem durch die Monopolstellung und Abnahmepflicht des Staates bei Getreide, vor allem bei Reis eingebaut worden. Die Sicherung der Landesversorgung war früher gleichbedeutend mit der Sicherung einer ausreichenden Reisproduktion. Der Staat kauft bis heute den Bauern den Reis zu Preisen ab, welche über dem Detailhandelspreis liegen. Diese Politik vermochte zwar nach dem Kriege die Landesversorgung rasch wieder auf sichere Füsse zu stellen, in ihrer Weiterführung verhinderte sie jedoch im wichtigsten Landwirtschaftssektor mögliche Umstellungen und führte zu alljährlich anwachsenden und unverkäuflichen Lagerbeständen von Reis. Für den einzelnen Bauern blieb der so abgesicherte Reisanbau ein gutes Geschäft, das
 nur durch Witterungsschäden wie Kaltlufteinbrüche, Taifune usw. be-

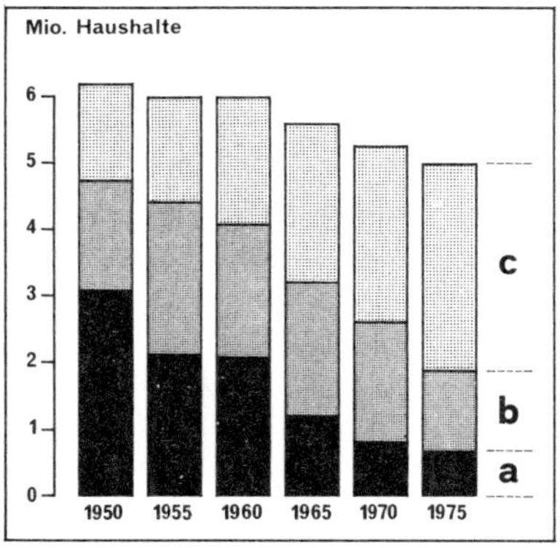

Fig. 22 a

Strukturveränderungen in der Landwirtschaft: (a) Haupterwerb in der Landwirtschaft, (b) Nebenerwerb weniger wichtig als Landwirtschaft und (c) Nebenerwerb wichtiger als Einkommen aus der Landwirtschaft.

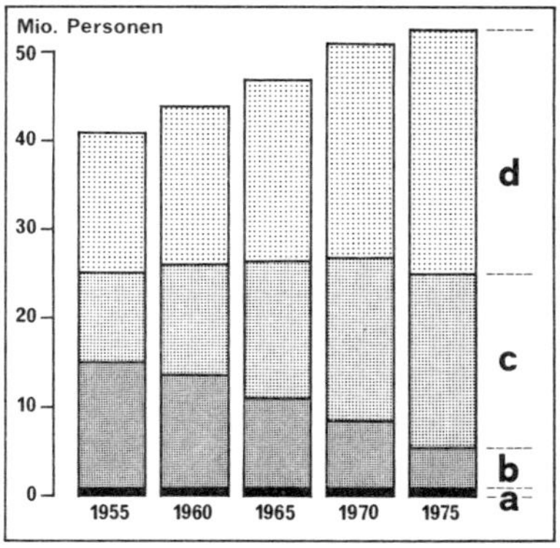

Fig. 22 b

Veränderung der Erwerbsstruktur, Total = Total aller Beschäftigten. (a) Fischerei, (b) Landwirtschaft, (c) industrielle Verarbeitung und (d) Dienstleistungen.

Reisanbau 1961–1976	1961–1965	1974	1975	1976
Anbaufläche in 1000 ha	3 281	2 724	2 764	2 779
Produktion in 100 t	16 444	15 964	17 097	15 292
Erträge in kg je ha	5 012	5 860	6 186	5 503

Ein- und Ausfuhr von Reis 1970–1975

in 1000 t	1970	1971	1972	1973	1974	1975
Einfuhr	18,9	12,7	3,2	24,5	62,8	45,3
Ausfuhr	597,2	912,1	182,7	540,2	308,5	11,2

einträchtigt werden konnte. Der Staat unternimmt seit 1970 Schritte zur Einschränkung der Reisproduktion, doch erfolgen diese zögernd, weil die sichere politische Basis der regierenden LDP, wie wir früher sahen, in den ländlichen Wahlbezirken liegt. Von einem Zuschussland wurde so Japan im Laufe der jüngsten Entwicklung der Reisproduktion zu einem Land mit Überschussproblemen; dies beleuchten die Tabellen «Reisanbau 1961–1976» und «Ein- und Ausfuhr von Reis 1970–1975» deutlich.

A. Ebato zeigt in seiner Arbeit «Postwar Japanese Agriculture» 1973 in überzeugender Weise, wie sich hinter den Totalwerten, die eine grosse Starrheit auf dem Sektor Reisproduktion vorspiegeln, beachtliche regionale Verschiebungen innerhalb kurzer Zeit verbergen. Während in der ersten Hälfte der sechziger Jahre die höchsten Hektarerträge in der zentral gelegenen Präfektur Nagano erzielt wurden, lag 1965–1966 Saga im nördlichen Kyushu und seither Yamagata in Tohoku an der Spitze. Nagano war führend in der Verwendung neuer Reisvarietäten und kleiner, den winzigen Betriebsflächen angepasster Maschinen. Als sich ab 1965 die zunehmende Verknappung von Arbeitskräften bemerkbar machte, versuchte man in Saga mit anfänglichem Erfolg den kollektiven Anbau im Rahmen eines präfekturalen Zehnjahresplanes. Wenn diese Präfektur später zurückfiel, war dies durch eine mangelnde Bereitschaft der Bauern zur kollektiven Wirtschaft bedingt. In Tohoku wurde dagegen mit grossem Erfolg die Methode des mechanisierten Grossbetriebes eingesetzt. Hier wirkten sich auch die seit 1970 eingeleiteten Produktionsrestriktionen nicht aus, denn selbst bei einer Verringerung der Anbaufläche konnten die Erträge gesteigert werden.

Diese wenigen Angaben zeigen deutlich, dass es unrichtig wäre, von der japanischen Landwirtschaft ein einseitig düsteres Bild zu entwerfen. Die Bauern zeichnen sich im Gegenteil durch eine grosse Initiative aus und versuchen, aus ihrer schwierigen Situation herauszukommen. Freilich – wer Reisland besitzt, wird es für Reis nutzen. Wo jedoch Trockenland bewirtschaftet wird, besteht die Möglichkeit, Spezialkulturen anzulegen, die auch auf kleinen Flächen grosse Erträge ergeben. Davon geben die vom Landwirtschaftsministerium errechneten Indexzahlen der Produktionswerte (1970 = 100) einen guten Begriff: 1974 Landwirtschaft als Ganzes 102, Reis 97, Weizen 47, Grüngemüse 102, Früchte 118, Blumen usw. 178, Hühner 137, Eier 103, Milch 102.

Um die Mitte der siebziger Jahre wurde die Entwicklung in der Landwirtschaft immer mehr auch von seiten des Marktes wie von der allgemeinen wirtschaftlichen Öffnung des Landes im Rahmen der Verpflichtungen durch GATT und OECD mitbestimmt. Der Markt wurde im Sinne einer langfristigen Trendentwicklung von einschneidenden Veränderungen der Ernährung und von den möglicherweise nur kurzfristigen Einflüssen der Rezession betroffen. Wir stiessen schon früher auf diese Faktoren und fassen uns darum hier kurz. Der Verbrauch an Reis hat seit 1965 drastisch abgenommen, während durch einen gestiegenen Konsum von Nudeln und teilweise auch Brot der Bedarf an Weizen zunahm. Dieser Mehrbedarf wurde durch Einfuhren gedeckt, denn die landeseigene Weizenproduktion hatte drastisch abgenommen. Tierische Erzeugnisse wurden in immer grösseren Mengen gekauft und ersetzten pflanzliche, was wiederum einen erhöhten Einfuhrbedarf an Futtermitteln oder Fleisch bewirkte; dabei fällt hauptsächlich Mais ins Gewicht, wo 1975 Japan an der Spitze aller Länder figurierte. Allgemein kann man sagen, dass die Japaner sich immer mehr von den charakteristisch asiatischen Essgewohnheiten entfernen und sich den westlichen angleichen. Oft wird damit die Veränderung der körperlichen Masse in Beziehung gebracht. Regelmässig werden Schüler aller Stufen gemessen und die Ergebnisse veröffentlicht. Die Tabelle «Körpermasse 1960–1970–1974» fasst einige Zahlen für zwölfjährige Mittelschüler zusammen. Zweifellos spielen aber auch andere Faktoren dabei eine grosse Rolle. Die Zunahme der

Körpermasse 1960–1970–1974
angegeben für Schüler und Schülerinnen im 12. Lebensjahr

	1960	1970	1974
Schüler:			
Körperlänge in cm	141,9	147,1	148,3
Körpergewicht in kg	34,6	38,5	39,9
Brustweite in cm	68,6	71,2	71,8
Sitzhöhe in cm	77,0	79,0	79,4
Schülerinnen:			
Körperlänge in cm	144,0	148,4	149,5
Körpergewicht in kg	36,9	40,6	41,6
Brustweite in cm	70,1	73,0	73,9
Sitzhöhe in cm	79,1	80,8	81,8

Durchschnittlicher Jahresverbrauch je Haushalt in Städten über 50000 Einwohner

		1965	1973
Reis	kg	341	215
Gerste und andere Getreide	100 g	43	12
Brot	100 g	419	377
Schweinefleisch	100 g	98	180
Hühnerfleisch	100 g	52	104
Milch	180 cm^3	430	462
Margarine	10 g	90	179
Butter	10 g	115	82

Körperlänge dürfte wesentlich mitbedingt sein durch die zunehmende Sitzweise auf Stühlen statt des Kauerns auf dem Boden und auch die sportliche Betätigung ist in Rechnung zu stellen.

Nur scheinbar führen diese Hinweise von dem uns beschäftigenden Thema weg, denn es ist gerade diese zunehmende Differenzierung der Konsumgewohnheiten, welche der Landwirtschaft die Möglichkeit gibt, neue Produktionsrichtungen mit Erfolg zu wählen. Was dabei den Besucher aus dem Westen freilich in besonderem Masse erstaunt, sind die ausserordentlich hohen Detailpreise beispielsweise für Früchte, Gemüse usw. Zweifellos wirken sich die angehobenen Löhne überall dort aus, wo Arbeiter beschäftigt werden müssen. Spezialkulturen verlangen zusätzliche Investierungen und die gestiegenen Ölpreise wirkten sich bei der Landwirtschaft über die Mechanisierung und die verwendeten chemischen Produkte sofort aus. Ebenso – und wahrscheinlich noch bedeutend stärker – sind im Vergleich mit Europa die grossen Handelsmargen

in Rechnung zu stellen. Das Verteilersystem bis zum kleinen Laden in irgendeinem Vorort von Tokyo hat sich in der Nachkriegszeit nur wenig geändert und grosse Gewinne werden entlang dieser Kette erzielt; wäre es anders, könnte wohl kaum eingeführtes amerikanisches oder australisches Rindfleisch gut doppelt soviel wie in Europa kosten.
Wie wir sahen, spielen tierische Produkte eine zunehmende Rolle in der Ernährung und damit auch in der landwirtschaftlichen Produktion. Eine auffällige Nachkriegserscheinung waren die überall auftauchenden Eierfarmen auf der Grundlage von Käfighaltung. Kobe-Beef ist inzwischen auch im Westen ein Qualitätsbegriff geworden. Rindfleisch kommt hauptsächlich aus den westlichen Landesteilen, während Milch und Milchprodukte aus dem Norden (Tohoku, Hokkaido) stammen. Bei tierischen Produkten ist der Ausnutzungsfaktor – das Verhältnis des Kalorienwertes von Futter und tierischem Produkt – ungünstiger als bei pflanzlichen Produkten. Ein Ausgleich kann darum nur durch eine Ausweitung der Produktionsfläche oder durch Einfuhr von Nahrungs- und Futtermitteln gefunden werden.
Die Möglichkeiten, die Produktionsfläche zu erweitern, sind äusserst gering. Die Neulandgewinnungen an der Küste kamen zur Tokugawa-Periode noch der Landwirtschaft zugute, heute dienen sie der Schwerindustrie und den Erdölraffinerien. Die bedeutendste Vermehrung der landwirtschaftlichen Nutzfläche erfolgte ebenfalls zur Tokugawa-Periode, als die diluvialen Teile der Ebenen dem Regenfeldbau erschlossen wurden. Übrig bleiben die Hügel und Berge, die einen so grossen Teil des Landes ausmachen. Um Land für die sich ausdehnenden Städte zu gewinnen, trägt man zwar ganze Hügelketten ab und terrassiert sie – es sieht manchmal aus, als wollte die Stadt Stück um Stück der Naturlandschaft auffressen. Für die Landwirtschaft kommt dieser Weg nicht in Frage, die gewonnenen Flächen wären zu klein und die Kosten unerschwinglich.
In diesem Zusammenhang wird die Bedeutung von Hokkaido, der grossen Insel im Norden, erst recht deutlich. Zwischen 41° und 46° nördlicher Breite sind die natürlichen Voraussetzungen wesentlich verschieden von jenen des Stammlandes. Seit dem 15. Jahrhundert begannen einzelne Feudalherren Fuss auf dieses Nordland zu setzen, doch erst in der Meiji-Periode wurde eine aktive Siedlungspolitik betrieben und so einem weiteren Vordringen Russlands nach Süden ein Riegel vorgeschoben. Bis zur letzten Jahrhundertwende wurden eigentliche Soldatenkolonien nach einheitlichem Schema gegründet, jede von Kompaniestärke mit 200 Mann und ihren Familien. Die Anlagen waren einheitlich und stellen einen in Japan nur hier anzutreffenden Siedlungstyp dar. Ungefähr zur gleichen Zeit rief man einen amerikanischen Experten ins Land, den 1804 in Massachusetts (USA) geborenen Horace Capron, da man mit Recht annahm, dass Amerika, welches im 19. Jahrhundert einen ganzen Kontinent planmässig besiedelt hatte, über die notwendige Erfahrung verfüge. Capron arbeitete in den Jahren 1871 bis 1875, und gestützt darauf wurde seit 1890 nach amerikanischem Vorbild das zu besiedelnde Land in rechtwinkliger Manier vermessen und an Siedler abgegeben. Die

Betriebsgrössen wurden von Anfang an entsprechend den völlig verschiedenen Naturbedingungen grösser als im übrigen Japan gewählt; auch in den Bestimmungen der Agrarreform nach dem Zweiten Weltkrieg trug man durch eine Maximalgrösse von 12 cho (1 cho = 0,99 ha) für Ackerbetriebe und 20 cho für Viehhaltungsbetriebe den besonderen Verhältnissen Rechnung. Die Sommer sind auch in Hokkaido noch warm und feucht genug, um in den Ebenen Reis anzubauen. Der grösste Teil des Kulturlandes fällt jedoch hier in die Kategorie der Ordinary Fields, wobei Futtergewächse und Viehweiden am wichtigsten sind. Doch werden auch Fruchtbäume und Weinberge gepflanzt.
Die Verhältnisse in Hokkaido beschreibt F. C. Jones detailliert in «Hokkaido – Its Present State of Development and Future Prospects», 1958. Hokkaido ist bis heute teilweise Grenzzone der Ökumene geblieben. In den länger besiedelten Teilen bietet sich uns ein Landschaftsbild dar, das mit den Vorstellungen von Japan nur schwer in Übereinstimmung zu bringen ist. Nicht nur in den regelmässigen grossen Feldfluren, sondern auch in den nach amerikanischem Muster gebauten Einzelhöfen mit ihren grossen Stallungen und Futtersilos kommt die besondere Kulturlandschaftsgeschichte zum Ausdruck. In den grösseren Ortschaften sind ältere öffentliche Gebäude das getreue Abbild amerikanischer Architektur und dem Japaner muss vor allem auffallen, dass es keine alten Tempelorte, keinen Tokaido, kurz: kaum Geschichte in der Landschaft gibt.
Wie beschränkt – von Hokkaido abgesehen – die Möglichkeiten einer Ausweitung der Produktionsfläche sind, zeigen die neuesten Zahlen des Planungsamtes. Man hofft, bis 1985 die landwirtschaftliche Fläche von 6 Millionen auf 6,7 bis 7 Millionen Hektar zu vergrössern. Dies dürfte vor allem durch die Umwandlung von Grasland in Regenfeldbaukulturen geschehen, denn im Bereich der Ebenen werden andererseits Siedlungen, Fabriken, Verkehrsanlagen usw. Hunderttausende von Hektaren bisherigen Kulturlandes für sich beanspruchen.
Die Nachkriegszeit wird auch im Sektor Landwirtschaft durch tiefgreifende und rasche Wandlungen charakterisiert. Zahlen für das ganze Land geben diese nur teilweise wieder, denn die veränderte räumliche Verteilung der einzelnen Produktionszweige wird durch sie nicht erfasst. Neben den schon genannten Quellen und dem Nationalatlas von Japan ist besonders auf T. Ogura «Agricultural Development in Modern Japan», 1966, hinzuweisen; in diesem Werk beleuchten verschiedene Autoren alle wichtigen Fragen mit grosser Sachkenntnis. Es wäre ein leichtes, aufgrund von Literatur und Statistiken die bisherigen Ausführungen zu erweitern. Damit würde aber der hier gesetzte Rahmen überschritten. Nur in zwei Richtungen soll das gezeichnete Bild abgerundet werden.
Das offizielle Weissbuch der Landwirtschaft für das Jahr 1974 setzte an erste Stelle unter den zu treffenden Massnahmen die Verhinderung einer weitergehenden Zerstörung der landwirtschaftlichen Gebiete und die Wiederbelebung der bäuerlichen Gemeinschaften. Die dafür empfohlene Wirtschaftspolitik ist ausgesprochen protektionistisch. Man muss sich aber allen Ernstes fragen, ob der Abbau der dafür nötigen ökonomi-

schen und sozialen Voraussetzungen nicht schon so weit ging, dass Skeptizismus am Platze ist. M. Ishii hat in einer anregenden kleineren Arbeit über «Structural Changes of Agricultural Regionalization in Postwar Japan» 1969 Gedanken auch dazu geäussert. Er verwendete für seine Untersuchungen, deren Hauptziel freilich in einer Analyse der regionalen, räumlichen Differenzierung besteht, 152 statistische Regionen, welche er aufgrund der Anteile der Erwerbstätigen in sechs Kategorien einteilte. Für Einzelheiten sei auf die Abbildung hingewiesen, welche auch das Klassifikationsprinzip illustriert. Das Strukturschema für die Jahre 1950, 1960 und 1965 zeigt, in welchem Sinne und mit welcher Intensität sich die Veränderungen abspielten. Die Darstellung ist eindeutig und erschreckend, denn sie lässt kaum Zweifel daran, dass es sich um einen irreversiblen Vorgang handelt, verursacht durch die Entwicklung Japans zu einer verstädterten Industrienation.
Das Weissbuch nennt dann an zweiter Stelle die Verstärkung der Anstrengungen, die Selbstversorgungsquote zu erhöhen. Die Tabelle «Selbstversorgung mit wichtigen Nahrungsmitteln» zeigt den Zustand 1972 und die voraussichtliche Entwicklung bis 1985.

Selbstversorgung mit wichtigen Nahrungsmitteln

in % des Bedarfes	1972	1985		1972	1985
Reis	100	100	Futtermittel	46	51
Weizen, Gerste	8	17	Milch, Milchprodukte	86	94
Fleisch	81	86	Gemüse	99	100

Die grössten Lücken bestehen demnach bei den Getreidesorten. 1974 stand Japan unter allen Einfuhrländern an erster Stelle bei Weizen mit 13% Anteil an den Welteinfuhren (Lieferanten: USA, Kanada, Australien), bei Gerste mit 16% (gleiche Lieferanten) und bei Mais mit 21% (Lieferanten: USA, Thailand, Südafrika). Auch bei Fleisch ist die Abhängigkeit vom Weltmarkt im Steigen. Diese Entwicklung ist für ein Land, das sich während Jahrhunderten selber versorgte und auch später auf die Erhaltung der Nahrungsmittelautarkie bedacht war, beunruhigend. Dabei müssen wir zuerst daran denken, dass sich der einzelne wie die Gemeinschaft mit einer völlig neuen Situation auseinandersetzen muss. Japan hat, wenn auch zögernd, von der Möglichkeit Gebrauch gemacht, sich auf dem Weltmarkt mit wichtigen Nahrungsmitteln und Futtermitteln einzudecken, die zu günstigen Preisen gekauft werden konnten, und ist dadurch auch hier von der Entwicklung der Weltwirtschaft fast ebenso abhängig geworden, wie wir dies im Abschnitt Industrie feststellten. In normalen Zeiten kann dies volkswirtschaftliche Vorteile bieten, bei gestörten Verhältnissen wird die Lage prekär. Die einst vorhandene Sicherheit ist nicht mehr vorhanden.
Als dritten Punkt erwähnt das Weissbuch, dass die angestrebten Massnahmen grosse finanzielle Aufwendungen erfordern werden. Damit ist

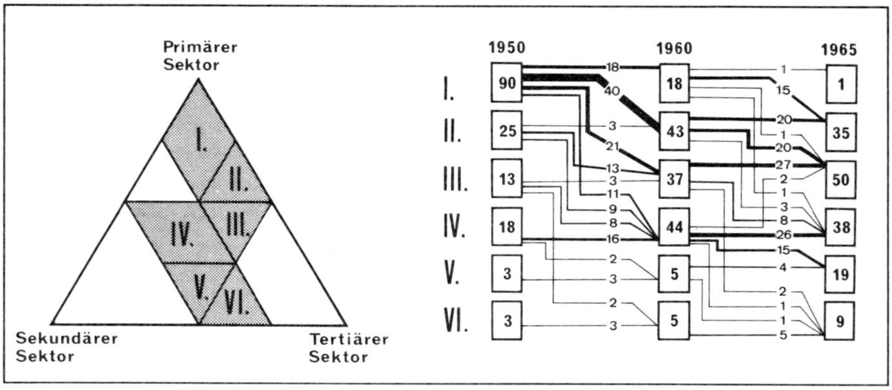

Fig. 23 Das Landwirtschaftsdepartement teilte 1950, 1960 und 1965 das Land in 152 statistische Regionen ein. Ishii teilte aufgrund der Anteile der Erwerbstätigen an den drei Sektoren I, II und III diese Regionen den sechs Kategorien I–VI zu (Diagramm links) und veranschaulichte im Diagramm rechts die eingetretenen Verschiebungen, welche mit einer Ausnahme alle in Richtung Verstädterung verliefen.

es aber nicht getan, denn inzwischen haben sich die Konsumgewohnheiten ebenso wie die Produktionsziele der Landwirtschaft geändert. Wenn darauf hingewiesen wird, dass die Rezession durch einen verminderten Bedarf der Industrie an Arbeitern und an Bauland günstige Voraussetzungen für die Erreichung der angeführten Ziele geschaffen habe, gilt es auch hier verschiedenes zu bedenken. Ebenes Land ist mit oder ohne Rezession nicht mehr vorhanden und die Arbeiterreservoire in den ländlichen Gebieten sind erschöpft. Dazu kommt, dass man in Japan versucht, die Rezession im industriellen Sektor mit allen Mitteln zu überwinden, und damit werden sich nach einer kurzen Übergangszeit zwar nicht mehr die gleichen, aber wohl ebenso schwierige Probleme wie in den vergangenen Jahren bei der Hilfe für die Landwirtschaft stellen.

Bergland

Eindrücklich zeigte sich in den vorangegangenen Abschnitten, dass die Schwerpunkte der Bevölkerung und des kulturellen und wirtschaftlichen Lebens in einem kleinen Teil des Landes zusammengedrängt sind. Die Ebenen, Küsten und Meere machen den entscheidenden Teil des Lebensraumes von Japan aus. Drei Viertel der Landesfläche sind jedoch in unserer bisherigen Betrachtung noch unberücksichtigt geblieben. Das Landesvermessungsamt – Geographic Survey Institute – hat auf Kartenblättern grossen Massstabes die einzelnen Kategorien der Oberflächenformen eingezeichnet und deren Areale bestimmt. Das Ergebnis zeigt die Tabelle «Anteile verschiedener Oberflächenformen» (s. S. 144).
In unserer Vorstellung gehören zu einer «japanischen Landschaft» wohl immer bewaldete Bergkulissen, wobei Vulkane in diesem Image eine

Anteile verschiedener Oberflächenformen

in % der gesamten Landesfläche

Gebirgsland	54
Vulkane	7
Hügelland	11
Fusszone der Gebirge	1
Fusszone der Vulkane	3
Upland	12
Lowland	13

grössere Bedeutung haben, als dies nach der angeführten Statistik der Fall wäre. Postkarten, Kalender usw. zeigen uns immer aufs neue die symmetrische und edle Gestalt des Fuji, die zu allen Zeiten Künstler angeregt und fromme Pilger ebenso wie Touristen angezogen hat. In einer Welt, in der – wie dies beim Shintoismus der Fall ist – Göttliches auch belebt, was wir im Westen unbelebte Natur nennen, müssen solche einzigartigen Berge im Denken der Menschen eine ganz besondere Bedeutung gewinnen. Diese Berge reichen am weitesten in den Himmel hinauf, kommen den Wolken, dem Blitz und dem Donner am nächsten. Mit 3776 m ü. M. ist der Fuji mit Abstand der höchste Berg des Landes. In japanischer Vorstellung ist der Fuji weiblichen Geschlechts. J. Piggott in «Japanese Mythology», 1969, schreibt dazu: «Sie ist der höchste Berg Japans. Wie man sich erzählt, wurde sie einst vom Berge Haku, der männlichen Geschlechts ist, überragt. Der Buddha Amida wurde ersucht, zu entscheiden, welcher der beiden Berge tatsächlich der höchste sei. Er legte eine Röhre vom Gipfel des Fuji zum Gipfel des Haku und goss Wasser hinein. Das Wasser aber floss in der Richtung zum Fuji und sie, voller Wut über den schlüssigen Beweis im Streite, schlug Haku auf den Kopf. Indem sie seinen Schädel in acht Teile spaltete, verringerte sie die Höhe. Seither hat Haku acht Gipfel.» Diese kleine Legende zeigt, welches Verhältnis zwischen Mensch und Natur besteht. Wallfahrten werden aber nicht nur zum Gipfel des Fuji ausgeführt, denn überall beleben «kami» – man könnte dies mit «Götter» oder «göttlichen Wesen» übersetzen – die Natur. Auch in der über 3000 m hohen Kette von Tateyama im Hinterland von Toyama findet der suchende Mensch den Kontakt mit dem Überirdischen.

Viele junge Japaner werden darüber lächeln, dass einleitend diese Geschichte erzählt wurde: «Das sind Legenden, alte Geschichten und ohne grosse Bedeutung für die Gegenwart.» In einem Schrein – dies ist im Gegensatz zum buddhistischen Tempel die übliche Bezeichnung für den Ort kultischer Handlungen des Shinto – am Fusse von Tateyama wurde der Autor von einem Priester gefragt, ob im Westen, in den Schweizer Bergen, nicht auch ganz ähnliche Vorstellungen lebendig seien. Die Antwort war nicht einfach: nach christlicher Ansicht ist der Mensch etwas Besonderes, verschieden von der Natur. Gleichwohl darf darauf hingewiesen werden, dass auch den westlichen Menschen bei einer Gipfelrast Gefühle

ganz besonderer Art beseelen. Auch er fühlt sich auf hohem Berggipfel dem Überirdischen oder Göttlichen näher und solche Stunden führen ihn zu stiller Einkehr.
Vorbehaltlos zustimmen wird aber die junge Generation, wenn die Gebirge als Komplementärraum zur Stadt verstanden werden. Im Sommer ist im Tiefland das Wetter feucht und heiss; in den grossen Städten halten die erhitzten, aus Stein und Beton gebauten Häuser die Wärme bis tief in die Nacht hinein fest. Nur in den frühesten Morgenstunden findet der Bewohner leichte Abkühlung. Wer kann, wird in dieser Jahreszeit den Städten entfliehen und in der Höhe Abkühlung und Erholung suchen. Die Provinz Nagano spielt für diesen sommerlichen Exodus der Stadtbewohner eine besonders grosse Rolle. Sie liegt zentral und etwa gleich weit von Tokyo wie von Osaka entfernt, ist leicht zu erreichen und weist Höhenlagen zwischen 1000 und 3000 m auf. Hart an der Grenze von Nagano liegt in der Präfektur Gumma Karuizawa, der traditionelle Ferienort für begüterte Japaner und für Fremde.
Die japanischen grossen Hotels westlichen Stils, die zunehmend das Landschaftsbild der Feriengebiete dominieren, entsprechen mit ihrer architektonischen Brutalität kaum dem Geschmack und den Wünschen westlicher Touristen, weil man sich in ihnen näher der Stadt als der Natur fühlt. Die Mehrzahl der Gäste will es aber wohl nicht anders, denn sie sind Stadtmenschen. Tagsüber spielt man Golf – ein weitverbreiteter Sport in Japan, teuer und darum neben Erholung auch Statussymbol und Möglichkeit, mit geschäftlichen und politischen Freunden Kontakte zu pflegen. Fremde Besucher würden lieber in einem japanischen Hotel, einem Ryokan, übernachten, haben sie doch schon viel von den Annehmlichkeiten und der ganz besonderen Atmosphäre gehört, die man dort findet. Auch in Nagano sind die Ryokans gegenüber den «western style»-Hotels in der Mehrzahl; der Fremde aber hat Mühe, sie zu finden. Der Besitzer eines Ryokans mag auch zögern, einen Fremden oder «gaijin» – den Menschen, der von aussen kommt – aufzunehmen, denn er befürchtet, dass sie Unruhe ins Haus bringen, das Badewasser mit Seife verunreinigen oder mit den Schuhen oder Pantoffeln auf die Tatami treten werden. Mit seinen Vermutungen hat er sicher auch recht – man geht Schwierigkeiten am besten aus dem Weg, indem man es gar nicht dazu kommen lässt. Neben Hotels und Ryokans gibt es die vielen Unterkunftshäuser von Firmen, Gewerkschaften usw., Volksheime, Jugendherbergen und viele andere mehr. Denn neben den golfspielenden oberen Klassen der Gesellschaft ziehen heute vor allem auch Jugendliche in die Berge zum Wandern und Klettern. Im Winter trifft man in den Ausgangsbahnhöfen rudelweise, ja zu Tausenden jugendliche Skifahrer auf ihrem Weg in die Berge.
Um die Berge zu erreichen, muss man von Tokyo aus nicht weit reisen. Nach knapp 40 km hat man die Musashino gequert und die Zone der äusseren Vorstädte erreicht. Dahinter beginnen gleich die Berge. Tiefeingeschnittenen Tälern folgen Bahn und Strasse. Schliesslich führen nur noch Fusspfade weiter und erschliessen die bis in 2000 m Höhe reichenden Takanosu-Berge im äussersten Westen von Tokyo-to. Diese Gebiete

kann man in Tagesausflügen leicht erreichen, während man für Nagano ein Wochenende oder besser noch längere Zeit rechnen muss.
Vulkane sind, wie wir aus der Statistik ersehen konnten, flächenmässig nur zum kleineren Teil am Aufbau der japanischen Gebirge beteiligt. Mit Ausnahme von Shikoku finden wir Vulkane jedoch fast überall. Rund 200 Vulkane quartären und jüngeren Alters sind vorhanden, 80 von ihnen sind heute noch aktiv. Sie stellen mit ihren Eruptionen – in Form von Laven oder Asche – und den Erschütterungen der Erdkruste eine beträchtliche Gefahrenquelle dar, welche freilich durch sorgfältige Beobachtung vermindert werden kann. Der seismologische Dienst unterscheidet drei Kategorien von aktiven Vulkanen; jene der Gruppe A – sie umfasst die vier aktivsten: Asama, Mihara, Aso und Sakurashima – und der Gruppe B mit weiteren 12 Vulkanen werden laufend beobachtet. Eine der grössten Vulkankatastrophen ereignete sich 1792 auf Kyushu, als der Unzendake ausbrach und 15000 Menschen starben. Als 1902 auf der kleinen Vulkaninsel Tori (Torishima) eine Eruption erfolgte, wurden alle 125 Inselbewohner getötet; seither blieb die Insel unbewohnt. Als eindrückliche Landschaften werden Vulkangebiete gern von Touristen aufgesucht und dies bedeutet in Japan immer eine Massenwanderung. Die Touristen kann man bei Gefahr fernhalten; schwieriger jedoch gestaltet sich das Problem im Falle der Wohnbevölkerung. In der Gefahrenzone des unweit der Stadt Kagoshima im Süden von Kyushu gelegenen Vulkanes Sakurashima leben an die 300000 Menschen. Selbst in der unmittelbaren Vergangenheit sind Vulkane neu geboren worden. Seit 1943 – besonders aktiv bis 1945 – ereignete sich ein solches Ereignis im südlichen Hokkaido nahe Usudake. Dieser junge Vulkan heisst «Showashinzan» – auf deutsch etwa «der in der Showa-Periode geborene Berg»; im Westen wurde von ihm allerdings wegen der Kriegsereignisse kaum Kenntnis genommen.
In den 10% Flächenanteil für Vulkane und deren Fusszone sind die von vulkanischen Aschen bedeckten Gebiete natürlich nicht eingeschlossen. Die vorherrschenden West- und Südwestwinde transportierten bei jeder Eruption solche feinen Materialien oft weit von den Vulkanen weg. Metertief angereichert bedecken sie vielerorts das Land und verwittern im Laufe der Zeit oberflächlich. Wir sprachen früher vom Kanto-Lehm, dem verwitterten Vulkanmaterial, welches besonders die diluvialen Teile der Kanto-Ebene bedeckt. Die Vulkane sind in zwei langgestreckten Zonen angeordnet: eine erste erstreckt sich im westlichen Japan von Kyushu in die westlichsten Teile von Honshu, eine zweite reicht von den Vulkaninseln im südlichen Meer über das Zentralgebiet von Honshu nach Tohoku und Hokkaido. Vulkanisches Aschematerial wird von den Winden vor allem im Lee der Vulkane abgelagert und nur in vereinzelten Fällen über die ganze Inselkette getragen.
Über die Hälfte Japans wird von nichtvulkanischem Gebirgsland eingenommen. Eine vereinfachte Darstellung der geologischen Strukturen geht auf Vorstellungen zurück, welche F. von Richthofen um die Jahrhundertwende für den fernöstlichen Raum entwickelt hatte. Er nahm an, dass der eurasiatische Kontinent in der Richtung zum Pazifik in einer

Reihe von Staffelbrüchen absinkt; nach seiner Auffassung würde die japanische Inselkette als Ganzes ein einheitlicher Horst mit steiler Aussenseite zum Pazifik und einem flacheren Abfallen zum Kontinent sein. Hier sei nur soviel gesagt, dass diese Darstellung schon darum nicht stimmen kann, weil trotz morphologischer Einheit der Inselketten selbst eine einzelne Insel, beispielsweise Honshu, ein Mosaik von Bausteinen verschiedenen Alters und verschiedener tektonischer Entstehung ist. Von Süden nach Norden durchzieht eine gewaltige Bruchzone – Fossa Magna oder der Grosse Graben genannt – das zentrale Honshu und teilt so Japan tektonisch in zwei Hälften. Der westliche Teil wird zudem durch eine grosse Bruchlinie, welche durch die Präfektur Wakayama, den nördlichen Teil von Shikoku und Kyushu zieht, nochmals in zwei ganz verschiedene Regionen geteilt. In den letzten Jahren hat die Lehre von den Plattenverschiebungen das Bild zwar weiter kompliziert, dafür andererseits wesentlich zum Verständnis früherer und heute noch andauernder Bewegungsvorgänge beigetragen. Die einzelnen Bausteine, Platten der Erdkruste, sind in ununterbrochener Bewegung und verschieben sich gegenseitig. Die meisten Erdbeben dürften das Resultat solcher Bewegungen sein. Aus Beobachtungen im Laufe der Jahre 1921–1958 wurden die folgenden Durchschnittswerte für fühlbare Erdbeben pro Jahr errechnet: Das Gebiet maximaler Häufigkeit mit 100 Erdbeben liegt wenig nördlich von Tokyo. Die Pazifikküste von Tohoku und Hokkaido weist Werte zwischen 30 und 50 auf, während die Gegenküste nur eine geringe Zahl von Stössen erfährt. Eine andere Zone stärkerer Seismik zieht sich westlich der Fossa Magna quer durch Honshu; sie setzt sich im südlichen Shikoku und Honshu fort, doch liegen hier die Werte meist unter 20. Nach neuesten Beobachtungen schieben sich Platten der Erdkruste vom Pazifik her gegen Japan und unterfahren die Inseln. Diese Feststellung gab Anlass, als Lösung des Problems der Beseitigung von Atommüll vorzuschlagen, diesen in den Tiefseetrögen auf der pazifischen Seite im Meer zu versenken, von wo er im Laufe der Zeit durch solche Plattenverschiebung langsam unter die Gesteinsmassen der japanischen Inseln in eine sichere Lage transportiert würde.
Die zentralen und höchsten Gebirgsketten werden Japanische Alpen genannt. Ihre Entstehungsgeschichte ist indessen von derjenigen der europäischen Alpen sehr verschieden und aus diesem Grunde sind auch die typischen Oberflächenformen anders. Das alpine Tal zeigt von den französischen bis zu den österreichischen Alpen folgende charakteristische Gestaltung: Das eigentliche Tal macht nur die untere Hälfte des gesamten Reliefs aus; es ist fluviatil vorgezeichnet und wurde glazial während der Eiszeit umgestaltet. Die obere Hälfte bilden die durch glaziale Einwirkung zu Pyramiden usw. umgebildeten Gipfel und Ketten. Dazwischen schiebt sich eine Zone relativ ebener Flächen auf rund 2000 m und mehr, die ebenfalls deutliche Spuren glazialer Bearbeitung zeigen. Völlig anders ist die Situation in Japan: Gebirgsformen, welche auf die Perioden vor der grossen Eiszeit zurückgehen, gibt es im Gegensatz zu den Alpen kaum. Dafür sind in der Quartärzeit aus einem relativ flachen Lande durch enorme Verbiegungen die entscheidenden Reliefgegensätze

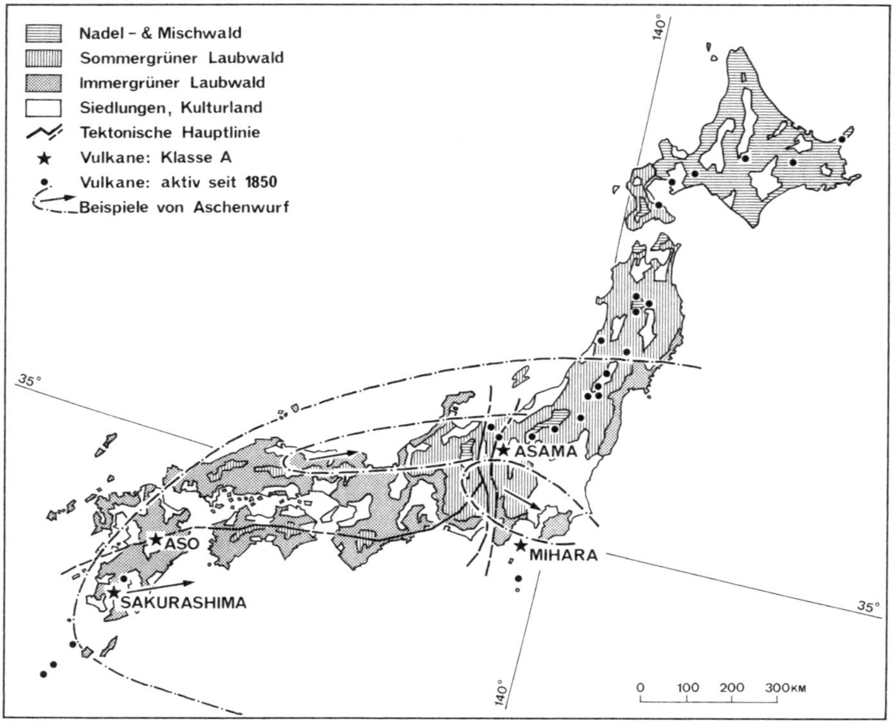

Fig. 24 Das Bergland Japan.

entstanden. 1973 veröffentlichte das National Research Center for Disaster Prevention einen «Explanatory Text of the Quaternary Tectonic Map of Japan»; eine dieser Karten zeigt beispielsweise, dass im zentralen Gebirgssektor (Tateyama–Nagano) das Land im Laufe des Quartärs mehr als 1500 m emporgestaucht und andererseits in der Bucht von Tokyo–Kanto mit Zentrum bei Chiba über 1000 m hinunter verbogen wurde! An Stelle der alpinen Hochgipfel finden wir darum in weiten Teilen der japanischen Alpen ausgedehnte alte Einebnungsflächen. Erst unter diesen beginnt das Gebirgsrelief mit scharf eingeschnittenen Flusstälern. Nur wo durch die jüngere Erosion die Hochflächen rückwärtsgreifend aufgezehrt wurden, nimmt die Gebirgskette die uns vertraute Form mit einzelnen Gipfeln an. Es fehlt damit auch die im Alpental so charakteristische Zone der Verflachungen und nur an wenigen Orten lassen sich Spuren glazialer Einwirkung feststellen. In der Quartärzeit waren nur die höheren Gebirgsteile vergletschert und dort lassen sich Kare, Moränen usw. nachweisen. Die Gletscher reichten jedoch nicht weit in die Täler hinunter und besitzen daher mehrheitlich eine rein fluviale Gestalt.
Japan ist nicht nur Gebirgsland; man könnte ebensogut von einem Waldland sprechen. Der Anteil des Waldes ist höher als in den meisten Ländern und erreicht Werte, wie wir sie in Schweden oder Finnland finden. Für 1975 gibt die FAO-Statistik die folgenden Zahlen: Japan 67,5%,

Schweden 65,2% und Finnland 74,1%. Freilich versteht man unter Wald nicht überall das gleiche. In Japan sind mit einem Anteil von rund 7% in der Waldfläche auch die «genya» eingeschlossen; Ya bezeichnet üblicherweise ein Feld – aber sicher keinen Wald im europäischen Sinne –, während Gen in diesem Falle am zutreffendsten mit «ursprünglich» zu übersetzen ist. Genya sind offene Fluren mit Hartgras, Gestrüpp und vereinzelten Bäumen. Ungeachtet dieser einschränkenden Bemerkung ist der Waldreichtum erstaunlich. Die Bedeutung des Waldes ist aber auch enorm: die japanische materielle Kultur früherer Zeiten könnte man geradezu eine solche des Holzes nennen, denn Holz wurde nicht nur zum Häuserbau, für Brücken usw. gebraucht, sondern es war auch das Ausgangsmaterial für unzählige Gebrauchsgegenstände; aus Holz wurden beispielsweise auch die Röhren für die Bewässerung hergestellt und Holzkohle zum Kochen und zur Raumerwärmung erzeugt. Trotz moderner Entwicklung gilt das Gesagte auch heute noch in hohem Masse, auch wenn viele überlieferte Handwerkszweige Holz immer mehr zu Artikeln der Volkskunst und zu regional charakteristischen Souvenirs verarbeiten. Der Wald spielt ausserdem eine ausschlaggebende Rolle für die Erweiterung der Existenzbasis der Bergbauern. Schliesslich ist seine Bedeutung für die Wasserwirtschaft und den Tourismus nicht zu übersehen.
Der heutige Wald ist teilweise ein «Kulturwald», wie ein Ackerfeld bepflanzt, durch Förster überwacht und zu gegebener Zeit zum Schlag freigegeben. Der Japaner bezeichnet diesen Wald als «vom Menschen geschaffen» – jinko – im Gegensatz zum Naturwald – tennen. Keinesfalls darf man aber unter Tennen-Wald einen ursprünglichen Bestand, eine Art Urwald verstehen. Das zeigt schon die Tatsache, dass man auch von diesen Holzbeständen eine – freilich etwas gröber gegliederte – Altersstatistik besitzt und vor allem, dass sich hinsichtlich des Altersaufbaus deutliche Unterschiede zwischen den beiden wichtigsten Eigentumskategorien erkennen lassen; wäre es ein «Naturwald» im vollen Sinne des Wortes, müsste der Altersaufbau angenähert derselbe sein. Im übrigen bedarf die aufgrund von Unterlagen des Ministeriums für Land- und Forstwirtschaft zusammengestellte Tabelle «Wald: Eigentum, Verteilung, Art und Altersaufbau» kaum weiterer Erläuterungen. Um Unklarheiten zu vermeiden, sollen die japanischen Bezeichnungen verwendet werden.
Das Thema «Wald» gibt uns Gelegenheit, nochmals auf die besonderen klimatischen Verhältnisse der Ostseiten der Kontinente in den gemässigten Breiten hinzuweisen und damit auch zu begründen, warum wir bei den früheren Lagevergleichen immer die Ostseite von Nordamerika und nicht Europa heranzogen. Der im letzten Abschnitt geschilderte jahreszeitliche Wetterablauf zeigt schon einen wichtigen Unterschied: Die vorherrschende Westwindzirkulation bringt Europa hauptsächlich atlantische Einflüsse mit zusätzlichen Komponenten aus arktischen oder subtropischen Breiten entsprechend der Lage der Polarfront. Auf den Ostseiten – dies gilt sowohl für Eurasien als auch für Nordamerika – finden wir eine andere Situation: Die kontinentale Komponente überwiegt im Winter, die maritim subtropische im Sommer; die Westwindkomponente gewinnt von Westen nach Osten an Gewicht, während sie sich in

Eigentum: Private und Gemeinden				6 876 000 ha
Staatliche Wälder				16 213 000 ha
Private und Gemeinde-Wälder				
29% liegen in Hokkaido (14%) und Tohoku (15%)				
27% sind jinko, 73% sind tennen				
Altersaufbau:	jinko		11–20 Jahre	28%
			21–30 Jahre	9%
			31–40 Jahre	6%
		über	41 Jahre	7%
	tennen	unter	20 Jahre	55%
			21–40 Jahre	28%
		über	41 Jahre	17%
Staatliche Wälder				
68% liegen in Hokkaido (39%) und Tohoku (29%)				
36% sind jinko, 64% sind tennen				
Altersaufbau:	jinko		11–20 Jahre	24%
			21–30 Jahre	4%
			31–40 Jahre	10%
		über	41 Jahre	18%
	tennen	unter	20 Jahre	5%
			21–40 Jahre	6%
		über	41 Jahre	89%

Europa gegen das kontinentale Innere abschwächt. In den südlich gemässigten Breiten und den Subtropen schalten sich an den Westseiten der Kontinente zwischen die Feuchtzonen der Tropen und der gemässigten Breiten wechselfeuchte Zonen (Mittelmeer) und trockene Zonen (Sahara) ein, auf der Ostseite besteht diese Unterbrechung nicht. Dafür stösst unter dem starken Einfluss des Kontinents die winterliche Kälte viel weiter nach Süden vor. Alle genannten Unterschiede sind für kulturgeschichtliche und wirtschaftsgeographische Fragestellungen ebenso wichtig wie für die Ausbildung der natürlichen Vegetation. Nur ein Beispiel sei genannt: Keine Westküste kann etwas aufweisen, was an Farbenpracht dem herbstlichen Laubwald der Ostküsten gleichkommt. In Japan wie in Nordamerika sind es übereinstimmend die verschiedenen Ahornarten, welche die Herbstfärbung bestimmen.

Die natürlichen Pflanzengesellschaften und Holzarten sind je nach Breitenlage und Höhenlage verschieden. In den höchsten Berglagen kommen von Hokkaido bis Zentral-Honshu Wälder vor, die an die Arktis erinnern. Sie sind von geringem wirtschaftlichem Wert. Tiefer liegen im grössten Teil Hokkaidos, in mittleren Berglagen in Honshu und auf den höchsten Höhen in Shikoku Nadelholzwälder borealen Typs. Birken, Eschen usw. kommen auch darin vor, geben aber kaum einen Holznutzen. Die restlichen Teile von Hokkaido nimmt ein Laubmischwald ein, der auch durch ganz Tohoku das Landschaftsbild prägt, vom zentralen

Honshu an südwärts jedoch nur noch in höheren Lagen zu finden ist. Bei etwa 38° nördlicher Breite setzt der subtropische Wald ein, in welchem die immergrünen Laubhölzer dominieren. In den Neupflanzungen überwiegen die für den Markt wichtigen Nadelhölzer. Früher wurden hauptsächlich *Cryptomeria japonica* (Sicheltanne) sowie verschiedene Arten von *Pinus* (Kiefer), *Larix* (Lärche), *Picea* (Fichte) u.a. angepflanzt, heute erfahren auch Laubhölzer zunehmende Beachtung.

Das Kahlschlagverfahren steht bei der Nutzung im Vordergrund. Nach einer Statistik für 1974 erfolgte die Nutzung in 78% aller Fälle in dieser Weise, mit einem deutlichen Unterschied zwischen den Jinko-Wäldern (92%) und den Tennen-Wäldern (69%). Diese Art der Nutzung bietet Vorteile beim Abtransport – Strassen- und Seilbahnbau – und bei der Wiederaufforstung. Sie bewirkt zudem ein ganz merkwürdiges Landschaftsbild; weil die Schlagflächen verschiedenen Alters eine unterschiedliche Farbe und Tönung aufweisen, sind die Waldgebirge blockflurartig gefleckt. Aus der schon früher erwähnten Erzählung «Kyoto» von Y. Kawabata entnehmen wir eine Stelle, welche zeigt, mit welcher Sorgfalt die Wälder und das Holz gepflegt werden: «Am Ufer des Kiyotaki-Flusses stieg der Berg steil an. Bald sahen sie einen schönen Zedernwald. Die gleichmässig hochstehenden Zedern waren liebevoll gepflegt. Die wertvollen Hölzer, Nordbergblöcke genannt, kommen ausschliesslich aus diesem Dorf. Vom Zedernberg stiegen Frauen herab, die wohl unter den Bäumen Unkraut gejätet hatten und zur Mittagspause nach Hause gingen ... Chieko war schon öfter in diesem Dorfe gewesen und hatte die Frauen arbeiten sehen: wie sie von den Zedernblöcken, welche die Männer vorher grob entrindet hatten, die feinen Fasern abschabten, die Flächen mit heissem oder kaltem Wasser aufweichten und mit Sand aus dem Bodai-Wasserfall polierten ... Der Berg war weder besonders hoch noch besonders breit. Die Zedernstämme, die auch auf dem Gipfel in schöner Ordnung wuchsen, konnte man beinahe einzeln erkennen. Schon im Walde sahen sie, für geschmackvolle Bauten bestimmt, elegant aus. An den Ufern des Kiyotaki-Flusses fällt der Berg steiler in das enge Tal ab. Dadurch erhält er eine grössere Regenmenge und weniger Sonneneinwirkung, einer der Gründe dafür, dass hier das wertvolle Zedernholz wächst. Gegen den Wind ist es auf natürliche Weise geschützt; da, wo er zu stark auftritt und das Wachstum neuer Jahresringe hemmt, können Zedern sich beugen und krümmen.»

Karten der räumlichen Verteilung der Wälder und der Berggebiete zeigen, dass sich beide Verbreitungsareale decken. Eine Hauptfunktion der ausgedehnten Berggebiete war und ist die Lieferung von Holz aller Art, vom Zedernholz bis zum vielseitig verwendbaren Bambus. Von 1955 bis 1975 betrug der Ertrag rund 40 Millionen Kubikmeter im Jahr. Wenn man zur Beurteilung die Statistiken der genutzten und der wiederaufgeforsteten Areale beizieht, kommt man zum Schluss, dass seit dem letzten Krieg bis Ende der sechziger Jahre die Wälder zu stark genutzt wurden und sich Abgang und Nachwuchs nicht mehr die Waage hielten. Andererseits hat sich – und dies gilt hauptsächlich für die staatlichen Wälder – die Forstwirtschaft verbessert, sie wurde modernisiert und rationalisiert.

Wohlunterhaltene und mit Lastwagen befahrbare Waldstrassen führen weit in die Bergwälder hinauf. Die Neupflanzungen sind mit Tafeln versehen, welche berichten, wann und mit welchen Arten aufgeforstet wurde. Man begegnet Waldarbeitern, die mit modernsten Maschinen das Land vom Unkraut säubern und unnötige Äste entfernen. Solche Waldgebiete sind für Touristen gesperrt und werden überwacht, denn Holz betrachtet man als Anbaugewächs.
Die Veränderungen, welche sich weit entfernt in den Städten und Industriegebieten vollzogen, haben auch die Forstwirtschaft beeinflusst. Ihr Produktionsvolumen konnte nicht gesteigert werden und der Produktionswert nahm im Vergleich zur Industrie nur langsam zu. An der gesamten Wertschöpfung der japanischen Wirtschaft hatte die Forstwirtschaft um die Mitte der siebziger Jahre nur noch mit 0,7% Anteil, an den Beschäftigten über 15 Jahren machte er 0,4% aus. Eine Gegenüberstellung der beiden Zahlen zeigt den hohen Stand der Rationalisierung; dies ist vor allem im Vergleich mit der Landwirtschaft zu beachten, die unter der Aufsplitterung in kleine und kleinste Betriebseinheiten leidet. Die Forstwirtschaft erscheint in dieser Hinsicht weniger gehemmt und kann sich den heutigen Verhältnissen besser anpassen.
Auf der andern Seite kann die Forstwirtschaft wegen der langen Wachstumszeit der Bestände Marktstrukturen, die sich rasch ändern, nur unvollkommen entsprechen. Früher war Schnittholz der am meisten gefragte Artikel. Trotz einer enormen Bautätigkeit im ganzen Lande nahm aber die eigene Schnittholzproduktion von 1955 bis 1975 um fast ein Drittel ab. Dies hängt zum Teil mit modernen Bauweisen zusammen, die andere Materialien verwenden, doch spielen auch – wie wir noch sehen werden – die Einfuhrmöglichkeiten von Übersee eine Rolle. Dafür öffnete sich durch den Aufschwung der chemischen Industrie eine neue Absatzmöglichkeit: Hackschnitzel für die Zelluloseherstellung. Ein wichtiges Produkt in früheren Zeiten war Holzkohle. Sie war das gebräuchliche Feuerungsmaterial in den Küchen. Im Winter legte man im «hibachi» – einem amphorenartigen Porzellan- oder Keramikgefäss – über den eingefüllten Sand eine Lage Holzkohle, brachte sie zum Glühen und erwärmte so in dürftiger Weise den Wohnraum. Freilich genügte dazu der «hibachi» nur unvollkommen; während man am übrigen Körper bitterlich fror, konnte man direkt über ihm wenigstens Hände oder Füsse etwas beleben. Das sind vergangene Geschichten: man kocht heute entweder elektrisch, mit Gas oder Öl und moderne Wohnungen besitzen Strahler oder sogar Zentralheizungen. 1965 wurden noch rund 600000 t Holzkohle produziert, 1975 waren es noch 75000 t. Erloschen sind die Meiler, verschwunden die Köhler und zerronnen die Möglichkeiten einer Nebeneinnahme für die Bergbevölkerung. Dafür gibt es andere Nutzungsmöglichkeiten, die an Bedeutung zugenommen haben. Kastanien und die verschiedenen Pilzarten werden vermehrt gesammelt und haben mengen- und wertmässig die Rückgänge bei Holzkohle bei weitem kompensiert. Der Nutzen, den der Wald direkt abwirft, ist vielseitig; er hat sich in den Nachkriegsjahren ständig verändert und neuen Gegebenheiten angepasst.

Der Wald spielt ausserdem eine wichtige Rolle als Nebenerwerbsmöglichkeit für die bäuerliche Bevölkerung in den Berggebieten. Wer mehr als 150 Tage pro Jahr im Walde arbeitet, wird von der Statistik als Waldarbeiter bezeichnet. Dazu gehören die rund 50000 ganzjährig Beschäftigten, meist Angestellte der staatlichen und grossen kommerziellen Forstbetriebe. Dazu gehören aber auch die 1,5 Millionen Teilzeitbeschäftigten, überwiegend Angehörige von Bauernfamilien. Japanische Geographen haben diesem Sektor der Landnutzung weniger Beachtung geschenkt als jenem im Reisgebiet der Ebenen und die Literatur – vor allem gilt dies für englisch geschriebene Arbeiten – ist spärlich. In japanischer Sprache publizierte M. Soma zahlreiche Arbeiten zum Thema der Bergbauern und der Beziehungen zwischen Land- und Forstwirtschaft (u. a. «Forstwirtschaft und Bergdörfer der Präfektur Ehime», 1965), und von F. Ueno stammt die Untersuchung «Land Utilization in the Mountain Villages of the High Cool Regions in Central Japan», 1955.
Ungeachtet aller regionalen Unterschiede vermögen in Ermangelung solcher Arbeiten die statistischen Angaben für das ganze Land einen ersten Hinweis auf die Bedeutung des Waldes für die Bergbevölkerung zu geben. Die japanische Statistik spricht nicht von einer Familie – der Begriff wäre in Japan vieldeutig –, sondern von einem Haushalt. Forsthaushalte werden gegliedert in solche mit und solche ohne Landwirtschaft, wobei letztere nur rund ein Zehntel ausmachen. Etwa ein Drittel der Waldfläche wird von Forsthaushalten aus bewirtschaftet, ein weiteres Drittel direkt durch den Staat und das letzte Drittel durch die Präfekturen, Gemeinden, kommerzielle Gesellschaften, religiöse Organisationen usw. Es erstaunt nicht, dass bei den forst-landwirtschaftlichen Haushalten im Einzelfall die Waldfläche klein ist; der grösste Teil bewirtschaftet weniger als 1 ha Waldland. Gegen die oberen Grössenklassen nimmt die Zahl der Haushalte schrittweise ab, während die Totale der bewirtschafteten Flächen zunehmen. Im übrigen gibt die Statistik ein getreues Abbild der landschaftlichen Situation: Auch in den Bergen sind Einzelsiedlungen selten. Die Häuser drängen sich meist längs der Strasse dort zusammen, wo sie vor Naturgefahren geschützt sind. Das Gebirgshaus ist im allgemeinen massiver gebaut, dem rauhen Wetter angepasst, im ganzen aber einfacher. Schindeldächer sind wie in den europäischen Alpen mit Steinen beschwert und Histen an den Aussenwänden oder auch freistehend zum Trocknen von Getreide erinnern an das obere Vorderrheintal (Kanton Graubünden/Schweiz). Das wenige Kulturland ist ausnahmslos terrassiert und muss wegen der Kleinheit der Felder ohne Hilfe von Maschinen bearbeitet werden. Reisfelder finden sich selten, Hatake überwiegt. Man kann jene Terrassen, die ständig Hatake bleiben, leicht erkennen: sie sind nicht ausgeebnet, sondern geneigt und haben keine Einfassung mit kleinen Erddämmen. Oft wird Tee, in manchen Gebieten auch der Maulbeerbaum als Futterbasis der Seidenraupenzucht angebaut. Flächenmässig überwiegt der Wald bei weitem, arbeitsmässig beansprucht er etwa die Hälfte der Zeit und für den Haushalt ist vor allem wichtig, dass er fast die einzige Quelle von Bargeld ist.
Wenn man bedenkt, dass Japan ein Land mit einem aussergewöhnlichen

Flächenanteil des Waldes ist, wundert man sich, dass es auch in dieser Beziehung in hohem Masse vom Auslande abhängig wurde. Nach der Handelsstatistik der Vereinten Nationen steht Japan mit fast 60% Anteil am Welttotal an erster Stelle aller unbearbeitetes Holz einführenden Länder; Indonesien, die Philippinen sowie die USA stehen dabei als Lieferanten im Vordergrund. Ein anderes Beispiel: bei Kork steht es an dritter Stelle mit 10%, ungefähr gleich hoch ist der Anteil bei Holzschliff für die Herstellung von Papier, wo Japan nach den USA, Grossbritannien und der BRD an vierter Stelle folgt. 1975 entfielen volle 5% des Wertes der japanischen Einfuhren auf die eben genannten Rohstoffe und Produkte.
Die holzverarbeitenden Industrien sind nicht etwa in den Berggebieten zu finden; sie sind vielmehr ganz ausgesprochen in und um die Metropolen Tokyo, Nagoya und Osaka sowie im Tokai massiert. Dies gilt für Sägereien und Möbelfabriken ebenso wie für die Holzschliff-Industrie. Tokyo war schon in früher Zeit der bedeutendste Markt für Holz und der Marktplatz – Kiba genannt –, wo die von weither transportierten Stämme bis zur Verarbeitung im Wasser gelagert werden, ist fast eine ebenso grosse Sehenswürdigkeit der Hauptstadt wie der grosse Fischmarkt. Heute wird dieser Marktplatz für Holz in das neue Hafengebiet in der Bucht verlegt – mit ein Zeichen für die wachsende Bedeutung der Holzimporte. Japan ist der bedeutendste Holzimporteur und Tokyo der wichtigste Holzhandelsplatz der Welt geworden.
Über allen wirtschaftlichen Fragen, so bedeutend sie für das ganze Land wie auch für die Berggebiete sein mögen, dürfen aber die anderen Funktionen des Waldes nicht vergessen werden. Dazu gehört der Schutz, den die Waldbedeckung auch im Falle von Kahlschlag gegenüber der Bodenzerstörung und der beschleunigten Abtragung bietet, denn davon hängt nicht allein die Lebensfähigkeit der Berggebiete ab, sondern auch die Lebensdauer der Stauseen und der Schutz vor Hochwasser im Kulturland am Unterlauf der Flüsse. Auf die Bedeutung dieser Regionen als Komplementärräume für die in städtischen Verhältnissen lebende Wohlstandsgesellschaft haben wir schon zu Beginn dieses Abschnittes aufmerksam gemacht. Einige Worte über Nationalparks und Schutzgebiete sollen das Gesagte ergänzen. Die meisten Nationalparks sind staatliche, einige wenige präfekturale Einrichtungen. Sie gleichen in ihrer Zweckbestimmung mehr dem amerikanischen Vorbild, dienen der Erhaltung schutzwürdiger Landschaften und sollen gleichzeitig eine grosse Zahl von Besuchern erfreuen und belehren.
Abschliessend zitieren wir einen Abschnitt aus der Publikation «Wirtschaftlicher und sozialer Basisplan 1973–1977» der Regierung: «Um im Blick auf die zunehmende Verstädterung und andere Faktoren die regionale Lebensqualität zu erhalten, sollen die notwendigen Schritte getan werden, um die Wiederaufforstung auf Staatsländereien und eine geeignete Verteilung der Schutzwälder zu fördern. Gleichzeitig sollen auch die zweckmässigsten Wege gesucht werden, um die Kosten, die sich aus der Erhaltung und Erweiterung der öffentlichen Wohlfahrtsfunktion des Waldes ergeben, zwischen den Eigentümern der Wälder und den Nutzniessern gerecht aufzuteilen.»

Land, Landschaft, Regionen

Einige Vorbemerkungen zu den Begriffen

Land, Landschaft und Region gehören im Deutschen zu den wichtigsten Begriffen, welche bei einer geographischen Untersuchung und Beschreibung Verwendung finden. Auch wenn es uns hier nicht in erster Linie um eine Diskussion von Begriffen und deren Inhalt geht, ist es doch immer wieder wichtig, sich vor Augen zu führen, dass ein und dasselbe Wort für verschiedene Menschen oder bei verschiedenen Tatbeständen auch Verschiedenes bedeuten kann; dies ist gerade beim Begriff «Land» in besonderem Masse der Fall.
Land ist ein Begriff aus dem Bereich der politischen Geographie; ein Land ist, so verstanden, ein Ausschnitt der Erdoberfläche, dem ein bestimmtes Mass an Autonomie und souveränen Rechten zukommt. Dass «Land» auch in anderem Sinne verwendet werden kann, dürfte klar und allgemein bekannt sein. Man kann, aus rechtlicher Sicht gesehen, als praktisch in der Sache gleichbedeutend das Wort Staat verwenden. Im Rahmen der Geographie beschäftigt sich die Länderkunde mit solchen politischen Einheiten oder Ausschnitten der Erdoberfläche, untersucht ihre charakteristischen Züge und gibt eine erklärende Beschreibung der festgestellten Verhältnisse.
Freilich, wenn man aufgrund der genannten Kriterien ein Gebiet als Land eindeutig bezeichnen will, stösst man immer wieder auf Schwierigkeiten, weil Autonomie und souveräne Rechte nicht nur auf einer einzigen Plattform der politisch-hierarchischen Struktur – eben auf jener des Landes – zu finden sind. Vielmehr sind diese Attribute von Fall zu Fall in sehr ungleicher Weise auf verschiedene Stockwerke verteilt. Wir brauchen nur an die Verhältnisse in der Schweiz, der Sowjetunion oder innerhalb der Europäischen Gemeinschaft zu denken. Die einfachste Antwort auf die Frage «Was ist ein Land?» dürfte jene Liste der Länder (pays, country) der Erde geben, welche sich in den statistischen Tabellen der Vereinten Nationen findet.
Freilich müssen wir heute gegenüber den Flächenangaben in diesen Tabellen einen wichtigen Vorbehalt anbringen. Wohl einer tief verankerten Tradition folgend wird als Staatsgebiet oder Landesfläche immer das Total von Festland, Inseln und Inlandgewässern angegeben – einschliesslich der diesen zugerechneten Mündungsbuchten, Lagunen usw. Tatsächlich ist aber das Gebiet, in dem ein Land seine Souveränität geltend macht, bedeutend grösser. Seit dem 17. Jahrhundert beansprucht jeder Küstenstaat einen schmalen Meeresstreifen entlang der Küste oder ausserhalb einer angenommenen Basislinie als einen Teil seines Territoriums, die Territorialgewässer. Lange Zeit besassen die Territorialgewässer eine Breite von 3 smi (1 Seemeile = 1,852 km). Ausserhalb folgt die hohe See, wo die Seefahrt und jegliche Nutzung allen Ländern offen-

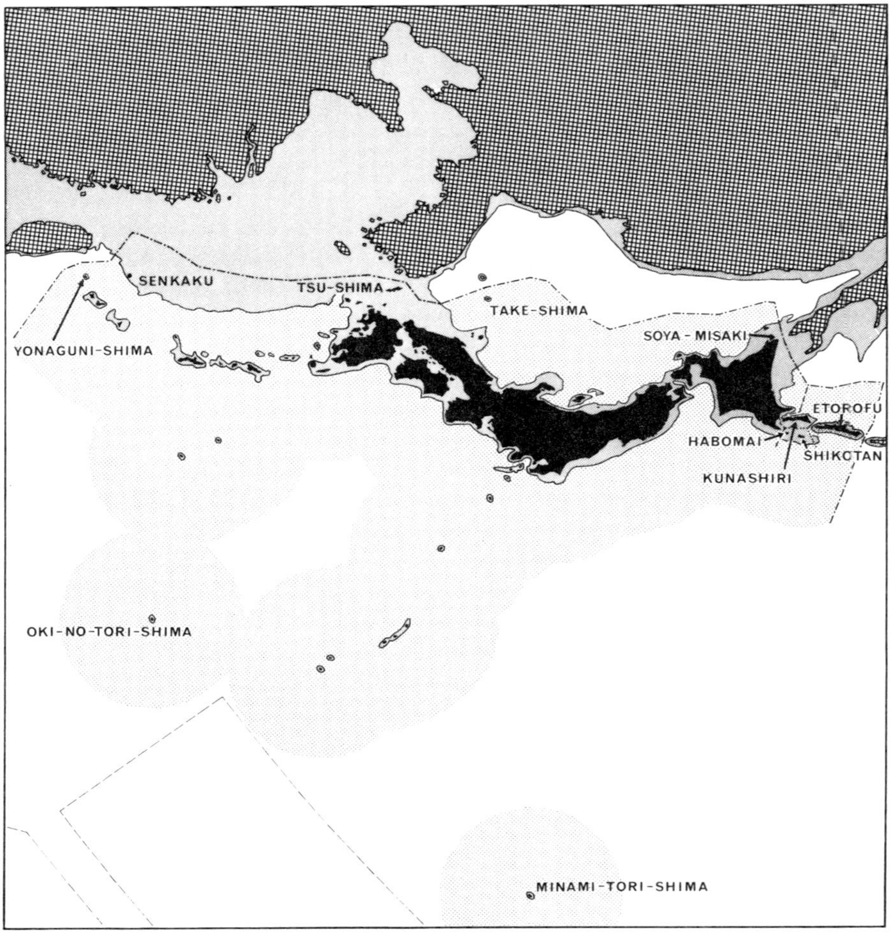

Fig. 25 Das japanische Territorialgebiet. Festland ist dunkel (schwarz = Japan, Kreuzraster = andere Länder) eingezeichnet. Enger Punktraster gibt die Schelfgebiete wieder. Ein weiter Punktraster kennzeichnet den japanischen Wirtschaftsraum ausserhalb des Schelfs; wo er nicht an einen benachbarten Wirtschaftsraum anstösst (strichpunktierte Linie), besitzt er eine Ausdehnung von 200 smi.

steht – das sind immerhin rund zwei Drittel der Erdoberfläche. Diese Verhältnisse wurden schon im Abschnitt über die Fischerei im Hinblick auf eine spezielle wirtschaftliche Bedeutung dargelegt. Die souveränen Rechte sind innerhalb der Territorialgewässer freilich nicht genau die gleichen wie auf dem festen Land; beispielsweise haben Schiffe fremder Nationen, wenn es sich um eine sogenannte «innocent passage» handelt, das Recht der Durchfahrt. In der Nachkriegszeit wurden von vielen Ländern die Territorialgewässer ausgedehnt, wobei 6, 9, 12 und 20 smi die Regel waren; doch werden auch Ansprüche bis zu 200 smi geltend gemacht. Auch Japan hat seine Territorialgewässer 1976 auf 12 smi ausgedehnt.
Neben den Territorialgewässern ist der sogenannte Wirtschaftsraum zu

beachten. Erstmals wurde 1945 in der sogenannten Truman-Doktrin das ausschliessliche Recht des Anliegerlandes im ganzen Bereich des Schelfmeeres auf Nutzung der auf und unter dem Meeresboden vorhandenen Naturreichtümer vertreten, wobei man in erster Linie an das Erdöl dachte. Der Schelf ist die flachmeerische Fortsetzung des festen Landes mit wechselnder Breite bis zum sogenannten Kontinentalabfall, der in der Regel bei einer Meerestiefe von –200 m einsetzt. Neuerdings hat man die dem Anlieger vorbehaltene Nutzung auch auf die Fischerei und andere Ressourcen ausgedehnt und gleichzeitig vorgeschlagen, den Wirtschaftsraum anstatt durch eine rasch wechselnde naturgeographische durch eine rechtlich klarere Distanzbegrenzung festzulegen. Dabei hat sich überall, wo man Anspruch auf einen solchen Wirtschaftsraum erhob – auch in Japan –, die 200-smi-Erstreckung durchgesetzt.
Wenn man vom Staatsgebiet oder vom Territorium eines Landes spricht, sollte man darum in Zukunft diese Entwicklung mit berücksichtigen. Japan ist bedeutend grösser als die in den Statistiken ausgewiesenen und früher schon erwähnten 377 534 km^2. Wie gross Japan so gesehen aber tatsächlich ist, steht noch in keiner veröffentlichten Statistik. Es ergeben sich vor allem überall dort Probleme, wo durch die Ausdehnung der Territorialgewässer und die Festsetzung einer Wirtschaftszone Überschneidungen mit den benachbarten Ländern vorkommen. Besonders gross werden diese Probleme, wenn Nachbarstaaten am Schelfprinzip festhalten oder wenn die staatliche Zugehörigkeit abgelegener Inseln – und wären sie auch noch so klein oder unbewohnt – umstritten ist.
Im Falle Japans kann eine ungehinderte Ausdehnung des Wirtschaftsraumes nur gegen den Pazifischen Ozean hin erfolgen. In allen anderen Richtungen muss die Abgrenzung durch Abkommen erreicht werden. Im Norden gibt es für Japan noch ungelöste Grenzfragen gegenüber der Sowjetunion. Nach dem Zweiten Weltkrieg hatte diese alle früher zu Japan gehörenden Kurilen-Inseln nördlich von Hokkaido besetzt. 1956 erklärte sich die Sowjetunion bereit, die zwei kleinen Inseln Habomai und Shikotan an Japan zurückzugeben, zog aber später dieses Angebot zurück; Japan seinerseits fordert nach wie vor zusätzlich die Rückgabe von Kunashiri und Etorofu. Im Süden beansprucht China die Inselgruppe Senkaku, welche nordöstlich von Taiwan liegt. Den interessanten Fall der kleinen Insel Takeshima (Liancourt-Riffe) östlich von Korea haben wir schon früher erwähnt. Der Zugehörigkeit dieser Inseln zum einen oder anderen Land kommt eine besondere Bedeutung zu, weil sie in jedem Fall als Basispunkte zur Berechnung der entsprechenden Souveränitätsbereiche in diesen erdölhöffigen Schelfmeeren dienen.
Wo immer die Nähe von Anliegern zu Überschneidungen der Territorialgewässer oder der beiderseitigen Wirtschaftsräume führt, wird man sich in vielen Fällen durch die Konstruktion einer Mittellinie einigen können. Offen bleibt zwar immer die Frage, ob man diese Konstruktion auf der Küste oder einer Basislinie, welche als Polygonzug die Küste mehr oder weniger grob umfährt, errichten will. Ausserdem ergeben sich oft tiefgreifende Gegensätze, je nachdem ob man im Falle des Wirtschaftsraumes das Prinzip Schelfausdehnung oder die Distanz von der

Küste bei der Errichtung einer Mittellinie zur Anwendung bringt. Im Falle des japanischen Anspruchs ist dies vor allem gegenüber China der Fall, weil sich unmittelbar nördlich der Inselkette der Ryukyu-Inseln ein tiefer Meerestrog befindet und damit Japan bei Vertretung des Schelfprinzipes das ganze Schelfgebiet im Südchinesischen Meer China überlassen müsste. Im ostwärts anschliessenden Bereich wird die Frage noch weiter kompliziert, weil jede Vereinbarung zwischen der Republik Korea und Japan auf den geschlossenen Widerstand von China und Nordkorea stösst, die beide die Teilung von Korea in zwei souveräne Staaten nicht akzeptieren. Nun hatte Japan, gedrängt durch die Ölknappheit und diplomatische Rücksichten, gegen den Widerstand der Opposition im eigenen Lande 1977 mit der Republik Korea ein Abkommen getroffen, welches für grosse Meeresgebiete eine gemeinsame Entwicklung der vermuteten Erdölvorkommen vorsieht. Es handelt sich dabei um eine neuartige Lösung, die versucht, mit den Schwierigkeiten auf der internationalen Ebene und im eigenen Lande fertig zu werden. Einen ähnlichen Weg scheint Japan im Norden mit der Sowjetunion aushandeln zu wollen.

Die zuerst aufgeworfene Frage, was eigentlich unter einem Land zu verstehen sei, stellt sich freilich im Falle von Japan kaum, denn hier sind alle wichtigen souveränen Rechte auf der einen, nationalen Ebene vereinigt. Dagegen stellt sich neuerdings die Frage nach der Grösse des Souveränitätsbereiches, worauf eine klare Antwort noch kaum gegeben werden kann; wichtige Grenzkonflikte, entsprechend der neuen Sachlage auch in rechtlicher Hinsicht verschieden von Grenzkonflikten in früherer Zeit, spielen mit hinein und haben noch keine allgemein befriedigende Lösung gefunden.

Landschaft ist ein derart schillernder Begriff, dass jeder, der ihn verwendet, zuerst seinen Inhalt definieren muss. Man kann darunter im Deutschen ein Sujet der bildenden Kunst, ein politisches Territorium, ein Gebiet mit besonders charakteristischen Eigenschaften verstehen – um nur einige Bedeutungen zu erwähnen. Es ist immer dasselbe Wort, dem Inhalt nach aber handelt es sich um recht Verschiedenes. Im Japanischen würde man in einem solchen Falle möglicherweise Klarheit gewinnen, wenn man wüsste, mit welchem oder welchen Schriftzeichen man in jedem Falle «Landschaft» schreibt. In den Händen der Geographen wandelt sich Landschaft nochmals und selbst dann, wenn man von «geographischer Landschaft» sprechen würde, bestünde immer noch eine grosse Unsicherheit, weil es ganz verschiedene Richtungen und Auffassungen innerhalb der Geographie gibt. Allein schon die Tatsache, dass wir von der japanischen Landschaft oder den japanischen Landschaften sprechen, zeugt davon. Im ersten Falle handelt es sich um einen Typ, im zweiten um eine grössere Zahl von Individualitäten, die in ihrer Gesamtheit Japan ausmachen.

Im Deutschen ist die allgemeine Verwendung des Begriffes Region relativ neueren Datums. Im Französischen gehört die «géographie régionale» und die «description régionale» zu den klassischen Methoden, ein Land durch eine Gliederung in grössere Räume einheitlicher Gestalt zu

beschreiben – in vielen Fällen verwendet man im Deutschen dafür den Ausdruck Landschaftskunde. Auch im Englischen und vor allem im Amerikanischen nahm in gleichem Sinne «regional geography» lange Zeit eine zentrale Stellung in geographischen Arbeiten ein. In den westlichen Ländern wird die Erarbeitung einer solchen Gliederung auch als Regionalisierung bezeichnet, während in den sozialistischen Ländern Regionalisierung ein Instrument staatlicher Planungspolitik ist. Region wurde im Deutschen im Laufe recht kurzer Zeit ein Modewort und wird heute für alle möglichen Zwecke angewandt: Politiker brauchen den Begriff zur Bezeichnung neuer Raumstrukturen; bekannt sind die «regioni» in Italien, die «régions» in Frankreich. In der Planung dient «Region» zur Benennung von Problemgebieten, Planungsgebieten usw. Eine Region ist auch das weitere Umland grosser Städte.
Im Hinblick auf alle diese Fälle wäre es sicher falsch, wenn man als Geograph nur einen einzigen Anwendungsbereich für Landschaft oder Region gelten lassen wollte. Jeder von ihnen kann begründet werden, jeder hat seine Vorteile und dient wissenschaftlichen oder praktischen Zielen. Es gibt darum auch – und daran haben wir uns im folgenden zu erinnern – mehr als eine Art, ein Land in Landschaften und Regionen zu gliedern.
Wenn man sich mit japanischer Geographie und Landeskunde befasst, stösst man aber noch auf eine weitere Schwierigkeit. Wenn schon im Deutschen oder in einer anderen westlichen Sprache dasselbe Wort je nach seiner Verwendung Verschiedenes bedeuten kann, ist kaum anzunehmen, dass jedem dieser nach ihrem Inhalt verschiedenen Begriffe im Japanischen ein völlig entsprechender Begriff gegenüberstehen wird. Dies bedeutet, dass bei der Übersetzung jedesmal eine leichte Bedeutungsverschiebung erfolgt und eine vollkommene Übereinstimmung kaum je erreicht wird. Man pflegt in diesem Zusammenhang von einer fehlenden Übersetzungsäquivalenz zu sprechen.
Diese Feststellung gilt natürlich gleicherweise für die Übersetzung aus dem Japanischen ins Deutsche oder Englische. Das Japanische hat freilich durch seine Schriftzeichen bis zu einem gewissen Masse die Möglichkeit, verschiedene Begriffsinhalte klarer zu unterscheiden, selbst wenn das Wort genauso ausgesprochen werden sollte. Nimmt man ein Wörterbuch zur Hand, wird man beispielsweise unter «Landschaft» eine ganze Reihe von japanischen Übersetzungen finden; aufgrund der Schreibweise kann entschieden werden, welches Wort dem, was wir suchen, am besten entsprechen dürfte. Keshiki und Fukei, in Romaji geschrieben, sagen uns vorerst noch nicht viel; ihre Kanji-Schreibweise deutet aber an, dass wir sie wohl besser als Landschaft mit Szenerie oder Ausblick übersetzen sollten, wenn man Missverständnisse bei Geographen vermeiden will. Auch das Wort Sansui, welches wir unter dem Stichwort Landschaft finden, entspricht nicht dem, was wir meinen. Das Schriftzeichen san 山 bedeutet Berg, jenes für sui 水 Wasser. Zusammen stehen sie für eine bestimmte malerische Kunstgattung, Landschaftsmalereien mit fast senkrechten Bergen, Ebenen oder Wasserflächen. Früher pflegten wir solche Landschaften typisch chinesische, dem Kopf des Malers

entsprungene zu nennen. Später lernten wir, dass genau solche Landschaften im Gebiete des tropischen Kegelkarstes in Südchina wirklich vorkommen. Man könnte die Kombination von Vertikaler und Horizontaler als abstrakten formalen Ausdruck der japanischen Landschaft bezeichnen und einen philosophischen Exkurs über die Polarität im Landschaftsempfinden anschliessen – nur beginge man damit sicher einen Fehler, denn der Sansui-Stil ist nicht japanischem, sondern chinesischem Boden entsprungen. Auch dem Begriff für Boden, Land usw. «chi» begegnen wir in vielen Zusammensetzungen, die alle jeweils etwas ganz Bestimmtes bedeuten. Chi-iki ist ein Territorium, ein klar begrenztes Gebiet, während Chi-ho ein weniger scharf begrenztes Gebiet bezeichnet, wie das Umland einer Stadt oder das ausserhalb einer Stadt liegende Gelände oder auch einfach ein Gebiet.
Übersetzen ist immer eine der schwierigsten Aufgaben und vor allem im Falle von wissenschaftlich verwendeten Begriffen oft fast undurchführbar. Wenn man den Begriff Landschaft, so wie man ihn in der Geographie versteht, ins Japanische übersetzt, wählt man den Terminus technicus Kei-kan. Dies könnte implizieren, dass die Szenerie oder die Landschaft im weiteren Sinne sorgfältig betrachtet und untersucht wird; tatsächlich ist es jedoch einfach eine konventionelle Übersetzung. Region im Sinne der Regionalen Geographie wird aus der gleichen Überlegung mit Chi-shi übersetzt; shi ist eine Aufzeichnung, eine Liste und damit würde an sich Chi-shi jenem Begriff am besten entsprechen, welchen man in frühneuzeitlichen Schriften für geographische Beschreibung verwendete: Topographie.
Aus welchem Grunde sind wir auf alle diese Fragen überhaupt eingegangen? Sie gaben Gelegenheit, unsere Aufmerksamkeit einer Reihe verschiedener Probleme zuzuwenden. Zum einen konnte, soweit es in diesem Rahmen überhaupt nötig ist, anhand eines Beispiels auf Unterschiede in den Ausdrucksmöglichkeiten hingewiesen werden, die zwischen Osten und Westen bestehen. Dann aber – und dies war wichtiger – legten wir die Grundlage zum Verständnis der vielgestaltigen landschaftlichen und regionalen Gliederungen, denen wir im Verlaufe unserer Darlegungen begegnen werden.
Alle zu besprechenden Gliederungen beziehen sich jedoch ausschliesslich auf das feste Land und lassen die Meeresflächen unberücksichtigt. Daraus erklärt sich, dass bei der Diskussion der drei Begriffe Land, Landschaft und Region dem Land im Sinne der politischen Geographie mehr Aufmerksamkeit gewidmet und auch auf Detailprobleme eingegangen wurde. Es war gewissermassen die letzte Möglichkeit, auf eine neue Entwicklung hinzuweisen, die zweifellos die politische Geographie zwingen wird, gewisse Konzepte von Grund auf neu zu überdenken.

23 Ausebnen der Reisfelder im Frühling in der Ebene von Tonami (Toyama). Vgl. Umschlag hinten.

24 Haufendörfer und rechteckige Feldfluren vom Jori-Typus in der Präfektur Shiga, östlich vom Biwa-See unweit Kinomoto. Vgl. Umschlag vorne.

25 Einzelhofsiedlung in der Ebene südlich von Takaoka (Toyama).

26 Küstenebene unweit Nagoya (Aichi) im Frühling. Die Reisfelder werden noch von Winterkulturen eingenommen.

27 Herbst: gebündelter Reis, zum Austrocknen aufgehängt. Harima-Küste westlich von Akashi (Hyogo).

28 Spezialisierte Landwirtschaft: Apfelkulturen. Nordwestlich von Hirosaki (Aomori).

29 Spezialisierte Landwirtschaft: Gewächshäuser aus Vinyl an der pazifischen Küste unmittelbar südlich von Kochi auf Shikoku.

30 Milchfarm auf Hokkaido, westlich von Obihiro in der Ebene von Tokachi.

31 Vinylbeete für Frühgemüse (Weisskohl) im Einzugsgebiet von Tokyo, westlich Choshi (Chiba).

32 Spezialisierte Landwirtschaft: Orangenkulturen westlich von Kumamoto, westliches Kyushu.

Mensch und Natur

Die Geographen mögen Landschaft auf ihre Art rational definieren – im täglichen Sprachgebrauch verwendet man den Begriff ohne tiefgründige Überlegungen. Wir sprechen von schönen eindrücklichen Landschaften, wir verwenden die Ausdrücke Landschaftsgefühl oder auch Landschaftsverständnis und verstehen einander. In erster Linie denken wir an das visuell Erfasste; doch werden wir nach einigem Überlegen zugeben, dass auch das Gehörte, die Gerüche und überhaupt alles, was mit unseren Sinnen aufgenommen werden kann, im Landschaftsverständnis zu einem Ganzen verwoben ist. Im Japanischen kommt unter den verschiedenen im Wörterbuch unter «Landschaft» aufgeführten Übersetzungsmöglichkeiten wohl Fukei dieser so verstandenen Landschaft am nächsten. Diese Art der Landschaftsbetrachtung ist subjektiv und erfasst das Ganze intuitiv; erst in zweiter Linie werden dann einzelne besonders charakteristische Züge bewusst analytisch herausgearbeitet. Landschaft wird – man könnte es auch so ausdrücken – in diesem Falle in erster Linie *erlebt*.

Der Geograph spricht ausser von Naturlandschaften auch von Kulturlandschaften, Industrielandschaften, Stadtlandschaften usw. Im täglichen Sprachgebrauch dürfte jedoch bei unserer Beurteilung die Natur einen besonders hohen Stellenwert besitzen. Wie sonst könnte man sich den oft gehörten Ausdruck erklären, dass die wuchernde Stadt landschaftszerstörend sei? Das Landschaftsempfinden wird darum wesentlich durch das Verhältnis, welches ein Mensch zur Natur besitzt, mitbestimmt. Allen individuellen Unterschieden übergeordnet lässt sich auch ein tiefgreifender Unterschied zwischen West und Ost gerade in dieser Hinsicht feststellen. Im Westen ist der Mensch nach dem Ratschlusse Gottes ein Wesen besonderer Art, das Ebenbild Gottes und besitzt das Recht, die Gaben der Natur für sich zu nutzen. Im Osten sind Mensch und Natur eins, Harmonie ist alles. Auch der Gegensatz von belebter und unbelebter Natur existiert grundsätzlich nicht.

Im 13. Jahrhundert erfolgte in Japan durch den Mönch Nichiren eine Reformation des Buddhismus, welche für östliche Denkweise unerwartet kämpferische und intolerante Züge besitzt. In der Nachkriegszeit nach 1945 wurde durch die «Gesellschaft zur Verwirklichung von Werten» – Soka Gakkai – auf diese Grundlage zurückgreifend eine eigentliche Renaissance des Buddhismus in einer straff organisierten und ebenfalls kämpferischen Form eingeleitet. Soka Gakkai macht ihren Einfluss auch auf der politischen Ebene durch die Komeito (Partei für eine saubere Regierung) geltend, die sich in kürzester Zeit die dritte Position im Parlament erkämpfte. Weil sich Soka Gakkai grundsätzlich als eine religiös fundierte Bewegung versteht, spielt bei den von ihr vertretenen Ideen auch das uns im Zusammenhang mit Landschaft beschäftigende Verhältnis Mensch–Natur eine wichtige Rolle. Ikeda Daisaku, Präsident von Soka Gakkai, und der 1975 verstorbene englische Historiker Arnold Toynbee diskutierten zwischen 1971 und 1974 in umfassender Sicht Gegensätze und Übereinstimmungen zwischen Ost und West. Aus diesem

Gespräch mögen die folgenden kurzen Auszüge die beiderseitigen Auffassungen beleuchten:
«(Ikeda) Als innersten Kern der modernen wissenschaftlichen Zivilisation finden wir die Auffassung, dass Mensch und Natur Gegensätze sind und dass, seinem Profitdenken gehorchend, der Mensch die Natur erobern muss. Es ist in erster Linie die wissenschaftliche Methode gewesen, welche zur Erreichung dieses Zieles eingesetzt wurde. (Toynbee) Die revolutionären Vorstellungen des jüdischen Monotheismus lösten den Menschen aus seiner Naturumgebung heraus und entkleideten letztere ihres früheren göttlichen Gehaltes. Dem Menschen war die Ausbeutung seiner Umwelt, die von nun an nicht mehr sakrosankt war, gestattet ... Immerhin vermochte bis vor wenigen hundert Jahren weder die Menschheit noch irgendeine andere Lebensgemeinschaft unsere Naturumgebung durch Aufprägung einer künstlichen Umwelt zu zerstören. (Ikeda) Schon die Vorfahren des heutigen japanischen Volkes legten ihr geistiges Verhalten durch Kriterien fest, welche im Glauben an die Harmonie zwischen Mensch und seiner Umgebung verankert waren. Diese Kriterien besassen in sich die Stärke, zu vermeiden, was wir heute Umweltverschmutzung nennen. Es tut nichts zur Sache, ob diese Grundsätze im Shintoismus oder im Buddhismus wurzeln; sie waren während langer Zeit wirksam, wofür in Japan die Erhaltung der Schönheit der Natur bis zum Beginn der modernen Periode Zeugnis ablegt. In den vergangenen Jahrzehnten versuchten jedoch die Japaner bei gleicher Zielsetzung wie die westlichen Nationen, mit diesen Schritt zu halten, und verliessen dabei ihre traditionelle Religion, ihre Einstellung zur Natur und sogar die bisherigen ethischen Beziehungen der Menschen unter sich ... Ich sehe zwei Gründe, welche es verständlich machen, dass die Menschheit ihre Naturumgebung in einem solchen Masse zerstörte. Zum ersten betrachtet der moderne Mensch die Natur nicht mehr in gleichem Sinne wie sich selbst als etwas Lebendiges; anders gesagt, verstand er die Natur als etwas vom Menschen völlig Verschiedenes. Die zweite Ursache liegt im jüdischen Monotheismus ...» Diese Hinweise sind der Veröffentlichung «Choose Life – A Dialogue» entnommen.
In fast allen Arbeiten westlicher Autoren zur Geographie Japans wird dieser Beziehung zwischen Mensch und Natur wenig Beachtung geschenkt – zu Unrecht. Ausnahmen bilden das grossangelegte Werk von Martin Schwind «Das japanische Inselreich», auf welches wir früher schon in diesem Sinne hinwiesen, und Peter Schöllers Beitrag «Japan» in der Fischer-Länderkunde. Auch er nimmt Bezug auf Toynbee; ähnlich wie dieser sieht er im Verhältnis von Mensch und Natur Herausforderung und Antwort von beiden Seiten als die bedeutenden Gestaltungskräfte der Landschaft. Er stützt sich bei der Beantwortung der Frage, «in welchem Masse sich der Mensch vom Gesamtbereich seiner Umwelt ansprechen lässt und in welchem Umfang, formal gesehen, er Antwort zu geben vermag», vor allem auf westliche Autoren: von Uexküll, E. Spranger und andere.
Aufschlussreich ist auch, in japanischen Arbeiten nach Antworten zu suchen. Dabei erhalten wir immer dann, wenn Japaner nicht versucht

haben, im westlichen Stil zu schreiben – und dies ist in den meisten wissenschaftlichen Artikeln der Fall –, interessante Aufschlüsse. 1961 veröffentlichte die japanische Unesco-Kommission von Watsuji Tetsuro eine Studie mit dem Titel «A Climate – A Philosophical Study», welche wir zu jener besonders interessanten Gruppe von japanischen Veröffentlichungen zählen, die uns mehr als nur Tatsachen vermitteln. Klima wird hier nicht als eine Summe meteorologischer Daten, sondern als «a way of life» verstanden; der Vergleich zwischen Wüsten, Monsunländern und dem klimatisch ausgeglichenen Europa führt über die Beschreibung der Naturphänomene zu den grundlegenden Unterschieden im menschlichen Verhalten. Gleichzeitig muss sich der Verfasser andauernd mit den Problemen auseinandersetzen, welche sich aus der Unübersetzbarkeit der verwendeten Begriffe ergeben – nebenbei bemerkt eine beruhigende Feststellung, denn mancher Leser mag in Unkenntnis dieser Schwierigkeiten gelegentlich den Eindruck gewonnen haben, dass möglicherweise im vorliegenden Buch in dieser Richtung etwas zuviel des Guten getan worden sei.

«Das Verhältnis zwischen Wetter und Vegetation kann auch auf eine Beschreibung menschlichen Denkens und Fühlens übertragen werden. Erst als ich mich unter Europäern befand, begann ich über das Mass an kleinsten und zarten Gemütsänderungen zu staunen, die der Japaner zum Leben benötigt. Der Europäer andererseits wird unter dem Einfluss der klimatischen Monotonie in seinem Verhalten so gesammelt und fest wie die Baumästen aufsitzenden Knospen ... Im Vergleich braucht der Japaner alle Art von Abwechslung und Veränderung in seinem Leben, was sich beispielsweise so auswirken kann, dass ihn plötzlich ein heftiges Gefühl von Vereinsamung befällt, sollte er einmal in einem Sommer den Ruf der Zikaden nicht vernehmen. Trotz einer fast vollständigen Übernahme der modernen europäischen Zivilisation – etwa in der Kleidung, im Essen und in der Behausung – wurde es den Japanern nie möglich, eine völlige Europäisierung zu erreichen. Die Tatsache, dass sie nach wie vor an ihrem Kimono, ihrem Reis und der Tatamimatte hängen, ist darin begründet, dass nur diese den verschiedenen Stimmungen den Jahres- oder Tageszeiten entsprechend Ausdruck zu geben vermögen.» Dass Watsuji nicht an eine Klimatologie im üblichen Sinne dachte, zeigt schon der Titel der japanischen Ausgabe, «Fudo», was im Deutschen etwa soviel wie «Wind und Land» bedeutet. «Es ist klar und in Ordnung, wenn die Naturwissenschaften das Klima als eine Naturerscheinung betrachten. Es ist aber eine ganz andere Frage, ob klimatische Phänomene im tiefsten Grunde als naturwissenschaftliche Objekte betrachtet werden sollen.»

Auch wer sich nur kürzere Zeit in Japan aufhält, wird erleben, wie die Beziehungen des Menschen zur Natur trotz einer modernen Lebensweise innig geblieben sind. In der ersten Hälfte Februar wird das Kommen des Frühlings, Risshun, gefeiert. Am Vortage, Setsubun, schwärmen viele gute und böse Geister über die Erde und werden durch das Auswerfen von frisch gerösteten Sojabohnen mit dem Rufe «Hinein mit dem Glück, hinaus mit den Dämonen! Fuku wa uchi, oni wa soto» vertrieben. Früher mehr ein Fest im eigenen Haus, ist es heute zu einem Volksfest geworden. Überall auf der Erde dürfte der Mond – und vor allem der Vollmond – die Blicke des Menschen auf sich ziehen. In Japan ist das Betrachten des vollen Herbstmondes ein stilles, beschauliches und doch fröhliches Familienfest, Tsukimi genannt. Die Sitte kam schon im 8. Jahrhundert aus China nach Japan. Vorerst bewunderten die Edelleute den Mond, dichteten dabei Kurzgedichte und spielten gefühlvolle Musik. Später fand Tsukimi allgemein Verbreitung. Man beschaut aber nicht nur den Mond, sondern man begibt sich auch an besondere Orte, wo die nächtliche Kulisse der Landschaft und der Mond ein besonders harmonisches, ästhetisch befriedigendes Bild ergeben; es gibt damit nicht nur einen einzigen Vollmond, sondern viele verschiedene, landschaftlich verschiedene, jeder mit einem besonderen Gefühlswert. Man sitzt, staunt und schweigt – und knabbert süsses Konfekt, Dango genannt. Und weil wir gerade beim Essen sind: nur Barbaren würden ein herbstliches Gericht schon im Frühjahr essen; auch beim Speisezettel hat in Japan jedes Ding seinen richtigen Platz im ganzen Ablauf des Jahres, den man beachtet und versteht. Es gibt in Japan ein wichtiges und in manchem Zusammenhang gebrauchtes Fremdwort, das aus dem Englischen übernommen wurde: «mood»; oft kommt dem japanischen «mood» das deutsche «Stimmung» am nächsten, doch kann es auch anders verwendet werden. Damit die Stimmung perfekt sei, müssen Mensch und Umwelt sich in vollendeter Harmonie befinden, muss der Mensch mit den naturgegebenen Schwingungen mitschwingen können. Oft entspringt ein für uns westliche Menschen unerklärliches Verhalten eines japanischen Bekannten einem solchen Stimmungsumschwung. Japaner haben ein sehr feines Gefühl für Veränderungen dieser Art, können sich, ohne dass Worte gewechselt werden, gegenseitig verstehen und sich entsprechend verhalten; wir stehen ihnen meist fassungslos gegenüber und fragen uns, was nun wieder geschehen sei. Tsukimi findet im Herbst statt, denn der Herbstmond ist am schönsten. Im Herbst verfärben sich auch die Wälder und der Ginkgo in den Parkanlagen setzt goldene Akzente in das graue Bild der Stadt. In den Tempelanlagen und den heiligen Bezirken der Schreine, vor allem aber in den Hügeln und Bergen flammt nochmals vor Eintritt des Winters die ganze Natur in unwahrscheinlicher Pracht auf. Koyo, «rote Blätter», nennt der Japaner dieses Ereignis.

Bei meinen ersten Besuchen in Japan beeindruckte mich dieses intime Verhältnis zwischen Mensch und Natur ausserordentlich, vor allem auch, dass ihm spontan und allgemein Ausdruck gegeben wird. «Japan ist ein schönes Land. Hier darf auch ein Professor zusehen, wie ein Schmetterling sich auf eine Blume setzt, und sich daran freuen, ohne dass man ihn für verrückt erklärt», sagte ich einmal ohne lange Überlegung. Zu meinem Erstaunen erinnerte sich zwanzig Jahre später ein älterer Kollege noch wörtlich an diese spontane Äusserung und fügte bei: «Ich habe das nicht vergessen, denn möglicherweise zeigte es an, dass Sie einmal eine Geographie von Japan schreiben könnten.»

 Nichts wäre jedoch unrichtiger, als anzunehmen, dass in Japan immer und überall – in unserem Sinne verstanden – zwischen Mensch und Natur ein inniges Verhältnis herrsche. Ich kenne kein Land, in welchem mit einer ähnlichen Brutalität Strassen in Berglandschaften hineingelegt werden und wo die sich ausdehnenden Städte ebenso rücksichtslos ganze Hügelzüge auffressen, Platz für Häuser, Tennisplätze, Golfanlagen usw. schaffend. 1973 führte das Umweltschutzamt eine Untersuchung durch (National Green Condition Investigation), welche ergab, dass schon mehr als ein Fünftel der Küste durch Aufschüttungen und Landgewinne umgestaltet und ein weiteres Fünftel sonstwie durch menschliche Eingriffe geschädigt wurde. Dass gerade die Küstengebiete betroffen sind, ist verständlich. Hier ist für die neuen Industrieanlagen der beste Standort, und infolge des raketenhaften Anstieges der Grundstückpreise ist die Schaffung von Neuland im Meer relativ billig geworden. Ein altes Gesetz aus dem Jahre 1921 beschränkt zudem bei solchen Auffüllungen die Entschädigungsansprüche auf die Fischerei; der landschaftliche Verlust und die zunehmende Verschmutzung der Buchten und Küstengewässer trifft freilich heute fast in gleichem Masse die Bevölkerung im Landesinnern, vor allem in den Grossstädten. Zahlreiche Küstengebiete, denen in der japanischen Geschichte eine grosse Bedeutung zukommt und die für den Japaner einen wesentlichen Teil seiner Identität ausmachen, sind in den letzten Jahrzehnten im Gefolge des Wirtschaftsbooms der Nachkriegszeit völlig zerstört worden. Solche und ähnliche Entwicklungen haben in vielen Veröffentlichungen ihren Niederschlag gefunden. Sie scheinen in völligem Gegensatz zu dem zu stehen, was früher über die Naturverbundenheit des Japaners gesagt wurde. Ähnlichen Gegensätzen begegnen wir auch anderswo häufig. Die Begegnung mit der Natur kann sich ebenso im stillen Schauen wie in lärmender Fröhlichkeit ausdrücken; an den landschaftlich schönsten Stellen liegt weggeworfener Abfall wie Flaschen, Papier, Speisereste in erschreckenden Mengen. Äusserste Höflichkeit und geradezu aggressive Rücksichtslosigkeit – freilich kaum jemals gegenüber Fremden – sind in Japan nahe beieinander zu finden. Grundsätzlich lässt sich eine bestimmte Verhaltensweise oder ein bestimmter Zustand nur schwer als typisch japanisch beschreiben. Immer wieder erhielt ich den Eindruck, dass – wenn man schon in dieser Weise verallgemeinern will – «typisch japanisch» gerade in dieser Gegensätzlichkeit beruht. Man begegnet ihr in sozusagen allen Bereichen und auf Schritt und Tritt. Kaum hat man eine Aussage gemacht, muss man sie schon wieder auf Grund einer Erfahrung, die der eben gemachten Feststellung diametral entgegensteht, korrigieren. Möglicherweise empfinden Japaner selbst dieses Hin- und Hergerissenwerden weniger, weil es ein Teil ihrer selbst ist.

Nach der japanischen Mythologie nahm die Geschichte des Landes ihren Anfang in Kyushu. Später verlagerte sich das Zentrum des Geschehens in den Raum der Japanischen Inlandsee und fasste später festen Fuss in den Ebenen in deren Westteil. Von vielen Autoren wird das Setonaikai als typische «japanische» Landschaft hingestellt. Hier durchdringen sich Wasser und Land, und würden heute nicht zunehmend an seinen Ufern Industriezonen geplant und errichtet sowie Brücken von Inseln zu

Inseln geschlagen, wäre es ein Landesteil von beinahe unwahrscheinlicher Schönheit geblieben.
Weniger als landschaftliche Realität, dafür um so mehr durch seine geistige und historische Bedeutung wurde für die Japaner jenes Gebiet im Westen von Setonaikai in den grossen Ebenen von Sakai, Nara und später Kyoto zur Urzelle des historischen Japan. Im nächsten Abschnitt wird darüber mehr zu sagen sein. Hier seien lediglich im Zusammenhang mit dem Namen dieser Landschaft einige Hinweise gemacht. Der Verfasser verdankt verschiedene Angaben der freundlichen Hilfe Prof. C. Ouwehands vom Japanologischen Seminar der Universität Zürich.
Wer sich in Japan aufhält, wird ohne Zweifel dem Begriff Yamato begegnen. Im engeren geographischen Sinne versteht man darunter die Yamato-Ebene, das von Bergen umschlossene Becken südlich von Nara, welches mit seinen quadratischen Feldfluren, den Haufendörfern, den festgefügten Bauernhäusern und den zahlreichen Tempeln am reinsten die Gestalt der japanischen Kulturlandschaft unter frühem chinesischem Einfluss verkörpert. Die Gebietsbezeichnung Yamato dürfte wohl auf einen Ort in der Nähe von Tenri zurückgehen und soviel wie «gebirgiger Ort» bedeuten. Wir werden später die Begriffe Yamato-Kultur, Yamato-Volk usw. kennenlernen und verstehen, dass die Bezeichnung Yamato später und bis heute oft gleichbedeutend mit Japan gebraucht wurde. Das Wort Yamato reicht in Zeiten zurück, als man in Japan noch keine Schrift kannte, und die oben gegebene Erklärung ist eine von mehreren möglichen; nach anderer Auffassung dürfte das Ur-Yamato weiter im Westen, in Kyushu, zu suchen sein. Als etwa im 7. Jahrhundert n. Chr. chinesische Kultur jeder Art nach Japan gebracht wurde, führte man neben der Schrift auch in sehr grosser Zahl chinesische Wörter ein, die in der Folge neben und gleichzeitig mit den japanischen verwendet wurden. In Westeuropa spielte sich Ähnliches ab, als im deutschen Sprachgebiet weitverbreitet in den gehobenen Klassen neben Deutsch auch Französisch gesprochen wurde; so konnte man etwa sowohl Briefumschlag wie Enveloppe sagen. Im Japanischen ist dieses Nebeneinander der beiden Sprachen bis heute weitverbreitet geblieben. Ein chinesisches Schriftzeichen kann meist auf mindestens zwei Arten gelesen werden, wobei die eine – kun-yomi – der japanischen, die andere – on-yomi – der chinesischen Lesart entspricht. Nun hatten die Chinesen die Japaner schon seit langer Zeit die Zwergmenschen oder «wa-jin» genannt; Japan war das Wa-Land. Aus welchem Grunde zu Beginn der Nara-Zeit (etwa um 710) die Japaner diese Benennung von den Chinesen übernahmen und dafür einen wa ausgesprochenen Kanji (和) – welcher freilich nicht Zwerg, sondern Frieden bedeutet – verwendeten, bleibt unbeantwortet. Um die Grösse zu dokumentieren, fügte man noch das Schriftzeichen für gross (大) bei. Die Kombination der beiden Schriftzeichen (大和) kann durchaus als Dai-wa gelesen werden und bedeutet dann auch «der grosse Friede». In gewissen Fällen ist diese Lesart auch richtig; es sei nur an die Daiwa-Bank erinnert. Die übliche Lesart ist jedoch Yamato; dies ist immer der Fall, wenn man entweder das geographische Gebiet, die entsprechende historische Epoche, die Kultur oder einfach schlechthin

Japan meint. All dies kann – was hier versucht wurde – bis zu einem gewissen Grade im westlichen Sinne logisch abgeleitet werden. Im Grunde genommen muss man aber einfach wissen, wie man einen Begriff schreibt und wie man ein Schriftzeichen ausspricht. Dass die Schriftzeichen für Yamato auch Grosser Friede bedeuten, ist Zufall; andererseits sind Bezeichnungen wie Meiji – erleuchtete Regierung – bewusst gewählt worden. Yamato ist eine Landschaft, geographisch in bestimmtem Zusammenhang, geistig in anderem Zusammenhang und von grosser Bedeutung im japanischen Denken und Fühlen.

Die umfassende Bedeutung von Yamato entspricht dem zentralistischen Aufbau des Staates. Zwei weitere Landschaftsbegriffe teilen das Land in eine westliche und in eine östliche Hälfte. Zwischen Kyoto und Nagoya zieht von Norden nach Süden die Kette der Suzuka-Berge, welche von zahlreichen Wegen – unter anderem von dem uns schon bekannten Tokaido – überquert werden musste. Oben auf den Pässen befanden sich die «check points» oder «kan», wo die Papiere visiert und Güter verzollt werden mussten. Man sprach von dem Gebiet westlich des Passes als vom Kan-sai, vom östlichen als vom Kan-to. Beide Begriffe sind ebenfalls bis heute lebendig geblieben und werden täglich gebraucht. Im Kan-sai liegen Kyoto, Nara, Osaka-Kobe; hier spricht man Kan-sai-ben, zu deutsch: Kan-sai-Dialekt. Unbestimmt bleibt vorerst, wie weit westwärts sich der Kan-sai erstreckt. Im Gegensatz dazu hat sich die Bezeichnung Kan-to im Laufe der Zeit auf das Gebiet östlich eines anderen «check-point» in Hakone verlagert und heute versteht man darunter im geographischen Sinne die grösste Ebene des Landes an der Bucht von Tokyo; in diesem Sinne haben wir Kan-to auch schon in früheren Abschnitten kennengelernt.

In den Zusammenhang Mensch–Natur gehört aber unseres Erachtens auch ein kurzer Hinweis auf den japanischen Garten. Wenn es in den grossen Städten Japans Parks in grosser Zahl gibt, muss man diese doch eigentlich als moderne Erscheinungen betrachten. Charakteristisch sind für Japan viel eher die Haine um Tempel und Schreine und die formal durchgestalteten Gartenanlagen von teilweise minimaler Ausdehnung. Der heilige Bezirk shintoistischer Schreine wird durch den Torbogen, Torii genannt, betreten. Dort lassen wir das geschäftige Treiben hinter uns und wandern unter hohen Bäumen in die Stille des Heiligtums hinein. Auf andere Art lädt der japanische Garten zur Beschaulichkeit ein; man sitzt da und schaut, entspannt sich und wird innerlich gelöst. Wer europäische Gartenanlagen kennt, wird zuerst nur mit Mühe das nötige Verständnis für diese besondere Art von Landschaftsgestaltung aufbringen. Auf die Frage, was das Besondere daran sei, wird uns geantwortet: «Schauen Sie doch hin, hier ist alles da, die ganze Welt, ein kleines Abbild unserer Umwelt mit Bergen, Wasserflächen, Flüssen, Ebenen.» Dann erst beginnen wir zu begreifen, dass der Garten – und sei er auch noch so klein – dem Beschauer gestattet, wieder eins mit der Natur und seiner Umwelt zu werden. Wie gesagt, ein solcher Garten kann von ganz geringer Tiefe sein. Man schaut beispielsweise aus einem Restaurant oder aus einem Hotelzimmer in eine solche Mikrowelt von wenigen

Metern Tiefe hinaus, man entspannt sich im heissen Wasser eines Thermalbades und geniesst den Ausblick in ein vollendet gestaltetes gärtnerisches Abbild unserer Umwelt, in dem nicht nur alles enthalten ist, sondern auch mit ästhetischem Gefühl für Formen und Farben gestaltet wurde. Bei fremden Besuchern am bekanntesten dürften jene Gärten sein, wo die Landschaftsgestaltung das höchste Mass von Abstraktion erreicht hat: jene Steingärten, welche wir in vollendeter Form in Kyoto finden.

Provinzen, Präfekturen und ihre Gruppierungen

Das räumliche Wachstum des japanischen Staates führte zum Aufbau einer entsprechenden Verwaltungsstruktur. Im folgenden beschäftigen wir uns mit der Gliederung des Landes in Provinzen, wie sie vor 1868 bestand, und jener in Präfekturen in der nachfolgenden Zeit bis auf den heutigen Tag. Für das heutige politische Leben und die Verwaltung ist die Gliederung in Präfekturen wichtig; die alten Provinzen leben dagegen im Denken der Bevölkerung als Begriffe oder aber auch in mancher Hinsicht sehr konkret weiter. So wurde beispielsweise die frühere Provinz Iyo (Hauptstadt Matsuyama, westliches Shikoku) zur Präfektur Ehime umbenannt; noch aber spricht man von den vorzüglichen Iyo-Orangen oder legt das Geld bei der Iyo-Bank an. Eine andere Frage, welcher wir im Zusammenhang mit der Verwaltungsgliederung nachgehen müssen, beschäftigt sich mit der Zusammenfassung mehrerer Präfekturen zu regionalen Einheiten, wobei verschiedene Gesichtspunkte leitend sein können.

Wir wiesen schon früher darauf hin, dass wir die heutigen Verwaltungseinheiten höchster Ordnung als Präfekturen und nicht als Provinzen bezeichnen wollen, um allfällige Missverständnisse zu vermeiden. Natürlich sind sowohl Provinz als auch Präfektur ins Westliche übersetzte japanische Ausdrücke, so dass wir auch in diesem Falle nicht um einige Hinweise auf Begriffsunterschiede herumkommen.

Unter den Tokugawa regierten die einzelnen Feudalherren von ihrer Hauptstadt aus über ein Territorium, welches entweder mit dem japanischen Ausdruck «kuni» oder in chinesischer Lesart als «shu» bezeichnet wird. Kuni kann auch als Koku – bei gleichem Kanji – gelesen werden und ist in dieser Lesart in der geographischen Bezeichnung Shi-koku – die vier Provinzen – erhalten geblieben; das andere Beispiel wäre Kyushu oder die neun Provinzen. In mehr funktionalem Sinne wird ausserdem der Ausdruck Han verwendet; man meint dann aber weniger das Territorium als den feudalen Klan und alles, was mit ihm zusammenhängt. Immerhin wurden anfänglich auch viele kleine Territorien als Han bezeichnet. Erst im Jahre 1871 wurden sie, 261 an der Zahl, vorerst alle in Präfekturen umgewandelt und schliesslich noch im gleichen Jahr mit den übrigen Präfekturen zu 72 Präfekturen zusammengelegt. Seit dem Ende des Zweiten Weltkrieges ist die Zahl der Präfekturen unverändert geblieben; vorher hat sich die Zahl und damit auch die Grösse der Präfekturen dauernd verändert.

Den Kern des japanischen Staates bildeten die fünf Provinzen im Gebiet Nara–Kyoto–Osaka–Sakai–Kobe, in ihrer Gesamtheit Kin-ki oder Gokinai genannt. Jede von ihnen besitzt ihren Namen in japanischer und chinesischer Lesart, ihre Hauptstadt mit dem Schloss des Daimyo; im Falle von Kyoto ist es das Schloss des Kaisers. Bei der Verwaltungsreform nach Meiji gingen diese Provinzen wie alle andern auch teilweise in den neugeschaffenen Präfekturen auf und dabei wechselten in vielen Fällen Bezeichnungen und Hauptstadt. Wir greifen damit in der Besprechung der Verhältnisse etwas vor, wollen aber schon hier am Beispiel dieser fünf Stammprovinzen die Entwicklung zeigen, wobei wir uns auf eine Tabelle von Martin Schwind stützen.

Die fünf Stammprovinzen und ihre Eingliederung nach 1868

	1.	2.	3.	4.	5.
Japanischer Name	Yamato	Yamashiro	Kawachi	Izumi	Settsu
Chinesischer Name	Washu	Joshu	Kashu	Senshu	Sesshu
Hauptstadt vor 1868	Nara	Kyoto	Yao	Sakai	Osaka
Heutige Präfektur	Nara	Kyoto	Osaka	Osaka	Osaka + Hyogo
Heutige Hauptstadt	Nara	Kyoto	Osaka	Osaka	Osaka + Kobe

Von diesem Kerngebiet aus führten die Reichsstrassen in alle Teile des Landes; wir wiesen schon im Zusammenhang mit Edo auf den der Ostmeerküste entlang führenden Tokaido hin – zu einer Zeit, als durch das Shogunat das bestehende Verkehrssystem umfunktioniert worden war. Do ist die chinesische, michi die japanische Lesart eines Schriftzeichens, welches soviel wie Weg, Strasse usw. bedeutet. Die verschiedenen Provinzen wurden entsprechend ihrer Lage an den Reichsstrassen zu Gruppen zusammengefasst. Dem Tokaido gehörten alle Provinzen entlang der Küste bis Edo, dem heutigen Tokyo, und darüber hinaus bis Mito an. Musashin-no-kuni oder Bushu war die Provinz, in welcher Edo lag; nach 1868 wurde ein Stück davon zur Präfektur Tokyo gemacht, einen Teil bildete Saitama und ein weiterer Teil wurde zu Kanagawa geschlagen. Die äusserste Provinz in diesem Do war Hitachi oder Joshu (Hauptstadt Mito), später Ibaraki genannt.
Vom Stammgebiet an die Japan-See und weiter bis Niigata führte der Hoku-riku-do (Nord-Land-Weg). Quer durch die Gebirgsprovinzen bis nördlich von Edo und dort sich aufgabelnd in einen östlichen und westlichen Ast waren entlang dem To-san-do (Ost-Gebirge-Weg) 13 Provinzen aufgereiht bis zur Nordspitze von Honshu. Eine dritte und vierte Reichsstrasse führten in westlicher Richtung den beiden Küsten folgend durch die zentrale Gebirgskette getrennt bis zum Westende von Honshu; ihre Namen sind San-in-do und San-yo-do (San bedeutet Berg, in Schattenseite und yo Sonnenseite). Der Nan-kai-do oder Süd-Meer-Weg führte einerseits in die weit südwärts vorspringende Provinz Kii – heute Präfektur Wakayama – und andererseits über Awajima nach Shikoku,

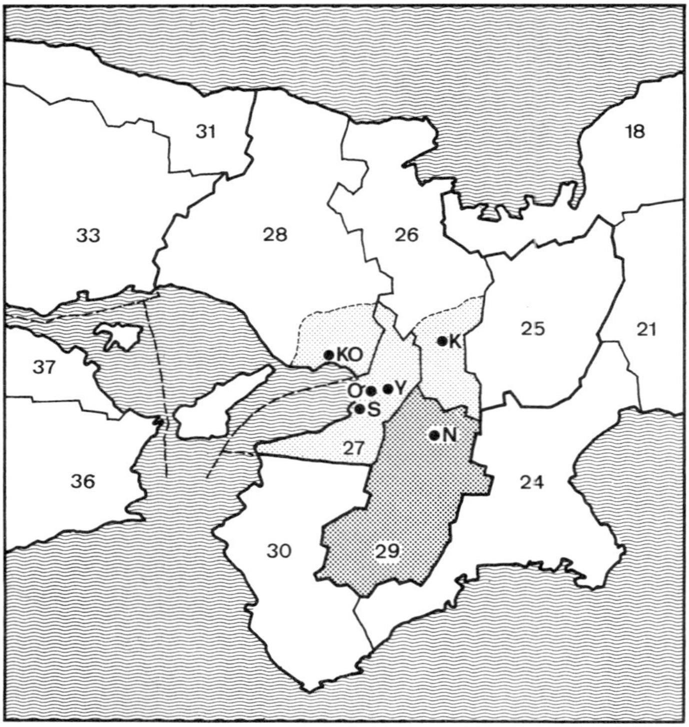

Fig. 26 Provinzen und Präfekturen. K = Kyoto, KO = Kobe, Y = Yao, O = Osaka, S = Sakai, N = Nara. Dunkler Raster = Yamato. Heller Raster = Go-Kinai. Die Zahlen bezeichnen in der offiziellen Aufzählung die heutigen Präfekturen.

während der Sai-kai-do oder West-Meer-Weg die Provinzen auf Kyushu an das übrige Reich band. Die Geschichte von Hokkaido (Nord-Meer-Weg) und jene der Ryukyu-Inseln ist verschieden, jünger und kann hier – nachdem wir an anderer Stelle uns damit schon beschäftigt haben – übergangen werden. Im Bewusstsein der Bevölkerung und im täglichen Sprachgebrauch sind die alten Bezeichnungen lebendig und werden in den meisten Fällen auch heute noch gebraucht. Klassische Provinzen gibt es 66 an der Zahl; noch nach 1868 und vor der Neuordnung in Präfekturen erhöhte sich die Zahl der Provinzen auf 75. Von den seinerzeit 66 Provinzen gehörten 33 zu Kansai und 33 zu Kanto. Die Trennungslinie in Ost und West liegt dabei an jener Stelle, wo sich zwischen Yamato und Omi einer der früher erwähnten «check points» befand. Entweder verstand man als Trennungslinie diese Grenze unmittelbar östlich von Kyoto – dann ergibt sich die Gliederung in je 33 Provinzen – oder nach anderer Interpretation die im letzten Abschnitt erwähnten Übergänge über die Suzuka-Berge.
Es wurde schon darauf hingewiesen, dass sich nach 1868 die verwaltungsmässige Grossgliederung dauernd veränderte. Dies war vor allem im Zeitraum von 1871 bis 1888 der Fall. Nach der Bildung einer Präfek-

tur Nara im Jahre 1887 und der ein Jahr früher erfolgten Zusammenlegung der Präfekturen von Hakodate, Sapporo und Nemuro zu einer einzigen Präfektur (Hokkaido) erreichte man durch die Bildung der Präfektur Kagawa im Jahre 1888 die Zahl 46, die in der Folge unverändert blieb, womit die statistische Kontinuität und Vergleichbarkeit gewährleistet war. Dass drei dieser Präfekturen nicht mit dem dafür üblichen Ausdruck ken, sondern mit dem ehrenden Prädikat fu (Grosse Stadt oder Hauptstadt; Tokyo, Osaka, Kyoto) bezeichnet wurden, blieb ohne Einfluss auf die rechtliche Stellung. Namensänderungen gab es auch später noch: 1943 erhielt Tokyo den Ehrentitel to (Tokyo-to), was am bestem mit Kapitale übersetzt wird; 1946 wurde Hokkaido-ken in Hokkaido umbenannt. Die im Mai 1972 erfolgte Rückgabe von Okinawa erhöhte die Zahl der Präfekturen von 46 auf heute 47. 1945–1972 waren in Landestotalen statistischer Angaben die Werte für Okinawa nie enthalten. Mit der japanischen Präzision im sprachlichen Ausdruck wird diese Kategorie – für welche wir Präfektur verwenden – als «to-do-fu-ken» bezeichnet. Eine Liste in der offiziellen Reihenfolge mit Numerierung und Name findet sich in der Tabelle «Standorte der Industrie und Veränderungen 1963–1972» (siehe S. 79).
Eine Zusammenfassung von Präfekturen in Gruppen wird für eine grobe Gliederung des Landes in Regionen verwendet. Man sollte jedoch beachten, dass diesen im Gegensatz zu den italienischen Regioni und den von de Gaulle vorgesehenen Régions in Frankreich keine Verwaltungsfunktionen oder besonderen autonomen Rechte zukommen. Es handelt sich dabei lediglich um eine Ordnung, die bestimmte Regionalbegriffe berücksichtigt und diese in jedem einzelnen Fall als eine Summe von Präfekturen festlegt. Weil sehr viele Statistiken vor allem nach Präfekturen geordnet vorliegen, ist in diesen Angaben ein leicht fassbarer Ansatz zur regionalen Untersuchung gegeben. In der Kartenskizze der Präfekturen sind auch diese Zusammenfassungen mit eingezeichnet.
Kinki entspricht – um an einem Beispiel die Anwendung dieser Terminologie zu zeigen – in gewissem Sinne dem alten Stammgebiet der fünf Provinzen, welches auch Go-ki-nai (go = fünf, ki = die Gebietsbezeichnung, nai = innerhalb) genannt wurde. Doch hat man später bei der Bildung des regionalen Begriffes Kinki Erweiterungen in allen Richtungen vorgenommen: Shiga gehörte nach einer eben erwähnten Abgrenzung zum Kanto, liegt östlich der Barriere; Wakayama ist ein Teil des früheren Nankaido; die Präfektur Hyogo erstreckt sich nicht nur bedeutend weiter westwärts als Settsu, sondern auch quer durch Honshu von der Süd- zur Nordküste. Damit wird aus geographischer Sicht ein Raumgebilde geschaffen, welches sehr Uneinheitliches beinhaltet. Bei der richtigen Interpretation von statistischen Angaben auf der Basis von Präfekturen beschleicht einen im Falle von Hyogo immer ein gewisses Gefühl der Unsicherheit, gehören doch dazu neben dem Grossstadt- und Industriegebiet von Kobe bewaldete Bergländereien und teilweise doch recht abgelegene Küstenstriche an der Japan-See.
Tokai, Tosan und Hokuriku stimmen weitgehend mit den früheren Do-Regionen überein – auch wenn sich im einzelnen kleine Abweichungen

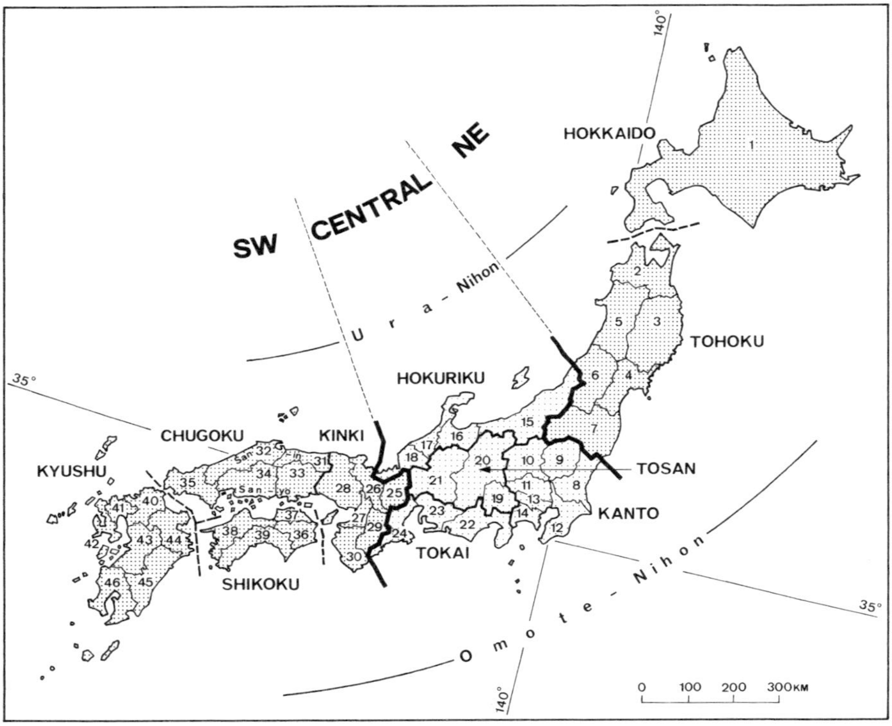

Fig. 27 Regionen und Präfekturen. Die Zahlen entsprechen der offiziellen Numerierung, die Namen finden sich in der Tabelle «Standorte der Industrie und Veränderungen 1963–1972» auf Seite 79.

ergeben –, und alle drei bilden in weit höherem Masse als Kinki geographisch einheitliche Gebiete. Das gleiche ist von Kanto, so wie es heute verstanden wird, zu sagen. Am Ostende von Tokai befand sich ein sehr wichtiger «check-point» in der Berglandschaft von Hakone, nach dessen Überschreitung man in die Ebene von Musashi und Edo-Tokyo gelangte. Wir wiesen schon darauf hin, dass eine Übertragung des Begriffes Kanto bei gleichzeitiger räumlicher Einengung auf diesen Raum stattfand, der aber sowohl historisch wie geographisch verständlich und wissenschaftlich vernünftig ist. Tohoku (Ost-Nord) fasst die alten Provinzen von Dewa und Muttsu, welche schon in der frühen Meiji-Periode weiter aufgegliedert worden waren, in regionalem Rahmen zusammen. Wir sind schon mehrmals darauf gestossen, dass dieser grosse nördliche Teil von Honshu sich in mehr als einer Beziehung als ein Gebiet mit charakteristischen Eigenschaften von den übrigen Landesteilen abhebt.
Wenden wir nun unseren Blick nach Westen. Die alte Stammprovinz Settsu endigte wenig westlich von Kobe–Hyogo, dort wo sich die Japanische Inlandsee bei Akashi verengt; an dieser Stelle soll einmal die grosse Akashi-Kaikyo-Brücke Honshu mit Awajima verbinden und weiter nach Shikoku führen. Wenn man diesen Punkt passiert hat, erreicht man

die alte Provinz Harima – der Name ist auch heute noch durchaus lebendig –, die aber ebenfalls später zu Hyogo geschlagen wurde und damit zur Region Kinki gehört. Wenn man heute von Kansai spricht, denkt man meistens an ein Gebiet, dessen westliche Begrenzung mit derjenigen von Kinki zusammenfällt. Weil von dieser Stelle an auch die Präfekturen entweder entlang der Nordküste (Sanin) oder entlang der Südküste (Sanyo) aufgereiht sind – eine Ausnahme macht in gewissem Sinne nur die das Ende markierende Präfektur Yamaguchi –, sind hier statistische Angaben der einzelnen Präfekturen sinnvoller als bei Hyogo. Zusammengefasst werden sie als Chugoku bezeichnet. Shikoku und Kyushu bedürfen, wie Hokkaido und die Ryukyu-Inseln (Präfektur Okinawa), nach allen bisherigen Ausführungen keiner weiteren Erläuterungen.
In einem japanischen Schulbuch für die fünfte Grundschulklasse wird eine noch stärkere regionale Zusammenfassung wie folgt vorgenommen: «Das japanische Staatsgebiet wird üblicherweise von Norden nach Süden wie folgt gegliedert: Hokkaido, Tokohu oder Oou, Kanto, Chubu, Kinki, Chugoku, Shikoku und Kyushu. Ausser dieser Unterteilung in acht Gebiete verwendet man auch eine in nur drei Gebiete: ostnördliches Japan, zentrales (chuo) Japan und westsüdliches Japan, oder lediglich in zwei Teile, östliches und westliches Japan. Ausserdem kennt man die Gliederung in den der Japan-See zugekehrten Teil Ura-Japan und Omote-Japan, dem Pazifischen Ozean zugewendet.» Absichtlich wurde dem japanischen Text entsprechend ostnördlich und nicht nordöstlich, wie im Westen üblich, geschrieben. Während wir die Haupthimmelsrichtungen in der Reihenfolge Nord–Ost–Süd–West nennen, lernt das japanische Schulkind die Reihenfolge to–sai–nan–buko oder Ost–West–Süd–Nord. Wenn man darüber etwas nachdenkt, stellt man nicht allein eine zwar von der unsrigen verschiedene, aber durchaus logische Reihenfolge fest; sie deutet auch an, dass der Mensch seine Stellung im Kosmos in anderer Weise fixiert.

Regionalisierung

Bei der ersten Begegnung mit dem Begriff Regionalisierung wurde schon erwähnt, dass darunter im grundsätzlichen Verschiedenes verstanden werden kann. In den sozialistischen Ländern – in der Terminologie der Vereinten Nationen die Länder mit zentral gelenkter Wirtschaft – ist Regionalisierung ein Instrument der Planungspolitik, mit dem man versucht, Regionen zu bilden, die einerseits wirtschaftlich weitgehend autark sind und andererseits im Rahmen der Gesamtwirtschaft bestimmte Funktionen optimal übernehmen können. In den westlichen Ländern wird der Begriff hauptsächlich von wissenschaftlicher Seite gebraucht, um alle jene Methoden zusammenzufassen, mit welchen man zu einer Gliederung eines Landes oder eines grossen Teiles der Erdoberfläche in Teilstücke kommt, die hinsichtlich der aufgestellten Kriterien ein hohes Mass von Einheitlichkeit besitzen und sich von anderen Regionen

unterscheiden. Daneben wird freilich auch in den marktwirtschaftlichen Ländern in steigendem Masse die Regionalisierung im Rahmen von Planungsarbeiten verwendet. Sie dient dann dazu, bestimmte Gebiete abzutrennen, welche beispielsweise subventionsberechtigt sind oder im Rahmen eines der wirtschaftlichen Entwicklung dienenden Gesetzes staatlicher Förderung teilhaftig werden. Schliesslich wird in manchen Ländern der Begriff Region und Regionalisierung – diesmal im Sinne der Bildung solcher Regionen – im Zusammenhang mit Änderungen der politisch-administrativen Grundstruktur verwendet. Wir wiesen schon am Anfang dieses Abschnittes in diesem Zusammenhang auf Italien und Frankreich hin, für uns die beiden bekanntesten, aber durchaus nicht einzigen Beispiele dieser Art. Während es sich im ersten Falle um eine im wesentlichen wissenschaftlich-geographische Beschäftigung handelt, könnte man in den beiden anderen Fällen Region und Regionalisierung zum Instrumentarium der Politiker rechnen. Diese Anwendung ist jüngeren Datums und macht in methodischer Hinsicht von den jahrzehntelangen Erfahrungen der Geographen ausgiebig Gebrauch.
In Japan begegnen wir ebenfalls Beispielen für alle drei genannten Richtungen, ihre Bedeutung und gegenseitige Stellung ist aber von jener in anderen Teilen der Erde recht verschieden. Wir stellten schon fest, dass man im Sinne einer höheren Ordnung eine gewisse Zahl von Präfekturen zu Gruppen zusammenfasste und ihnen eine Regionalbezeichnung gab. So gehören zur «Region Kanto» Tokyo-to, Ibaraki, Tochigo, Gumma, Saitama, Chiba und Kanagawa. Im Gegensatz zu Italien haben solche Regionen jedoch keine öffentlich-rechtliche Bedeutung und damit auch keine Regionalbehörden. Dies ist an sich erstaunlich, denn es ist ganz offensichtlich, dass beispielsweise gerade im Falle von Tokyo die Ken-Einheiten zur Bewältigung der grossen Aufgaben eine unzureichende Grundlage bilden. Man wählte jedoch in Japan nicht eine auf das ganze Land anwendbare Lösung der Regionalbildung, sondern schritt pragmatisch von Fall zu Fall zur Bildung von Interessengruppierungen. Wir lernten früher Beispiele im Zusammenhang mit Metropolen, der National Capital Region und der Megalopolis kennen. Auch der japanische Nationalatlas verwendet den Begriff Region ausschliesslich im erwähnten Sinne, wenn er den übrigen Kartenteil abschliessend als eine Serie von Region-Karten gibt. Er verwendet folgende Einteilung in Regionen: Kyushu, Chugoku, Shikoku, Kinki, Chubu, Kanto, Tohoku, Hokkaido und für die Inseln Izu-, Nansei- und Ogasawara-shoto (shoto = Archipel). Diese Form der Regionalisierung könnte man den schon genannten als eine vierte zuordnen; ihr Zweck ist, das Land auf die zur Verfügung stehenden Kartenblätter aufzuteilen, wobei Rücksicht auf die topographische Gliederung und die Allgemeinverständlichkeit genommen wird.
Wenn man sich damit befasst, eine Regionalisierung auf der Grundlage einer nach Präfekturen aufgestellten Statistik vorzunehmen, wird man bald zur Einsicht kommen, dass die Zahl der statistischen Einheiten zu klein ist und dass in mancher Hinsicht und in zahlreichen Fällen die präfekturalen Grenzziehungen geographisch nicht sinnvoll erscheinen. Die nächstniedrigen statistischen Einheiten tragen zwar verschiedene

Namen und beziehen sich auf verschiedene Sachverhalte, doch sind sie im Rahmen der Verwaltungshierarchie und hinsichtlich der politischen Bedeutung entsprechend dem Gesetz über die lokale Verwaltung vom Jahre 1947 einander durchaus gleichwertig. Ihre gegenseitige Stellung ist damit durchaus verschieden von – beispielsweise – jener der schweizerischen Kantone zu den Bezirken und Gemeinden. Die Unterschiede der Bezeichnung ergeben sich aus dem Vorhandensein oder Nichtvorhandensein bestimmter Voraussetzungen. Jene Verwaltungseinheiten werden Städte genannt, welche mehr als 50000 Einwohner zählen, wo mehr als 60% aller Haushalte im Zentrum liegen, wo mehr als 60% der Beschäftigten und deren Familien ausserhalb der Landwirtschaft tätig sind und wo bestimmte Einrichtungen – die in den präfekturalen Verordnungen genau festgelegt sind – zur Erfüllung der Aufgaben eines städtischen Gemeinwesens vorhanden sind; der entsprechende japanische Begriff lautet shi. Sofern bestimmte, ebenfalls durch die Verordnungen der Präfektur festgelegte Bedingungen erfüllt sind, nennt man einen solchen Verwaltungsbezirk machi, in chinesischer Lesart cho. Andernfalls handelt es sich um ein Dorf – zwar nicht im Sinne einer Siedlungseinheit oder einer gesellschaftlichen Gruppe, sondern eben nur als Verwaltungseinheit; die japanische Bezeichnung ist mura, in chinesischer Lesart son. So wie man in der Statistik von to-do-fu-ken spricht, spricht man auch von shi-machi-mura (shi-cho-son) und meint damit die Gesamtheit aller Verwaltungseinheiten auf der unteren Ebene. Im japanischen Nationalatlas gibt es Karten in grosser Zahl, welche die Sachverhalte aufgegliedert nach shi-machi-mura zeigen. Dies sind die detailliertesten Darstellungen, auf welchen wir eine Regionalisierung vornehmen könnten, es sei denn, man stiege etwa im Falle der Bevölkerungszählungen zu den Häuserblock-Einheiten oder bei der Gewerbestatistik zu den einzelnen Betrieben hinunter – Angaben, welche gewöhnlich nicht zur Verfügung stehen.

Gelegentlich begegnet man in der Literatur auch noch den beiden Ausdrücken gun und shi-cho. Gun wird im Englischen mit County übersetzt, shi-cho könnte man im Deutschen durch Verwaltungsbezirk wiedergeben. Beide Ausdrücke haben lediglich historische Bedeutung, und es kommt ihnen heute keine rechtliche oder politisch-administrative Funktion mehr zu. Früher wurden die Unterteilungen von Hokkaido als shicho bezeichnet; heute findet jedoch auch dort durchweg die Unterteilung in shi, machi und mura Anwendung.

Die Zahl aller shi-machi-mura betrug 1975 3257. Weil sich die Voraussetzungen zur Kategorisierung dauernd ändern und weil eine Zusammenfassung mehrerer Einheiten zu neuen Einheiten möglich ist, verändert sich das statistische Bezugsnetz im Falle von Japan fortwährend, was eine Verfolgung der Entwicklung auf der Grundlage von Statistiken auf dieser Ebene praktisch unmöglich macht. Die Tabelle «Entwicklung von shi-machi-mura» zeigt in Ergänzung und teilweiser Wiederholung von schon früher gemachten Hinweisen deutlich, dass man beispielsweise aus der Totalzahl aller in shi wohnenden Menschen kaum eine sichere Aussage über den Verstädterungsgrad und die zunehmende Verstädterung machen kann; ähnlich liegen die Dinge bei anderen Fragestellungen. Die japanische Grundlagenstatistik besitzt erst auf der oberen Ebene, jener der Präfekturen, und auch dort erst seit 1946 ein unverändertes Bezugsnetz; erst dort können darum auch sichere Aussagen über die Entwicklung gemacht werden.

Entwicklung von shi-machi-mura

Zahl von:		shi	machi	mura	Total
Oktober	1945	205	1 797	8 518	10 520
Januar	1950	235	1 862	8 346	10 443
April	1955	488	1 833	2 885	5 206
April	1960	555	1 922	1 049	3 526
April	1965	560	2 005	827	3 392
April	1970	564	2 027	689	3 280
April	1975	643	1 974	640	3 257

Für viele Fragestellungen wäre eine Zusammenfassung der Statistik auf einer mittleren Ebene zwischen to-do-fu-ken und shi-machi-mura wertvoll, sofern für die Begrenzung solcher Einheiten sozio-ökonomisch relevante Gesichtspunkte wegleitend gewesen sind. In einer Veröffentlichung des Ministeriums für Land- und Forstwirtschaft aus dem Jahre 1966 findet sich eine solche Gliederung des Landes in 152 Gebietseinheiten. Obwohl diese Statistik vor allem der regionalen Untersuchung der Entwicklung der Landwirtschaft diente, konnte sie Ishii mit Vorteil verwenden, um die allgemeine Verlagerung der Bevölkerung aus den ländlichen in die städtischen Gebiete aufzuzeigen. Dabei konnte er sich für die Jahre 1950, 1960 und 1965 auf ein unverändertes statistisches Bezugsnetz stützen; leider wurde in der Folge diese Zusammenfassung nicht mehr weitergeführt. Auch der «Atlas of Japan», herausgegeben von der International Society for Educational Information, Tokyo 1970, konnte für Karten der Landwirtschaft die gleiche Einteilung in 152 statistische Regionen verwenden; für die anderen Themen stand die Gliederung in 47 Präfekturen zur Verfügung. Beispielsweise stehen im Falle dieser Gliederung den sieben obenerwähnten Präfekturen, die Kanto ausmachen, zwanzig statistische Einheiten gegenüber; die kartographische Ausscheidung der vier Kategorien Stadt + Vororte, landwirtschaftliche Gebiete in Ebenen, landwirtschaftliche Gebiete in Berglagen und Gebirgsdörfer wird dadurch nicht nur detaillierter, sondern auch geographisch verständlicher und wirklichkeitsnäher. Besonders deutlich wird der Wert einer derart verfeinerten Statistik etwa auch im Falle der früher schon besonders hervorgehobenen Präfektur Hyogo – Hauptstadt Kobe –, wo die geographischen Gegensätze zwischen den Küstengebieten und dem Bergland durch präfekturale Gesamtzahlen völlig verwischt werden.
Regionalisierung, so wie sie meist in Planungsämtern betrieben wird, stützt sich auf veröffentlichte und originale statistische Erhebungen. Aus

diesem Grunde haben wir uns auch etwas eingehender mit den Folgen beschäftigt, die sich aus der statistischen Situation ergeben. Während Amtsstellen jedoch Zugang zu den Rohdaten haben, bleiben die veröffentlichten Daten oft die einzige Ausgangsinformation für wissenschaftliche Zwecke.

Beim geographischen Arbeiten folgt der Analyse die Zusammenschau, wobei ein Ziel darin besteht, ein Land in Regionen zu gliedern, die hinsichtlich der beigezogenen Kriterien einheitlichen Charakter aufweisen. Die Grösse dieser Regionen ist gegeben durch Art und Zahl der verwendeten Kriterien und die gegebene Situation. Die Abgrenzung der Regionen liegt in einer Übergangszone, dem Grenzsaum, den man praktischen Bedürfnissen gehorchend zu einer Linie abstrahiert. Wenn irgend möglich, wird man versuchen, diese Grenzlinien so zu legen, dass sie mit Grenzen von statistischen Einheiten zusammenfallen. Wenn dies zu machen ist, lassen sich viele Eigenschaften einer Region aufgrund der vorhandenen Statistik beschreiben; verlaufen die Abgrenzungen anders, muss man zeitraubende und meist auch unsichere Techniken verwenden, um das gleiche zu erreichen. Eine so durchgeführte regionale Gliederung dient hauptsächlich zwei Zielen. Einmal gelingt es auf diesem Wege, ein grosses Gebiet durch vergleichende regionale Beschreibung in seinen wesentlichen Zügen und in seiner Differenziertheit zu erfassen. Zum zweiten können wir über den festgestellten einheitlichen Charakter einer Region auf die dafür verantwortlichen Voraussetzungen und damit auf eine wissenschaftlich saubere Erklärung hingeführt werden. Regionalisierung ist keine Analyse, sondern eine Synthese und führt über die Summe aller Eigenschaften hinaus zu Ganzheiten. Regionale Arbeiten spielten noch vor wenigen Jahrzehnten im Rahmen der Geographie eine grössere Rolle als heute, wo sie in Anbetracht ihres über weite Strecken beschreibenden Charakters von vielen Geographen nicht mehr als wissenschaftlich und akademisch vollwertig angesehen werden.

Die Synthese kann in verschiedenen Stufen durchgeführt werden. Wenn lediglich die Bereiche der Natur berücksichtigt werden, spricht man von einer naturräumlichen Gliederung. Es ist auffallend, dass im japanischen Nationalatlas keine Karten zu finden sind, welche sich mit dem Problem der Regionalisierung befassen; dies gilt sowohl für eine naturräumliche Gliederung wie für eine solche, die den Einfluss des Menschen mit berücksichtigt.

An einem Seminar wurde dem Verfasser von einem japanischen Kollegen die Frage gestellt, ob er eine Erklärung dafür habe, dass im Gegensatz zu vielen andern Ländern die regionale Geographie in Japan wenig entwickelt sei. Da es zahlreiche sogenannte regionale Geographien des Landes zu kaufen gibt, war mir dieser Mangel bis zu jenem Moment nicht weiter aufgefallen. Vor mir liegen zwei mehrbändige Beispiele solcher Veröffentlichungen: «Nihon-Chishi-Seminar» (Seminar über regionale Geographie von Japan) und «Waga Koku-do» (Unser Land). Die einzelnen Bände dieser zwei Serien sind den einzelnen weiter oben behandelten Standard-Regionen gewidmet, beispielsweise Kanto oder Keihanshin. Die inhaltliche Gliederung ist weitgehend einem länderkundlichen Schema folgend standardisiert und behandelt nacheinander Lage, Geologie, Oberflächenformen und so weiter bis zu Siedlungen und Wirtschaft. In unserem Zusammenhang ist das Fehlen eines Kernstükkes, das den besonderen Charakter der Region (Chishi oder Chiho) zum Gegenstand hat, auffällig. Die Darstellung ist zwar reich an Information, aber doch im wesentlichen enzyklopädisch. Dieser allgemein festzustellende Mangel war vermutlich auch für die erwähnte Frage des japanischen Kollegen verantwortlich.

Die Entwicklung der japanischen Geographie lässt zweifellos die gestellte Frage als berechtigt erscheinen. Es gibt zwar zahlreiche Beispiele für regionale Beschreibungen des Landes, aber kaum solche, die sich ernsthaft um eine Loslösung von den konventionellen Gliederungen bemühen und die Frage nach der Identität jeder einzelnen Region zu beantworten versuchen. Auch fehlen im allgemeinen Beispiele von Teilarbeiten, welche wir den deutschen Landschaftskunden oder den französischen Regionalbeschreibungen gegenüberstellen könnten. Es scheint vielmehr, dass die Entwicklungsmöglichkeit eines jungen japanischen Geographen in der Richtung sektorieller Spezialisierung liegt. Eine Durchsicht von Fachzeitschriften würde dies bestätigen und gleichzeitig deutlich machen, dass dabei praktisch alle Bereiche des geographischen Arbeitens abgedeckt werden. Viele dieser Arbeiten sind vorzüglich, viele gute Fleissleistungen – wenige sind stimulierend oder akademisch progressiv. Noch etwas wird uns auffallen: Junge Japaner haben oft, bevor sie die akademische Laufbahn in Japan selbst beginnen, einige Zeit im Ausland verbracht und sich dort nach Abschluss ihrer Studien weiter ausgebildet. Manche haben auch im Ausland studiert und dort ihren Doktortitel erworben. Dabei standen früher die europäischen Universitäten (Deutschland, Frankreich und England, aber auch Italien) an erster Stelle; nach dem Zweiten Weltkrieg nahmen die USA deutlich den ersten Platz ein. Was dort gelehrt wurde, wurde später im eigenen Lande weitergepflegt, und zwar mit einer «Treue», die anderswo selten beobachtet werden kann. Es scheint, als hätten der Auslandaufenthalt und das dort Gelernte dem betreffenden Geographen ein Monopol in diesem Bereich akademischer Tätigkeit eingeräumt. Möglicherweise könnte der Mangel an eigentlichen regionalen Arbeiten darin liegen, dass in allen genannten Ländern die regionale Geographie von der jüngeren Generation schon in die Ecke gestellt worden war? Dass sich viele Japaner über das Resultat dieser Entwicklung nicht glücklich fühlten, zeigen Bestrebungen, besondere Institute für die Behandlung regionaler Probleme zu gründen und diesen Zweig der Geographie zu fördern. In dem 1966 erschienenen Sammelband «Japanese Geography – Its Recent Trend» findet sich auch ein kurzer Anhang zum Thema regionale Geographie. Man versuchte in der Nachkriegszeit der zunehmenden Spezialisierung durch die Bildung von Arbeitsgemeinschaften bei regionalen Untersuchungen zu begegnen. Neun wissenschaftliche Dachverbände schlossen sich für diese Arbeiten zusammen und eine Reihe von Untersuchungen wurden unter der Bezeichnung «Nine Academies Joint... (Name des Gebietes) Survey Committee» veröffentlicht. Osamu Nishikawa und Hiroshi

Kawabe wiesen in dem genannten Band überdies auf den Beitrag der Geographie zur Regionalplanung hin und zeichnen auf einer Karte zwanzig Gebiete ein, in denen sogenannte integrierte Surveys durchgeführt wurden. Shinzo Kiuchi orientierte 1976 in einem umfangreichen Bericht «Geography in Japan» über alle Aspekte japanischen geographischen Arbeitens und stellt einen grossen Teil des Bandes den regionalen Studien zur Verfügung. Interessanterweise behandeln die Beiträge, elf an der Zahl, nur Arbeiten japanischer Geographen in den verschiedenen Kontinenten – nach einem Bericht über regionale Studien in Japan selbst sucht man vergeblich.

Die Geographen sind auch anderswo nicht immer diejenigen gewesen, denen es am überzeugendsten gelang, das Profil einer Region nachzuzeichnen. Sie haben sich wissenschaftlicher Methoden, das heisst rationaler und nachvollziehbarer Arbeitsschritte zu bedienen, welchen immer etwas Schwerfälliges anhaftet. Ganz besonders ist dies der Fall, seit immer mehr moderne quantitative Methoden eingesetzt werden, weil dabei überhaupt nur noch quantifizierbare Kriterien berücksichtigt werden können und eine irgendwie subjektive Beurteilung unterdrückt und ausgeschaltet wird. Das Resultat erscheint darum – verglichen mit der dichterischen Beschreibung einer Region – oft dürftig, hat aber den Vorteil, auf einem allgemein begehbaren und rational genau verfolgbaren Pfad nach rein objektiven Beurteilungen erreicht worden zu sein. Auch in Japan haben Dichter die besten landschaftlichen Darstellungen geschaffen. Alles, was früher über Mensch und Natur gesagt wurde, lässt vermuten, dass im Falle von Japan diese Leistungen besonders zahlreich sein dürften. Das analytische Zergliedern und nachfolgende unbeholfene Synthetisieren steht dem ganzheitlichen Denken diametral entgegen – Lily Abegg hat die Bedeutung dieses Denkens im Osten in ihrem Werke «Ostasien denkt anders» ganz besonders unterstrichen –, und es ist im Grunde erstaunlich, dass die japanischen Geographen die westlichen Arbeitsmethoden so getreulich übernommen und technisch weiterentwickelt haben, ihre eigenen Grundanschauungen aber kaum je zum Ausdruck brachten.

Es gehört nicht in den Rahmen dieses Buches, eine regionale Gliederung des Landes zu präsentieren. Im Grunde sollte ein solcher Versuch auch nur durch einen Japaner selbst unternommen werden, denn Voraussetzung für das Gelingen ist, dass der Bearbeiter auch mit allen nicht messbaren, oft sogar kaum in Worte zu fassenden Eigenheiten vertraut ist. Martin Schwind hat für die beiden noch nicht veröffentlichten Folgebände die Themen «Die Kulturlandschaft» und «Grosslandschaftliche Gestalten» gewählt und damit zum Ausdruck gebracht, in welcher Richtung seine Gedanken gehen. Freilich lässt er uns nur durch gelegentliche Hinweise und durch zahlreiche kleinere Publikationen ahnen, dass es ihm gelingen könnte, zu verwirklichen, was heute noch fehlt. Wer den im vorliegenden Band gewählten Aufbau überdenkt und den Inhalt sorgfältig gelesen hat, wird im übrigen auch sehen, in welcher Richtung eine Gliederung in Regionen oder Grosslandschaften denkbar ist. Nicht umsonst haben wir das Phänomen Megalopolis und Verstädterung an den

Anfang gestellt und ihm die strukturschwachen ländlichen, vor allem die Berggebiete gegenübergestellt. Die Bedeutung der historischen Landschaft wurde immer wieder betont; für den Japaner ist Hokkaido nicht allein wegen der nördlichen Lage und der bitterkalten Winter erstaunlich, er wird vielmehr das Fehlen weit zurückreichender Wurzeln der Kulturlandschaft als etwas Fremdartiges empfinden. In Omote und Ura, Sanyo und Sanin finden ebenfalls solche Einstellungen des Menschen zum Land ihren Ausdruck.

Die Japaner: Individuum und Gesellschaft

Das Image

Wir verwenden gleich zu Beginn das aus dem Englischen stammende Modewort Image, weil es besser als andere Begriffe andeutet, was uns hier beschäftigt. Es geht vorerst um die Frage, wie sich der Japaner selber sieht und welche allgemeinen Vorstellungen in der übrigen Welt über ihn verbreitet sind. Ob dieses Image mit den tatsächlichen Verhältnissen übereinstimmt, ist dann eine weitere Frage, der man nachgehen muss. Der Mensch urteilt und handelt in erster Linie entsprechend den von ihm als vorhanden angenommenen Gegebenheiten; weichen diese vom Tatsächlichen beträchtlich ab, wird er Misserfolge in Kauf nehmen müssen und sich ausserdem gezwungen sehen, seine Vorstellungen zu korrigieren. Solche Überlegungen haben dazu geführt, dass man in neuerer Zeit in vielen Bereichen der Geographie zwischen dem im Rahmen eines gewählten Mass- und Wertsystems objektiv und allgemein Gültigen einerseits und den Vorstellungen, welche sich das Individuum oder eine Gesellschaft davon macht, andererseits zu unterscheiden begann, beides jedoch im Rahmen einer geographischen Untersuchung als prinzipiell gleichwertig anerkannte.

Vorstellungen sind immer subjektiv geprägt und darum äusserst verschieden. Erstaunlich ist auch, wie sehr sich das Urteil im Einzelfalle im Laufe der Zeit ändern kann. Lafcadio Hearn, irisch-griechischer Abstammung, kam 1890 nach Japan und machte dieses Land zu seiner Wahlheimat; er heiratete eine Japanerin, nahm einen japanischen Namen – Koizumi Yakumo – an und verfasste zahlreiche Bücher über dieses von ihm über alles geliebte Land, die in der Folge viel dazu beitrugen, ein freilich oft ästhetisierend-verzerrtes Verständnis für Japan in aller Welt zu wecken. An einer Stelle aber schreibt er: «Persönlichkeit ist durch Zwang völlig unterdrückt und ausgeschaltet worden; das Leben eines jeden einzelnen ist durch den Willen aller übrigen so geregelt, dass jede freie Tat, jedes freie Wort, jeder freie Gedanke zu einem Ding der Unmöglichkeit wird... Mit erbarmungsloser Genauigkeit, mit einer wahren Grausamkeit an Details ist alles und jedes für ihn angeordnet worden, sogar bis zur Art seiner Fussbekleidung, dem Preis für die Haarnadel seiner Ehefrau... Das Ergebnis war die Unterdrückung jeder geistigen oder seelischen Differenziertheit, die Erstarrung alles Persönlichen, die Aufstellung eines einheitlichen unwandelbaren Charaktertyps.»

Welche Erfahrungen oder welche momentane Stimmung führten Lafcadio Hearn wohl dazu, ein derart hartes Urteil auszusprechen? Das gewählte Beispiel darf auch nicht so verstanden werden, dass es die Unbrauchbarkeit derart subjektiv gefärbter und wandelbarer Urteile bewiese. Das Gegenteil ist richtig. Subjektive Urteile besitzen dann ein ganz besonderes Gewicht, wenn sie von guten Kennern des Landes als allgemeingültige Feststellungen – in diesem Beispiel ist es der Ausdruck Charaktertyp – formuliert werden, weil sie dann Dritten als willkommenes Instrument dienen, um mit einer unvertrauten Situation zurechtzukommen.

Zahlreiche Urteile und Beobachtungen – beispielsweise an japanischen Touristengruppen in Europa – scheinen deutlich zu machen, dass im Verhalten der Japaner die Individualität gegenüber einem Gruppenkonformismus an Bedeutung zurücktritt; in gleichem Sinne kann der erstaunliche Einsatz von Arbeitern und Angestellten für die Interessen ihres Unternehmens oder der ganz verschiedene Stellenwert des Individuums in den westlichen und östlichen Religionen gesehen werden. So wirken viele Einflüsse zusammen, um beim westlichen Betrachter schliesslich ein erhärtetes Urteil zu schaffen, dessen Einseitigkeit und damit Fragwürdigkeit nicht mehr erkannt wird. Fragwürdig ist es in diesem Falle deshalb, weil es dazu führt, dass man die Tatsache, dass auch die Japaner Individuen sind und das Bestreben haben, ihre Individualität zu verwirklichen, kaum mehr zur Kenntnis nimmt. Individualität findet freilich ihren Ausdruck zu einem grossen Teil in anderen Bereichen, als dies im Westen der Fall ist. Nicht zuletzt wird uns längerer persönlicher Kontakt zu der Einsicht führen, dass sich unsere Beziehungen zu jedem Japaner in unterschiedlicher Weise gestalten und dass dabei oft bedeutend mehr als im Westen auf individuelle Empfindlichkeiten und Empfindungen Rücksicht genommen werden muss.

Ebenso häufig bekommt man auch zu hören, dass der Japaner seine Empfindungen hinter einer Maske verstecke, dass er lächle, wenn er Schmerz empfinde, und dass es unmöglich sei zu ergründen, was er wirklich denke. Ein nur noch kleiner Schritt führt zur Feststellung, dass er durch eiserne Selbstdisziplin dazu gelangt, seine Gefühle völlig zu unterdrücken und auszuschalten. Zweifellos ist an solchen Feststellungen viel Richtiges; gefährlich werden sie eben dann, wenn man sie verallgemeinert und mit solchen Stereotypen das Verhalten eines Volkes in allen Situationen zu begreifen versucht. In den zwischenmenschlichen Beziehungen spielen nämlich gerade bei den Japanern Gefühle und Emotionen eine ausserordentliche Rolle. Indem man seine Gefühle nur andeutungsweise zum Ausdruck bringt und Emotionen durch Beherrschung bändigt, vermeidet man im Alltag unerträgliche Belastungen. Befindet man sich jedoch im Kreise von Freunden, fühlt man sich von solchen Hemmungen befreit; dort wird man einen Japaner kennenlernen, der die Kunst beherrscht, sich durch herzliche und zuweilen überbordende Fröhlichkeit zu entspannen. Auf die Gefahr hin, durch eine Verallgemeinerung erneut einen Fehler zu begehen, wäre man versucht zu sagen, dass es wohl wenige Völker gibt, bei denen Gefühle und Emotionen so stark entwickelt sind wie bei den Japanern. Aus diesem Grunde geht der Japaner mit seinen Empfindungen im allgemeinen auch so vorsichtig als möglich um. Er lebt auf, wenn er sich so geben kann, wie ihm zumute ist, zieht sich aber oft auch wieder für westliches Empfinden scheinbar ganz unmotiviert zurück. Bei dieser Situation sind Freunde zur Selbstverwirk-

lichung eine unbedingte Voraussetzung und spielen darum im Leben der Japaner eine grosse Rolle.
Zum Image des Japaners in westlicher Sicht gehören zahllose weitere Klischeevorstellungen. So hört man, dass Japaner nur kopieren, nicht aber erfinderisch und kreativ sein können. Ihre Überlegenheit auf den Exportmärkten wird mit dem Hinweis auf niedrige Löhne leichthin erklärt. Ihre Welt sei eine Welt der Männer, in der die Frauen zum Schweigen verpflichtet sind; wenn dann gar noch eine Geisha – in den Vorstellungen westlicher Männer eine wesentliche Komponente des Images – in das Bild verwoben wird, erscheint manchem Japan als ein besonders glückliches, doch leider fernes Land.
Absichtlich wurden diese weitverbreiteten Klischees in einer reichlich saloppen Art beschrieben, denn sie verdienen es nicht besser. Aber auch in ernsthaften Schulbüchern werden falsche oder längst überholte Vorstellungen Jahrzehnt um Jahrzehnt wiederholt und müssen von den Schülern auswendig gelernt werden: Japaner können keine Milch trinken, Seide ist eines der wichtigsten Exportgüter, um nur zwei von vielen zu nennen. Die International Society for Educational Information in Tokyo veröffentlichte eine Reihe von Untersuchungen zu diesem Problem unter dem Titel «Understanding Japan». Lexika, Atlanten, Schulbücher usw. aus den verschiedensten Ländern wurden auf unrichtige Aussagen hin untersucht, diese zitiert und eine korrekte Fassung kommentarlos beigefügt. Erst wenn man einmal in derart massierter Weise die meist in guten Treuen gemachten unrichtigen Aussagen vorgeführt erhält, beginnt man sich zu vergegenwärtigen, wie falsch Vorstellungen von einem fremden Land und Volk überhaupt sein können.
Das Image eines Volkes setzt sich aus vielen Komponenten zusammen, von denen einzelne falsch sind, während andere die tatsächlichen Verhältnisse gut wiedergeben. Vielfältig sind die Gründe falscher Vorstellungen: bewusste Irreführung, unrichtige Interpretation; nicht selten sind unsere Auffassungen auch einfach veraltet und heute nicht mehr gültig. Manchmal könnte auch gar nicht gesagt werden, welche Feststellung objektiv gesehen richtig, welche unrichtig ist. Beispielsweise verlieren sich alle Aussagen über die Herkunft und frühe Kultur der Japaner in jener vorgeschichtlichen Zeit, über die uns nur Mythologie, Bodenfunde usw., aber keine schriftlichen Dokumente berichten. Ob «die Japaner» ursprünglich aus Südostasien, vom asiatischen Festland über Korea oder gar von Norden über Hokkaido einwanderten, kann nicht eindeutig beantwortet werden. Der Anthropologe wird uns freilich ein präzises Bild der rassischen Merkmale des Durchschnitt-Japaners zeichnen können, wobei eine geringe Körpergrösse, charakteristische mongolide Züge, aber auch auf die nördlichen Ureinwohner, die Ainu, zurückgehende nichtmongolide rassische Merkmale besonders erwähnt würden. Doch wird man in den Strassen Tokyos vergeblich nach diesem Standard-Menschen suchen; was uns begegnet, sind Menschen mit ausserordentlich verschiedenartigen Gesichtszügen und Körperformen, die uns bald an Nord-, dann wieder an Süd-China oder Südostasien erinnern. Japaner unterscheidet ein Europäer, sofern er sich ausser Hörweite be-

findet, von Chinesen und Koreanern in erster Linie aufgrund bestimmter anerzogener Verhaltensformen und weniger aufgrund vererbter körperlicher Merkmale.
Die Frage nach der Herkunft gehört mit zu jenen Komponenten, welche das Image des japanischen Volkes ausmachen. Es gab eine Zeit vor dem Zweiten Weltkriege, als in Japan die europide Herkunft als wahrscheinlich hervorgehoben wurde, wobei als verbindendes Glied die Ainu dienten, die heute in Hokkaido leben. Für diese Volksgruppe dürfte ein europider Ursprung zutreffen, für die Masse der japanischen Bevölkerung jedoch keineswegs.
Aufgrund der Bodenfunde kann man die folgenden Aussagen über die japanische Vorgeschichte machen: Über Jahrtausende bis etwa 250 v.Chr. waren die Japaner Fischer, Sammler und Jäger (Jomon-Kultur). Es folgte eine Periode starker Beeinflussung vom asiatischen Festlande her, während welcher von dort die Technik des Reisanbaus übernommen wurde und Sprache wie Religion (Shinto) feste Gestalt annahmen (Yayoi-Kultur, 250 v.Chr. bis ca. 250 n.Chr.). Den Übergang zur historischen Zeit bildet die Yamato-Periode, die im Jahre 710 mit der Gründung der ersten Hauptstadt Nara ihren Abschluss fand. Yamato ist – wie wir schon feststellten – die japanische Bezeichnung für das Kerngebiet der Insel Honshu südlich von Kyoto; davon abgeleitet spricht man von Yamato-Kultur, Yamato-Volk und Yamato-Periode. In diese Zeit fällt ein erneuter und besonders wirksamer Kontakt mit China und Korea, der seit 607 zu regelmässigen Beziehungen führte und chinesische Schrift, Verwaltungssystem, Morallehre usw., aber auch den Buddhismus nach Japan brachte. Ebenso wichtig waren die Entwicklungen im Landesinnern: die Leute von Yamato vermochten sich gegenüber anderen Gruppen durchzusetzen und nahmen bald die führende Stellung ein. Dabei spielte ihre mythologische Genealogie – Herkunft des ersten Kaisers Jimmu (660 v.Chr.) von der Sonnengöttin – eine entscheidende Rolle, weil sie sich damit von Bevölkerungsgruppen zweiter Klasse abhoben, die ihren Ursprung von Göttern niederen Ranges ableiteten, und jenen dritter Klasse, den sogenannten äusseren Klans.
Man darf annehmen, dass das Bild, welches der Japaner von sich und seinem Volk in sich trägt, an Wirklichkeitstreue das von aussen gezeichnete übertrifft; wenn wir versuchen, es nachzuzeichnen, müssen wir uns notwendigerweise auf gedruckte Quellen stützen. Im Jahre 1972 fand – um nur ein Beispiel zu nennen – in Tokyo das Vierte Internationale Symposium über regionale Entwicklung statt. Bei diesem Anlass versuchten hervorragende japanische Gelehrte, den ausländischen Gästen in ihren einführenden Referaten die für Japan charakteristischen Eigenschaften darzustellen. Meist mehrfach wurden dabei genannt: die periphere Lage am Rande eines grossen Kontinents; die kulturelle und sprachliche Geschlossenheit des Volkes; die länger als zweihundert Jahre dauernde Selbstisolierung des Landes vor 1868 unter den Tokugawa; die Bedeutung der noch überschaubaren Gruppe als wichtigste soziale Einheit; das Vorherrschen der vertikalen im Vergleich mit der horizontalen Komponente in allen Bereichen der menschlichen Gesellschaft. In allen genann-

ten Punkten steckt viel Richtiges, das wir im folgenden sorgfältig zu berücksichtigen haben.
Die Literatur, welche uns zu einem besseren Verständnis des Japaners verhelfen kann, ist heute schon umfangreich und erstreckt sich vor allem über Kunst und Kultur, Philosophie und Religion sowie Gesellschaft und Wirtschaft. Damit sich jeder Leser in diesem schwierigen und widersprüchlichen Bereich durch zusätzliche Lektüre ein vertieftes Urteil bilden kann, sei eine kleine Auswahl von Quellen kurz kommentiert. Die japanische Soziologin Nakane Chie gibt in «Japanese Society» (1970) eine klare, jedoch betont soziologisch-theoretische Darstellung, wobei sie interessanterweise fast ein Drittel des Textes dem japanischen Manne widmet! Eine ganz ausgezeichnete Darstellung dieser für uns nicht leichtverständlichen Beziehungen und des Verhaltens der Menschen gibt der japanische Dichter J. Tanizaki in seinem Roman «Die vier Schwestern» – japanisch «Sasameyuki». Liest man diese Familiengeschichte in Ruhe, dann wird man dem japanischen Leben möglicherweise näher kommen als mit Hilfe noch so gut geschriebener wissenschaftlicher Literatur. Von hervorragender Ausgeglichenheit ist das Werk «The Japanese» von E. O. Reischauer (1977); der Verfasser ist Professor an der Harvard University und war von 1961 bis 1966 amerikanischer Botschafter in Tokyo. Unter dem Titel «Bald werden sie die ersten sein» erschien 1972 das aus dem Amerikanischen übersetzte Werk von H. Kahn; weil der Verfasser im Gegensatz zu Reischauer über weite Strecken Dritte für sich sprechen lässt – mit anderen Worten: er zitiert ausgiebig –, wirkt das Ganze weniger geschlossen; doch wird man dafür durch eine grosse Vielfalt von Ansichten einigermassen entschädigt. Die grosse japanische Tageszeitung «Mainichi» veranstaltete 1972 einen Wettbewerb zum Thema «Japan und die Japaner»; von den 527 eingegangenen Arbeiten aus 47 Nationen wurden zehn ausgewählt und 1973 publiziert; einzelne Verfasser sind Japanologen, andere haben lange in Japan gelebt und wieder andere kennen Japan nur von aussen. Zur Frage «Japans Image im Ausland» sind diese Arbeiten aufschlussreich, selbst in jenen Fällen, wo sie ein offensichtlich verzerrtes Bild zeichnen. Schliesslich sei auch noch auf eine japanische Zeitschrift in englischer Sprache hingewiesen: PHP (die drei Buchstaben stehen für Peace, Happiness, Prosperity). In jeder Nummer finden sich zu dem uns beschäftigenden Thema Beiträge von Japanern wie von Nicht-Japanern; nicht immer sind sie tiefschürfend, fast immer jedoch aufschlussreich.
Seit dem Ende des Zweiten Weltkrieges begann man sich nicht nur im Ausland, sondern auch in Japan selbst in immer steigendem Masse mit den im vorhergehenden angedeuteten Fragen zu befassen. Soweit dies von aussen her geschah, erscheint ein solches Interesse verständlich: die direkten Kontakte mit Japanern wurden in allen Bereichen häufiger, wobei ihr Verhalten, das vom westlichen so verschieden war, verwirrte und erstaunte. Unser Image des japanischen Partners wird sich so im Laufe der Zeit verändern und dabei, der Wirklichkeit näher kommend, immer komplexer und widersprüchlicher werden; das anfängliche Bild mag zwar in mancher Beziehung recht falsch, dafür aber einfacher und

klarer gewesen sein. Erstaunlicherweise befassen sich aber auch die Japaner selber zunehmend mit sich selbst. Spiegelt sich darin möglicherweise eine gewisse Unsicherheit hinsichtlich der eigenen Identität wider? Natürlich beschäftigen auch den Japaner die Probleme der Kontaktnahme mit der westlichen Welt. Mehr noch scheint sie jedoch die Frage zu beschäftigen, in welchem Masse traditionelle Strukturen und Wertvorstellungen in der Nachkriegszeit noch Gültigkeit besitzen. Analyse und Selbstanalyse des Japaners sind in den letzten Jahren zu den beliebtesten Themen wissenschaftlicher und journalistischer Publikationen in Japan geworden.

Die Hausgemeinschaft

Hausgemeinschaft ist ein soziologischer Begriff. Aus diesem Grunde darf zum vornherein angenommen werden, dass er bei verschiedenen Völkern Verschiedenes beinhaltet. Im Westen kommt der Hausgemeinschaft die Familie oft sehr nahe und diese bildet dort in gesellschaftlicher und rechtlicher Hinsicht auch die Grundeinheit der Gesellschaftsstruktur. Doch verwendet man dafür gelegentlich andere Begriffe, die bezeichnend sind: so spricht man in der spanischen Statistik nicht von Familien, sondern von «fuegos», also Herdfeuern, und ähnliche Beispiele wären leicht zu beschaffen.
Im Japanischen begegnet man in diesem Zusammenhang vor allem zwei Ausdrücken, «dozoku» und «kazoku», mit denen man den Tatbestand zu erfassen versucht. Zoku bedeutet eine «Gruppe», in diesem Falle eine Gruppe von Menschen; do besagt, dass diese «gleich» und damit im japanischen Sinne miteinander verwandt sind. Etwas frei übersetzt könnten wir auch sagen, dass sie alle dem gleichen «Klan» angehören. Weil man in Japan unter anderem die Aufnahme unehelicher Kinder in diese Gruppe oder eine Adoption bei vollkommener Gleichstellung kennt, ist der Begriff Dozoku nicht ohne weiteres im Sinne von Verwandtschaft zu übersetzen. Ka ist eine Lesart des Schriftzeichens für Haus 家 und darum kommt Kazoku unserem Wort Hausgemeinschaft wohl am nächsten. Ausserdem erhielt unter der Meiji-Regierung der Begriff «ie» eine rechtliche Bedeutung. Ie ist im Prinzip eine Familie von Blutsverwandten, welche eine Gemeinschaft und die kleinste Einheit der Gesellschaftsstruktur bildet. Im Gegensatz zur westlichen Auffassung ist Ie aber nicht nur die Einheit der gegenwärtig lebenden, sondern auch der verstorbenen und der noch ungeborenen Angehörigen. Ausdrücklich genannt wird der «Hausherr», dem letztlich alle Entscheidungen zukommen. Auch für Ie verwendet man das gleiche Schriftzeichen wie für Haus. Das neue japanische Familienrecht sieht dagegen die gesellschaftliche Grundeinheit mehr im Sinne westlicher Vorstellungen.
Alle genannten Begriffe bezeichnen Sozialgruppen, welche in den meisten Fällen grösser als die aus Eltern und Kindern bestehende Familie nach westlicher Auffassung sind. Die Alten leben bis zum Lebensende mit ihren Nachkommen zusammen und in der Regel wird auch der älte-

ste Sohn mit seiner Familie und nicht selten auch seine unverheirateten erwachsenen Geschwister bei den Eltern wohnen. In einem solchen Falle wäre wohl deren Vater der Hausherr, dem zu gegebener Zeit der Grossvater diese Stellung überlassen hatte. Dem Herrn des Hauses kommen, wie gesagt, alle wichtigen Entscheide zu. Zu diesen gehören im besonderen die Aufnahme von neuen Gliedern des «Hauses» im Einverständnis mit dem Hausherrn des anderen Hauses und die Zustimmung zur Gründung eines neuen «Hauses», beispielsweise durch einen entfernt lebenden verheirateten Sohn.

Innerhalb eines Hauses sind alle Stellungen genau bestimmt und die einzelnen Mitglieder der Gemeinschaft werden auch entsprechend differenziert angesprochen. Schon hier zeigt sich eine klare Vertikalstruktur. Man spricht entweder «hinauf» oder aber «hinunter» und bedient sich dabei verschiedener Ausdrücke. Man weiss, mit wem bestimmte familiäre Probleme zu besprechen sind und wer bei Spannungen einen Ausgleich suchen kann. Am klarsten dürfte heute diese Sozialstruktur noch in den ländlichen Gebieten anzutreffen sein, wo sich unter dem weiten, behäbigen Dach des japanischen Bauernhauses die Hausgemeinschaft auch räumlich geschlossen zusammenfindet.

Neben den vorherrschend vertikalen Beziehungen darf man aber die ebenfalls vorhandenen horizontalen nicht übersehen. Auch sie sind am klarsten in jenen ländlichen Gebieten anzutreffen, wo der Sog der Grossstadt die traditionelle Gemeinschaft noch nicht völlig zerstört hat. Die einzelnen Häuser müssen sich beispielsweise zur Regelung der Wasserrechte zu einer Art Korporation zusammenschliessen. Solche Verbände sind uralt und haben nichts mit den landwirtschaftlichen Genossenschaften zu tun, welche unter amerikanischem Einfluss nach 1945 entstanden. Eine Zusammenkunft einer ländlichen Korporation spielt sich beispielsweise folgendermassen ab: Am Abend kommen nach getaner Arbeit die Bauern der Talschaft zusammen, setzen sich im Kreis und halten dabei zur Versinnbildlichung ihrer Zusammengehörigkeit ein langes Seil in den Händen, welches sie während der ganzen Dauer der Verhandlungen im Kreise fortbewegen. Die Verhandlungen dauern lange, denn das angestrebte Ziel ist, einen Konsensus zu erreichen, um die Harmonie zu wahren, ohne welche ein Dorf nicht glücklich zu leben vermag. Man gebe sich freilich keinen Illusionen hin: auch in Japan spielen Missgunst, Geiz und andere negative Eigenschaften ihre Rolle im Zusammenleben – im Dorf, wo sich jedermann kennt und man sich nähersteht, mehr noch als in der Stadt.

Bis 1868 war Japan fast ausschliesslich ländlich. Noch bis zum Zweiten Weltkrieg blieben die meisten ländlichen Gebiete gesellschaftlich funktionsfähig, denn die zunehmende Verstädterung schöpfte vorerst nur den Bevölkerungsüberschuss ab, ohne die Substanz der ländlichen Gebiete anzugreifen. Erst nach 1945 begann jener Prozess, der bis heute die Bevölkerungszusammensetzung auf dem Lande grundlegend veränderte. Relative Zunahme der Sterbeziffer und Abnahme der Geburten, Überalterung, Entvölkerung, Aufgabe von Siedlungen und Austrocknen der bisherigen Arbeiterreservoire sind Folgen des Wirtschaftsbooms der Nachkriegszeit, die wir schon kennenlernten. Damit wurden aber auch viele der traditionellen Gesellschaftsstrukturen verändert oder verschwanden ganz und gar. Vorerst wurden freilich noch manche in städtische Verhältnisse übertragen. Zwei Gründe dürften entscheidend mitgewirkt haben, dass sie dort bald verkümmerten. Zum einen bedingten die veränderten Wohnverhältnisse und die zunehmende Mobilität, dass immer mehr die Kleinfamilie, bestehend aus Eltern und Kindern, zur gesellschaftlichen Grundeinheit wurde. Ausserdem wirkte auch die moderne Gesetzgebung in gleichem Sinne. Andere Gründe mögen den Wandel beschleunigt haben: die jungverheiratete Frau konnte sich dem «Schwiegermutterproblem» entziehen, wenn ihre Familie in einer kleinen Wohnung in einem modernen Wohnblock wohnte; der junge Ehemann konnte die volle Verantwortung für die Seinen früh übernehmen und musste nicht bis ins reife Alter der dem Hausherrn gehorchende Sohn bleiben. Rechtlich lebt aber in gewissen Bereichen auch heute unter veränderten Verhältnissen das Prinzip der Hausgemeinschaft weiter. Jeder Japaner und jede Japanerin ist in einem für jedes «Haus» bestehenden Verzeichnis eingetragen, welches «ko-seki» genannt wird und eines der wichtigsten amtlichen Dokumente darstellt. Jede Änderung in den persönlichen Verhältnissen wird im Koseki eingetragen. Scheidet beispielsweise ein Sohn aus dem bisherigen «Haus» aus und gründet ein neues, eigenes, wird für ihn ein neues Verzeichnis angelegt. Man könnte das Koseki etwa mit einem Zivilstandsregister oder dem Familienbuch vergleichen. Gleichzeitig unterscheidet es sich aber in mehrfacher Hinsicht davon: so bleibt es beispielsweise bei Wohnortswechsel am bisherigen Ort weiter deponiert und kann nur auf Antrag und mit Begründung an einen neuen Kontrollort übergehen. Wenn Japaner von ihrem «Bürgerort» sprechen, dann ist damit jener Ort gemeint, wo sie im Koseki eingetragen sind, beziehungsweise wo dieses Dokument geführt wird. An sich ist es nicht so erstaunlich, dass es gerade gewisse rechtlich verankerte Verwaltungsmassnahmen sind, welche weiter bestehenbleiben, auch wenn sich die Wohn- und Gesellschaftsverhältnisse verändert haben.

Die Nachkriegszeit führte, wie wir früher feststellten, zu einer verstärkten Mobilität der Bevölkerung. In erster Linie haben wir darunter die dauernde Abwanderung von den ländlichen in die städtischen Gebiete zu verstehen. Für jene Arbeitskräfte, welche dort eine feste Anstellung finden, wird ein Wechsel des Arbeitsplatzes aus Gründen, denen wir im übernächsten Abschnitt nachgehen werden, geringer als bei uns sein; auch für den Wohnplatz dürfte dies in allen jenen Fällen zutreffen, wo dieser vom Arbeitgeber zur Verfügung gestellt wird. Wie steht es aber mit der Wohnplatz-Mobilität in allen andern Fällen? Charakteristisch für die Zeit zwischen den beiden Weltkriegen blieb in allen städtischen Wohngebieten der Trend zum eigenen Einfamilienhaus auch dann, als bedingt durch steigende Bodenpreise dessen Dimensionen immer kleiner und die Bauabstände immer geringer wurden. In dieser Bevorzugung des eigenen Hauses könnten sich Vorstellungen auswirken, die ihren Ursprung in einer Zeit haben, als Japan noch ländlich war und das «Haus» gesellschaftlich und als Gebäude die Norm darstellte.

Nach dem letzten Krieg kamen jedoch vermehrt neue Wohnformen auf, denen allen gemeinsam ist, dass auf die Bodenfläche bezogen mehr Menschen Wohnraum finden. Eine davon wird von den Japanern als «apato» bezeichnet, eine Ableitung von «Apartmentwohnungen». Während aber darunter im Westen meist bessere, ja luxuriöse Wohnungen in modernen Bauten verstanden werden, umfasst dieser Begriff in Japan recht Verschiedenes. Es kann sich bei Apatos um die Aufteilung in kleine und kleinste Wohneinheiten handeln, die häufig nicht einmal über eigene Küche oder Toilette verfügen, während auf der anderen Seite jene Apatos, die in neuen Wohnblocks zu finden sind, auch gehobeneren Ansprüchen zu genügen vermögen. Im allgemeinen haftet aber einem Apato doch eher der Charakter «billig» an. Will man bei Neubauten dieser Vorstellung entgegenwirken, so bezeichnet man – ebenfalls mit einem aus dem Amerikanischen übernommenen Begriff – den betreffenden Komplex gern als «Mansion»; auch hier kann qualitativ sehr Verschiedenartiges gemeint sein. Der steigenden Wohnungsnot versuchte man mit massiven Wohnraumvergrösserungen mit Hilfe der öffentlichen Hand zu begegnen. Jutaku-kodan – am besten als öffentliche Baugenossenschaft übersetzt – finanzierte und baute; die Stadtviertel oder Grundstücke (chi), wo solche Bauten entstanden, wurden als «dan-chi» bezeichnet und dieses Wort wird heute ganz allgemein für moderne Wohnblocksiedlungen verwendet. Es kann sich dabei um Bauten handeln, welche von der öffentlichen Hand, von Privaten oder auch von Unternehmen für ihre Arbeiter und Angestellten erstellt wurden. Danchi ist zu einem feststehenden Begriff geworden. Die einzelnen Wohnungen unterscheiden sich auch in diesem Falle nach Ausführung und Grösse, sind aber immer für eine Kleinfamilie gedacht. Üblicherweise werden sie vermietet, doch kommen auch Eigentumswohnungen vor.
Einer anfänglich ungeordneten Entwicklung, bei der sich neue und alte Bauformen nebeneinander finden, folgte etwa seit 1960 in steigendem Masse die Tendenz zur Anlage von sogenannten «new-towns», wie sie in Westeuropa, in Amerika und in den sozialistischen Ländern schon seit längerer Zeit planmässig angelegt worden waren. Sie liegen meistens in grosser Entfernung von den Arbeitsplätzen an der Peripherie der Metropolen und oft im noch offenen Gelände. Die grosse Konzentration von Menschen ermöglicht den Bau von Schnellbahnen zum Zentrum der Metropolen und in der Siedlung selbst die Errichtung aller jener Dienste und Einrichtungen, welche eine moderne und anspruchsvollere Lebensweise verlangt. Bekannte Beispiele wären Takashimadaira oder Tama New Town bei Tokyo sowie die Vorstadt Senri bei Osaka, die alle eine Wohnbevölkerung in der Grössenordnung von bis zu mehreren hunderttausend haben. Senri ist besonders interessant, weil dort die Planung neben Vierteln mit Mehrfamilienhäusern und Wohnblocks auch solche mit zum Teil hohen Ansprüchen genügenden Einfamilienhäusern vorsah. Das eigene Haus ist wohl immer noch der Traum der meisten Japaner und Apato, Mansion und Danchi werden wohl anfänglich von vielen Bewohnern noch als Durchgangsstationen angesehen. Siedlungen wie Senri oder Tama New Town dürften jedoch auch in dieser Hinsicht

Änderungen bewirken. Dank ihrer Wohnqualität könnten sie ohne weiteres zu Endstationen werden und damit wäre der Bruch mit der Vergangenheit auch in dieser Hinsicht vollzogen.

Die geschilderten Verhältnisse finden zahlreiche Parallelen in anderen Teilen der Welt, wobei freilich immer auch bezeichnende Unterschiede beachtet sein wollen. So erinnert das japanische Bauernhaus in seiner äusseren Form an das behäbige Bauernhaus im schweizerischen Bernbiet. Auch hier erstreckt sich die Hausgemeinschaft über den Rahmen der Kleinfamilie hinaus und der Vater ist anerkannte Respektsperson. Der Sohn mag verheiratet und Familienvater sein und immer noch ist der Vater der Hausherr, bis er bei zunehmendem Alter seine Autorität und die Leitung des Hauses an den Sohn weitergibt und sich auf das «Stöckli», das Nebengebäude, als Alterssitz zurückzieht. Im Unterschied zu Japan rückt in diesem Falle der jüngste Sohn nach, die älteren Brüder müssen sich einen neuen, eigenen Hof suchen oder ziehen in die Stadt. In Japan wird dagegen der Erstgeborene – man spricht von Primogenitur – nachrücken und nach dem Ableben des Vaters höher als seine eigene Mutter in der Hausgemeinschaft eingestuft werden. Wie in Japan handelt es sich auch im Bernbiet um eine nicht im bestehenden Gesetz verankerte Tradition, der in einem ländlich gebliebenen Gebiet getreu nachgelebt wird.

Zur Beantwortung der Frage, ob die zunehmende Verstädterung zu wichtigen Veränderungen in den gesellschaftlichen Verhältnissen führte, können viele Beobachtungen herangezogen werden. Dass in einer grösseren Stadt der älteste Sohn in einem recht einfachen Hintergebäude mit seiner Familie – vier Kinder – wohnte und zum abendlichen Bad jeweils in das grosse und moderne Wohnhaus seines Vaters kam, erlebte der Verfasser im Hause eines Fabrikbesitzers. Bei einem nächsten Besuch hatte der Vater die Hausherrschaft dem Sohn übergeben; jetzt wohnte dieser im grossen Haus und die Eltern hatten sich im Hintergebäude eingerichtet. Ein anderes Beispiel: im kleinen Garten eines Kollegen steht ein Nebengebäude für seine betagten Eltern. Dies wären Anzeichen für eine Übertragung ländlicher Tradition in die neuen städtischen Verhältnisse und deren Weiterführung. Ihnen stehen zahlreiche Feststellungen gegenüber, die auf eine Auflösung der grossen Hausgemeinschaft hinweisen. Der älteste Sohn lebt getrennt von den Eltern mit seiner Familie in eigener Wohnung. Zunehmend verhindern die gedrängten Wohnverhältnisse, dass die Alten weiterhin bei ihren Kindern verbleiben.

Sachzwänge führten ursprünglich zu den beschriebenen veränderten Wohnbedingungen in den Grossstädten. Gleichzeitig wurden so auch erwünschte Verbesserungen vor allem hinsichtlich einer freieren und individuelleren Lebensgestaltung eingetauscht. Darüber darf man jedoch die schweren Nachteile, welche sich in Zukunft noch vergrössern werden, nicht übersehen. In der ländlichen Hausgemeinschaft hatten alle, auch die Alten, ihre Aufgaben und ihre geachtete Stellung. Die Fürsorge in kranken und alten Tagen war gesichert. Auch bei gutem Willen ist dies unter den beschriebenen modernen Wohnverhältnissen nicht mehr möglich. Für das Land als Ganzes zeigt sich aber heute schon eine Verschiebung in der Alterspyramide in Richtung jener Jahrgänge, die aus dem Arbeitsprozess ausgeschieden sind. In den grossen Städten überwiegen zwar gegenwärtig noch die Jahrgänge der arbeitenden Bevölkerung; in wenigen Jahrzehnten wird aber auch in diesen Teilen Japans die veränderte Bevölkerungsstruktur zu einer steigenden volkswirtschaftlichen Belastung durch die Sozialfürsorge führen. Krankenversicherungen gehen bis auf das Jahr 1922 zurück; die meisten Gesetze, welche die verschiedenen Teilgebiete der Sozialfürsorge betreffen, wurden jedoch erst in der Nachkriegszeit nach 1945 beschlossen und stützen sich auf einen entsprechenden neuen Verfassungsartikel. Wenn auch heute praktisch für die gesamte Bevölkerung durch eine oder mehrere Versicherungen pro Kopf gesorgt wird, sind die Leistungen je Einwohner und im Vergleich mit dem Bruttosozialprodukt bedeutend geringer als in den meisten anderen Industrieländern. In einer vergleichenden Untersuchung aus dem Jahre 1966 des International Labour Office steht Japan mit einem Betrag von 52$ pro Einwohner und einem Anteil von 5,3% am Bruttosozialprodukt weit hinter wichtigen europäischen Ländern (beispielsweise Bundesrepublik Deutschland 345$ und 16,5% oder Schweden 433$ und 15,2%). Seither sind die Aufwendungen bis 1975 auf den neunfachen Betrag gestiegen und der Anteil am Bruttosozialprodukt beträgt rund 10%. Zweifellos muss im Hinblick auf die Entwicklung der Altersstruktur mit einem weiteren Ansteigen gerechnet werden. Etwa zwei Fünftel der Kosten wurden 1975 durch die Zentralregierung aufgebracht, der Rest verteilte sich wie in anderen Ländern auch auf Gemeinden, Arbeitgeber und Arbeitnehmer. Altersheime sind hier und da schon anzutreffen, doch sind sie noch nicht wie in Westeuropa zu einer selbstverständlichen Institution geworden.

Im Bauernhaus war die Wohnstätte auch Arbeitsplatz. Unter städtischen Verhältnissen wird die Distanz zwischen beiden immer grösser, die bisherige Einheit kann nicht mehr aufrechterhalten werden. Die alles beherrschende Stellung des Hausvorstandes wird dadurch geschwächt; der Vater verlässt frühmorgens das Haus und kehrt oft lange nach dem Dunkelwerden zurück. Er findet (worauf wir im übernächsten Abschnitt zu sprechen kommen) sein wichtigstes Tätigkeitsfeld an seiner Arbeitsstätte. In gleichem Masse verstärkt sich die tatsächliche Position der Mutter. Der Vater hat zwar – respektvoll anerkannt – noch die letzte Entscheidungsgewalt, weiss aber sehr wohl, dass sehr vieles ohne sein Zutun und Wissen entschieden wird. Die Verfassung von 1946 stellte das Prinzip der Gleichstellung von Mann und Frau auf. Auf dem Arbeitsmarkt blieb gleichwohl die Frau in mancher Hinsicht benachteiligt; vor allem gilt dies für die Entlohnung. Im eigenen Haus besass sie, die verantwortlich war für Erziehung und Familienfinanzen, immer schon eine starke Stellung, die sich in städtischen Verhältnissen als Folge der Abwesenheit des Mannes während des ganzen Tages noch verstärkte. Sie verfügt oft auch über genügend Zeit zur Mitarbeit in politischen Vereinigungen, in den sehr wichtigen Eltern-Lehrer-Vereinigungen – es ist beachtenswert, dass in dieser Situation auch unter städtischen Verhältnissen neue Horizontalstrukturen geschaffen werden – und kann sich hand-

werklichen Hobbies oder auch gewinnbringenden Nebenerwerben widmen. Wie Umfragen zeigten, besitzen die meisten japanischen Hausfrauen neben der offiziellen «Familienkasse» noch ihre eigenen Guthaben auf der Bank; aber auch die Männer, die oft ein sehr knapp bemessenes Taschengeld erhalten, können sich mit Hilfe von «nicht deklarierten», das heisst nicht abgelieferten kleinen Nebeneinnahmen dies und jenes leisten. Das Japanische verwendet dafür das aus dem Deutschen übernommene Fremdwort «arubaito» (Arbeit).
Kehren wir nach diesen Hinweisen auf einzelne Entwicklungen zu jener Frage zurück, die uns vor allem beschäftigt. Sicher lässt sich sagen, dass die starke Urbanisierung in der Zeit seit dem letzten Weltkrieg die bestehenden Gesellschaftsstrukturen und die Stellung des Individuums innerhalb der Gesellschaft grundlegend verändert hat. Wohl versuchte man anfänglich, traditionelle Massstäbe und Werte vom Land in die Stadt zu übertragen. Immer mehr musste es sich aber unter den völlig veränderten äusseren Verhältnissen als unmöglich erweisen, dies auf die Länge fortzusetzen. Was man vorerst als eine vereinzelte von der Norm abweichende japanische Familie bezeichnet haben mag, wird immer mehr zur Norm, Tradition dagegen in mancher Hinsicht zur Folklore. Diese Aussage gilt – womit gegenteiligen Auffassungen Rechnung getragen wird – möglicherweise noch nicht für heute, dürfte aber die Entwicklung in naher Zukunft charakterisieren. «Ie» ist heute schon ein sozialgeschichtlicher Begriff, «kazoku» ist meist gleichbedeutend mit Familie geworden und an Stelle von «uchi» – eine andere Lesart des Schriftzeichens 家 – verwendet man für das angestrebte Eigenheim das englische Fremdwort «mai-homu».
Einen Überblick über das urbane Japan gibt der amerikanische Geograph D. Kornhauser in «Urban Japan: Its Foundations and Growth», 1976, wobei freilich jene Probleme, welche wir soeben besprochen haben, kaum Erwähnung finden. Dafür vermittelt das Buch eine Fülle von sachlicher Information, welche zur Beurteilung notwendig ist. E. Norbeck in «Changing Japan», 1965, schildert am Beispiel einer fiktiven Familiengeschichte mit wissenschaftlicher Gründlichkeit den Gegensatz von Stadt und Land. Der eine Teil der Familie lebt in Kojima am Nordufer des Setonaikai, einem Dorf, wo sich die Bevölkerung der Landwirtschaft und der Fischerei widmet. Ein Sohn der Familie konnte studieren und wohnt in einem nördlichen Vorort von Tokyo. In dieser Gegenüberstellung von Stadt und Land und zwei grundverschiedenen «ways of life» wird der Leser manche Anregung zum Nachdenken finden. Die beiden genannten Bücher behandeln ein Thema, welchem wir bei der Beurteilung der Kontinuität traditioneller Werte und Strukturen einen besonders hohen Stellenwert zumessen.

33 Die Kiefer, japanisch «matsu», gehört zum Landschaftsbild Japans. Unweit von Dogo, dem altberühmten Thermalbad in Shikoku.

34 Bergwald mit Kahlschlag und Aufforstung im westlichen Shikoku.

35 Bergtal in Ura-Nihon, östlich von Shibata (Niigata).

36 Bergland im nördlichen Tohoku bei Yonaizawa-Moritake (Akita) nördlich von Akita.

37 Mizaka-Pass südlich von Matsuyama (Ehime), Aufnahme im März.

38 Chichibu-Berge im Westen von Tokyo-to. Häuser mit Gestellen zum Trocknen von Reis und Mais. Steinbedeckte Schindeldächer.

39 Ikekawa (Kochi). Maulbeerbäumchen bei Frühlingsbeginn.

40 Köhlerei unweit Otsu (Ehime).

41 Erholungslandschaft im Bergland: Weekendhäuser und Golfplätze am nördlichen Fuss des Fuji.

42 Strömung im verschmutzten Wasser des Setonaikai (Japanische Inlandsee) an der engsten Stelle zwischen Takamatsu im Süden und Tamano im Norden.

Heranwachsen und Erziehung

Japanische Kinder verbreiten Fröhlichkeit, sie lachen, lärmen und sind meist in den lustigsten Farben gekleidet. Amerikaner und Europäer urteilen freilich gerne anders: sie werden sagen, dass japanische Kinder von ihren Eltern verwöhnt werden und unausstehlich rücksichtslos sein können. Das Verhältnis von Erwachsenen und Kindern ist in Japan offenbar sehr viel anders als im Westen und gleiches ist von den Methoden der Erziehung zu sagen.

Viel mehr als im Westen spielt schon vor der Geburt die Frage «Wird uns ein Junge, wird uns ein Mädchen geschenkt?» eine bedeutende Rolle. Dabei kommt die grösste Bedeutung dem erstgeborenen Sohne zu, der traditionell die Kontinuität des Hauses gewährleistet. Die später geborenen Söhne sind weniger wichtig. Auch bei den Töchtern kommt der erstgeborenen, vor allem wenn noch kein Bruder da ist, ein grösseres Mass an Rechten und Verantwortung zu als ihren jüngeren Schwestern. Trotz der grossen Bedeutung, welche dem Geschlechtsunterschied beigemessen wird, besitzt das Japanische zwar Wörter für Sohn und Tochter, nicht aber für Bruder und Schwester schlechthin; man spricht einerseits zusammenfassend von Geschwistern (kyodai), andererseits unterscheidet man aber sorgfältig nach Geburtsfolge und Geschlecht. Der älteste, nächstjüngere und jüngste Bruder wird ebenso wie die älteste, nächstjüngere und jüngste Schwester mit einem eigenen Wort bezeichnet. In gleicher Weise besitzt jedes Mitglied des Hauses und der weiteren Verwandtschaft eine bekannte und respektierte Stellung in der Familienhierarchie und die Bezeichnung wechselt entsprechend der Bezugsperson.

Dies ist im Westen freilich kaum anders: eine Schwester kann je nachdem auch Schwägerin, Mutter, Tante usw. sein. In Japan wird man sich aber im Gespräch in einem ungleich stärkerem Masse als im Westen entsprechend der Stellung des Gesprächspartners verschiedener Ausdrucksweisen bedienen. Zudem ist die Sprache der Mädchen äusserst verschieden von jener der Jungen. Ausserdem bedient man sich je nach der Stellung des Gesprächspartners einer äusserst höflichen oder aber einer eher barschen Ausdrucksweise und wird sich unter allen Umständen bemühen, das eigene Selbst als so unbedeutend wie möglich hinzustellen. Die eigene Frau ist entweder «die im Haus» (kanai) oder «tsuma»; nach der Frau eines Kollegen sich erkundigend, verwendet man den weitaus höflicheren Ausdruck «okusama» (Oku bedeutet das Innere, das Herz, die Tiefe, während Sama die höfliche Form für Herr bzw. Frau ist – das Japanische unterscheidet merkwürdigerweise die Geschlechter nicht). Untereinander werden sich die Geschwister freilich üblicherweise mit vertraulicher Abkürzung ihrer Namen rufen; Kyoko – die Endung -ko wird allgemein für Mädchennamen verwendet – wird von ihren Geschwistern und auch von den Eltern «Kyo-chan» gerufen werden. Solche vertrauliche Formen sind dem Haus- und Familiengebrauch vorbehalten. So muss auch immer jeder Japaner ein etwas merkwürdiges Gefühl haben, wenn ihn nach kurzer Bekanntschaft ein amerikanischer Besucher mit seinem Vornamen anredet; in Japan wird der

Vorname höchstens zur genaueren Bezeichnung verwendet, wenn man über jemanden mit einem Dritten spricht. Im direkten Gespräch wäre dies gleichbedeutend mit einem Verstoss gegen die durch die hierarchischen Strukturen gebotenen Höflichkeitsbezeugungen, welche eine direkte Anerkennung der beiderseitigen sozialen Stellung bedeuten.
Das kleine Kind wächst schon im Laufe seiner ersten Jahre vorerst in diese Gesellschaftsstruktur hinein, die es zu respektieren lernt und die bald zu etwas Selbstverständlichem wird. Für Vater verwendet man zwar immer das gleiche Schriftzeichen, doch spricht man von ihm als «chichi» im täglichen Umgang, verwendet dagegen «o-tosan» oder «o-tosama», wenn man die gebührende Distanz bewahrt und hinaufspricht. Ein kleiner Knirps wird seinen älteren Bruder fröhlich Yo-chan rufen; doch erwähnt er ihn gegenüber einem Kameraden, so spricht er von seinem «ani-san», dem älteren Bruder, in respektvollem Tone.
Für den Japaner spielt immer und jederzeit eine entscheidende Rolle, dass er sich über seine eigene Stellung innerhalb der Gesellschaft im klaren ist. Auch die Religion lehrt nicht die Gleichheit aller Menschen; der Buddhismus akzeptiert, dass die Menschen ungleich sind und dass sie sich mit ihrer Stellung abfinden und darin glücklich sein müssen. Eine sogenannte niedrigere Stellung in der Gesellschaft hat deshalb auch nichts Entwürdigendes; dagegen kann man sich in jeder Stellung sowohl richtig wie auch falsch benehmen, glücklich oder unglücklich sein. Wichtig ist, dass man seine eigene Position kennt und, wenn man mit anderen zusammentrifft, sich über die gegenseitige Beziehung im klaren ist. In dieses Netz von Beziehungen wird der junge Japaner schon in seinen frühesten Jahren einbezogen und weiss sich entsprechend zu verhalten. Für einen fremden Besucher Japans ist freilich das Erkennen dieser Strukturen etwas vom Schwierigsten und darum benimmt man sich auch so häufig unhöflich und unmöglich. Es dürfte für einen Japaner nicht leicht sein, sich von solchen früh anerzogenen Vorstellungen frei zu machen. Darum haben wir in diesen in die frühe Jugend zurückreichenden Eindrücken einen wichtigen Beitrag zur Kontinuität traditioneller Strukturen zu sehen. Freilich, wenn eine Familie ins Danchi zieht und wenn die Kinder beginnen, ihre Eltern Papa und Mama zu rufen, dürfte dies schon ein Schritt aus dem traditionellen Sozialgewebe hinaus sein. Selbstverständlich könnten in diesem Zusammenhang noch viele Hinweise angefügt werden, doch wollen wir uns auf das Gesagte beschränken.
Indem die Kinder rasch ihre Stellung innerhalb des Hauses erkennen und akzeptieren, gewinnen sie das Gefühl der Geborgenheit innerhalb einer Gruppe. Wir verwenden diese Ausdrücke, weil sie von japanischen Soziologen immer wieder verwendet werden, um eine besonders charakteristische Seite des japanischen Verhaltens und der japanischen Gesellschaftsstruktur zu bezeichnen. Die Zugehörigkeit zu einer Gruppe spielt für den Japaner eine wichtige Rolle; dabei gibt es für ihn nicht nur eine, sondern in der Regel eine gewisse Zahl von Gruppen, denen er sich verbunden fühlt und wo er sich zu Hause fühlt. Die Haus- oder Familiengemeinschaft ist die erste, in die er hineinwächst, doch wird sie später durch andere ergänzt und teilweise abgelöst. Ausserhalb der Gruppe fühlt sich

ein Japaner «out of place» und verliert leicht die Orientierung. Oft benimmt er sich dann gehemmt, weil er glaubt, dass er sich ungeschickt und falsch verhält. Darum spielt auch der andere Ausdruck, den wir verwendeten, Geborgenheit, eine besondere Rolle. Der Japaner ist glücklich in der Geborgenheit seiner Gruppe, wo er – ganz im Gegensatz zum Eindruck, den er etwa im Ausland erweckt – aufleben und fröhlich sein kann. In den Augen der Japaner sind wir Menschen aus dem Westen weniger fähig, Freude zu empfinden und zu äussern; freilich macht sich der Japaner sein Bild vom Westen meist aufgrund der Eindrücke, die er von ihm in seinem eigenen Lande empfängt!

In dieser ersten Lebensphase fühlen die jungen Japaner beiderlei Geschlechts die Geborgenheit in ganz besonderem Masse bei der Mutter. Ihr obliegt die Erziehung, sie sorgt für die Kinder, trägt sie auf dem Rükken, solange sie noch klein sind, und nimmt sie mit sich in das abendliche Bad. Ganz allgemein ist die japanische Hausgemeinschaft physisch geschlossener; man lebt sehr nahe beieinander und weiss fast alles voneinander. Der Vater besitzt freilich eine sehr viel grössere Distanz und mischt sich auch nicht in die Erziehung ein. Japanische Kinder lernen, indem sie sich einleben und indem man ihnen zeigt, wie man sich im Leben benehmen muss. Natürlich sieht man oft auch Kinder, die bitterlich weinen. Kaum aber sieht man Erwachsene, die Kinder schlagen. Erziehung ist nicht Dressur, sondern Heranwachsen und Hineinleben. Darum erscheinen Kinder in den Augen von Ausländern oft so verwöhnt und schlecht erzogen, denn sie dürfen – fast – alles tun. Kinder wissen noch nicht in allen Fällen, wie man sich benehmen soll, und darum entschuldigt man ihr Verhalten immer wieder. Wenn eine schwangere Mutter mit einem Kleinen auf dem Rücken und einem Vierjährigen an der Hand den Bus besteigt, kriegt sicher das vierjährige Kind den letzten freien Sitzplatz, nicht etwa die Mutter.

Wenn die Kinder das Kindergartenalter erreichen, beginnt für sie ein neuer Lebensabschnitt, der vorerst hauptsächlich Freude bringt. Eine neuartige Gruppe gibt ihnen Geborgenheit: lauter gleichaltrige Kameraden, Knaben und Mädchen gemischt. Die Kindergärtnerin dringt zwar auf Ordnung, um die lebhafte Schar sicher zu lenken, aber auch sie zeigt Freude, lacht und spielt mit den Kindern. Man wäre versucht zu sagen: In keiner Lebensstufe erscheint der Japaner so gelöst und spontan wie in der Kindergartengruppe.

Vor dem letzten Krieg war das japanische Schulwesen nach europäischem, hauptsächlich deutschem Vorbild aufgebaut worden; nach dem Krieg diente das amerikanische als Modell. Mit dem sechsten Lebensjahr beginnt die obligatorische sechsjährige Grund- oder Primarschule (shogakko), gefolgt von drei Jahren ebenfalls obligatorischer Mittelschule (chugakko). Der grösste Teil der Schüler besucht anschliessend noch während drei Jahren die höhere Mittelschule (kotogakko), welche den Zugang zu den fast fünfhundert öffentlichen und privaten Universitäten ermöglicht. Schulen waren schon vor 1868 in Japan weit verbreitet und nach der Meiji-Restauration war das Erziehungswesen ein erstes Anliegen der Regierung. Japaner sind nicht nur wissbegierig; Wissen und Bildung sind Eigenschaften von höchstem Stellenwert und wer es irgendwie kann, versucht sich entsprechend auszubilden. In dieser Zeit eignet sich ein Japaner aber auch gleichzeitig mit dem eigentlichen Wissen bestimmte Eigenschaften an, die ihn unverwischbar prägen. Auf einige wenige, die besonders wichtig sind, sei hier kurz eingegangen.

Der Buddhismus lehrt, dass ein Kind vor allem dankbar gegenüber seinen Eltern sein soll. An zweiter Stelle folgt die Dankbarkeit gegenüber seinen Lehrern, die ihm das Wissen vermittelten, ohne das man im Leben nicht bestehen kann. Freilich ist auch der Lehrer verpflichtet, seine Schüler väterlich auf ihrem weiteren Lebensweg zu begleiten. Beide sind einander verbunden und bleiben es in der Regel für das ganze Leben.

Der Lehrer aller Schulstufen wird vom Schüler «sen-sei» genannt, was soviel wie der Ältere oder der früher Geborene bedeutet. Ihm widerspricht man nicht. Man hört zu, haucht zuweilen «Ja» und versucht die gehörten Gedanken aufzunehmen. Am Schluss bedankt man sich für das Empfangene. Diese Darstellung ist selbstverständlich wie alle Verallgemeinerungen etwas überspitzt. Aber auch auf der Universitätsstufe sind eigentliche Seminardiskussionen von der Art des «brain-storming» selten. Sensei und Schüler bewahren immer ihre Positionen, die bei jeder sich bietenden Gelegenheit noch verankert werden. So besuchen Studenten ihre Professoren häufig zu Hause und bringen ihnen Geschenke mit – eine Sitte, welche in Europa als grober Verstoss gegen gutes Verhalten betrachtet würde. Der Sensei wird andererseits seine früheren Schüler immer gerne beraten, er wird ihnen behilflich sein, eine Stelle zu finden und – wenn es so gewünscht wird – als Mittelsmann bei Vorbereitungen zu einer Heirat dienen.

Es ist interessant zu beobachten, wie sich die fröhliche Kinderschar des Kindergartens über die Jahre hinweg differenziert und entwickelt. Mädchen und Jungen verhalten sich, obwohl die Schulen überall gemischt sind, in der Folge recht verschieden. Begegnet man einer Grundschulklasse auf einem Ausflug, dann werden sich sicher die Mädchen scheu kichernd verdrücken, während sich die Buben mit selbstsicherem Getue in den Vordergrund schieben. Wenige Jahre später ist es gerade umgekehrt: die Jungen sind verklemmt, haben irgendwie Angst, sich ungeschickt zu benehmen, und tun es darum erst recht. Die Mädchen benutzen dagegen gerne die Gelegenheit, ihr Englisch, welches schon in der Mittelschule gelehrt wird, zu testen, und sie tun dies im allgemeinen in einer sehr natürlichen Art mit einfachen, normalen Fragen. Dass die Schule bei den Jungen Hemmungen anerzieht, erstaunt nicht, denn der Schüler lernt rezeptiv konformistisch; macht er Fehler, muss er sich schämen. Wir sind der Meinung, dass die genannten Unterschiede keineswegs geschlechtsbedingt sind, sondern von der Erziehung abhängen. Das Verhaltensmuster für Mädchen ist einfacher, traditionell klar festgelegt und viel weniger von der schulischen Erziehung bestimmt als jenes der Jungen.

Mit einer Ausnahme dürfte der in der Schule gelehrte Stoff mit jenem in westlichen Ländern übereinstimmen – es finden sich, abgesehen von den schon genannten, kaum wesentliche Unterschiede im Didaktischen. Die grosse Ausnahme betrifft Sprache und Schrift. Weil sich darin auch Denkweise und Kultur ausdrücken, kommt diesen Unterschieden eine besonders grosse Bedeutung zu. Dabei steht für den Menschen im Westen die fast unglaubliche Leistung im Vordergrund, dass jeder Japaner im Laufe seiner Ausbildung, um lesen zu können, Tausende von bildhaften Schriftzeichen zu lernen hat. Wäre es nicht vernünftiger, so hört man immer wieder, wenn die dafür aufgewendete Zeit für etwas anderes genutzt würde und wenn man Japanisch in der westlichen Lautschrift schreiben würde? Ohne auf andere Probleme der japanischen Sprache einzugehen, wollen wir uns lediglich auf das erwähnte konzentrieren und versuchen, darauf eine Antwort zu geben.

Unser kleiner Japaner wird, noch bevor er den Kindergarten besucht, im Hüpfspiel «eins, zwei, drei – ichi, ni, san» zählen, seinen Vater «o-tosan» nennen und nach dem Fuji-san Ausschau halten. Dass «san» je nachdem drei, Herr oder Berg bedeutet, darüber denkt er gar nicht nach, denn das ergibt sich klar aus dem Zusammenhang und kann gar nicht anders sein. Später in der Schule wird er lernen, dass sich die drei Möglichkeiten auch verschieden schreiben und dass es noch zahlreiche andere Bedeutungen von «san» gibt, die man je nach dem Zusammenhang oder nach dem entsprechenden Schriftzeichen auseinanderhalten kann. Im Laufe der Grundschuljahre wird er elf Begriffe und elf Schriftzeichen erlernen, alle «san» ausgesprochen – aber jedes bedeutet ganz Verschiedenes. Für «shi» werden es gar 46 verschiedene Bedeutungen, Begriffe und damit auch Schriftzeichen sein; «shin», «sho», «so» wären weitere unter dem Buchstaben S, die man in diesem Zusammenhang nennen könnte. Während die obengenannten Beispiele von «san» noch durchaus aus dem Zusammenhang verstanden werden können, wird bei fortschreitendem Sachwissen und Sprachwissen das Verstehen nur noch über das dem Begriff zugeordnete Schriftzeichen möglich sein. Man kann einen Japaner nicht fragen: «Was heisst shi?» – er wird, nachdem er den Unsinn einer solchen Fragestellung verdaut hat, uns die Gegenfrage stellen: «Ich muss den Zusammenhang kennen; oder können Sie mir sagen, wie Sie shi schreiben?» Ein in unserer Lautschrift geschriebener japanischer Text – der Japaner nennt diese Schreibweise «romaji» – ist meist kaum verständlich, auf jeden Fall nicht auf den ersten Anhieb. Schreibt man dagegen mit sogenannten chinesischen Schriftzeichen oder in «kanji», springt einem der Sinn sofort in die Augen. Es sind Bildzeichen für klar definierte Begriffe. Je mehr man von diesen Bausteinen kennt, um so grösser ist die Bildung. Im Laufe der Grundschulzeit lernt der Japaner rund 900 Begriffe und Bildzeichen, 2000 rechnet man als Voraussetzung für das Zeitunglesen und den täglichen Gebrauch. Ein gebildeter Mann wird dagegen rund 10000 verschiedene Kanji unterscheiden und deren Bedeutung kennen. Eine Schwierigkeit besteht auch für die Japaner selbst darin, dass man zwar weiss, was die Schriftzeichen bedeuten, dass man jedoch wegen der unterschiedlichen Lesart oft im unklaren ist, wie sie im gegebenen Falle auszusprechen sind. Man versteht den Inhalt sehr wohl, ist aber bezüglich der Laute unsicher. Eine andere Schwierigkeit ergibt sich daraus, dass die Schriftzeichen nur die

Begriffe wiedergeben, die Abwandlungen des gesprochenen Wortes – wie beispielsweise die verschiedenen Zeiten bei Verben – aber unberücksichtigt bleiben. Für diese die Kanji ergänzenden und erläuternden Elemente verwendet der Japaner zwei Silbenalphabete, Hiragana und Katakana genannt, ersteres in der Regel für Wortendungen und japanische Wörter, letzteres hauptsächlich für die Transkription der vielen Fremdwörter. Kanji, Hiragana, Katakana und Romaji kommen beispielsweise in einem wissenschaftlichen Text nebeneinander auf derselben Seite vor; ein japanischer Schüler wird alle vier Schriftarten beherrschen!
Wir wollen uns hier aber nicht in einen sprachlichen Exkurs verlieren, sondern die in unserem Zusammenhang wichtigen Punkte herausheben. Die intensive Beschäftigung mit Sprache und Schrift während der ganzen Schulperiode fördert bestimmte Fähigkeiten: visuelles Vorstellungsvermögen und bildhaftes Denken, rasches Erfassen auch kleinster Unterschiede werden entwickelt – eine minimale Abweichung kann beispielsweise das Schriftzeichen für Himmel zu jenem für Ehegatte machen. Im Westen wird Lesen nach der Methode Analyse plus Synthese geübt, das japanische Lesen könnte demgegenüber als ein spontanes ganzheitliches Erfassen bezeichnet werden. Das möge genügen, um zu zeigen, dass in dieser Schulperiode entscheidende Prägungen erfolgen, die von jenen im Westen verschieden sind.
Es hat wohl nicht an Versuchen gefehlt, Japanisch in Romaji zu schreiben. Man könnte es vielleicht so ausdrücken, dass wir dabei eine zwar mögliche, aber sicher nicht effiziente Methode anwenden würden. Die japanische Sprache ist nun einmal so beschaffen, dass sich die traditionelle Schreibweise besser eignet. Darum sind die Japaner auch immer wieder darauf zurückgekommen und nehmen den Nachteil des grossen Kraft- und Zeitaufwandes in Kauf.
Der Übergang von einer Schulstufe in die nächste erfolgt nicht aufgrund der bisher erzielten Schulergebnisse, sondern eines mit Erfolg bestandenen Eintrittsexamens. Diese Examina sind äusserst streng, die Versagerquote hoch und die psychische Belastung von Schülern und Eltern für unsere Vorstellungen unwahrscheinlich gross. Man spricht allgemein von der «Examen-Hölle». Mitte der fünfziger Jahre versuchten erst etwa die Hälfte aller Schüler in eine obere Mittelschule einzutreten, 1976 waren es 92%. Der Andrang führte zu einer rigorosen Aussiebung bei den bevorzugten Schulen. Wer durchfällt, kann im nächsten Jahr einen neuen Anlauf nehmen oder aber er wird eine weniger angesehene Schule wählen, wo er möglicherweise bessere Chancen hat. Die Examina sind schriftlich und verlangen eine völlige Beherrschung des Stoffes in einer solchen Form, dass die Antworten richtig gegeben werden können. Wenn man die Wohnverhältnisse berücksichtigt, versteht man die in einer Untersuchung über das Examenwesen gemachte Aussage, dass nur Kinder aus besser situierten Familien eine Chance haben, in eine der grossen Universitäten einzutreten. Es geht dabei nicht etwa um das Schulgeld, sondern einfach darum, dass nur diese Kinder die Möglichkeit finden, in einer ruhigen Ecke oder im eigenen Zimmer zu büffeln und sich auf ihre Examina vorzubereiten. Das Trauma der Examina hat dazu

geführt, dass immer mehr Schüler in ihrer Verzweiflung Selbstmord begehen, wobei sie in ihren Abschiedsbriefen keinen Zweifel über ihre Motive lassen. 1977 waren es an die tausend Fälle; vor allem beunruhigt, dass neuerdings auch Grundschüler diesen letzten Ausweg suchen.
Das ganze Problem ist aber noch weit vielschichtiger, als hier skizziert wurde. In praktisch jedem Haus steht heute ein Fernsehapparat und Sendestationen in grosser Zahl ermöglichen jederzeit einen einwandfreien Empfang. Ende 1977 veröffentlichte die Regierung ein Weissbuch über Jugendprobleme, in dem sie dem Fernsehen einen massgeblichen Einfluss auf die Einstellung Jugendlicher zum Leben zumass. 1956 bestand die Hauptlektüre von Jugendlichen in Magazinen seriösen Inhaltes; fast 95% aller Befragten hatten damals im Laufe des vergangenen Monats ein ernsthaftes Buch gelesen. Nun, gelesen wird immer noch viel. Überall findet man Buchläden und zum Erstaunen aller fremden Besucher dürfen Kinder jeden Alters dort die Bücher von den Gestellen nehmen, ansehen und unter Umständen natürlich auch kaufen. Buchläden sind immer voller Kinder und Jugendlicher. Aber heute stehen im Vordergrund des Interesses Comics von oft unwahrscheinlicher Seichtheit. Das Weissbuch der Regierung stellt fest, dass 1977 nur noch knapp die Hälfte der Befragten im vergangenen Monat ein ernsthaftes Buch gelesen hat, dass Comics alle andere Lektüre an Bedeutung übersteigen und Fernsehen von zwei bis drei Stunden täglich als normal angesehen werden muss. Der Bildschirm wurde noch wichtiger als die Comics, denn er verlangt ausser dem Betätigen des Knopfes überhaupt keinen persönlichen Einsatz mehr. Die Meinungen darüber, wie diese Entwicklung zu erklären sei, gehen auseinander. Ist es, wie die Regierung schreibt, Ausdruck der Wohlstandsgesellschaft? Oder ist es ein Zeichen der Flucht vor der psychischen Belastung durch die Examen-Hölle?
Die Schule, welche auch in ihren oberen Abschlüssen den grössten Teil der Bevölkerung erfasst, führt die vorschulische Erziehung in intensivster Form weiter. Sie gliedert den jungen Menschen in neue Gruppen und neue Beziehungen ein. Auffassungsvermögen und Ausdrucksfähigkeit werden in ganz bestimmter, von der westlichen Welt unterschiedlicher Weise entwickelt. Wenn der junge Mensch die Schule verlässt, hat er eine Formung erfahren, die weitgehend in der durch Sprache, Schrift und Schulsystem gegebenen Tradition verankert ist. Die Veränderungen der Schulstrukturen nach 1945 betrafen hauptsächlich Äusserlichkeiten und gingen nicht tief. Wie Gespräche mit zahlreichen Schulfachleuten ergaben, ist hier auch kaum mit baldigen Wandlungen zu rechnen, denn solchen stehen die zentralistischen Strukturen, die alle im nationalen Erziehungsministerium gipfeln, entgegen. Anstösse von seiten der direkt Betroffenen sind wenig wirksam, weil in den letzten Jahren die schärfsten Opponenten ihre Kritik weniger von der Sache her als von einer linksextremen Plattform aus führten.

Das Berufsleben

Die wirtschaftliche Entwicklung des modernen Japan könnte in drei Akten beschrieben werden: die Zeit von 1868 bis zum Ersten Weltkrieg, die Zwischenkriegszeit und die Zeit seit dem Zweiten Weltkrieg. Für westliche Betrachter wäre wohl der erste und dritte Akt am interessantesten. Im ersten Akt verfolgen wir die ersten Schritte und den sogenannten «take off» des modernen Staates, im dritten Akt erleben wir, wie Japan sich in der Rangliste rascher als irgendein anderes Land der Erde in die Spitzenposition emporarbeitet. Wenn wir den Vergleich weiterführen, würde uns die «Ouvertüre», die Zeit der Tokugawa, das Verständnis für das Schauspiel durch eine ganze Reihe von Themen, die später wieder aufgenommen werden, erleichtern. Es sind vor allem japanische Publikationen, in denen mit Nachdruck darauf hingewiesen wird, dass entscheidende Bedingungen für alles Spätere schon in der Zeit vor 1868 geschaffen wurden, dass die Meiji-Periode keineswegs einen Bruch mit allem Bisherigen, sondern eine Weiterführung und bewusste Umgestaltung des Vorhandenen bedeutete.
Der wirtschaftliche Aufstieg Japans in der Nachkriegszeit nach 1945 weckte in ganz besonderem Masse das Interesse im Westen. Als man sich damit näher zu befassen begann, stellte man erstaunliche Besonderheiten fest, die man als charakteristische japanische Eigenschaften bezeichnete. Dazu gehören nebst vielem anderem der unerhörte Einsatz der Arbeiter und Angestellten für ihre Firma und die nicht aufgrund der Leistung, sondern des Dienstalters gestaffelten Löhne. Der Antwort auf die Frage, ob es sich hier um Traditionelles, um vom Westen Übernommenes und japanischen Verhältnissen Angepasstes oder um japanische Neuschöpfungen seit 1868 handle, kommt nicht nur wissenschaftliche Bedeutung zu. Unternehmer im Westen begannen sich zu fragen, ob es den Japanern gelungen sei, durch gezielte Massnahmen ihre Mitarbeiter aller Stufen in einem ganz besonderen Masse auf die Unternehmungsinteressen auszurichten und zu höchstem Einsatz zu motivieren. Als nächstes werden sie sich fragen, ob es sich dabei um Leistungen des Managements handle, welche übertragbar und auch im Westen anwendbar sind, oder ob es um Dinge geht, die – so pflegt man zu sagen – untrennbar mit dem japanischen Wesen verknüpft und darum nur in Japan realisierbar sind. Wir werden sehen, dass man auf diese klar in drei Teile gegliederte Frage nicht in gleicher Weise klar antworten kann. So sind Strukturen, welche die japanische Wirtschaftsführung nachweisbar neu schuf, Früherem teilweise verbunden oder machen zum mindesten von traditionellen Wertvorstellungen Gebrauch. Auch hinter die fast axiomatische Feststellung, dass der Japaner eben nicht anders könne als ununterbrochen und hart arbeiten, könnte man ein Fragezeichen setzen. Dass in wesentlichen Teilen die strukturellen Verhältnisse in diesen Sektoren der Wirtschaft Neuschöpfungen sein müssen, ist allein schon dadurch gegeben, dass es vor 1868 kaum so etwas wie grosse Handelshäuser – auf einige Vorläufer wurde schon früher hingewiesen – und keine Industrieunternehmungen gab.

Sowohl auf dem Bauernhof wie in den kleinen handwerklichen Betrieben und kaufmännischen Unternehmungen waren in der Zeit vor Meiji üblicherweise Wohnort und Arbeitsort identisch. Die Aufgabenteilung innerhalb der Hausgemeinschaft, welche uns schon bekannt ist, war traditionell gegeben. Das Arbeiterproblem stellte sich kaum; Angestellte und Arbeiter verstanden sich weitgehend als Glieder der Hausgemeinschaft und wurden in vielen Fällen auch mit allen Rechten und Pflichten in diese aufgenommen. Der Arbeitgeber war de facto und in vielen Fällen auch de jure der gestrenge und sorgende Vater, der Arbeitnehmer in gewissem Sinne das Kind. Wir lernten diese Beziehung schon unter der Bezeichnung «oya-bun» und «ko-bun» kennen (Oya = Eltern, Ko = Kind).
Als nach 1868 Schritt für Schritt eine Fabrikindustrie aufgebaut wurde, ergaben sich auch bei der Beschaffung von Arbeitskräften Probleme und führten zu besonderen und charakteristischen Entwicklungen. Bei dem anfänglich vorhandenen Überangebot von Arbeitskräften und den scharf kalkulierten Produktionskosten lag es nahe, in grosser Zahl junge, noch unverheiratete Frauen zu beschäftigen. Diese schieden nach relativ kurzer Zeit wegen Verheiratung wieder aus und wurden durch neueingestellte zu niedrigsten Löhnen ersetzt. Männliche Arbeitskräfte suchten sich in den Anfängen der Industrialisierung die Stellen mit besseren Bedingungen und wenige verblieben lange in ein und demselben Betrieb. In dieser Situation entwickelten die Unternehmer ein für die damalige Zeit und für Japan charakteristisches System zur Beschaffung der benötigten Arbeitskräfte, welches die Kontinuität und gleichzeitig die gewünschte Flexibilität ermöglichte: Eine Art Mittelsmann, der vor allem gute Beziehungen in den ländlichen Gebieten haben musste, vermittelte den Unternehmen Arbeiter; er achtete darauf, dass diese entsprechend ausgebildet wurden, und sorgte sich überhaupt darum, dass er die Wünsche der Unternehmer befriedigen konnte. Je stärker ein solcher Mittelsmann die Arbeiter an sich zu binden vermochte, um so erfolgreicher war sein Geschäft. Gegenüber den Arbeitern war er der Boss, sie waren seine Gefolgsleute. Zusammen bildeten sie eine Clique oder Gruppe, eine «batsu»; dies ist ein in Japan oft gebrauchter Ausdruck – wir kennen ihn schon von den Zaibatsus –, welcher an sich keine moralische Wertung beinhaltet, sondern einfach das Festhalten eines Tatbestandes bedeutet. Durch Zurückgreifen auf bestehende Vorstellungen wurde in diesem Falle der Mittelsmann als der «oyakata», der Gefolgsmann als der «kokata» (kata bedeutet soviel wie Person) bezeichnet. Man kann sich vorstellen, dass entsprechend Angebot und Nachfrage und je nach dem Charakter der Oyakata oft auch recht fragwürdige Manipulationen vorkamen.
Als im Laufe der Zeit die wachsende Industrie in steigendem Masse gelernte Arbeitskräfte benötigte, erwies sich das Oyakata-Kokata-System nicht mehr als ausreichend. Die Unternehmer hatten ein Interesse daran, Arbeiter im eigenen Betrieb auszubilden und sie dann auch auf möglichst lange Zeit zu verpflichten. In vielen Fällen wurde der Oyakata als einer der leitenden Angestellten in den Betrieb übernommen, zusammen mit

seiner ganzen «batsu», die damit fest integriert wurde. Die Gewerkschaften, welche sich seit etwa 1900 in Japan bemerkbar machten, hätten das Ihre zu einer Neugestaltung beitragen können, doch hatten sie aus einer Reihe von Gründen damals eine geringe Durchschlagskraft. Einen wesentlichen Beitrag zur Auflösung des ursprünglichen Oyakata-Kokata-Systems leistete ausserdem der Ausbau der höheren Volksschulen mit ihrer Verbindung von schulischer und praktischer Ausbildung zusammen mit den betriebseigenen Ausbildungsmöglichkeiten.

In gewissem Sinne trat nun die Unternehmensleitung an die Stelle des Oyakata, wobei sie, soweit es die Beziehungen zur Arbeiterschaft betraf, ganz ähnlich vorging. Die Arbeiter sollten durch ein ganzes Paket von Massnahmen immer fester an die Firma gebunden und ihre Interessen mit jenen des Unternehmens gleichgeschaltet werden. Entsprechende Massnahmen bezogen sich jedoch fast ausnahmslos auf die männlichen Angestellten, denn die Frauen verliessen weiterhin üblicherweise spätestens mit Mitte Zwanzig den Arbeitsplatz und mussten sich bis zu diesem Zeitpunkt mit einem Minimallohn begnügen. Die Betriebsgemeinschaft war jene wichtige Gruppe, in welche ein junger Arbeiter, nach Schulabschluss ein kaufmännischer Angestellter oder der Absolvent einer Hochschule eingegliedert wurde und die von nun an bis zur Pensionierung für sie alle das Haupttätigkeitsfeld bildete und der ihre Interessen zu gelten hatten. Diese Gruppe war eine ausgesprochene Männergesellschaft und ist es bis heute in wichtigen Belangen geblieben.

Freilich, jetzt spricht man nicht mehr von einer «batsu» – es geht um mehr. Im Japanischen kann das Wort «uchi» auf zweierlei Arten geschrieben werden; auf der einen Seite bedeutet es den Gegensatz zu ausserhalb – so heisst ein Stadtteil von Tokyo Maru-no-uchi oder soviel wie «innerhalb von Wall und Graben» –, doch kann man Uchi auch mit dem uns bekannten Schriftzeichen für Haus schreiben. So spricht man etwa von watashi-no-uchi und meint damit das Haus, in dem man wohnt. Wenn der Japaner von seiner Firma oder dem Unternehmen, wo er arbeitet, spricht, verwendet er ebenfalls den Ausdruck Uchi und würde dafür das gleiche Schriftzeichen wie für sein eigenes Haus verwenden. Für den Japaner ist somit der Ort, wo er wohnt, und jener, wo er arbeitet, begrifflich gleichwertig. In dem Masse, wie sich die Distanz zwischen beiden vergrössert, gewinnt für den Mann der Arbeitsplatz immer grössere Bedeutung. Er muss morgens in aller Frühe sein eigenes Haus verlassen und kehrt oft erst spätnachts dorthin zurück. Am Arbeitsplatz findet er seine Aufgabe und Erfüllung, dort hat er seine Freunde, mit denen er nach Arbeitsschluss noch ausgeht – dieser Ort ist für ihn im vollen Sinne des Wortes sein Uchi. Unterdessen wird die Gattin zu Hause schalten und walten und der Vater hat, wenn er heimkommt, nicht mehr viel beizufügen und zu sagen – es sei denn, dass gewisse Entscheide durch den offiziellen Hausvorstand zu treffen sind. Dies ist eine Folge der wirtschaftlichen Entwicklung und der zunehmenden Verstädterung. Sie ist aber nicht so ohne weiteres – wie man sagt – organisch gewachsen, sondern bewusst in diese Richtung gelenkt worden, weil eine solche Lösung vom Management als richtig befunden wurde.

Schon unter dem früheren Oyakata-Kokata-System waren die ausgehandelten Löhne aufgrund der Dauer der bestehenden Verbindung zwischen den beiden Parteien festgesetzt worden. Entsprechend setzte später das Management die Löhne aufgrund des Dienstalters für die verschiedenen Kategorien von Arbeitern und Angestellten fest, wobei dem Dienstalter ein grösseres Gewicht als der Leistung zugesprochen wurde. In der fremdsprachigen Literatur wird dieses für Japan charakteristische Prinzip der Festsetzung der Löhne meist als Senioritätsprinzip bezeichnet; der Japaner seinerseits spricht vom «nenko»-System (nen = Jahr, ko = Fortschreiten). Die Anfangsgehälter sind verhältnismässig niedrig, doch erhöhen sie sich rasch entsprechend der Zahl der Dienstjahre in ein und derselben Firma.
Die Tabelle «Mittlere Monatslöhne» gibt den Stand vom Juli 1976 wieder und bezieht sich auf Durchschnittslöhne für Angestellte, welche einen Universitätsabschluss besitzen, und Arbeiter im industriellen Sektor. Die Löhne für Absolventen mit Abschluss der oberen Mittelschule sind etwa um 20% niedriger. Die Unterschiede zwischen einzelnen Erwerbszweigen beziehungsweise Industrien sind relativ gering. So variieren sie für männliche Angestellte der höchsten Altersstufe zwischen 292000 Yen (Grosshandel) und 426000 Yen (Gas, Elektrizität).

Mittlere Monatslöhne (in 1000 Yen)

Männer: Angestellte			Frauen: Angestellte			Männer: Arbeiter		
Alter	Dienstjahre	Lohn	Alter	Dienstjahre	Lohn	Alter	Dienstjahre	Lohn
22	0	100	22	0	94	18	0	82
23	1	106	23	1	98	19	1	86
25	3	118	25	3	107	20	2	91
30	8	162	30	8	125	25	7	114
35	13	203	35	13	145	30	12	151
40	18	248				35	17	179
45	23	289				40	22	203
50	28	323				45	27	224
55	33	348				50	32	246
						55	37	263

Das Nenko-System bedeutet für jeden Angestellten die stärkste Motivation, seinen Arbeitsplatz nicht zu wechseln. Tut er dies aus bestimmten Gründen gleichwohl, dann muss er in den meisten Fällen bedeutende Lohneinbussen in Kauf nehmen. Für die Unternehmensleitung ergeben sich neben offensichtlichen Vorteilen aber auch nachteilige Konsequenzen, die schwerwiegen. Wenn ein Unternehmen stagniert und keine jungen Arbeitskräfte mehr einstellt, werden die Löhne die Produktionskosten rasch zunehmend belasten; in das Nenko-System eingebaut ist

darum die Notwendigkeit einer sehr expansiven Produktion. Die Verhältnisse könnten mit der Belastung durch Pensionskassen in Europa verglichen werden, wo ebenfalls darauf geachtet werden muss, dass sich die Altersstruktur der Arbeiter- und Angestelltenschaft nicht zu sehr verändert. Die Folgen finanzieller Art fallen aber beim Nenko-System viel stärker ins Gewicht.
Beim Betrachten der Tabellen wird auch auffallen, dass die Frauen nicht nur bedeutend geringere Löhne erhalten, sondern dass nach dem 35. Lebensjahr bei ihnen keine Steigerung mehr ausgewiesen wird. In der Regel werden Frauen ihr Arbeitsverhältnis eben vor diesem Zeitpunkt auflösen; in Japan wird immer noch erwartet, dass eine Frau heiratet. Das Heiratsalter liegt im Durchschnitt bei etwa 25 Jahren und nach 30 Jahren wird eine Japanerin üblicherweise keine Ehe mehr eingehen können. So wie früher wird auch heute noch die weibliche Arbeitskraft grundsätzlich verschieden von der männlichen eingeschätzt, auch wenn die Verfassung die Gleichheit der Geschlechter garantiert. Diese Benachteiligung der Frau bildet eines der vielen Gesprächsthemen, welche die Gemüter erhitzen und die Zeitungsspalten füllen.
Auffallen wird auch, dass die Tabellen bei der Altersstufe 55 endigen. Bei sechzig Jahren liegt das normale Pensionierungsalter; Pensionierung bedeutet aber nicht, dass die Betreffenden aus dem Arbeitsprozess völlig ausscheiden. In Japan bilden die Altersklassen über 60 Jahren, die aus dem normalen Erwerbsleben ausgeschieden sind, unter der Voraussetzung guter Gesundheit aufgrund ihrer Kenntnisse und Erfahrungen ein willkommenes, relativ billiges Arbeitsreservoir und einen Puffer in Zeiten der Rezession. Pensionen sind niedrig und häufig handelt es sich um Kapitalabfindungen anstelle von jährlichen Auszahlungen. Bei der heutigen konjunkturell bedingten Inflation genügen sie – vor allem bei den veränderten Gesellschaftsstrukturen in den Grossstädten – meist nicht zum Leben. So ist es durchaus üblich, dass beispielsweise ein Hochschulprofessor – selbst einer, der an der berühmten kaiserlichen oder nationalen Universität von Tokyo oder Kyoto gelehrt hat – nach seiner früh erfolgten Pensionierung seine Kenntnisse noch während vieler Jahre bis ins höchste Alter verschiedenen privaten Universitäten als akademischer Lehrer zur Verfügung stellt.
Das Nenko-System allein könnte in Verbindung mit der Tatsache, dass ein Arbeitsvertrag von beiden Seiten prinzipiell auf Dauer gilt, in Zeiten der Rezession leicht zu einer wirtschaftlichen Belastung führen. Die gemachten Hinweise zeigten schon, dass eine ganze Reihe von Puffern eingebaut wurden, die es vor allem den grossen Unternehmen ermöglichen, auch in Zeiten der Rezession ihre Produktion zu steigern und Investitionen in den Anlagen vorzunehmen.
Einen wichtigen Puffer bilden auch jene meist im Frühling und gegen Jahresende zusätzlich zum Lohn erfolgenden Zahlungen, deren Höhe sich nach dem Geschäftsgang bemisst. Man verwendet dafür im Japanischen den Ausdruck «bonus». 1976 betrugen im Durchschnitt aller Industrien die Bonuszahlungen etwa zwei Monatsgehälter, doch kommen auch bedeutend höhere Zahlungen vor. Es handelt sich dabei nicht wie

im Westen um einen 13. oder 14. Monatslohn, mit dem man rechnen kann und den man schon in den privaten Haushaltsplan eingebaut hat. Vom Standpunkt des Managements schafft das Bonus-System flexible Löhne, vom Standpunkt der Arbeitnehmer bedeuten sie eine Mitbeteiligung an einem günstigen Geschäftsgang. Eine direkte Folge ist, dass bei Jahresende üblicherweise sehr grosse Beträge den Sparguthaben zufliessen, und tatsächlich weisen die Statistiken der Sparbanken die Japaner auch als die tüchtigsten Sparer auf der ganzen Welt aus. Eigentlich sollten wir sagen: die Japanerin, denn die Hausfrau ordnet ja – wie wir schon wissen – die Familienfinanzen und sie wird auch darüber entscheiden, welche Beträge auf Sparbüchern, in Anleihen oder Aktien angelegt werden sollen. Wenn man eine japanische Bank betritt, ist man immer wieder erstaunt, in wie grosser Zahl man dort Hausfrauen mit Kindern trifft, hingegen auffallend wenige Männer.

Die Verbundenheit mit dem Unternehmen, für das man arbeitet, wird aber noch in manch anderer Hinsicht bewusst gefördert. An materiellen Vorteilen wären zu nennen: Ferienheime, Wohnsiedlungen, Fortbildungsstätten, Krankenhäuser usw. Immaterieller Art sind: Förderung des Zusammengehörigkeitsgefühls durch gemeinsame zeremonielle Anlässe, oft täglich bei Arbeitsbeginn unter Absingen der Firmenhymne und Verlesen programmatischer Erklärungen; kleidsame Uniformierung; sportliche Wettbewerbe und Freizeitgestaltung usw.

Man spricht heute im Westen oft und viel von Mitsprache- und Mitbestimmungsrecht und vielerorts haben sich die Fronten über dieser Frage zunehmend verhärtet. In Japan bestehen diese Rechte de facto, wenn auch in besonderer Art. Bestimmte Entscheidungen der Unternehmensgestaltung werden auf verschiedenen Ebenen lange vorbesprochen. Man anerkennt, dass die Auffassungen anfänglich weit auseinandergehen können, und darum vollziehen sich solche Diskussionen üblicherweise vorerst auf einer unteren Ebene der Hierarchie, bewegen sich aber in der Folge nach oben, wobei gleichzeitig eine Übereinstimmung der Meinungen angestrebt wird. Man könnte dies modellmässig mit einem Kegel vergleichen, in welchem sich die Meinungsbildung von unten nach oben – aber immer innerhalb des Kegelmantels – vollzieht und schliesslich so die Spitze erreicht. In der Literatur wird manchmal darauf hingewiesen, dass dieses Vorgehen viel Ähnlichkeit mit den Diskussionen in den dörflichen Gemeinschaften besitzt, wo Konsensus und Harmonie mehr als ein rascher Mehrheitsentscheid bedeuten. Man darf aber auch vermuten, dass die japanischen Unternehmer die Vorteile eines solchen Vorgehens gefördert haben, indem sie diese rein vom Standpunkt der Unternehmensführung aus werteten. Wenn nötig, übt man auch in Japan Druck auf die Meinungen anderer aus und ist dabei nicht zimperlich. Man versucht aber ganz allgemein Mehrheitsentscheiden nach Möglichkeit aus dem Wege zu gehen und würde sie im japanischen Sinne als undemokratisch betrachten. Unbeliebt ist auch ein energischer Führungsstil, wie man ihn beispielsweise in Amerika trifft. Das japanische Vorgehen braucht Zeit und man spricht etwa aus westlicher Sicht von Konsensuspalaver, womit schon die ganz verschiedene Einstellung dokumentiert wird. Zweifellos dauern Meinungsbildungen und Entscheidungsfindung in Japan länger als im Westen, doch wird dieser Verlust durch einen ganz enormen Arbeitseinsatz später mehr als wettgemacht. Ausländer sind oft erstaunt, dass ein führender japanischer Manager oder auch der Präsident einer Universität äusserlich oft so gar nichts Imponierendes an sich hat. Er mag unbeholfen scheinen und seine Meinung zurückhaltend, zögernd, ja sprachlich ungewandt darlegen. Man erwartet von ihm auch kein forsches Auftreten, dafür jedoch die unter den geschilderten Verhältnissen äusserst wichtige Eigenschaft, seine Untergebenen in die Entscheide miteinzubeziehen, und zwar so, dass am Ende eine Übereinstimmung in allen wichtigen Fragen erzielt wird. Durch diese Art der Führung erhält vor allem das mittlere und untere Kader das Gefühl der direkten Mitbeteiligung und wird diesem durch einen für westliche Verhältnisse unwahrscheinlichen Arbeitseinsatz Ausdruck geben. Es ist durchaus nicht ungewöhnlich, dass Mitarbeiter einer Firma an einem Problem, welches ihnen von oben zugespielt wurde, bis tief in die Nacht hinein miteinander diskutierend unbezahlt weiterarbeiten. Die Firma ist ihr «uchi», ihre grosse Familie. Auch der Staat hat in seinem Bereich die gleichen Überlegungen gemacht und ist ähnlich vorgegangen. So spricht man etwa von der «Bundesbahn-Familie», die alle jene umfasst, die bei der JNR angestellt sind.

Auch ausländische Firmen, die in Japan tätig sind, mussten sich weitgehend anpassen und den westlichen Stil ihrer Unternehmensführung ändern. Andererseits kennen natürlich die Japaner auch das westliche Modell und die ihm innewohnenden Vorteile. Ob das Nenko-System oder das Leistungsprinzip vorzuziehen sei, welches die Beförderung tüchtiger Leute über die Köpfe von Kollegen der gleichen Altersklasse hinweg ermöglicht, ist eine auch in Japan ernsthaft diskutierte Frage – freilich zeichnet sich noch keine Änderung in der Grundhaltung ab.

Vieles, was im vorhergehenden gesagt wurde, gilt in erster Linie für die grossen Unternehmungen. Die für Japan charakteristischen kleinen Betriebe, die meist die Funktion von Zulieferern erfüllen, können ihren Angestellten nicht die gleichen Löhne und vor allem nicht die gleiche Sicherheit des Arbeitsplatzes bieten. Wenn in den sogenannten Rezessionsjahren nach dem Ölschock 1973 die Zahl der Konkurse statistisch gesehen in erschreckender Weise zugenommen hat, dann betrifft dies sowohl in der Industrie wie im Handel vor allem diese Gruppe. Die grossen Unternehmen können dagegen – wie schon mehrmals seit 1868 in Krisenzeiten geschehen – die schwierigen Jahre überleben und dabei noch grösser und mächtiger werden.

Die Rezession, welche nach dem Ölschock von 1973 einsetzte, wirkte sich in den folgenden Jahren vor allem auch auf dem Arbeitsmarkt aus. Die meisten Firmen stellen jeweils im Frühjahr die Absolventen der Hochschulen und der höheren Mittelschulen ein. Im Frühjahr 1978 wurden aufgrund der Studentenzahlen 215000 Absolventen der Hochschulen erwartet, von denen noch zwei Jahre früher die Hälfte ohne weiteres eine Stelle in einer guten Firma gefunden haben dürfte; 1978 waren jedoch die gleichen Firmen nur noch bereit, 34000 junge Leute anzustellen. Am begehrtesten sind natürlich bei dieser Kategorie von Stellensuchenden Anstellungen bei grossen Firmen mit Nenko-System, denn dort finden sie Sicherheit und Ansporn. Firmen mit mehr als 1000 Angestellten, für welche diese Voraussetzungen gelten, haben einen Anteil an der Gesamtzahl aller Beschäftigten des Landes von rund einem Drittel. Unternehmen mit weniger als 100 Angestellten wenden nur zum kleineren Teil das Nenko-System an und schliessen auch in diesem Falle die weiblichen Arbeitskräfte aus, für welche besondere Lohnbedingungen gelten. Nicht nur waren 1978 die Aussichten von Absolventen der Hochschulen auf Anstellung gering – nur etwa ein Sechstel der Männer und eine verschwindend geringe Zahl von Frauen waren vorgesehen –, sogar für die Beschäftigten selbst ergaben sich Schwierigkeiten. Kleine Firmen entliessen Frauen und Randbeschäftigte oder machten Konkurs. 1976 verschwanden so 17000 Unternehmen, 1977 waren es im Monatsdurchschnitt 1600. Für Grossfirmen mit Nenko bestand die Möglichkeit der vorzeitigen Pensionierung, beispielsweise schon mit 45 anstatt mit 60 Jahren. Auch bei Auszahlung der vollen Pension sparte man wegen der grossen Dienstalterssteigerungen beträchtliche Lohnsummen. Euphemistisch nennt man die vorzeitige Pensionierung «die Entlassung mit dem goldenen Handschlag» – unnötig zu sagen, dass Frauen nicht unter diese Regelung fallen und in vielen Fällen einfach entlassen werden. Damit sind auch für die im Nenko-System angestellten Männer, die etwa knapp die Hälfte aller Beschäftigten ausmachen dürften, die Zeiten keineswegs rosig.

Die Arbeitslosenstatistiken geben aus den genannten Gründen ein durchaus verzerrtes Bild der wirtschaftlichen Situation und können nicht mit solchen aus den USA oder Westeuropa verglichen werden. Weil viele Arbeiter, die nicht entlassen werden können, noch mitgetragen werden und unproduktive Arbeit leisten, ist die Arbeitslosenquote niedriger ausgewiesen, als es den Tatsachen entsprechen dürfte. Wichtig ist, dass sie nach 1973 steigende Tendenz aufwies; von 1,2% 1975/76 stieg sie bis Ende 1977 auf 2,2%. Der weitaus bessere Indikator für die Situation auf dem Arbeitsmarkt sind aber zweifellos die Schwierigkeiten bei der Stellensuche, denen Hochschulabsolventen und weibliche Stellensuchende begegnen. Da – wie wir in einem früheren Kapitel feststellten – die Zahl der Menschen in den Arbeitsjahrgängen in den kommenden Dezennien stark zunehmen dürfte, könnte nur eine kontinuierlich expandierende Wirtschaft mit diesen Problemen fertig werden. Nach Berechnungen des MITI müsste eine jährliche Steigerung des Bruttosozialprodukts von 6% erfolgen, damit die Wirtschaft alle Arbeitsuchenden absorbieren kann. Dieser Wert dürfte eher zu niedrig als zu hoch angesetzt sein. In der Vergangenheit wurde er im Falle Japans oft überschritten; seit 1973 versucht man jedoch mit konjunkturdämpfenden Massnahmen eine Reihe von unerwünschten Folgen des rapiden Wirtschaftswachstums einzudämmen. Wo der richtige Mittelweg liegt, der Japan aus diesem Dilemma herausführt, ist schwer zu sagen. Unterdessen gehen in steigender Zahl vor allem kleinere und kapitalschwächere Unternehmen ein und der Konzentrationsprozess macht ununterbrochen Fortschritte.

Die Tabelle «Die grossen Wirtschaftsgruppen Japans» bezieht sich nur auf die schon früher genannten Hauptgruppen, welche teilweise Nachfolger der 1945 aufgelösten Zaibatsus sind. Deren Anteile sind sowohl am gesamten Verkaufswert aller Industrieprodukte als auch am Total des in allen Industrien investierten Kapitals hoch, doch zeigt der Zahlenvergleich 1970 und 1975 eine rückläufige Tendenz. Dies widerspricht dem oben Gesagten nicht, denn der Konzentrationsprozess vollzog sich in zahlreichen anderen Gruppen – zum Beispiel Nippon Steel – noch stärker, was eine Abnahme der hier angegebenen Relativzahlen bewirkt. Beachtenswert ist auch, dass die Grossen Sechs sehr hohe Anteile am Kapital und an der Produktion, jedoch verhältnismässig kleine an der Zahl der Beschäftigten aufweisen.
Wer das Glück hatte, als junger Mann in eine solche Gruppe einzutreten, braucht sich keine Sorgen um seine Zukunft zu machen. Seine Bedürfnisse werden befriedigt werden, die Gruppe wird für ihn ebenso sorgen, wie er seine ganze Kraft der Gruppe widmen wird. Doch darf man, wenn man solche Feststellungen macht, nie vergessen, dass mehr als die Hälfte aller Arbeitenden ähnliche Vorteile nicht geniessen und den wirtschaftlichen Wechselfällen ausgesetzt bleiben. Man beachte auch, dass für jene, welche diese Form der Sozialversicherung geniessen, in erster Linie die Privatwirtschaft und nicht der Staat beziehungsweise die Allgemeinheit aufkommt.

Japanische Gewerkschaften

1976 gab es im ganzen Lande 70039 Gewerkschaften mit insgesamt 12,4 Millionen Mitgliedern. Von diesen verteilen sich auf die einzelnen Dachverbände:

Dachverband	Zahl der Gewerkschaften	Mitglieder in Millionen
Sohyo	23 689	4,5
Domei	12 024	2,2
Shinsambetsu	233	0,07
Churitsuroren	4 181	1,3
total	40 127	8,1

Aus dem Gesagten ergibt sich, dass das Vorherrschen vertikaler Strukturen auch für das Berufsleben charakteristisch ist. Nach seinem Eintritt in eine Firma führt der Weg des jungen Angestellten innerhalb der Firma nach oben und seine Interessen gelten dem einen Ziel, seiner Firma nützlich zu sein. Dem wäre eine ebenso charakteristische Gliederung nach Stockwerken oder Klassen im Westen gegenüberzustellen, wo sich der einzelne entweder auf der Seite der Unternehmer oder der Arbeiter findet und wo sich die Interessen in erster Linie nicht vertikal, sondern horizontal mit sozial Gleichgestellten in anderen Unternehmen orientieren.

Die grossen Wirtschaftsgruppen Japans

Alle Angaben in Prozenten des Totals für Japan

	Angestellte		Kapital		Verkäufe	
	1970	1975	1970	1975	1970	1975
Mitsui	2,1	1,7	4,1	3,3	4,3	3,7
Mitsubishi	2,1	1,8	5,4	4,1	4,3	3,9
Sumitomo	1,3	1,1	3,3	2,7	2,0	2,2
Sanwa	3,4	2,7	5,9	4,6	4,3	3,5
Fuyo	2,8	2,2	5,8	4,9	4,1	3,6
Dai-ichi-Kangyo	5,2	4,3	8,4	6,9	6,3	5,5
total	16,9	13,8	32,9	26,5	25,3	22,4

In diesem Zusammenhang wird meist auch die Frage nach der Bedeutung der Gewerkschaften oder «trade unions» aufgeworfen, die im Westen als die wirksamsten Organisationen im Kampf um die Verbesserung der sozialen Verhältnisse von Arbeitern und Angestellten betrachtet werden und welche – sektoriell nach Industriegruppen gegliedert – die Verhandlungen mit den Arbeitgebern führen. Zu beachten ist auch, dass sich im Westen die meisten Gewerkschaften zwar ideologisch und interessemässig in den meisten Fällen als links stehende Organisationen verstehen, dagegen nicht als politische Parteien auftreten und auch nicht direkt an den politischen Parteikämpfen beteiligt sind. Die japanischen Gewerkschaften unterscheiden sich in allen genannten Punkten von jenen in den westlichen Ländern.

Schon die Geschichte der Gewerkschaftsbewegung ist in mancher Hinsicht verschieden. Anfänge reichen noch ins letzte Jahrhundert zurück. Viele Gewerkschaftsführer waren anfänglich stark idealistisch und ausländisch-christlich beeinflusst. Noch unter der Meiji-Regierung glitt die Bewegung teilweise in die extrem subversive Richtung ab, es kam zu politischen Prozessen und es wurde riskant, sich zur Gewerkschaftsidee zu bekennen. Diese Situation setzte sich durch die Zwischenkriegszeit fort und verschärfte sich noch mit zunehmender Militarisierung der allgemeinen Verhältnisse. Nach dem Zweiten Weltkrieg war im industriellen Sektor eines der ersten Anliegen der amerikanischen Okkupationsbehörden unter dem Stichwort «Demokratisierung» die Organisation von Gewerkschaften als Verhandlungspartner der Unternehmer in allen Fragen der Arbeitsverhältnisse. Zweifellos dienten als Modell die amerikanischen Verhältnisse, welche jedoch von den japanischen in wichtigen Punkten prinzipiell verschieden sind. Rein statistisch gesehen entwickelten sich die Gewerkschaften ausserordentlich schnell. Vor dem Kriege dürften etwa 7% der Industriebeschäftigten organisiert gewesen sein. Im Oktober 1945 erfolgte die erste Aufforderung der Amerikaner, Gewerkschaften zu organisieren. Im Dezember wurde das entsprechende Gesetz von der japanischen Regierung bestätigt. Ende des Jahres waren schon 380000 Arbeiter organisiert, was etwa der Vorkriegszahl entspricht. Ende 1946 waren es 4,9 Millionen und Ende 1948 6,5 Millionen Mitglieder in 33900 Einzelgewerkschaften.

Wenn sich nun – wie wir noch sehen werden – die japanischen Gewerkschaften in wesentlichen Punkten in ihrem Aufbau und ihren Aufgaben von den westlichen unterscheiden, können verschiedenartige Ursachen dafür verantwortlich gemacht werden. Ist die Entwicklung zwangsläufig in bestimmter Richtung verlaufen, weil schon Vorhandenes in diesem Sinne sich auswirkte, oder haben die mächtigen Interessen der Unternehmer die Entwicklung in eine Richtung gelenkt, die für sie am wenigsten nachteilig war? Darüber gibt die verfügbare objektive Literatur keine Auskunft und wir lassen darum auch diese Frage offen.

Die japanische Gewerkschaft ist – und dies dürfte ihr wichtigstes Charakteristikum sein – die Organisation aller Angestellten und Arbeiter innerhalb ein und derselben Firma und ihre Tätigkeit vollzieht sich auch im wesentlichen innerhalb dieses Rahmens. Mit Ausnahme des Managements und bestimmter gehobener Positionen gehören ihr alle im Unternehmen Beschäftigten an. Damit wird praktisch die ganze nach Stellung und Dienstalter bemessene Lohnskala in der Gewerkschaft vertreten sein und die so gegebenen Unterschiede werden von ihr respektiert und akzeptiert. Das japanische Geschäftsjahr endigt am 31. März und kurz darauf werden die Lohnskalen der Teuerung angepasst und revidiert. Eine wichtige Funktion der Gewerkschaft besteht darin, dem Management eine möglichst hohe, aber zumutbare lineare Steigerung aller Löhne abzutrotzen; ausserdem wird sie beim Entscheid über die Ausschüttung eines hohen Bonus energisch mitreden wollen. Diese Verhandlungen finden jeweils im Frühling statt (shunto = der Kampf im Frühling, Frühjahrsoffensive), wobei die Gewerkschaften von den ihnen verfassungsmässig zugestandenen Rechten einschliesslich Streikrecht Gebrauch machen. Entscheidend ist, dass alle Verhandlungen unternehmensintern geführt werden. So kann es vorkommen, dass eine private Vorortbahn in Tokyo während Tagen streikt, eine andere den Betrieb aber normal weiterführt. Das grösste Gewicht bei den Lohnkämpfen kommt den Gewerkschaften in den grossen Stahlfirmen oder bei der Bundesbahn zu. Sie setzen im grossen und ganzen die allgemein akzeptierte Höhe der für ein weiteres Jahr gültigen Lohnkorrektur fest, womit auch die Streikperiode zu einem baldigen Ende kommen wird.

In grossen Unternehmen sind heute praktisch alle Beschäftigten gewerkschaftlich organisiert, soweit sie zur Stammarbeiterschaft gehören. Teilbeschäftigte, nicht ins Nenko-System Eingegliederte und oft auch Frauen können nicht Mitglieder werden. Dagegen spielen Frauen in vielen Gewerkschaften der öffentlichen Dienste (beispielsweise der Lehrer) eine grosse Rolle. In den zahllosen kleinen Unternehmen werden gewerkschaftliche Organisationen seltener angetroffen, wohl weil dort die Probleme zwischen Management und Arbeitnehmern auf traditioneller Basis gelöst werden können.

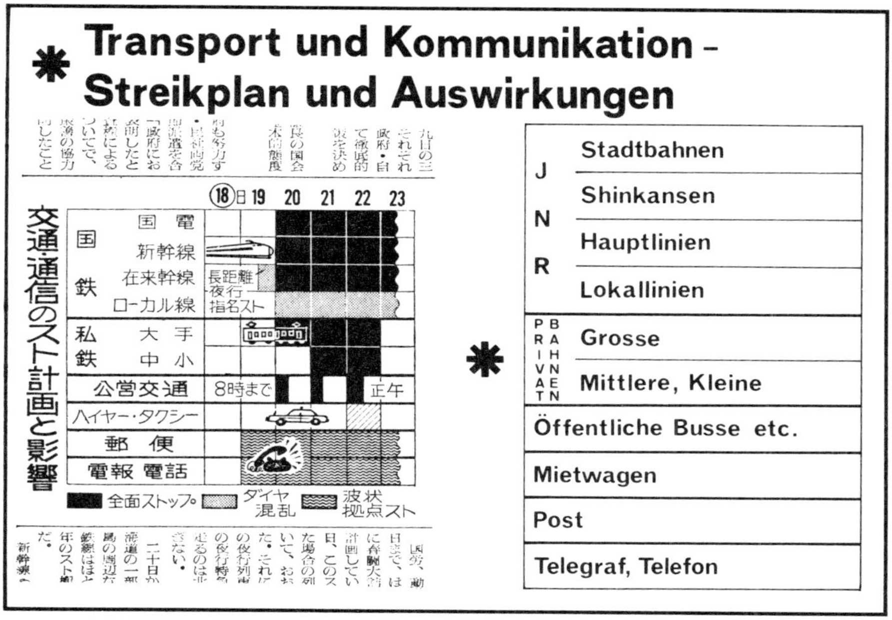

Fig. 28 Streikfahrplan während der «Frühjahrsoffensive». Abgebildet ist der in einer japanischen Zeitung veröffentlichte Streikfahrplan vom April (19.–23.) 1976.

Etwa ein Drittel aller Gewerkschaften haben sich in irgendeiner Form mit anderen Gewerkschaften zu einem Interessenverband zusammengeschlossen. Freilich gibt es sehr grosse Gewerkschaften, die sich von solchen horizontalen Bindungen völlig ferngehalten haben, beispielsweise bei Toyota. Der grösste dieser Verbände ist der Allgemeine Gewerkschaftsverband (Sohyo), gefolgt vom Japanischen Arbeiterverband (Domei). Die Tabelle «Japanische Gewerkschaften» gibt einen Überblick über die Situation von 1976. Bei einem Zahlenvergleich ist zu berücksichtigen, dass sich eine Gewerkschaft auch mehr als nur einem Dachverband anschliessen kann.

Im Gegensatz zum Westen treten die Dachverbände bei den eigentlichen Lohnverhandlungen nicht in Aktion, weil sich diese firmenintern abspielen. Sie verlegen darum ihre Haupttätigkeit auf die politische Bühne. Dabei tritt die durch eine linksextreme Einstellung gekennzeichnete Sohyo besonders in Erscheinung, während Domei die Demokratische Sozialistische Partei unterstützt. Etwa je ein Viertel der Mitglieder von Sohyo sind bei den Eisenbahnen und bei der Regierung angestellt, während bei Domei mehr als die Hälfte Textilarbeiter sind. Im öffentlichen Sektor sind etwa 80% aller Beschäftigten gewerkschaftlich organisiert, im privaten Sektor nur etwa ein Viertel; freilich – dies stellten wir schon fest – ist der Anteil in den wichtigen und grossen Firmen höher.

Diese Angaben über die gewerkschaftliche Organisation waren notwendig, damit nicht durch die starke Betonung von Firmenverbundenheit

und aufopfernder Tätigkeit der Eindruck einer uneigennützigen Idealgesellschaft hervorgerufen wird. Ob es insgesamt gesehen vorteilhafter für ein Land ist, wenn sich die Gewerkschaften mehr als Interessenvertreter der Arbeitnehmer oder als parteipolitisch ausgerichtete Organisationen verstehen, ist eine Frage, welche wir unbeantwortet lassen wollen.
Das Management, welches in den Gewerkschaften nicht eingeschlossen ist, hat seine eigene Dachorganisation, abgekürzt Nikkeiren. Wir erwähnen sie deshalb, weil Nikkeiren oft in Zeitungsberichten genannt wird; sie ist aber bei weitem nicht die einzige Organisation ihrer Art.
Wer etwas tieferen Einblick in japanische Unternehmen gewinnt, wird weitere Eigentümlichkeiten, viele davon nicht statistisch erfassbar, in grosser Zahl feststellen. So sind beispielsweise höhere Angestellte im Vergleich mit dem Westen anscheinend viel schlechter bezahlt. Was jedoch mit berücksichtigt sein will, ist das praktisch unbeschränkte Spesenkonto, über das sie verfügen, Wagen und Chauffeur, die ihnen zur Verfügung stehen, und vieles mehr. Wenn der japanische Mann nach langer Tagesarbeit und Überstunden zusammenpackt, sieht er sich im Büro nach Freunden um, mit denen er noch einige Zeit in einer Bar verweilt, wo man gegenseitig sein Herz ausschüttet, sich entspannt. Solche Vergnügen sind teuer; Bars, Restaurants usw. in japanischen Grossstädten sind für jeden, der die Zeche nicht einem Spesenkonto belasten kann, beinahe unerreichbar. Hier aber ist das japanische Unternehmen üblicherweise sehr freigebig. In einer schwierigen Situation befinden sich Regierungsbeamte, Akademiker und ähnlich Benachteiligte. Aber auch bei ihnen spielt die Entspannung nach der Tagesarbeit eine wichtige Rolle. Zahllos sind die «coffee-shops» in Japan, wo man meistens bis zu zwanzig und mehr verschiedene Sorten und Zubereitungen des stimulierenden Getränkes bestellen kann. Sollte man bei solchen Zusammenkünften einmal zuviel Alkohol trinken, dann spielt dies in Japan keine Rolle; angeheitert zu sein ist das Recht jedes Mannes, man hilft ihm wieder auf die Beine und sorgt dafür, dass er nach Hause kommt – am nächsten Tag spricht kein Mensch mehr darüber. Er wird sich schon in früher Morgenstunde in frischem Hemd, gebügeltem Anzug und sauber geputzten Schuhen von seiner Frau verabschieden, eine bis anderthalb Stunden in einer elektrischen Bahn zur Arbeitsstätte fahren und sich dort recht eigentlich zu Hause fühlen. Dort liegt seine Aufgabe, hat er seine Freunde und so wie jetzt wird auch später seine Firma für ihn sorgen.
Den arbeitenden Frauen und Männern wie den Leitern der Wirtschaft verdankt Japan in erster Linie seine heutige Stellung unter den Wirtschaftsmächten der Erde. In diesem Zusammenhang seien abschliessend noch zwei Punkte besonders hervorgehoben. Die japanischen Löhne haben unter Berücksichtigung aller zusätzlichen Leistungen eine mit Westeuropa vergleichbare Höhe erreicht. Dies gilt in besonderem Masse für die grossen Unternehmen, während die kleineren tiefer eingestuft werden müssen. Aber auch so gesehen darf man heute nicht mehr von den «niedrigen japanischen Löhnen» sprechen und damit die zweifellos vorhandene Konkurrenzfähigkeit der japanischen Produzenten erklären wollen. Sicherlich spielen auch für den japanischen Arbeitnehmer die

Einkünfte eine ähnlich grosse Rolle, wie sie dies in Europa tun, wenn er an seine Familie und alle persönlichen Bedürfnisse denkt. Er wird aber seine Einkommenslage weniger durch gesteigerte Leistung und überdurchschnittliches Können als vielmehr durch die Treue zu jener Firma, die ihn kurz nach Studien- oder Schulabschluss aufnahm, verbessern können. Man kann sich im Westen das, was wir weiter oben «japanisches Konsensuspalaver» genannt haben, nicht leisten, weil solches nur dann wirtschaftlich tragbar ist, wenn nachher alle Beteiligten mit vollem Einsatz arbeiten und beispielsweise auch Baumaschinen Tag und Nacht ununterbrochen eingesetzt werden. Dazu kommt als weitere Bedingung auf seiten des Managements: vollkommene Planung und Organisation, ausreichende Investitionen auch in schwierigen Zeiten und ständiges Vorwärtstreiben der Entwicklung durch Ausbildung und Forschung. Damit stossen wir aber schon auf Fragen, denen wir im letzten Kapitel noch kurz nachgehen wollen.

Japan in der Welt von heute

Geographische Lage

Geographische Lage ist immer relativ, auf etwas bezogen. Das gilt auch für die Lage in dem von den Geodäten über die Erdkugel gelegten Gradnetz, auch wenn sie in vielen Schulbüchern die absolute genannt wird. Die nach geographischer Länge und Breite äussersten Punkte sind für Japan offiziell die folgenden: Am weitesten im Westen liegt die letzte Insel der Ryukyu, Yonaguni-shima (shima = Insel), bei 24° 27′ Nord und 122° 56′ Ost. Einsam im Pazifischen Ozean findet man die kleine zu Japan gehörende Insel Minami-tori-shima bei 24° 17′ Nord und 153° 59′ Ost; sie ist so klein und so weit entfernt, dass sie auf manchen Atlanten nicht einmal eingezeichnet ist. Die japanischen Ansprüche auf einen Wirtschaftsraum von 200 smi stützen sich in diesem Teil des nördlichen Pazifik auf diese und andere kleine Inselchen, die somit eine grosse politische und wirtschaftliche Bedeutung erlangen. Trotz der südlichen Lage ist Minami-tori-shima nicht der südlichste, sondern vielmehr der östlichste Punkt Japans, denn noch weiter südlich liegt Oki-no-tori-shima (20° 25′ Nord, 136° 05′ Ost). Weil nach offizieller japanischer Auffassung die Kurilen-Inseln Kunashiri und Etorofu japanisches Territorium und zu Unrecht von der Sowjetunion besetzt sind, gilt nicht die Nordspitze von Hokkaido (Soya Misaki), sondern die äusserste Spitze von Etorofu (Kamoiwakka Misaki) als nördlichster Punkt des Landes bei 45° 33′ Nord und 148° 46′ Ost.

Wenn wir alle genannten Punkte in gleicher Weise um fast die Hälfte des Erdumfanges, nämlich um 150 Längengrade gegen Osten verschieben, kommen sie in den Bereich der atlantischen Küste von Nordamerika zu liegen. Im einzelnen würden sie dann etwa die folgenden Positionen einnehmen und damit erlauben, Lage und Ausdehnung mit Bekanntem zu vergleichen: im Westen eine Stelle im Golf von Mexiko, welche nördlich von Yucatán und westlich der Südspitze von Florida liegt; im Süden die Kuba und Haiti trennende Meerenge; im Osten wird der Minami-tori-shima entsprechende Punkt weit draussen im Atlantischen Ozean, beinahe im Bereich des Nordatlantischen Rückens und damit auf halbem Wege nach Afrika liegen; Kap Breton am Eingang zum St.-Lorenz-Golf entspricht Kamoiwakka Misaki.

Wir könnten noch einmal um eine Winkeldistanz von 75° oder 5 Stunden Zeitunterschied weiterdrehen und damit das System der extremen Punkte über eine Karte von Europa–Afrika bringen. Das Resultat wäre sicher für die meisten Leser unerwartet, denn die Eckpunkte kommen jetzt wie folgt zu liegen: westlichster Punkt im Grenzgebiet des nördlichen Mauretanien mit West-Sahara; südlichster Punkt dort, wo die Transsahara-Piste Mali erreicht; östlichster Punkt in Libyen, nördlich des Berglandes von Tibesti; nördlichster Punkt ungefähr bei Triest. Un-

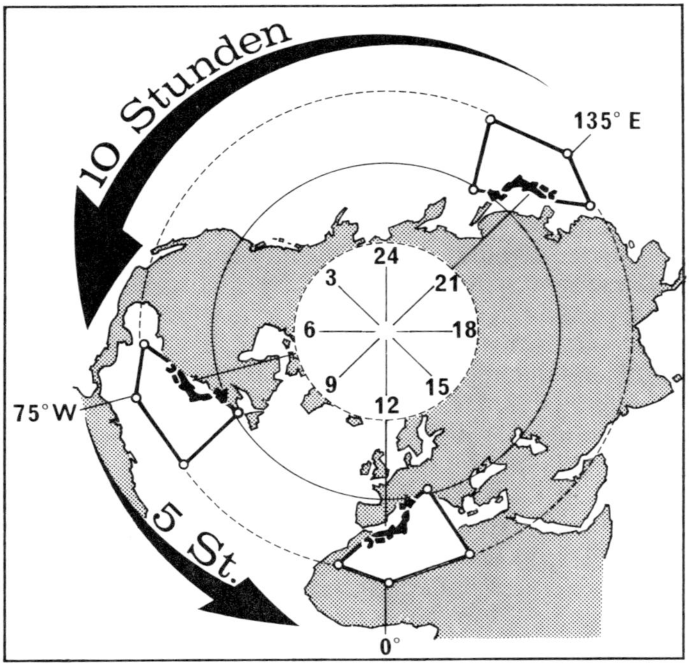

Fig. 29 Die Lage Japans im Vergleich zu Nordamerika und Europa. Erklärung der Figur siehe Text.

erwartet ist das Resultat, weil wir auf Grund unserer Vorstellungen Japan weiter nördlich und sicher nicht im Wüstengürtel vermutet hätten. Landschaften im südlichen Japan gleichen in mancher Hinsicht dem europäischen Mittelmeergebiet, besonders wenn in Küstengebieten die terrassierten Hänge mit Orangenkulturen bepflanzt sind. Hokkaido andererseits lässt uns mit seinen dunklen Tannenwäldern und im äussersten Norden mit windgepeitschtem Niederwuchs an das nördliche Mitteleuropa, Nordirland oder Schottland denken. So unrichtig können unsere Lagevorstellungen, so abweichend von der tatsächlichen Lage im Gradnetz der Erde sein. Die landschaftlichen Voraussetzungen sind – und dies wird oft zuwenig beachtet – an den Ostseiten der Kontinente ganz andere als auf den Westseiten. Wir haben mit diesem Lagevergleich erneut eine Bestätigung dafür gefunden, dass man die naturgeographische Situation Japans besser mit jener des atlantischen Nordamerika als mit Westeuropa vergleicht.

Früher spielten solche Lagevergleiche nur im Schulunterricht eine Rolle. Heute stehen wir vor einer völlig veränderten Situation, wofür nur einige Beispiele gegeben werden sollen. Die von uns angenommene Drehung um 150° entspricht einer Zeitdifferenz von zehn Stunden, denn die Erde dreht sich in vierundzwanzig Stunden einmal um sich selbst (360° : 24 = 15°). Jeder Flugplan zeigt die Zeitunterschiede zwischen den wichtigen Flugplätzen, meist bezogen auf den Unterschied zu GMT (Greenwich Mean Time, Londoner Zeit) und die am betreffenden Ort gültige Zonen-

zeit. Dieser Zeitunterschied beträgt für Tokyo +9, für Zürich +1 oder für New York –5 Stunden. Für den sesshaften Menschen, der sich nur gelegentlich und nicht sehr weit von seinem Wohnort entfernt, spielt diese Art von Zeitunterschieden im täglichen Leben keine Rolle und ihre Behandlung im Unterricht muss darum früher manchem Schüler abstrakt und weltfremd erschienen sein. Heute sind lagebedingte Zeitunterschiede aber für Millionen von Menschen konkrete Wirklichkeit geworden. Tageslauf und Rhythmus ihrer körperlichen Tätigkeit müssen sich einer völlig ungewohnten Verschiebung der Tageszeiten gezwungenermassen anpassen. Während man noch im Zeitalter der Eisenbahn Distanzen meist in Reisezeit mass, muss man im Zeitalter des Flugzeuges zusätzlich den Zeitunterschied berücksichtigen. Fliegen wir auf der sogenannten Südroute von Europa nach Japan, so eilen wir der uns entgegenkommenden Nacht entgegen; alle Tageszeiten sind kurz, schon geht die Sonne unter, schon wird es wieder Tag; in Ortszeit gemessen hat unser Flug acht Stunden länger als die Reisezeit gedauert. Im entgegengesetzten Sinne verläuft der zwanzigstündige Flug meist zur Nachtzeit, denn man fliegt zusammen mit der Nacht um die Erde, was erfahrungsgemäss rein physiologisch eine bedeutend grössere Anstrengung bedeutet.
Nippon heisst «das Land, wo der Tag beginnt.» Das stimmt freilich nicht genau, denn die Datumkorrektur findet schon weit draussen im Pazifischen Ozean statt. Dort rückt man am 180. Längengrad, der sogenannten Datumslinie, dauernd den Zeiger um 24 Stunden vor, dort wird – um ein Beispiel zu nennen – der 24. März 1978 10.00 h zum 25. März 1978 10.00 h umbenannt. Täte man dies nicht, würde der 24. März in alle Ewigkeit die Erde umkreisen – so einfach ist die Erklärung. Die Konsequenzen sind in einer Welt, die immer mehr zu einem Ganzen wird, auf vielen Gebieten beachtenswert und weitreichend. Eine der grössten Börsen der Welt ist jene von Tokyo. Wenn morgens um 10.00 h an der Börse von Tokyo das Geschäft schon kräftig angelaufen ist und der Tageskurs des amerikanischen Dollars sich schon abzeichnet, ist es in London erst 2.00 h des gleichen Tages und ausser einigen Wächtern ist an der dortigen Börse noch niemand anzutreffen. In New York ist es gar erst 21.00 h des Vortages; die Börse hat zwar ihre Tore seit langem geschlossen, aber die Besprechungen des Tagesgeschehens gehen noch weiter unter Geschäftsleuten und auf den Redaktionen der Tageszeitungen, wo man schon weiss, wie sich am kommenden Tag die Börsenkurse in Tokyo entwickelt haben. Diese Zeitverschiebungen wirken sich überall aus, wo man global Fäden spinnt und Rücksichten nehmen muss. Immer erscheint, so betrachtet, Japan als ein ganz besonderes Land: es ist auch das erste, wo der Tag zu Ende geht; wenn um Mitternacht in Tokyo die Spätzüge der Stadtbahnen ihre letzten Fahrten machen und Ruhe einkehrt, ist es in Westeuropa erst 16.00 h und in New York beginnt man an die Lunchpause zu denken. Menschen, die ständig in diesen Städten wohnen und arbeiten, kümmern sich um solche Relationen wenig. Für sie zählt der Tag immer 24 Stunden und wenn die Nacht vorbei ist, rückt auch der Kalender schon einen Tag weiter. Aber die Zahl derer, die global denken, Geschäfte tätigen und reisen, wird immer grösser und für sie

hat ein anderes Zeit- und Distanzgefühl Gültigkeit. Es ist sicher richtig, wenn man sagt, dass die neuen Verkehrsmittel Japan der Welt nähergerückt haben. Während früher wochenlange Seefahrten den Reisenden in den Fernen Osten brachten, benötigt man heute dafür weniger Stunden, als ein Tag zählt. Jetzt beginnen sich aber andere Distanzmasse auszuwirken und machen die besondere Lage des Landes im Rahmen der ganzen Welt erst recht deutlich. Es wäre darum zweifellos auch richtig zu sagen, dass uns gerade die neuen Verkehrsmittel in besonderer Weise verdeutlichen, wie weit entfernt Japan ist.

Ein im Zusammenhang mit der Lage häufig zu hörender Ausdruck ist «Randlage». In japanischen Arbeiten wird in ebenso starkem Masse auf diese Besonderheit hingewiesen, wie dies in westlichen Darstellungen geschieht. Sofern man dabei an die relative Lage bezüglich des asiatischen Kontinents denkt, ist die Feststellung richtig. Von dort aus erreichten die Wellen der Ausbreitung von Kultur, Religion und des Menschengeschlechts überhaupt zu allerletzt die japanischen Inseln. Jenseits dehnte sich die unermessliche Weite des Pazifischen Ozeans aus und es gibt keine überlieferten Beweise für transpazifische Beziehungen, zum mindesten nicht in diesem Teil des Meeres. Alles, was darüber geschrieben wird, sind auf Indizien beruhende Spekulationen. Japan ist der Grenzposten Asiens. Der Japaner ist sich dieser Randlage bewusst, was sich auch darin auswirkt, dass er seine Bezugspunkte in anderer Richtung als der Europäer setzt. Bekanntlich erfolgte im Abendland die mittelalterliche Ortung der Karten nach Osten mit Mittelpunkt Jerusalem; dies entsprach der damaligen geistigen Orientierung. Die heute übliche Manier, Norden in fast allen Fällen an den oberen Kartenrand zu verlegen, ist neueren Datums. Alte japanische Karten stellten meist nur die eigene Inselwelt dar, wobei die Ortung nach verschiedenen Himmelsrichtungen erfolgte; als aber einmal in einem Gespräch die Frage gestellt wurde, wo wohl entsprechend den abendländischen mittelalterlichen Karten der Bezugspunkt gesehen werden könnte, erfolgte übereinstimmend die Antwort: «In Indien» – das heisst im Ursprungsland des Buddhismus. Freilich, auch japanische Schulkarten folgen getreulich den abendländischen Vorbildern und führen zur Vorstellung, dass «Süden unten» sei.

Man kann freilich unter Randlage auch etwas viel Einfacheres, um nicht zu sagen Primitiveres verstehen. Die üblichen Weltkarten verlegen Europa–Afrika meist auf den zentralen Meridian. Dies entspricht europäischem Selbstbewusstsein, historischen Tatsachen und der einstigen Weltbedeutung dieses Teils der Erde; ausserdem führt es zu einer Aufteilung der Kontinente auf dem Kartenblatt, die dem früheren geschlossenen Weltbild entspricht. Dass später die Amerikaner andere Netzentwürfe bevorzugten und ihre Hemisphäre ins Zentrum rückten, ist von ihnen aus gesehen verständlich, führte jedoch zu einer Zerschneidung des Zusammenhanges in Südasien und der Sowjetunion, was bedauerlich ist, aber nicht verhindert werden kann.

Auf der erwähnten traditionellen Weltkarte nimmt Japan eine Randlage ein. Wir finden es ungeachtet der gewählten Netzentwürfe oder Projektionen in den Proportionen verzerrt am äussersten rechten – östlichen –

Rand der Kontinentalmasse von Asien lang hingezogen. Sicher wird der Ausdruck Randlage von vielen mit diesem vertrauten Bild in Beziehung gebracht. Wenn die Japaner – gleich wie die eben erwähnten Amerikaner – Netze verwenden, in denen Japan im Zentrum liegt, wird dadurch der Eindruck der Randlage interessanterweise nicht aufgehoben, sondern eher noch verstärkt, denn alles, was global gesehen wichtig ist, rückt jetzt an die Peripherie des Kartenblattes. Doch seien wir vorsichtig und sagen besser: fast alles. Denn in der Nachbarschaft von Japan liegen nicht nur die Wasserflächen des Pazifik, sondern auch China und Korea, der Osten der Sowjetunion, Südostasien und Australien mit Neuseeland. Unterschiedliche Lagedarstellungen entsprechen nicht nur verschiedenen Vorstellungen, sie erzeugen auch dann, wenn sie von den ersten Schulklassen bis ins Berufsleben ständig vor unseren Augen hängen, ganz bestimmte Vorstellungen von den Lagebeziehungen und Grössenverhältnissen, die allmählich zu fast unauslöschlichen Klischees werden. Die Randlage – oder besser periphere Lage – kommt auch in der Statistik der Seeschiffahrt zum Ausdruck. Japan nimmt einen immer bedeutenderen Platz im Welthandel ein und ist daher ganz wesentlich an der Zunahme der beförderten Mengen wichtiger Rohstoffe und Energiestoffe beteiligt. Infolge seiner peripheren Lage vergrössern sich für die Welt als Ganzes so aber auch die mittleren Transportdistanzen. Die unterschiedliche Zunahme der im internationalen Seeverkehr beförderten Güter gemessen in Tonnen (t) oder Tonnenmeilen (t-mi) ist zum grossen Teil auf das Konto Japan zu buchen. Einzig im Falle von Erdöl spielt natürlich in der Periode 1965–1970 auch die Schliessung des Suezkanals und die dadurch notwendig gewordene Umwegroute um Afrika nach Europa eine wichtige Rolle.

Entwicklung des Weltgüterverkehrs 1965–1975 (1965 = 100) gemessen in t und t-mi

	1970		1975	
	t	t-mi	t	t-mi
Gesamtverkehr	151	182	200	288
Eisenerz	162	207	192	279
Kohle	171	223	215	287
Rohöl	180	226	256	410
Getreide	104	102	196	190

Man beachte auch die besondere Stellung von Getreide mit geringeren Zunahmen in Tonnenmeilen als in Tonnen. Die Bedeutung Japans als Getreideeinfuhrland stagnierte Mitte der siebziger Jahre, während die Lieferungen nach West- und Osteuropa, welche ohnehin 1975 angenähert dreimal grösser als jene nach Japan waren, von Jahr zu Jahr zunahmen; in beiden Fällen waren die USA und Kanada die wichtigsten Lieferanten. Weil sich die längeren Transportdistanzen in höhere Frachtkosten umsetzen, spielt die Randlage für Japan eine besonders grosse Rolle. Japan ist weder Ein- noch Auswanderungsland; die entsprechenden Zahlen heben sich gegenseitig auf. Auch die Zahl der in Japan ansässigen Fremden ist mit Ausnahme der Koreaner klein und liegt bei wenigen Promille der Bevölkerung. Bedeutend ist dagegen die Zahl jener, die als kurzfristige Besucher aus geschäftlichen oder touristischen Gründen nach Japan kommen – 1975 waren es fast 900 000 –, oder auch die Zahl der Japaner, die ins Ausland reisen. Weil in diesem Falle die Reise zur See fast immer durch die Flugreise ersetzt wird, spielt der Zeitfaktor gegenüber dem Kostenfaktor eine bedeutend geringere Rolle. Von Spezialtarifen abgesehen, kostet ein Flug unabhängig von der gewählten Route bei gegebenen Endpunkten immer den gleichen Betrag.

Im Verkehr mit Europa sind drei Hauptrouten wichtig. Die erste ist die traditionelle Südroute über Indien mit einer gewissen Zahl von Zwischenlandungen, die aus technischen oder wirtschaftlichen Gründen eingeschaltet werden müssen. Die Flugzeit – einschliesslich Aufenthalte – beträgt mehr als zwanzig Stunden. Die kürzeste Verbindung zwischen zwei Orten ist der sogenannte Grosskreis, die Schnittlinie der Erdoberfläche mit einer Ebene, deren Lage durch die beiden Orte und den Erdmittelpunkt festgelegt ist. Die Grosskreis-Flugroute würde von Europa aus vorerst in nordöstlicher Richtung über Murmansk, die Südspitze von Nowaja Semlja, weiter durch das nördliche Sibirien und später in südöstlicher Richtung gegen Chabarowsk und über die nördliche Japan-See nach Tokyo führen. Die Vorschriften verlangen eine Zwischenlandung in Moskau; dadurch wird der durchgehende Grosskreis in zwei getrennte Abschnitte zerlegt und die Route verläuft etwas südlicher. Die Flugzeit einschliesslich Aufenthalt in Moskau liegt bei rund vierzehn bis fünfzehn Stunden. Eine weitere Route führt von europäischen Ausgangspositionen in einer ersten Etappe nahe am Nordpol vorbei nach Anchorage im südlichen Alaska und von dort direkt nach Tokyo. Die Flugzeit ist um ein weniges länger als auf der Sibirienroute.

Im Verkehr mit den USA können wir ebenfalls drei Routen unterscheiden. Die erste führt von Japan über Honolulu an die pazifische Küste; die zweite erreicht diese Orte im Direktflug; die dritte verbindet Tokyo ohne Zwischenlandung mit New York. Diese Grosskreis-Route erreicht die Nordküste von Alaska und Kanada, streift die Südküste der Hudsonbay und erreicht New York schliesslich aus nordwestlicher Richtung. Der Grosskreis Tokyo–Westeuropa hat eine Länge von rund 90 Winkelgraden, jener nach New York von 95 Winkelgraden – mit 111 multipliziert erhält man die ungefähre Länge in Kilometern.

Im Zusammenhang mit der Verkehrslage soll noch auf einige Probleme hingewiesen werden, die Japan beschäftigen. In besonders starkem Masse hat Japan in allen Bereichen den Container-Verkehr gefördert und die dafür bestimmten Hafenanlagen ausgebaut. Im Verkehr mit Europa und auch dem Mittleren Osten kommt dabei neben dem direkten Seeverkehr auch dem gemischten See-Bahn-Verkehr eine grosse Bedeutung zu. Die Route führt von Japan vorerst zum sowjetischen Hafen

Nachodka und benützt in der Folge die transsibirische Bahnlinie. Die Transportzeit nach Europa ist so um 25 bis 35 Tage kürzer als auf dem Seeweg, die Frachtkosten sind ebenfalls niedriger. Man nennt diesen Weg nach Europa SLB (Sibiria Land Bridge). Von weniger als 2000 Containern im Jahre 1971 nahm die Transportmenge ausserordentlich rasch zu und erreichte 1976 fast 60000 Container und damit die Kapazitätsgrenze der Strecke. Die Sowjetunion erhöhte im Frühjahr 1977 die Frachtkosten nach Europa um 12,5% und jene nach dem Iran um 40%. In letzterem Fall ist Endpunkt der Bahnstrecke Djulfa, von wo die Container auf der Strasse weitertransportiert werden müssen. Als Folge der erhöhten Frachtkosten hat die Konkurrenzfähigkeit der SLB stark abgenommen und ihre Bedeutung dürfte vorerst nicht mehr im gleichen Masse wie in den vergangenen Jahren zunehmen.

Ein zweiter Punkt betrifft die für Japan lebenswichtigen Zufuhren von Rohöl aus dem Persischen Golf. Die übliche Route führt durch die Malakka-Strasse direkt zu den Einfuhrhäfen in Japan. Um Kosten beim Bau von Tankern und später bei den Transporten einzusparen, ging Japan dazu über, immer grössere Tanker in Dienst zu stellen; man spricht in diesem Zusammenhang bei Grössen bis zu 350000 deadweight-tons (DWT) von «very large crude-oil carriers», darüber von «ultra-large crude-oil carriers», abgekürzt VLCC und ULCC. Die Durchfahrt durch die Malakka-Strasse führt durch die Territorialgewässer von Indonesien, Malaysia und Singapur und darf von ULCC voraussichtlich in Zukunft wegen ihrer Gefährlichkeit nicht mehr benutzt werden. Die Alternativroute führt südlich von Sumatra und Java zur Lombok-Strasse und von dort in nördlicher Richtung durch die Makassar-Strasse und östlich an den Philippinen vorbei nach Japan. Sie ist um etwa fünf Tage länger und darum auch teurer, doch kann durch immer grössere Tanker – bis über 500000 DWT – der Kostenausgleich wiederhergestellt werden. Dann aber erhebt sich das zusätzliche Problem des Endhafens. Für Schiffe dieser Grösse muss das Erdöl in einer «crude-oil transshipment station» oder CTS auf kleinere Schiffe für den Endtransport umgeladen werden. Japan baut solche CTS sowohl im eigenen Lande als auch ausserhalb. In Japan sind CTS in Kiire (Kagoshima) und Henza (Okinawa) vorhanden, während über geeignete Standorte weiterer CTS in Übersee noch diskutiert wird. Die Entscheide hängen in erster Linie von der Entwicklung in der Malakka-Strasse und ihrer Beurteilung ab.

In diesem Zusammenhang scheint ein weiterer Hinweis angebracht. Seinerzeit wertete man den Bau eines Kanals über die Landenge von Panama vor allem im Hinblick auf die Verbindung der beiden nordamerikanischen Küsten und die Verschiebung amerikanischer Flotteneinheiten. Später spielte die Route von der Ostküste Nordamerikas an die Pazifikküste Südamerikas eine hervorragende Rolle. Seit Jahrzehnten wird der Verkehr durch die Beziehungen Japan–Ostküste der USA dominiert. Es ist dies eine ausgesprochene Nachkriegsentwicklung (seit 1945) und eine Folge der starken Ausrichtung des japanischen Aussenhandels nach den USA. Über diese Route bezieht Japan beispielsweise Kohle und Koks, Mais, Sorghum und Sojabohnen und beliefert den im Osten des

Landes konzentrierten amerikanischen Markt mit Manufakturwaren und Stahl. Schon um die Mitte der sechziger Jahre hatte diese Route am gesamten Kanalverkehr einen Anteil von etwa einem Drittel. 1976 entfielen im Verkehr Atlantik–Pazifik etwa die Hälfte der transportierten Güter auf Kohle und Koks, Getreide und Soja. Die Wirtschaftlichkeit des Kanals wird darum in höchstem Masse von der wirtschaftlichen Entwicklung in Japan und den Aussenhandelsbeziehungen Japans zu den USA bestimmt. Man wird darum in Japan ohne Zweifel nach Abschluss der Verhandlungen zwischen den USA und der Republik Panama die zukünftige Gebührenpolitik sorgfältig verfolgen müssen.

Innere Geschlossenheit

Neben den räumlichen Lagebeziehungen spielt bei einer Beurteilung der Stellung Japans in der Welt von heute auch die bemerkenswerte innere Geschlossenheit und Homogenität eine wichtige Rolle. Wenn Japaner einem Fremden ihr Land beschreiben und erklären wollen, versäumen sie nicht, darauf ganz besonders hinzuweisen. Ich kenne Japaner, welche schon lange in der Schweiz wohnen und mit den dortigen Verhältnissen gut vertraut sind. Gleichwohl gestehen sie, dass sie auf der Fahrt von Zürich nach Genf immer wieder ein merkwürdiges Gefühl beschleicht, wenn zu Beginn der Fahrt der Schaffner deutsch und gegen das Ende französisch spricht. Wie wird ein Land, das die innere Einheit auf dem Gebiet der Sprache – und damit auch der Kultur, für welche die Sprache eines der Ausdrucksmittel ist – nicht kennt, den Weg zur nationalen Geschlossenheit finden?
Von Unterschieden abgesehen, die sozial und regional bedingt sind, wird überall in Japan ein und dieselbe Sprache gesprochen. Überall verwendet man die gleichen Schriftarten und praktisch alle Japaner haben in der Schule lesen und schreiben gelernt. Erlasse der Regierung, Zeitungen und Zeitschriften, Radio und Fernsehen können darum in allen Landesteilen von jedermann verstanden werden. Nirgendwo gibt es Schwierigkeiten der Übersetzung und Missverständnisse, welche daraus resultieren. Ein japanischer Buchverlag kann mit einem Absatzmarkt von hundert Millionen Menschen rechnen; über diesen hinaus dürften die Absatzmöglichkeiten freilich rasch auf Null abfallen. Die japanische Sprache ist auf Japan beschränkt und wird ausserhalb des Landes kaum gesprochen, gelesen, verstanden.
Nun wissen wir schon, dass die Ausdrucksformen in Japan sehr differenziert sind. Frauen sprechen anders als Männer, Alte anders als Junge und man verwendet verschiedene Wörter, wenn man hinauf- oder wenn man hinunterspricht. Wie gross sind aber die Unterschiede von Landesteil zu Landesteil, wie stark unterscheiden sich die verschiedenen Dialekte untereinander und von der allgemeinen Standardsprache? Im Zusammenhang mit den grossen Regionen erwähnten wir schon den Kan-sai-Dialekt oder Kan-sai-ben. Ein Mann aus Osaka spricht deutlich verschieden

von einem Tokyoter; in populären Schauspielen wird der Typ aus der Unterstadt von Tokyo mit seinem Shita-machi-Dialekt viel Erfolg haben und die Zuschauer zum Lachen bringen. Im klassischen Theater kommt dazu die besondere Form des alten Japanisch, das für die meisten Zuhörer so unverständlich ist wie Althochdeutsch auf einer deutschen Bühne. Dies spielt auch keine Rolle, denn die Zuhörer kennen ohnehin den Stoff der Handlung, sie wissen, was jeder Schauspieler zu sagen hat; ihr Interesse gilt dem schauspielerischen Können.
Regionale Dialektunterschiede wird ein Nicht-Japaner möglicherweise weniger leicht feststellen als ein Japaner. Wie gross solche Unterschiede tatsächlich sind, kann darum am besten durch die Erfahrungen eines Japaners illustriert werden. Der Soziologe Mitsuru Shimpo schloss seine Studien in Tokyo und später in Kanada ab, wo er heute als Professor tätig ist. 1976 veröffentlichte er die Ergebnisse einer soziologischen Studie im Dorf Shiwa in der Präfektur Iwate (Tohoku). Er schreibt: «Ungeachtet der Tatsache, dass meine Muttersprache beinahe Standard-Japanisch ist und jedermann in Shiwa mich verstehen konnte, war das Umgekehrte nicht der Fall. Ich vermochte zwar das stark dialektisch gefärbte Standard-Japanisch, wie es beispielsweise an einer Wahlversammlung oder an der Generalversammlung der Kooperative gesprochen wurde, verstehen; wenn aber die Ansässigen in der Kooperative oder die jungen Leute unter dreissig Jahren ihre Mischung von Standard-Japanisch und örtlichem Dialekt sprachen, konnte ich zu Beginn meiner Felduntersuchungen nur etwa die Hälfte verstehen. Nach etwa zwei Monaten war es mir möglich, etwa 80% des Gesprochenen aufzunehmen. Ältere Leute verwendeten jedoch im täglichen Gespräch einen lokalen Dialekt, dem ich nie zu folgen vermochte. Weil mich die Ansässigen immer als einen Fremden betrachteten, erwarteten sie auch nicht, dass ich ihren Dialekt sprechen würde. Tatsächlich sagten mir auch mehrere meiner Informanten, dass die Ortsansässigen es nicht gerne hören würden, wenn ich ihren Dialekt unvollkommen zu sprechen versuchte. Ich hielt mich daran und sprach nur noch in meiner Muttersprache, womit ich einen klaren Trennungsstrich zwischen ihnen und mir zog. Das war ein Nachteil für meine Arbeit, den ich nie überwinden konnte.» Mit diesem Hinweis dürfte die Situation klargestellt und die Frage eindeutig beantwortet sein. Ein Deutscher und vor allem auch ein Schweizer Leser wird die Situation sehr wohl begreifen und sie nicht unähnlich der eigenen finden, die wir gerne als «Vielfalt in der Einheit» verstehen. Sicher ist bezüglich der Sprache die innere Einheit Japans im angedeuteten Sinne zu relativieren...
Die zitierte Stelle aus dem Buch von Mitsuru Shimpo weist aber auch noch in eine andere Richtung, die uns beachtenswert scheint. Wie die Dorfbewohner ihn, den Japaner, als Fremden betrachteten und darum von ihm nicht erwarteten – und es auch nicht wünschten –, dass er ihren Dialekt spreche, so stellt sich der Japaner ganz allgemein gegenüber dem Fremden ein. Die Annahme, dass ein Fremder nicht Japanisch verstehe und spreche, ist beinahe selbstverständlich. In der Anwesenheit von Fremden unterhalten sich Japaner völlig ungestört in ihrer eigenen Spra-

che, denn sie wissen oder nehmen es ohne weiteres an, dass diese kein Wort der Unterhaltung aufnehmen können. Gibt sich ein Fremder Mühe und versucht, sich mit dem wenigen, was er zu beherrschen glaubt, zu verständigen, ruft er meistens bestürztes Erstaunen hervor; im allgemeinen wird nämlich ein Japaner gar nicht realisieren, dass das, was er hört, Japanisch sein könnte – ein Fremder kann ja seine Sprache gar nicht sprechen, also muss es irgend etwas ganz Merkwürdiges sein, denn es klingt auch nicht wie Englisch!

In einer Zeitschrift las ich einmal eine bezeichnende Anekdote folgenden Inhalts. Ein seit langem in Japan ansässiger Fremder war während der Abwesenheit seiner Frau zu einer Party eingeladen und unterhielt sich dort auf Japanisch mit einer Japanerin angeregt. Als diese erfuhr, dass seine Frau abwesend sei und die japanische Haushälterin vorübergehend für ihn sorge, rief sie aus: «Aber in welcher Sprache können Sie sich ihr verständlich machen?» Es war ihr gar nicht zum Bewusstsein gekommen, dass sie sich mit diesem Fremden die ganze Zeit auf Japanisch unterhalten hatte.

In zwei Jahrhunderten Pax Tokugawa wurde eine zentralisierte Administration geschaffen. Die Meiji-Regierung setzte diese Entwicklung fort und auch die Nachkriegsentwicklung nach 1945 änderte daran wenig. Wohl erhielten Shi, Machi und Mura gewisse autonome Rechte und auch die Präfekturen profitierten von der Entwicklung. Vergleichen wir jedoch mit der Bundesrepublik oder der Schweiz, dann gibt es neben zahllosen kleinen auch sehr gewichtige Unterschiede in der Art, wie diese autonomen Rechte auf den verschiedenen Stockwerken der politischen und administrativen Hierarchie verteilt werden. Ohne auf Details einzugehen, könnte man sagen, dass in Japan neben der Direktwahl von lokalen Behörden vor allem Belange der Verwaltung und der dafür benötigten Finanzkompetenzen nach unten abgegeben wurden, keinesfalls aber Erziehung und Kultur. Das japanische Schulwesen wird vom nationalen Erziehungsministerium nach streng einzuhaltenden Normen geleitet.

Vor dem Zweiten Weltkrieg wurde durch die De-facto-Erhebung des Shinto zur Staatsreligion der Einfluss der Zentrale auch auf dem Gebiet der religiösen Betätigung stark. Hier erfolgte nach 1945 eine völlige Liberalisierung und jedes Anzeichen einer Rückkehr zu früheren Zuständen wird sofort scharfe Reaktionen auf seiten der Christen und – was zahlenmässig und politisch weitaus bedeutsamer ist – der Buddhisten hervorrufen. In den letzten Jahren haben shintoistische Grundsteinlegungszeremonien bei öffentlichen Bauten oder die Verwendung von Steuergeldern zur Erhaltung shintoistischer Gedenkstätten, denen gleichzeitig nationale Bedeutung zukommt, die heftigsten Widerstände hervorgerufen. Der Staat ist zweifellos zentral strukturiert. Daneben aber gibt es Bereiche, wo sich der Einfluss des Staates nicht auswirkt und die innere Einheit gelockert ist.

In einem Punkte sind sich alle Beschreibungen einig: Der Japaner versteht sich als etwas Besonderes und ist sich seiner Identität durchaus bewusst. Man hat dieses Selbstverständnis und ausgesprochene Identitätsbewusstsein gelegentlich auch mit dem Rassismus verglichen und gesagt,

dass es kein Volk mit ausgeprägterem Rassenbewusstsein als die Japaner gebe. Nun verknüpft man aber mit dem Ausdruck Rassismus eine Folge von Nebenerscheinungen, die in diesem Zusammenhang nicht vorkommen. Ob man überhaupt von den Japanern nach dem früher Gesagten als von einer «besonderen Rasse» sprechen darf, ist zum mindesten fraglich. Wir verwenden darum die Ausdrücke Rasse und Rassismus nicht. Die aufgeworfene Problematik zeigt jedoch deutlich, dass sich die Japaner als etwas Besonderes verstehen und sich von anderen in mancher Hinsicht distanzieren. Wir verwendeten früher in anderem Zusammenhang das Modell eines Kegels, um zu zeigen, wie sich die japanische Gesellschaft aufbaut. Das gleiche Modell dient uns, das Verhältnis der Japaner unter sich und zur Aussenwelt zu illustrieren. Alles, was sich innerhalb des Kegels abspielt, betrifft den Japaner direkt. Was ausserhalb liegt, berührt ihn wenig, weil es nicht zu seiner Welt gehört. Der Gegensatz von innen und aussen – im Japanischen «uchi» 内 und «soto» 外 oder «gai» – ist die grosse Zäsur. Menschen, die ausserhalb des Kegelmantels wohnen, sind Gai-jin, Fremdlinge.
Die Beziehungen zur Aussenwelt haben sich im Laufe der Geschichte ständig verändert und differenziert. Es gab immer Perioden, in denen Japan nicht nur die Tore weit öffnete, sondern geradezu das Fremde hereinrief. Freilich waren es nie die Menschen, sondern deren Wissen, Kultur und Philosophie, welche man hereinholte. Die Menschen hätte Japan nicht verdauen können, wohl aber ihre Werke, die für den eigenen Gebrauch umgemodelt und den bestehenden Bedürfnissen angepasst wurden. Dass darin die Japaner ein ganz ausserordentliches Geschick entwickelten, ist allgemein bekannt. Im Gegensatz dazu scheint ihnen die Assimilierung von Menschen bedeutend grössere Schwierigkeiten zu bereiten. Dies zeigt sich deutlich in ihrem gespannten Verhältnis zu den Koreanern, mit rund 600000 Menschen die zahlenmässig bedeutendste Gruppe der in Japan lebenden Fremden, obwohl sie nach Rasse und Kultur relativ nahe verwandt sind. Es zeigt sich ferner im Verhältnis zu den Burakumin, den «Menschen, die im Buraku wohnen». Buraku bezeichnet ein Dorf oder den Teil eines Mura; die Burakumin sind Nachkommen einer Gesellschaftsschicht, die ausserhalb des altjapanischen Kastensystems stand. Trotz der verfassungsmässigen Gleichstellung aller Staatsbürger wurden bis heute die Burakumin nicht akzeptiert, man vermeidet Heiraten mit ihnen und sie dürften auch kaum je auf eine gute Anstellung hoffen. Man spricht in Japan wenig über dieses Problem und versucht mit Schweigen eine unangenehme Seite der gesellschaftlichen Zusammenhänge zu verdecken. Es zeigt sich dieser Charakterzug, der mit einer grossen inneren Geschlossenheit der Gesellschaft zusammengeht, auch in der ablehnenden Haltung gegenüber den in der Nachkriegszeit nach 1945 recht zahlreichen Mischlingen, wobei ein negrider Einschlag noch schwerer wiegt als ein europider.
Im Ausland hat man diese in sich zwar geordnete, nach aussen aber verschlossene japanische Welt unter dem Kegelmantel, welche sich selbst als etwas ganz Besonderes versteht, als introvertiert und konformistisch empfunden. Dies wird vor allem deutlich, wenn man über das Mass an

Individualismus diskutiert, welches in Japan möglich und vorhanden ist. Solche Diskussionen sind freilich gefährlich, weil man sich dabei vieldeutiger Begriffe bedienen muss und – wie wir schon mehrmals feststellten – der Japaner auch bei wörtlicher Übersetzung dem Wort oft eine andere Nuance beimisst. Während im Westen dem Wort Individualismus ein überwiegend positiver Wert zukommt, erhält die japanische Übersetzung «kojin-shugi» den Beigeschmack des Egozentrischen und Eigennützigen. Verwenden wir den Begriff Selbstverwirklichung, kommen wir der Sache vielleicht näher. Das japanische «shumi», das oft für das individuelle Sichbetätigen gebraucht wird, gibt das Wörterbuch mit «Interesse, Geschmack, Neigung, Hobby» wieder. Auch der Japaner hat das Bedürfnis, sein eigenes Leben zu leben und sich nicht dauernd konformistischen Regeln zu unterwerfen. Die japanische Gesellschaftsordnung lässt ihm dafür auch Möglichkeiten, zu gewissen Zeiten und in gewissen Positionen mehr als sonst.
Japanischer Individualismus verwirklicht sich also in anderer Weise und auf anderen Gebieten als der westliche. Der Wunsch, «verschieden zu sein», kann bei der jüngeren Generation gelegentlich zu mächtig werden und dann lehnt man sich nicht nur gegen das starre Schulsystem auf, man lässt auch die Haare lang wachsen und demonstriert in Jeans. Doch ehe man sich's versieht, ist dies Anderssein auch schon wieder zur Uniform geworden und nicht Individualisten, sondern die Masse besetzt Schulen und zieht durch die Strassen. Rückt die Zeit heran, wo die jungen Arbeitskräfte rekrutiert werden, so verändert sich das Äussere dieser Masse, die jungen Männer tragen plötzlich und unerwartet blaue Anzüge, Krawatten und blitzsauber geputzte Schuhe, die Mädchen die unauffällige Bescheidenheit des Büropersonals. Man findet in Japan auch jenen Individualismus nicht, dem man in Indien in Gestalt der Wanderheiligen begegnet. Die Macht der Gesellschaft und die Rücksichtnahme auf andere zwingt in Japan jeden, sich zu beugen. Individualismus, so versuchte ich einmal – um mir selber Klarheit zu verschaffen – zu formulieren, ist in Japan nicht extrovertiert, sondern introvertiert. Nach aussen ist man konformistisch, folgt der allgemeinen Regel und tut das, was andere auch tun. Man weiss auch immer, ob man das Richtige tut oder sich falsch benimmt. Dies führt auch zu der merkwürdigen Erscheinung, dass sich in Japan im Handumdrehen eine Massenbewegung entwickelt, wenn irgend etwas Neues aufkommt. Man hat schon den Vergleich mit jenen riesigen Schwärmen von Fischen gezogen, die alle je nachdem nach links oder rechts schwenken, alle zur gleichen Zeit, im gleichen Sinne, als eine geschlossene Einheit. Man hat diesen Vergleich ungerecht genannt, weil damit nur eine Seite des Japaners beschrieben wird. Diese ist aber auch ein Teil der Wirklichkeit und gewinnt heute im Zeitalter der Verstädterung zum grossen Bedauern vieler Japaner immer mehr Gewicht. In den grossen Warenhäusern werden wir beispielsweise das Kinderspielzeug immer auf dem gleichen Stockwerk finden, Zeitungen sind im ganzen Lande auf die gleiche Weise zusammengestellt und die verschiedenen Nudelsuppen aus dem Automaten schmecken alle gleich – von Rundfunk und Fernsehen wollen wir gar nicht erst sprechen.

Verhältnis zur Aussenwelt

Jahrhunderte der Abschliessung gegen aussen in Verbindung mit der in den beiden vorangehenden Abschnitten geschilderten Situation führten dazu, dass sich weite Kreise der japanischen Bevölkerung kaum bewusst wurden, welche entscheidenden Änderungen in der Nachkriegszeit nach 1945 in den Beziehungen Japans zur Aussenwelt eingetreten sind. Im folgenden soll an Beispielen gezeigt werden, wo – um bei unserem Modell zu bleiben – der Kegelmantel zunehmend durchlöchert wurde. Vieles kann dabei nur angedeutet werden, anderes bleibt unberücksichtigt.

Die wachsende Bedeutung Japans als Teilhaber an der Weltwirtschaft wurde schon früher besprochen und statistisch belegt. Japan ist ärmer als jede andere Industrienation an Rohstoffen wie Energieträgern und seine Zufuhrwege sind lang. Das gleiche gilt für die Zugänge zu den wichtigsten Märkten, welche sich entsprechend der veränderten Industriestruktur hauptsächlich in anderen hochentwickelten Industrieländern finden. Die Ausfuhren nach Westeuropa und Nordamerika nahmen von rund 32% vor dem Kriege auf 42% 1974 zu; der entscheidende Wandel zeichnet sich jedoch auf dem asiatischen Markte ab, wo die Ausfuhren nach China von fast einem Viertel auf 3–4% sanken. Gleichwohl ist Asien als Gesamtheit für Japan sowohl auf der Ausfuhr- wie auf der Einfuhrseite – der Mittlere Osten wird zu Asien gerechnet! – am wichtigsten geblieben, gefolgt von den USA als dem mit Abstand wichtigsten Einzelland (21–23% der Ein- und Ausfuhren).

Grundsätzlich vergleichbar ist die Situation in Japan in mancher Hinsicht mit jener in der Schweiz. Dies gilt für die mangelnde Versorgung mit landeseigenen Ressourcen und für die Notwendigkeit, Rohstoffe und Lebensmittel einzuführen und erstere in möglichst hochveredelter Form im Ausland zu verkaufen. Ein wichtiger Unterschied besteht in der Bevölkerungszahl und damit in der Grösse des Absatzmarktes im eigenen Lande, ein anderer Unterschied zeigt sich in der Schwerindustrie. Diese fehlt in der Schweiz aus verschiedenen Gründen. An sich widerspricht eine Entwicklung in Richtung Schwerindustrie ja auch dem Grundsatz grösstmöglicher Wertvermehrung durch Verarbeitung; ausserdem führt sie zu einer mengenmässig besonders stark ins Gewicht fallenden Auslandabhängigkeit bei den Rohstoffen. Für eine Wirtschaftsmacht wie Japan ist eine ausreichende eigene Schwerindustrie eine Notwendigkeit. Ungeachtet dieser Unterschiede muss Japan genauso wie die Schweiz exportieren, um importieren zu können; prinzipiell gilt auch das Umgekehrte, nämlich Importe zu tätigen, um dadurch Ausfuhren zu ermöglichen.

Freilich, von Japan aus gesehen liegt die Priorität noch ausgeprägter als im Falle der Schweiz bei den Exporten. Sorgfältig werden die ausländischen Märkte geprüft und erschlossen. Es sind meist Gruppen von japanischen Geschäftsleuten und Spezialisten, welche sich ins Ausland begeben, scharf beobachten und untereinander ihre Feststellungen vergleichen. Für die Bearbeitung des Marktes werden ausserdem in vielen Fällen ausländische Marketing-Firmen beauftragt, denn diese sind mit den

Usancen besser vertraut. Dieses Vorgehen konnte hauptsächlich auf dem amerikanischen Markt beobachtet werden, der mit einem Viertel Anteil der wichtigste überhaupt ist. Er ist auch hinsichtlich der Käuferschaft und der finanziellen und rechtlichen Voraussetzungen der einheitlichere. Der westeuropäische Markt mit rund einem Sechstel Anteil ist bedeutend komplizierter und verlangt ein differenzierteres Vorgehen. In Europa sind von japanischer Seite eigene Exportorganisationen erst relativ spät und zögernd aufgebaut worden. Auch ein versierter japanischer Geschäftsmann fühlt sich in den USA oder in Westeuropa nicht unbedingt zu Hause und hat mit Schwierigkeiten zu rechnen, an die wir kaum denken; leichter dürfte es ihm jedoch ohne Zweifel in den USA fallen, damit fertig zu werden.

Der asiatische Markt mit beinahe einem Drittel Anteil an den Ausfuhren und annähernd der Hälfte aller Einfuhren verlangt eine Aufteilung in Gebiete mit verschiedenen Marktbedingungen. 1975 war innerhalb des asiatischen Bereiches China – ohne Taiwan – wieder an die erste Stelle der Absatzmärkte gerückt, unmittelbar gefolgt von der Republik Korea. Mit einem runden Sechstel steht jedoch als Ganzes gesehen Südasien – einschliesslich Indien – an erster Stelle. Überall sind es Maschinen, Automobile usw., welche wichtig sind; Lebensmittel und auch Textilien fallen zurück. Dieser asiatische Markt scheint auf den ersten Blick trotz seiner Vielgestaltigkeit für den Japaner leichter zugänglich zu sein, denn hier kann er sich als Asiate in mancher Hinsicht zu Hause fühlen. Bemerkenswerterweise führte aber gerade in diesem Raum die Präsenz japanischer Exportorganisationen zu besonders heftigen Abwehrreaktionen. Teilweise mag auch noch nach mehr als dreissig Jahren die Tatsache, dass Japan grosse Teile dieser Länder schon vor dem Zweiten Weltkrieg und später während dieses Zeitabschnitts mit Krieg überzogen und dann versucht hatte, sie in einem überstaatlichen Wirtschaftsganzen unter japanischer Führung zu organisieren, bei solchen Aversionen und oft tumultuösen Abwehrreaktionen mitspielen. Wenn man sich auf Berichte aus Indonesien, Malaysia und Thailand stützen darf, spielt jedoch viel mehr mit, dass in der heutigen Zeit die Japaner sich auf kaufmännischem Gebiet zu aggressiv verhalten, drängen und sich aufdrängen. Ferner leben die Japaner dort, wo sie zahlreich sind, in einer Art Kolonie beisammen und unterhalten beispielsweise ihre eigenen Schulen. Von ihrem Standpunkt aus ist dies notwendig, weil sonst die Kinder später den Anschluss an das japanische Schulsystem nicht mehr finden würden und damit im eigenen Lande keine Chance des Weiterkommens mehr hätten.

China mit fast viermal soviel Menschen als die USA und einem ungeheuren Investitionsbedarf überragt an potentieller Bedeutung alle Exportmärkte, so wie es auch vor dem Zweiten Weltkrieg an erster Stelle stand. Japan hat lange unter dem amerikanischen Verbot gelitten, mit dem kommunistischen China Beziehungen zu unterhalten. Damals konnte man lesen, dass es nur an dieser amerikanischen Forderung liege, wenn der chinesische Absatzmarkt Japan verschlossen sei. Seither sind die Schranken gefallen und langsam nehmen die Exporte zu; 1973 waren es 2,7%, 1974 3,6% und 1975 4,0%. Das war wenig. Dieser Markt verlangt

ganz andere Methoden der Erschliessung; alle Wege führen über Peking und müssen mit den Mitteln der Diplomatie offengehalten werden. Im Februar 1978 (also noch vor dem Friedensvertrag) wurde ein langfristiger Handelsvertrag zwischen Tokyo und Peking geschlossen, der bis 1985 läuft. Bei allen gesellschaftlichen und ideologischen Unterschieden zwischen dem kommunistischen China und dem kapitalistischen Japan haben beide Länder sich auf einen asiatischen Modus vivendi geeinigt.
Die Hinweise erfolgten in der Absicht, zu zeigen, dass Japan als Folge seines Wirtschaftswachstums und der Notwendigkeit gesteigerter Ausfuhren seine bisherige Introvertiertheit überwinden muss. Fremde Mentalität, fremdes Recht usw. sind zur Kenntnis zu nehmen. Dort, wo die eigenen Kräfte nicht ausreichen, versichert man sich zwar der Mitarbeit fremder Marketing-Firmen, doch tendiert man im allgemeinen dahin, das Heft in den Händen zu behalten. Japanische Firmen bilden ihre jungen Mitarbeiter in Fremdsprachen aus und senden sie nach Übersee, wo sie an vielen Orten schon in grosser Zahl zu finden sind. Diese neue Generation von Geschäftsleuten ist gewandt und fühlt sich in jeder Hinsicht in der Lage, unter fremden Verhältnissen für ihre Firma und für ihr Land zu arbeiten. Wir haben sie früher einmal mit den jungen Samurai der Meiji-Zeit verglichen. Wie jene den neuen Staat aufbauten, ermöglichen die jungen Geschäftsleute Japan heute, den Kontakt mit der Welt auszuweiten und sich seiner Stellung entsprechend global zu betätigen. Immer noch aber bedeutet es für die meisten Japaner ein Opfer, einige Jahre im Ausland zu verbringen, denn zu Hause wird ihnen diese Tätigkeit kaum positiv angerechnet werden. Die meisten Japaner werden nach einigen Jahren abgelöst und kehren wieder nach Japan zurück, was schon aus den erwähnten familiären Gründen als die richtige Lösung erscheint. Zu dem Lande, in dem sie sich aufhalten, finden sie üblicherweise keine sehr enge Beziehung. Es ist wahrscheinlich, dass in späteren Jahren ihre Leistung einmal voll gewürdigt werden wird, weil sie es vor allem waren, die Japan in direkten Kontakt mit der übrigen Welt brachten.
Aggressiv ist ein in Japan heute sehr beliebtes Wort, beispielsweise bei Stelleninseraten: «Junger Mann, aggressiv, spricht Englisch, sucht Stelle...» Während also Japan aggressiv seine Exporte steigert, versucht es vergleichbar einem etwas zugeknöpften Kaufmann die Importe niedrig zu halten. Man führt ein, was man dringend benötigt – beispielsweise Erdöl, Eisenerz, Kohle –, und hofft im übrigen soweit als möglich autark zu bleiben. Lassen wir dahingestellt, ob diese Haltung kaufmännischem Kalkül oder einer Fortdauer des früheren Autarkiedenkens entspringt; vorhanden ist sie auf jeden Fall. Wir haben früher schon auf die Schwierigkeiten hingewiesen, die Japan einer Liberalisierung der Einfuhren bereitete. Als nach 1975 die japanischen Exporte immer stärker zunahmen und sich die japanische Zahlungsbilanz ständig verbesserte, musste sich Japan sowohl von der OECD wie auch von den USA deutlich sagen lassen, dass es als einer der Partner im Welthandel in dieser Richtung bremsen und bezüglich der Importe die Zügel lockern müsse. Man sagte und schrieb, dass Japan offenbar noch nicht verstehe – oder verstehen wolle –, dass eine gesunde Weltwirtschaft nur dann möglich ist, wenn sich der

Handel in beiden Richtungen aufwärts bewegt. Seinerseits hat Japan seinen Partnern zugesichert, dass es ab 1978 seine Ausfuhren einschränken und die Einfuhren erleichtern und fördern werde, um seinen Verpflichtungen und seiner Verantwortung gerecht zu werden.
Die Konzentration der Aussenhandelsbeziehungen auf die USA ist, wie gezeigt wurde, nicht erst eine Erscheinung der Nachkriegszeit. Für Japan birgt sie neben offensichtlichen Vorteilen auch ernste Gefahren. Immer mehr versucht Japan Güter in den USA abzusetzen, die auch dort fabriziert werden, und macht so zunehmend der amerikanischen Wirtschaft Konkurrenz. Nun ist Japan zwar wirtschaftlich gesehen eine Weltmacht geworden, politisch ist dies aber viel weniger der Fall und militärisch erst recht nicht. Immer beharrlicher drängen die USA, dass Japan Ausfuhren drossle oder, wie man sagt, auf ein vernünftiges und tragbares Mass beschränke. In den siebziger Jahren waren es vor allem Autos, Fernsehapparate und Stahl, die auf der Tagesordnung standen. Besonders eingehend wurde die Situation bei Stahl untersucht, den Japan auf dem amerikanischen Markt preisgünstig anbot. Eine durch den amerikanischen Präsidenten veranlasste Studie stellte fest, dass die Konkurrenzfähigkeit durchaus nicht allein durch die Preise, sondern viel eher durch die hohe Qualität des japanischen Stahls gegeben sei. Zu ähnlichen Schlüssen kam man auch in Europa. Die Japaner selber nennen ihren Preisvorteil erst an vierter Stelle und betonen, dass sie als Folge bedeutender Investierungen in der Forschung und bei den Produktionsanlagen qualitativ unschlagbar geworden sind.
Bei einer günstigen Ertrags- und Zahlungsbilanz haben auch die Währungsreserven stark zugenommen. Dagegen führten die Inflation zu Hause und die Aufwertung des Yen vor allem im Vergleich zum amerikanischen Dollar zu dauernd neuen Problemen, welche die japanischen Wirtschaftsführer und Politiker in einem Masse wie nie zuvor zu Partnern der Weltwirtschaft machen. Wir haben uns in diesem Zusammenhang auch an die früheren Ausführungen über die Zusammenarbeit von Administration, politischer Führungspartei und Wirtschaftsführung zu erinnern, welche es Japan gestattet, solche Probleme in von der westlichen Welt verschiedener Weise anzugehen.
Unser Anliegen ist nicht, die wirtschaftliche Situation Japans zu analysieren. Die Hinweise erfolgten, um aufzudecken, dass Japan immer rascher und stärker mit der Aussenwelt Verbindung aufnimmt. Die Konsequenz auf japanischer Seite ist die Notwendigkeit, diese Aussenwelt immer besser zu verstehen, mit ihr den Dialog aufzunehmen und internationale Verhaltensnormen zu seinen eigenen zu machen. Aussenhandel und Aussenwirtschaft sind lediglich zwei Ebenen, auf denen sich dieser Vorgang abspielt. Daneben gibt es aber zahlreiche andere, welche wir nun auszugsweise und in Kürze kennenlernen wollen.
Die japanische Wirtschaftspolitik beruht auf dem Grundsatz der ständigen Ausweitung und des kontinuierlichen Wachstums. Dabei werden im eigenen Lande zunehmend jene Grenzen des Wachstums sichtbar, von denen man heute so oft spricht. Als Beispiel diene die Schwerindustrie: Nach ihren eigenen Berechnungen dürfte bei einer jährlichen Stahlpro-

duktion von rund 150 Millionen Tonnen Rohstahl die verantwortbare Ausbaugrösse erreicht sein, weil bei weiterer Expansion Bauland, Wasser und Arbeitskräfte knapp werden und die Kostenbelastung durch Umweltschutz zu gross wird. Dieser Wert entspricht ungefähr jenem, der nach Fertigstellung aller im Bau befindlichen Werke vorhanden sein wird. Ein Ausweg besteht im Bau japanischer Anlagen oder zum mindesten in den Beteiligungen an solchen Unternehmen in Übersee. Viele derartige Projekte sind in den letzten Jahren studiert worden, einzelne wurden wieder aufgegeben und andere an die Hand genommen. Zu letzteren gehört das Stahlwerk in Tubarão bei Vitoria in Brasilien; zu den inzwischen wieder fallengelassenen Projekten zählen Werke in Saudi-Arabien und Abu Dhabi. Das erwähnte Beispiel ist ein Ausschnitt aus dem Bereich der seit etwa 1965 immer wichtiger werdenden Auslands-Investitionen in den verschiedensten Bereichen, zu denen auch Petrochemie, Aluminium usw. gehören. Einen Überblick gibt die Tabelle «Japanische Auslands-Investitionen in Übersee». Ende 1974 beliefen sich diese auf mehr als 12 Milliarden, im März 1977 auf 19,4 Milliarden Dollar.

Japanische Auslands-Investitionen in Übersee

in Millionen Dollar	Ende 1974	März 1977
Nordamerika	3 000	4 666
Europa	2 179	2 854
Asien	3 120	5 464
Mittlerer Osten	780	1 254
Afrika	309	773
Lateinamerika	2 510	3 301
Australien-Ozeanien	739	1 092

Zu den globalen Beziehungen zählt heute auch jede Hilfe materieller Art an die Dritte Welt. Von 1965 bis 1973 verzehnfachte sich im Falle Japans der entsprechende Betrag. Insgesamt gesehen nahm 1973 Japan mit einer Hilfeleistung im Umfange von 1,42% des Bruttosozialprodukts unter den Ländern der Welt eine Spitzenstellung ein; vergleichsweise konnte Frankreich nur 1,10%, die Bundesrepublik 0,52% und die USA 0,58% ausweisen. Nun war aber das Jahr 1973 durch besonders hohe «Hilfeleistung» von privater Seite – meist in der Form von Investierungen – ausgezeichnet; der Beitrag der Regierung machte nur 37% am Total von annähernd 6 Milliarden Dollar aus. Die offizielle Entwicklungshilfe hielt sich in den folgenden Jahren zwar auf der erreichten Höhe, die private nahm dagegen stark ab und 1975 wurden insgesamt noch knappe 3 Milliarden Dollar an Entwicklungshilfe ausgewiesen. Damit ist Japan in der Rangliste der Unterstützungsländer wieder weit zurückgefallen.

Japan war seit langem ein Land mit besonders zahlreichen und grossen Banken aller Art. In einer Zusammenstellung aller Grossbanken der Welt entfielen von den hundert grössten Banken fünfzehn auf Japan. In den letzten Jahren sind viele japanische Banken dazu übergegangen, in Übersee Filialen einzurichten. Vor mir liegt ein Inserat der Bank of Tokyo folgenden Wortlautes: «Die Bank of Tokyo mit über 170 Niederlassungen, Vertretungen, Tochtergesellschaften und angeschlossenen Gesellschaften in der ganzen Welt kann Ihnen ihre gründlichen Kenntnisse in allen einheimischen und überseeischen Bankangelegenheiten anbieten. Unsere weltweite Erfahrung befähigt uns in besonderer Weise, alle Finanz- und Bankfragen, im besonderen internationale Banktransaktionen, auf das zuverlässigste zu erledigen.» Dies ist nur ein Beispiel dafür, dass Japan im internationalen Bankgeschäft wichtig geworden ist und den japanischen Banken in dieser neuesten Phase der Öffnung nach aussen eine ganz besondere Aufgabe zufällt.
Mit zwei Gesetzen aus den Jahren 1949 und 1950 hatte Japan die Einfuhr von Fremdkapital und damit auch von fremden Technologien starken Restriktionen unterworfen. Nach dem Eintritt Japans 1964 in die OECD mussten die Vorschriften gelockert werden – wir wiesen schon früher auf diese Liberalisierungsphase hin – und Japan bezog in steigendem Umfange Technologien aus dem Ausland. In unserem Zusammenhang ist folgendes beachtenswert: Als Ergebnis der eigenen Entwicklungen und technischen Forschung ist Japan vermehrt dazu übergegangen, eigene Technologien auch ins Ausland zu verkaufen. Insgesamt gesehen besteht auf diesem Gebiet freilich immer noch eine negative Bilanz; soweit es aber neue Abschlüsse betrifft, übersteigen – an den Lizenzgebühren gemessen – seit 1972 die japanischen Ausfuhren die entsprechenden Einfuhren. Erinnert man sich an die auch heute im Westen immer wieder vertretene Ansicht, die Japaner könnten nur kopieren, aber nicht selber technisch entwickeln, dann scheint sich hier doch eine grundlegend neue Entwicklung abzuzeichnen. Japan wird zum aktiven Partner aller anderen Industrieländer auch auf dem Gebiet der technologischen Weiterentwicklung.
Das wachsende Interesse am Ausland schlägt sich auch auf anderen Gebieten nieder. So bringen die beiden grossen illustrierten Wochenzeitschriften «Asahi» und «Mainichi» fast in jeder Ausgabe ausgezeichnete Bildberichte aus allen Erdteilen. Japanische Touristengruppen sind immer häufiger im Ausland anzutreffen. Das Reisen in Gruppen pflegen die Japaner auch im eigenen Lande. Überall begegnet man ihnen, meistens rund 40 Leute – eine Autobusladung –, angeführt von einem uniformierten «girl-guide» der Busgesellschaft. Sie erklärt, hält die Gruppe zusammen und zeigt die Marschrichtung durch ein hochgehaltenes Fähnchen an. Das Gruppenreisen steckt den Japanern im Blut und es ist keineswegs nur die Folge der Gruppenflugtarife, wenn im Ausland Japaner «en masse» gesehen werden. Ein weiterer Grund, sich einer Gruppe anzuschliessen, ist das Ungewohnte der Umgebung, in die man im Ausland gerät. Der Japaner will sich unter keinen Umständen falsch benehmen und fühlt sich zweifellos wohler im Rahmen einer Gruppe denn als

Einzelreisender, wenn er Europa oder Amerika besucht. Solches Reisen, bei dem man das fremde Land durch die Fenster eines Autobusses sieht und Informationen über einen Lautsprecher empfängt, trägt freilich recht wenig zur Öffnung nach aussen bei. In gewissem Sinne ist es weit mehr nur als Statussymbol zu werten. Das Gesagte gilt natürlich in gleichem Masse auch für westliche Touristen, die Japan besuchen. Sie haben ja noch grössere Schwierigkeiten, sich zurechtzufinden, und schliessen sich darum zu ihrem Vorteil einer Reisegruppe an. Da man ohnehin in Japan viel mehr als in Europa oder Amerika in Gruppen reist, ist dies ganz normal und organisatorisch das weitaus Bequemste. Auch diese Touristen aus Europa und Amerika sehen Japan in der Regel nur durch ein Fenster und dazu noch flüchtig. Dies sei ganz deutlich gesagt, weil heute die Bedeutung des internationalen Tourismus für das gegenseitige Verstehen der Völker ungeheuer übertrieben wird. Da nehmen schon eher die jugendlichen Hitchhikers, welche per Anhalter mit Rucksack und oft mit dem Zelt durch fremde Länder ziehen und überall leicht Kontakt finden, von solchen Reisen Eindrücke mit, die durch ihr ganzes Leben nachwirken.

Wissenschaft und Forschung beanspruchen heute eine ähnliche Bedeutung für das gegenseitige Verstehen auf internationaler Ebene. Japan arbeitet in allen Gremien mit, die solchen Verbindungen dienen, entsendet Delegierte, bezahlt die Gebühren und organisiert seinerseits Symposia und Kongresse in einem Umfange, welcher durchaus der Weltbedeutung Japans entspricht. Nicht in gleichem Masse vollzieht sich die eigentliche Mitarbeit. Zwei Gründe dürften dafür in erster Linie verantwortlich sein. Ein japanischer Gelehrter ist im eigenen Lande eine hochgeachtete Persönlichkeit; wenn er auf einer internationalen Tagung in einer fremden Sprache seine Meinung vertreten soll, befürchtet er nur allzuleicht, dass er sprachliche Fehler begehen oder sich unklar ausdrücken könnte. Für ihn wäre dies aber sehr schwerwiegend, denn er hätte sich nicht nur für sich selber, sondern auch für die ganze japanische Wissenschaft zu schämen. In dieser Hinsicht sind Japaner, deren Schamgefühl sehr ausgeprägt ist, empfindlich und ziehen es darum vor, schweigend den Verhandlungen zu folgen.

Natürlich wäre die Konsequenz, dass möglichst viele junge Wissenschaftler zuerst eine entsprechende Ausbildung im Ausland erhalten und später dazu angehalten werden, die für die internationale Zusammenarbeit notwendigen Fähigkeiten weiter zu pflegen und zu entwickeln. Nun sendet zwar Japan junge Wissenschaftler in grosser Zahl ins Ausland zu meist mehrjähriger Aus- und Weiterbildung, wobei ein besonderes Verdienst der Japan Foundation zukommt, welche eng mit dem Aussenministerium verbunden ist. Die meisten der so Ausgebildeten kehren auch nach Japan zurück und sind später an den Hochschulen tätig. Dort finden sie aber ein Klima, das vielerorts alles andere als international ist. Viele, meist ältere Kollegen blicken auf die im Ausland erworbenen Kenntnisse jüngerer Kollegen herab; wer eine Fremdsprache fliessend spricht, wird eher schief angesehen. Ausländer finden sich im Lehrkörper der nationalen Universitäten höchstens als zeitweilige Gäste oder

Hilfskräfte, die Professoren müssen Japaner sein. Es ist darum nicht erstaunlich, dass die erworbenen Sprachkenntnisse mit der Zeit verkümmern, weil wenig Gelegenheit und Veranlassung besteht, sie besonders zu pflegen. In diesem Punkte unterscheiden sich Wissenschaft und Forschung von der Wirtschaft.
Würde man im Westen in einer Volksumfrage festzustellen versuchen, auf welchem Gebiet die meisten internationalen Kontakte geschaffen werden, erhielte man ohne Zweifel die Antwort: «beim Sport». Wenn alle diplomatischen Beziehungen funktionsunfähig geworden sind, wenn Wissenschaftler kein Visum mehr erhalten – der Fussballer wird immer noch die Möglichkeit haben, das runde Leder auf fremder Erde zu kikken. Aber seien wir ehrlich: ist das wirklich Öffnung nach aussen, wenn eine Gruppe von etwa dreissig Menschen irgendwohin fliegt und ihnen fünfzig- oder hunderttausend Menschen zujubeln? Im Falle von Japan war der Sport gleichwohl wichtig, weil man seinerzeit die Olympiade und die Winter-Olympiade für die Sportler aus aller Welt mustergültig durchgeführt hatte.
Ungleich viel grössere Bedeutung kommt unserer Ansicht nach aber der Kunst im weitesten Sinne zu. Sie öffnete in besonderem Masse den Menschen im Westen den Zugang zu Japan, sie ist es, welche die Japaner ihrerseits begierig aufnehmen. Japanische Kunstgegenstände und vor allem Holzschnittdrucke waren etwa um die Jahrhundertwende und später besonders für das wachsende Interesse verantwortlich, das man Japan entgegenbrachte. Ihre Wirkung in der Richtung zum Westen übertraf möglicherweise jene westlicher Malerei in Japan, denn es ist fraglich, ob die Massen, welche sich vor wenigen Jahren pausenlos vor dem in Tokyo ausgestellten Bild der Mona Lisa vorbeibewegten, oder jene Neureichen, die in einem Warenhaus aus echtem Carraramarmor nachgebildete klassische Skulpturen erwerben, wirklich ein tieferes Kunstverständnis an den Tag legen. Umgekehrt hat der Westen sicher nicht ein dem japanischen zu vergleichendes Empfinden für Keramik entwickelt. Auch wenn Keramikerzeugnisse ein wichtiger japanischer Exportartikel sind, handelt es sich doch weit eher um Serien- und Massenproduktion. Architektur und Innenarchitektur sind andere wichtige Bereiche, in denen sich Ost und West begegnen. Japan hat vorzügliche moderne Architekten aufzuweisen, die Bauwerke höchster Individualität schufen. Japanische Raumgestaltung strahlte weniger nach Europa aus, fand aber im amerikanischen Bungalowbau weite Anwendung. Die Einfachheit der Formen und die Ästhetik der Proportionen, nicht zuletzt die scheinbare Leere des Raumes selbst sind Eigenschaften japanischer Innenarchitektur, die den Westen ansprechen. Leider übernahm Japan in seiner frühen Periode der Modernisierung von Europa eine Innengestaltung, von der sich der heutige Europäer mit Schaudern abwendet. In Europa ist das Plüschsofa mit gestickten Armstützenschonern glücklicherweise schon lange verschwunden; in Japan werden diese Interieurs leider immer noch achtungsvoll gepflegt.
Dies sind nur skizzenhafte Hinweise auf Bereiche, in denen mit wechselndem Erfolg der Durchbruch und die Kontaktnahme erfolgte. In den

Nachkriegsjahren hat sich diese Tendenz so verstärkt, dass viele befürchten, Japan werde seine Identität verlieren und einem oberflächlichen «westernization»-Prozess unterworfen werden. Baseball ist das Nationalspiel geworden und wird von den Japanern bis in die kleinsten Details der Körperbewegungen völlig gleich wie in den USA gespielt. Westliche Speisen und Lebensgewohnheiten verändern die Tradition. Fremdwörter in immer steigender Zahl werden vor allem aus dem Amerikanischen übernommen, lautmässig ummodelliert und meist auch in ihrer Bedeutung verändert. Westliche Literatur wird übersetzt und findet reissenden Absatz. Vor allem aber ist die Musik zu erwähnen: klassische und moderne Musik ebenso wie Pop wird von den Japanern mit Begeisterung und wirklichem Verständnis aufgenommen. Dirigenten aus dem Westen bewundern die Fähigkeit des japanischen Publikums, mitzugehen. Tokyo gehört zweifellos zu den grossen Zentren, wo westliche Musik Wurzeln geschlagen hat und gepflegt wird. Dies ist erstaunlich, weil sich umgekehrt im Westen eine fast völlige Verständnislosigkeit gegenüber japanischer klassischer Musik feststellen lässt; sie erscheint uns fremd, unzugänglich und höchstens vom musikethnologischen Standpunkt aus eines tieferen Interesses wert.
Was sich heute abspielt, kann mit der Übernahme chinesischen Kulturgutes und chinesischer Technologien im 7. und 8. Jahrhundert verglichen werden. Jenen Prozess betrachten wir heute in historischer Perspektive, bei der sich Verzerrungen ergeben. Wie sich damals tatsächlich die Übernahme im einzelnen und für den einzelnen abspielte, vermögen wir wegen der perspektivischen Verkürzung heute kaum mehr zu erkennen. Beim gegenwärtigen Prozess stehen wir jedoch mitten drin und wissen, was heute ist und was gestern geschah. Wenn wir die angeführten Beispiele nochmals durchgehen, stellen wir zusammenfassend grundsätzlich Wichtiges fest. Auf allen Gebieten und in einem Ausmasse wie nie zuvor dringt Westliches in Japan ein und wird dort vor allem von der Nachkriegsgeneration geradezu aufgesogen. Freilich wird dabei nur in sehr geringem Masse eine Verbindung nach aussen hergestellt; das Aufgenommene wird vielmehr sofort den japanischen Verhältnissen angepasst und zu einem Teil dessen gemacht, was wir früher als das Leben unter dem Kegelmantel bezeichnet haben. Auch im 7. Jahrhundert geschah gleiches. Japan wurde damals ebensowenig eine chinesische, wie es heute eine amerikanische Kulturprovinz wird. Darüber hinaus beginnt Japan zu begreifen, dass es in der Welt von heute nur bestehen kann, wenn es die Verbindung nach aussen pflegt und entwickelt und seine Aufgaben im Rahmen globaler Kooperation erfüllt. Die Übernahme westlichen Kulturgutes und westlicher Gewohnheiten ist eine Sache, das Durchbrechen der Wand zur äusseren Welt eine andere – und hier liegt Japans neue Aufgabe.

Kurze Schlussbemerkung

Global gesehen hat sich die wirtschaftsgeographische Situation in der Nachkriegszeit in mancher Hinsicht rasch und folgenschwer verändert. Die mächtigste Industrienation, die USA, wurde einerseits auch bei den Grundnahrungsmitteln zum bedeutendsten Ausfuhrland, erzielte aber auf der andern Seite infolge ihres Energiebedarfs ein Zahlungsbilanzdefizit, das sich immer stärker weltweit auswirkt. Die OPEC-Länder nehmen nicht nur eine zentrale Stellung in der Energieversorgung der Welt und als kaufkräftiger Markt ein, sondern spielen auch seit 1973 in der internationalen Finanzwirtschaft eine den grossen Industrieländern vergleichbare Rolle. Der Dialog Industrieländer–Entwicklungsländer befasst sich mit der Schaffung neuer Strukturen, ohne dass indessen davon schon ein Niederschlag im Waren- oder Zahlungsverkehr sichtbar geworden wäre. Der wirtschaftliche Aufschwung Japans ist den genannten Entwicklungen als eine weitere wichtige Komponente erster Ordnung zuzuordnen.

Es war die Absicht dieser Darstellung, dem abendländischen Leser im Rahmen einer wirtschaftsgeographischen Länderkunde in verständlicher Weise darzulegen, was sich seit 1945 in Japan abspielte und wie man heute – das heisst in der zweiten Hälfte der siebziger Jahre – die Situation beurteilen kann, in der sich Japan befindet. Schon in der Einführung kam zum Ausdruck, dass ein solcher Versuch voraussichtlich in mancher Hinsicht unvollkommen bleiben müsse. Die Gründe, an jener Stelle nur angedeutet, dürften im Laufe der Ausführungen immer deutlicher geworden sein. Am Schluss hat sich der Eindruck noch verstärkt: manches musste unausgesprochen bleiben, entweder weil uns das Gespräch zu weit weg vom eigentlichen Thema geführt hätte oder weil einfach viele Zusammenhänge undurchsichtig sind.

Als der Verfasser vor über zwanzig Jahren zum ersten Mal Japan besuchte, galt sein Interesse der allgemein gestellten Frage, wie ein Land nach seiner fast völligen wirtschaftlichen Zerstörung im Zweiten Weltkrieg den Wiederaufbau vollzieht. Im Falle Japans führte dieser unerwartet rasch zu einem Wirtschaftsaufschwung ohnegleichen und in kürzester Zeit wurde dieses Land dank seiner hohen Zuwachsrate in der Produktion zur drittgrössten Industrienation der Welt. Regelmässige kürzere und längere Besuche gestatteten dem Verfasser, diese Entwicklung im direkten Kontakt zu verfolgen und in einer reichen Dokumentation festzuhalten. Immer mehr verstärkte sich dabei die Überzeugung, dass das Geschehen nur dann einigermassen zu verstehen sei, wenn man sich eingehend auch mit allen Aspekten japanischen Lebens befasst. Denn nicht eine blosse Aufzeichnung, die einmal zu einer Beschreibung führen könnte, lag in unserer Absicht; das Ziel war vielmehr, die Zusammenhänge zu verstehen und dieses Verständnis wenn möglich einmal weiterzugeben.

Der abendländische Leser wird beurteilen können, ob ihm die gebotene Darstellung das Geschehen im Fernen Osten in einer ihn interessierenden und verständlichen Form näherzubringen vermag. Weil ihr eigenes Leben angesprochen wird, sind Japaner in der Lage, in anderer Weise und kritischer zu urteilen. Selbst wenn der Verfasser die Sprachbarriere hätte überwinden können – und dies ist nicht der Fall –, müsste er in so manchem irren, einfach weil er nicht in Japan aufgewachsen ist, weil er kein Japaner ist. Die Tatsache, dass man eine Aufgabe niemals vollkommen erfüllen kann, darf aber nicht davon abhalten, wenigstens den Versuch zu unternehmen, auf einem als richtig erkannten Weg so gut es geht weiterzukommen. Wir dürfen auch nicht übersehen, dass in der Beurteilung ganz entscheidender Fragen die Japaner selbst uneinig sind. Dies gilt beispielsweise für die Bedeutung der Individualität oder das Verhältnis von Traditionellem und Modernem zueinander. In diesen und andern Fällen wurde gleichwohl versucht, eine bestimmte Ansicht zu begründen und zu vertreten.
Dass gar manches im Fernen Osten anders ist als im Abendland, erscheint verständlich. Es war notwendig, dieses Anderssein besonders aufmerksam zu beobachten und an Beispielen zu erläutern, auch wenn dabei die Gefahr besteht, dass die Unterschiede zu sehr profiliert werden und das Gemeinsame zu kurz kommt.

Literaturverzeichnis

Aufgeführt sind die im Text erwähnten Autoren – mit Ausnahme belletristischer Literatur – und ausserdem einige wenige Veröffentlichungen, welche zusätzliche Information enthalten.

Abegg, L.: Ostasien denkt anders. Zürich, 1949

Ando, M.: Agricultural Regionalization Based on Farm-Income Changes. Geogr. Review of Japan, 1978

Association of Japanese Geographers: Japanese Geography 1966. Special publication No. 1. Tokyo, 1966

Association of Japanese Geographers: Japanese Cities. Special publication No. 2. Tokyo, 1970

Aymans, G.: Strukturwandlungen und Standortverlagerungen in der japanischen Perlenzucht. Erdkunde XIX, 1965

Bartz, F.: Die grossen Fischereiräume der Welt. II. Wiesbaden, 1965

Benedict, R.: The Chrysanthemum and the Sword – Patterns of Japanese Culture. Tokyo, 1954

Bureau of Statistics, Office of the Prime Minister: Japan – Statistical Yearbook. Tokyo, jährlich

Chamberlain, B.H.: Things Japanese. London, 1898

Cooper, S.J.: They Came to Japan. London, 1965

Department of Statistics & Research, Ministry of Agriculture & Forestry: Analysis of Regional Agriculture – Review of General Trends in Regional Agriculture. March 1966

Ebato, A.: Postwar Japanese Agriculture. Tokyo, 1973

Economic Planning Agency, Government of Japan: Basic Economic and Social Plan 1973–1977. 1973

Geographical Survey Institute: The National Atlas of Japan. Tokyo, 1977

Gibney, F.: Japan – The Fragile Super Power. Tokyo, 1975

Gottman, J.: Megalopolis – The urbanized NE-seabord of the U.S. Cambridge, Mass., 1965

Government of Japan, Economic Planning Agency: New Comprehensive National Development Plan. May 1969

Gunnarson, B.: Japans ökologisches Harakiri oder Das tödliche Ende des Wachstums – Eine Warnung an die überindustrialisierten Staaten (rororo). Reinbek b. Hamburg, 1974

Haasch, G.: Japan – eine politische Landeskunde. Berlin, 1973

Hax, K.: Japan – Wirtschaftsmacht des Fernen Ostens. Köln, 1961

International Society for Educational Information: Atlas of Japan. Tokyo, 1974

Ishii, M.: Structural Changes of Agricultural Regionalization in Postwar Japan. Memoirs of the Institute of Cultural Sciences, Vol. 7. Tokyo, 1969

Ishida, R.: Geography of Japan. Tokyo, 1961
Ishida, R.: Understanding Japan – Notes on Maps and Figures concerning Japan in the Geography Textbooks of Other Countries. International Society for Educational Information, No. 23. Tokyo, 1969
Japan Center for Area Development Research: The 4th International Symposium on Regional Development. Tokyo, 1972
Jippensha, I.: Hizakurige or Shanks' Mare. Tokyo, 1802; engl. 1960
Jones, F.C.: Hokkaido – Its Present State of Development and Future Prospects. London, 1958
Kaempfer, E.: Geschichte und Beschreibung von Japan. Band I und II. Lemgo, 1777–1779; Neudruck Stuttgart, 1964
Kahn, H.: Bald werden sie die ersten sein – Japan im Jahr 2000. München, 1972
Kiuchi, S.: Geography in Japan. Tokyo, 1976
Kornhauser, D.: Urban Japan: its Foundations and Growth. London, 1976
Lockwood, W.W.: The State and Economic Enterprise in Japan. Princeton, 1965
Mainichi Newspaper: Japan and the Japanese. Tokyo, 1973
Masai, Y.: The Contemporary Japanese Townscape. Association of Japanese Geographers, Special Publication No. 2.
Minato, M.: Japan and its Nature. Tokyo, 1977
Nakane, C.: Japanese Society. Berkeley, 1970
National Research Center for Disaster Prevention: Explanatory Text of the Quaternary Tectonic Map of Japan. Tokyo, March 1973
Norbeck, E.: Changing Japan. New York, 1965
OECD: La politique industrielle du Japon. Paris, 1972
Ogura, T.: Agricultural Development in Modern Japan. Tokyo, 1966
Piggott, J.: Japanese Mythology. New York, 1969
Reischauer, E.O.: Japan – Past and Present. Tokyo, 1964
Reischauer, E.O.: The Japanese. Cambridge, Mass., 1977
Schöller, P., Dürr, H. und Dege, E.: Fischer Länderkunde – Ostasien. Frankfurt a.M., 1978
Schwind, M.: Das japanische Inselreich. Band 1: Die Naturlandschaft. Berlin, 1967
Shimizu, K.: The Problems of Japanese Metropolitanization. Association of Japanese Geographers, Special Publication No. 2.
Shimpo, M.: Three Decades in Shiwa – Economic Development and Social Change in a Japanese Farming Community. Vancouver, 1976
Soma, M.: The Evolution of Land Utilization in the Villages of the Shikoku Mountains. Geographical Review of Japan, 1971
Statler, O.: Das Gasthaus am Tokaido (Übersetzung von: Japanese Inn. New York, 1961). Reinbek b. Hamburg, 1963
Takeuchi, K.: Problemi agricoli del Giappone nel periodo post-bellico. Il Politico, XXVI, N. 3, 1961
Tanaka, K.: Building a New Japan. Tokyo, 1973
Thuan, P.V.: La Construction du Japon moderne. Lausanne, 1966
Toynbee, A., Ikeda, D.: Choose Life – a Dialogue. London, 1976

Trewartha, G.T.: Japan – a Geography. Madison, 1965
Ueno, F.: Land Utilization in the Mountain Villages of the High, Cool Regions in Central Japan. Jap., Engl. summary. Bulletin of the National Institute of Agricultural Sciences, Series H, No. 14. Tokyo, 1955
Watsuji, T.: A Climate – a Philosophical Study. 1961
Whitaker, D.P.: Area Handbook for Japan. Washington, 1974
Yamaguchi, T.: Japanese Cities: Their Functions and Characteristics. Association of Japanese Geographers, Special Publication No. 2
Yano, I.: Nippon – a Charted Survey of Japan. Tokyo, 1975
Yonekura, J.: The Historical Geography of Settlements in East Asia. Jap., engl. Zusammenfassung, 1960

Einige Zeitschriftenhinweise:

Geographical Review of Japan (Chirigaku-Hyoron)
Journal of the Japan Cartographers Association (Chi-su)
Meri's Monthly Circular (Mitsubishi Economic Research Institute)
The Oriental Economist
PHP (PHP Institute International)
Japan Quarterly (Asahi Shimbun)